十卷本

唐詩選注評鑒

四

刘学锴 撰

中州古籍出版社
·郑州·

目录

杜甫

杜　甫

杜甫（712—770），字子美，祖籍京兆杜陵（今西安市），生于巩县（今河南巩义）。出身于“奉儒守官”之家。远祖杜预系西晋名将名儒，祖父杜审言为武后朝著名诗人，他们对杜甫的儒家思想、功业追求、诗歌创作均有重要影响。七岁能诗。年十四出入于东都翰墨之场。二十岁开始漫游吴越，二十四岁回到洛阳，应举未第。二十五岁复游齐、赵。天宝三载（744），结识被“赐金放还”的李白，同游梁、宋，在宋中遇高适，三人同游，慷慨怀古。后又与李白游齐、鲁。天宝五载至长安。六载，应举落第，遂居留长安。先后献《三大礼赋》《封西岳赋》，并投诗干谒权贵。十四载擢河西尉，不赴，改授右卫率府胄曹参军，岁末赴奉先（今陕西蒲城县）探望妻子，时安史叛军已陷洛阳迫近潼关。十年困守长安的生活，将杜甫锻炼成了忧国忧民的诗人。避乱鄜州时，得知肃宗已在灵武即位，遂冒死前往投奔，半道为叛军所俘，陷居长安。至德二载（757）夏，间道奔赴肃宗行在凤翔，授左拾遗。不久即因上疏救房琯触犯肃宗。九月长安光复，携家返京供职。乾元元年（758），出为华州司功参军，是年冬，曾至洛阳，亲历战争对人民造成的惨重伤害。二年秋，弃官携家赴秦州（今甘肃天水）、转同谷，生活陷于绝境。复由同谷入蜀，于岁末抵达成都。在友人资助下于西郊浣花溪畔营建草堂，开始了一段相对平静的生活。上元二年（761）七月，友人严武自成都尹入朝，杜甫送至绵州。适遇剑南兵马使徐知道在成都作乱，遂辗转徙居绵、梓、阆州。广德二年（764）严武再度镇蜀，表署节度参谋、检校工部员外郎（后世因称甫为杜工部）。永泰元年（765）正月辞幕归草堂。四月，严武卒，五月，携家沿江而下，在云安（今云阳）因病逗留约半年。大历元年（766）夏至夔州（今奉节），得都督柏茂林之助，在夔州首尾居留三年。大历三年三月，离夔州出峡，先后漂泊江陵、公安、岳阳、潭州、衡州等地。五年冬病卒。

杜甫为中国文学史上最伟大的现实主义诗人。其诗歌创作对唐代由极盛转衰时期的社会生活作了全面深刻的反映，举凡战乱的破坏、人民的疾苦、统治者的腐败、贫富的悬殊、军阀的跋扈叛乱，乃至一些重大的军事事件，在他笔下均有及时而鲜明的反映，并贯注着深厚的爱国主义精神和人道主义精神，被后人称为“诗史”。其中熔述志抒怀、叙事绘景、纵横议论为一体，将个人经历遭遇与时事政治、人民生活融合的长篇，以及以下层人民的苦难为内容，带有叙事性的短篇，都是对现实主义传统的创造性发展。在古体诗的创作中，极大地提高了诗的写实技巧和叙事艺术，并能以高度概括的艺术手段揭示出生活的本质。在古代诗史上，杜甫既是集大成者，又是开新世界者。他在诗歌体裁上，五古、七古、五律、七律、排律（尤其是长律）均达到一流水平，对七律的发展提高更有巨大贡献。不仅用七律来反映广阔的现实生活，抒写人民的苦难，抒发忧国忧民的情怀，从而极大地扩展了七律的生活容量与政治内涵；且能运古于律，既格律精严，字句烹炼，而又气势磅礴，意境浑融，极大地提高了七律的艺术品位。晚年大量创作七律拗体，以表现内心郁勃不平之气，在艺术上也有明显创新。在艺术风格上，创造了极富时代特征和个性特征的“沉郁顿挫”风格，思想的深厚博大，感情的深沉凝重，意境的沉雄悲壮，表现的回环起伏、波澜曲折，构成了融时代悲剧与个人悲剧为一体的具有崇高悲壮色彩的诗风。与此同时，还创造了极其锤炼精工的诗歌语言。通过“语不惊人死不休”的苦心经营，达到“毫发无遗憾”“下笔如有神”的程度。而这种锤炼，又与创造浑然一体的诗歌意境结合，显得字烹句炼，力透纸背，又具整体流贯的气势。此外，为了扩展诗歌的容量，在古体、律体中大量创作组诗，并加以精工的组织经营，也是杜甫的一大创造。有集六十卷，已佚。北宋王洙重编《杜工部集》二十卷、补遗一卷，为后世杜集祖本。清代著名杜集注本有钱谦益《钱注杜诗》、仇兆鳌《杜诗详注》、浦起龙《读杜心解》、杨伦《杜诗镜铨》等。今人张忠纲等有《杜甫全集校注》、谢思炜有《杜甫集校注》。

望　岳[1]

岱宗夫如何[2]？齐鲁青未了[3]。造化钟神秀[4]，阴阳割昏晓[5]。荡胸生曾云[6]，决眦入归鸟[7]。会当凌绝顶[8]，一览众山小[9]。

［校注］

①岳，此指东岳泰山。诗作于开元二十五六年（737—738）游齐、赵时。望岳，在山下远望东岳泰山。②岱宗，即泰山。《书·舜典》："岁二月，东巡守，至于岱宗。"孔传："岱宗，泰山，为四岳所宗。"泰山居五岳之首，为其他诸岳所宗，故称。夫（fú），助词，用于句中或句首、句末。③齐鲁，春秋时齐国、鲁国之地。《史记·货殖列传》："故泰山之阳则鲁，其阴则齐。"青未了，谓泰山的一派青黛之色尚绵延不绝。④造化，大自然。钟，聚集。神秀，神奇秀美。孙绰《游天台山赋序》："天台山者，盖山岳之神秀者也。"⑤阴阳，指山的北面和南面。割，分。昏晓，指阴暗与明亮。⑥荡胸，心胸激荡。曾，通"层"。此句系倒装句，谓望见山上层云涌动翻卷，心胸为之激荡。⑦眦（zì），眼眶。决眦，谓张大眼睛极望。入归鸟，看到归林之鸟。萧涤非曰："鸟向山飞，目随鸟去，所以说入归鸟。岑参诗：'鸟向望中灭。'（《南楼送卫凭》）可与此句互参。"（《杜甫诗选注》）⑧会当，定要。凌，凌驾、登上。⑨《孟子·尽心上》："孟子曰：'孔子登东山而小鲁，登泰山而小天下。'"《法言·吾子》："升东岳而知众山之峛崺也，况介丘乎！"

［笺评］

范温曰：《望岳》诗云："齐鲁青未了。"《洞庭》诗云："吴楚东南坼，乾坤日夜浮。"语既高妙有力，而言东岳与洞庭之大，无过于此。后来文士极力道之，终有限量，益知其不可及。《望岳》第二句如此，故先云"岱宗夫如何"……无第二句，而云"岱宗夫如何"，虽曰乱道可也。（《潜溪诗眼》）又曰：起句之超然者也。（《唐诗品汇》卷八五古引）

刘辰翁曰："齐鲁青未了"五字雄盖一世，"青未了"语好，"夫

如何”跌荡，非凑句也。“荡胸”语，不必可解，登高意豁，自见其趣；对下句苦。(《删补唐诗选脉笺释会通评林·盛五古》引)

董其昌曰：顷见岱宗诗赋六本，读之既竟，为区检讨用孺言曰：“总不如一句。”检讨请之，曰：“齐鲁青未了。”(《画禅室随笔》)

唐汝询曰：此纪泰山之胜也。言山形峻绝，其青翠之色亘齐鲁而不穷。盖造化之神秀于此聚，阴阳之昏晓于此分。登之则层层旋绕，足以洗心；望之则宿鸟归飞，咸能刮目，然此特望中之景耳，若登绝顶而览观，则宇内无高山矣。(《唐诗解》卷六)

钟惺曰：(“夫如何”)三字得“望”之神。定用望岳语景作结，便弱便浅。此诗妙在起，后六句不称。如此结，自难乎其称，又当设身为作者想之。(《唐诗归》)

谭元春曰：(“荡胸”二句)险奥。(同上)

郭濬曰：他人游泰山记，千言不了，被老杜数语说尽。(《删补唐诗选脉笺释会通评林·盛五古》引)(按：郭有《增定评注唐诗正声》)

周珽曰：只言片语，说得泰岳色气凛然，为万古开天名作。句字皆能泣鬼神而裂鬼胆。(《删补唐诗选脉笺释会通评林·盛五古》)

王嗣奭曰：“齐鲁青未了”“荡胸生云”“决眦入鸟”，皆望见岱岳之高大，揣摩想象而得之，故首用“夫如何”，正想象光景，三字直管到“入归鸟”，此诗中大开合也。“荡胸生层云”，状襟怀之浩荡也。“决眦入归鸟”，状眼界之宽阔也。想象登岳如此，非实语，不可以句字解也。公盖身在岳麓，神游岳顶，所云“一览众山小”者，已冥搜而得之矣。结语不过借证于孟，而照应本题耳，非真须再登绝顶也。集中《望岳》诗三见，独此辞愈少，力愈大，直与泰岱争衡。(《杜臆》)

卢世潅曰：最初望东岳似稍紧窄，然而旷甚。最后望南岳似稍错杂，然而肃甚。固不必登峰造极，而两岳真形，已落子美眼底。及观《又登后园山脚》云：“昔我游山东，忆戏东岳阳。穷秋立日观，矫首望八荒。”则是业升岱宗之巅，而流览无际矣。乃绝不另设专题，以铺张游概。斯正作者乘除拆补，甚深微妙处。亦以《望岳》一首，已领其要，故不必再尔絮叨。试思他人千言万语，有加于“齐鲁青未了”乎！（《杜诗胥钞馀论·论五言古诗》）

吴瞻泰曰：此古诗之对偶者，犹自选体中来。而其结撰严整，已似五律。（《杜诗提要》卷一）

金圣叹曰：“岳”字已难着语，“望”字何处下笔？试想先生当日有题无诗时，何等惨淡经营！一字未落，却已使读者胸中、眼中隐隐隆隆具有“岳”字、“望”字。盖此题非此三字（按：指“夫如何”三字）亦起不得，而此三字非此题，亦用不着也……此起二语，皆神助之句（首句下）。凡历二国，尚不尽其青，写“岳”奇绝，写“望”亦奇绝。五字何曾一字是“岳”？何曾一字是“望”？而五字天造地设，恰是“望岳”二字。（“齐鲁”句下）二句写“岳”。岳是造化间气所特钟，先生望“岳”，直算到未有岳以前，想见其胸中咄咄！“割昏晓”者，犹《史记》云“日月所相隐辟为光明也”。一句写其从地发来，一句写其到天始尽，只十字写“岳”遂尽。（“造化”二句下）翻“望”字为“凌”字已奇，乃至翻“岳”字为“众山”字，益奇也。如此作结，真有力如虎。（末二句下）（《杜诗解》）

黄周星曰：只此五字（按：指“齐鲁青未了”五字），可以小天下矣，何小儒存乎见少也。“割”字奇。“入”字又奇，然“割”字人尚能用，“入”字人不能用。（《唐诗快》）

田雯曰：余问聪山：老杜《望岳》诗“夫如何”“青未了”六字，毕竟作何解？曰：子美一生，唯中年诸诗静练有神，晚则颓放。此乃少时有意造奇，非其至者。（《古欢堂杂著》）

仇兆鳌曰：此望东岳而作也。诗用四层写意。首联，远望之色。次联，近望之势。三联，细望之景。末联，极望之情。上六实叙，下二虚摹。岱宗如何，意中遥想之词；自齐至鲁，其青未了，言岳之高远。拔地而起，神秀之所特钟；矗天而峙，昏晓于此判割。二语奇峭。

杜句有上因下因之法。荡胸由于曾云之生，上二字因下；决眦而见归鸟入处，下三字因上。上因下者，倒句也；下因上者，顺句也。末即“登泰山而小天下”之意。又曰：少陵以前，题咏泰山者，有谢灵运、李白之诗，谢诗八句，上半古秀，而下却平浅；李诗六章，中有佳句，而意多重复。此诗遒劲峭刻，可以俯视两家矣。《龙门》（指《游龙门奉先寺》）及此章，格似五律，但句中平仄未谐，盖古诗之对偶者。而其气骨峥嵘，体势雄浑，能直驾齐梁以上。（《杜少陵集详注》卷一）

汪师韩曰：诗至少陵，谓之集大成，然不必无一字一句之可议也。读其全集，求痕觅瑕，亦何可悉数！即如“岱宗夫如何，齐鲁青未了”（《望岳》），起轻佻失体。（《诗学纂闻·杜诗字句之疵》）

佚名曰：夫望岳与登岳不同。登岳即须细详岳麓中之奇特、巉岩、岸伟，不可端倪。若望岳，则又不得若是，必须就其涵盖体统处，写其挺出物表，有一语胜人千百之奇，如此诗起句“岱宗夫如何”，有似古金石铭刻语，又如屈子《天问》，古穆浑噩……寥寥之数语，足尽岱宗之奇，所谓龙文百斛，健笔独扛者也。（《杜诗言志》卷一）

沈德潜曰：“齐鲁青未了”五字，已尽泰山。（《重订唐诗别裁集》卷二）

浦起龙曰：公《望岳》诗三首，此望东岳也。越境连绵，苍峰不断，写岳势只“青未了”三字，胜人千百矣。“钟神秀”，在岳势前推出；“割昏晓”，就岳势上显出。“荡胸”“决眦”，明逗“望”字。末联则以将来之凌眺，剔现在之遥观，是透过一层收也。杜子心胸气魄，于斯可观，取为压卷，屹然作镇，岂惟镌刻年月云尔。（《读杜心解》卷一）

杨伦曰：“割”字奇险。（“阴阳”句）言阴阳之气为昏晓所分也。徐增曰：“山后为阴，日光不到故易昏；山前为阳，日光先临故易晓。”（“决眦”句）薛梦符曰：言登览之远，摅决其目力入归鸟之群也。（《杜诗镜铨》卷一）

陈訏曰：岳在望中，无可实写，只可从望中虚摹。起句即领“望”字之神。次句摹“望”字，句奇语确，紧贴齐鲁，不脱岱宗。三、四、五、六，均空际着笔。七、八空际用意，借“小鲁”“小天下”挽到岱宗，仍切“望”字，点滴不漏。与前《游奉先寺》诗，小小结构，俱规矩方员之至。（《读杜随笔》上卷一）

延君寿曰：予尝谓：读《北征》诗与荆公《上仁宗书》，唐、宋有大文章。后人敛衽低首，推让不遑，不敢复言文字矣。此言出，人必谓震其长篇大作耳，不知“齐鲁青未了”才五字，《读孟尝君传》才数行，今人越发不能。古人手段，纵则长河落天，收则灵珠在握，神龙在霄，不得以大小论。（《老生常谈》）

李少白曰：子美《望岳》一古，通首健举，而“决眦入归鸟”之句，更体贴入微，状出苍茫景象。（《竹溪诗话》卷二）

施补华曰：《望岳》一题，若入他人手，不知作多少语，少陵只以四韵了之，弥见简劲。“齐鲁青未了”五字，囊括数千里，可谓雄阔。后来唯退之“荆山已去华山来”七字足以敌之。（《岘佣说诗》）

吴汝纶曰：（“造化”二句）此十字气象旁魄，与岱宗相称。（“荡胸”二句）奇情，写望岳之神。（末二句）抱负不凡。（《唐宋诗举要》引）

邵子湘曰：语语奇警。（《唐宋诗举要》卷一引）

萧涤非曰：全诗没有一个“望”字，但句句写向岳而望。距离是自远而近，时间是从朝至暮，并由望岳悬想将来的登岳。（《唐诗鉴赏辞典》第 419 页）

傅光曰：《望岳》之“阴阳割昏晓”句，旧注有谓阴阳为日月者，有谓阴阳为山后山前者，有谓为阴阳之气者，皆觉费解……盖泰山坐北南向。泰山脚下，可见东西两面山峦对峙，犹神斧之分割。至斜阳西下，则东面山峦西侧，不见日光，郁郁葱葱，犹黄昏之状；而西面山峦东侧，光照尚强，明丽非常，灿若初晓。此即公诗“阴阳割昏晓”之谓也。此景惟黄昏时分，乃可得之，而此诗有“决眦入归鸟”

一句，足证杜公望岳，正黄昏之时。(《百家唐宋诗新话》)

［鉴赏］

在中国的名山中，泰山高居五岳之首。除历代帝王多在此举行封禅盛典以告成功这一历史文化原因之外，还由于其特殊的地理形势——拔起于齐鲁平原之间，使它显得特别巍峨雄峻。此诗写远望中的泰山，其主要特征即多从大处落笔，虚处传神，既写出它的阔大巍峨，雄奇峻峭，又传达它的磅礴高远气势和荡激心胸、引人奋发向上的力量。要写出泰山的整体面貌和气势，远望是最佳的观察角度；否则就会如苏轼所说，“不识庐山真面目，只缘身在此山中”。而远望，则自然只能得其大体，不可能作非常具体细致的观察和描写。远望，大处落笔，虚处传神，写出其整体面貌气势，这三者之间是密切相关的。

首句即以设问语虚处落笔喝起。不说泰山而称“岱宗”，便含郑重推尊意味。紧接“夫如何”三字，更隐透面对如此雄壮巨大而带神奇色彩的对象时发自内心的惊叹。在“岱宗”与“如何”之间插入一个在诗歌中很少用的语助词“夫”字，不仅使诗的节奏显得纡徐有致，而且传达出一种暗自沉吟揣摩的神情，仿佛感到面前的对象难以把握。

次句便从大处落笔，正面描绘泰山之广大。泰山绵亘于今山东省中部泰安、济南之间，古称“泰山之阳则鲁，其阴则齐”，故用“齐鲁青未了”一语概写其青黛之色，绵延古齐鲁之地而不绝的广袤面貌。实际上，即便站在更远处，诗人也不可能真正望见泰山广远绵延的全貌，这里的概括描写，已经包含了想象甚至夸张的成分。妙在用“青未了”三字传出其跨齐鲁而犹绵延不绝的态势，遂觉这青黛山色苍茫杳远而无有际涯。这正是大处落笔与虚处传神结合的范例。

如此广袤绵延的泰山突兀拔起于平野之上，使诗人不得不惊叹这是造化所创的奇观。第三句“造化钟神秀”仍从虚处下笔，说大自然仿佛特别钟爱照顾泰山，将宇宙间的神奇秀美都集中在它身上。这完全是虚写，但正是这种写法才能从整体上传达泰山之美所具有的神奇色彩和它在观赏者心中引起的震撼。第四句“阴阳割昏晓”有各种不同的解释，但只要明白诗人是把泰山作一个庞大的整体来描写，便不难理解其真实的含意是极状山之高峻，说它的南面（阳）为阳光所照射，故明亮（晓）；北面（阴）为阳光所不及，故晦暗（昏）。着一“割”字，不仅形象地显示出山的北面和南面，仿佛被分割成了一明一暗两个截然不同的世界，而且传神地表现了山的高峻奇险，宛如巨刃摩天的非凡气势。王维《终南山》的腹联“分野中峰变，阴晴众壑殊”所描绘的情景与此句相近，但王维是站在终南山顶下瞰，故是实写眼前景，而杜甫是在山下遥望，不可能同时看到山北山南一晦一明的景象，故是虚写想象中之景，而山之高峻奇险则于此可见。

五、六两句，改换笔法，写远望中的泰山云涌鸟归景象，其中自含写实成分。但诗人的着力点不在云涌鸟归景象本身，而在通过它来写自己远望时的感受与神情，故实中寓虚。上句本是写远望泰山上层云涌动，自己的胸中也因之激荡不已，因倒装句法而给人以胸中汹涌激荡如云起潮涌之感，突出了泰山上的壮丽景象对人的感染力。下句是写遥望归鸟向泰山飞去，随着鸟的渐飞渐远，仿佛要睁大眼睛，尽力追寻，才能摄入飞鸟的踪影。这目随飞鸟而去的景象，正传神地表现了诗人目注神驰的情状，体现了泰山之景对人的吸引力，这正是写远望之神。

末二句由远望而生“凌绝顶”之想。远望中的泰山，已如此广袤绵延、高峻奇险，使自己心潮涌动，目注神驰，遂自然产生强烈的登临绝顶的愿望。从晚年所作的《又上后园山脚》诗“昔我游山东，忆戏东岳阳。穷秋立日观，矫首望八荒”之句，诗人当年实已登泰山之巅，此诗“会当”二字，也透露了其愿望之迫切强烈。“一览众山小”虽是因孔子“登泰山而小天下”而引发的想象虚拟之词，却画出了诗人挺立峰巅，“矫首望八荒”的生动形象和奋发向上、登峰造极、雄视天下的壮阔情怀。前六句写远望中的泰山，已极传其广大巍峨、雄峻奇险之势，此二句写遥想中登顶“一览众山小”，既是进一步写出泰山之广袤、高峻，又是进一层写出诗人因“望岳”而生的壮怀，可以说是既传泰山之神，又传诗人望岳之神的完美收束。

兵车行①

车辚辚②，马萧萧③，行人弓箭各在腰④。耶娘妻子走相送⑤，尘埃不见咸阳桥⑥。牵衣顿足拦道哭，哭声直上干云霄⑦。道旁过者问行人⑧，行人但云点行频⑨：或从十五北防河⑩，便至四十西营田⑪。去时里正与裹头⑫，归来头白还戍边⑬。边庭流血成海水⑭，武皇开边意未已⑮。君不闻汉家山东二百州⑯，千村万落生荆杞⑰。纵有健妇把锄犁⑱，禾生陇亩无东西⑲。况复秦兵耐苦战⑳，被驱不异犬与鸡㉑！长者虽有问㉒，役夫敢申恨㉓！且如今年冬，未休关西卒㉔。县官急索租㉕，租税从何出？信知生男恶，反是生女好。生女犹得嫁比邻㉖，生男埋没随百草㉗。君不见，青海头㉘，古来白骨无人收。新鬼烦冤旧鬼哭，天阴雨湿声啾啾㉙！

［校注］

①这是杜甫“即事名篇，无复倚傍”（元稹《乐府古题序》），针对现实而作的乐府歌行。作于天宝十载（751）冬。内容系抨击玄宗后期发动的一系列开边黩武战争，有较大概括性。②辚辚，车声。《诗·秦风·车邻》：“有车辚辚。”③萧萧，马鸣声。《诗·小雅·车攻》：“萧萧马鸣，悠悠旆旌。”④行人，征人，出征的士兵。⑤耶娘，即爷娘，父母。走，奔走。⑥咸阳桥，即西渭桥。《雍录》：“秦、汉、唐架渭者凡三桥：在咸阳西十里者，名便桥，汉武帝造；在咸阳东南

二十二里者，为中渭桥，秦始皇造；在万年县东四十里者，为东渭桥。”西渭桥又称便门桥，因与汉长安城便门相对，故名。故址在今咸阳市西南。从长安出发过咸阳西去，必经此桥。⑦干，犯。⑧道旁过者，指诗人自己。将自己作为诗中的一个人物，见证诗中所写情景。⑨点行，按户籍名册依次点名抽丁出征。频，频繁。⑩防河，当时吐蕃经常侵扰河西（黄河以西）陇右地区，唐廷征调关中、朔方等内地军队集于河西一带以防备，故曰防河。又称“防秋”。⑪营田，即屯田。戍边士兵，兼事屯田垦荒，有事作战，平时种田。营田亦为防备吐蕃。⑫去时，指初次从军出征时，即上云“十五”岁时。里正，唐代百户为一里，设里正一人。裹头，包扎头巾。古以皂罗三尺裹头。因初次出征时年少，故里正为之裹扎头巾。⑬此句上承“便至”句。谓好容易挨到从前线归来，又被征调入伍，前往戍边。⑭边庭，犹边疆，边地。⑮武皇，本指汉武帝。唐代诗人多借“武皇”指唐玄宗。⑯汉家，借指唐朝。山东，指华山以东。又称关东。仇兆鳌注引《十道四蕃志》：“关以东七道，凡二百一十七州。”二百州系举成数。⑰生荆杞，形容田地荒芜，民生凋敝，农业生产遭到巨大破坏。⑱把，持。把锄犁，拿着锄头犁耙从事农耕。⑲无东西，形容妇女耕种的田地，庄稼长得杂乱不成行列。⑳秦兵，指关中地区的士兵，即下文“关西卒”。《史记》称“秦人勇于攻战”。岑参《胡歌》：“关西老将能苦战，七十行兵仍未休。”古有关东出相，关西出将之说。王嗣奭曰：秦兵即关中之兵，正此时点行者。因坚劲耐战，故驱之尤迫。今驱负来者弱兵，直弃之耳，与犬鸡何异！（《杜臆》）㉑驱，驱使，指被强征服役。㉒长者，征人称“道旁过者”，即诗人自己。㉓役夫，行役之人，即上文“行人”。敢申恨，岂敢申说自己的怨恨。㉔休，停止征调。关西，指函谷关以西的关中地区。关西卒，即上文“秦兵”。㉕县官，朝廷、官府。《史记·孝景本纪》：“令内史郡不得食马粟，没入县官。”《汉书·食货志上》：“贵粟之首，在于使民以粟为赏罚。今募天下入粟县官，得以拜爵，得以除罪。”柳宗元《答元饶州论政理书》："今富者税益少，贫者不免于捃拾以输县官，其为不均大矣。"朱鹤龄曰：名隶征伐，则生当免其租税矣。今以远戍之身，复督其家之输赋，岂可得哉！此承上更进一层语，亦与上村落荆杞相应。（杨伦注引）㉖比邻，近邻。㉗杨泉《物理论》载秦代民谣云："生男慎勿举，生女哺用脯。不见长城下，尸骸相支拄。"陈琳《饮马长城窟行》："生男慎莫举，生女哺用脯。君独不见长城下，死人骸骨相撑拄！"以上四句化用其语。㉘青海头，青海湖边上。这一带是唐军与吐蕃经常交战的地方。㉙啾啾，此处象鬼哭泣之声。

[笺评]

元稹曰：近代惟诗人杜甫《悲陈陶》《哀江头》《兵车》《丽人》等，凡所歌行，率皆即事名篇，无复倚傍。余少时与友人乐天、李公垂辈，谓是为当，遂不复拟赋古题。(《乐府古题序》)

蔡宽夫曰：齐梁以来，文士喜为乐府辞，然沿袭之久，往往失其命题本意……甚有并其题而失之者……虽李白亦未免此。惟老杜《兵车行》《悲青坂》《无家别》等数篇，皆因事自出己意立题，略不更蹈前人陈迹，真豪杰也。(《蔡宽夫诗话》)

王深甫曰：雄武之君，喜驱中国之众，以开边服远为烈；而不痞其事，乃先王之罪人耳。此诗盖借号于汉以刺玄宗云。（宋方深道辑《诸家老杜诗评》引《王深甫集》）

黄彻曰：杜集多用经书语，如"车辚辚，马萧萧"，未尝外入一字……皆浑然严重，如天陛赤墀，植璧鸣玉，法度森锵。（《碧溪诗话》）

吴师道曰："长者虽有问，役夫敢申恨"，寻常读之，不过以为漫语而已。更事之馀，始知此语之信。盖赋敛之苛，贪暴之苦，非无访察之司，陈诉之令，而言之未必见理，或反得害。不然，虽幸复伸，而异时疾怒报复之祸尤酷，此民之所以不敢言也。"虽"字"敢"字，

曲尽事情。(《吴礼部诗话》)

胡应麟曰：杜《兵车》《丽人》《王孙》等篇，正祖汉、魏，行以唐调耳。(《诗薮·内编》) 又曰：乐府则太白擅奇古今，少陵嗣迹风雅。《蜀道难》《远别离》等篇，出鬼入神，惝恍莫测；《兵车行》《新婚别》等作，述情陈事，恳恻如见。(同上卷二)

王嗣奭曰：此诗已经物色。其妙尤在转韵处磊落顿挫，曲折条畅。(《杜臆》) 又曰：旧注谓明皇用兵吐蕃，此当作于天宝中年。(仇注引)

吴山民曰：首段作乐府语，不嫌直率。"且如今冬"二句，应"开边未已"来；"县官急索"二句，应"村落生荆杞"来。(《删补唐诗选脉笺释会通评林·盛七古》引)

周珽曰：以开边之心未已，致令人、鬼哭不得了，闻者有不痛心乎！写至此，应胸有鬼神，笔有风雨。(同上)

陆时雍曰：起、结最是古意。(同上引)

吴逸一曰：语杂歌谣，最易感人，愈浅愈切。(《汇编唐诗十集》引)

唐汝询曰：此为明皇征吐蕃而为征夫自诉之词以刺也。言大军将发，整车马，治戎器，行者之家，哭送于途。于是路人问之，而征夫自诉曰：朝廷役使夫无休时，既兴防河、营田之役，复有开边之举，使我白首不得息。又况边人血流成海，帝心尚未厌也。今山东之地几于无人，妇人耕作，男子横戈，军中复以强弱相凌，见困尤甚。然我非敢以从征为恨也。苟关西之卒未休，退耕者募，租税无从出，则输赋之苦尤甚于从军矣。吾人何乐乎有生哉！总之，暴骨青海旁耳。吁！黩武如此，而不亡国者鲜矣！此安史之乱所由起也。(《唐诗解》卷十四)

钱谦益曰："君不闻"以下，言征戍之苦，海内绎骚，不独南征一役为然，故曰"役夫敢申恨"也。"且如"以下，言土著之民亦不堪赋役，不独征人也。"君不见"以下举青海之故，以言征南之必不返也。不言南诏，而言山东，言关西，言陇西，其词哀怨而不迫如此。曰“君不闻”“君不见”，有诗人呼祈父之意焉。是时国忠方贵盛，未敢斥言，杂举河陇之事，错互其词，若不为征南诏而发者，此作者之深意也。(《钱注杜诗》)

朱鹤龄曰：玄宗季年，穷兵吐蕃，征戍绎骚，内郡几遍，诗故托为从征者自诉之词。(杨伦《杜诗镜铨》卷一引)

俞玚曰：声调自古乐府来，笔法古峭，质而有文，从行人口中说出，是风人遗格。前段以大概防边者言，后段以今日之行者言，居者之租税何来，行者之身命不保，俱兼两层意。(《杜诗集评》）卷五引)

单复曰：此为明皇用兵吐蕃而作，故托汉武以讽，其辞可哀也。先言人哭，后言鬼哭。中言内郡凋弊，民不聊生，此安史之乱所由起也。吁！为人君而有穷兵黩武之心者，亦当为之恻然兴悯，惕然知戒矣。(仇兆鳌《杜少陵集详注》卷二引)

王道俊曰：王深父云：“时方用兵吐蕃，故托汉武事以为刺。”此说是也。黄鹤谓：天宝十载，鲜于仲通丧师泸南，制大募兵击南诏，人莫肯应。杨国忠遣御史分道捕人，连枷送诣军前，故有“牵衣”“顿足”等语。按：明皇季年，穷兵吐蕃，征戍驿骚，内郡几遍。当时点行愁怨者，不独征南一役，故公托为征夫自诉之词以讥切之。若云惧杨国忠贵盛，而诡其于关西，则尤不然。太白《古风》云：“渡泸及五月，将赴云南征。怯卒非壮士，南（炎）方难远行。长号别严亲，日月惨光晶。泣尽继以血，心摧两无声。”已明刺之矣。太白独胡不畏国忠耶？(《杜诗博议》。仇兆鳌《杜少陵集详注》卷二引)

仇兆鳌曰：首段，叙送别悲楚之状，乃纪事；下二段，叙征夫苦役之情，乃纪言。辚辚，众车之声；萧萧，鸣不喧哗；行人，行役之人。次提“过者”“行人”，设为问答。而以“君不闻”数语作收应。曰防河，曰营田，曰戍边，所谓“点行频”也。开边未已，讥当日之穷兵，至于村落萧条，夫征妇耕，则民不聊生可知。本言“秦兵”，而兼及山东，见无地不行役矣。（末段）再提“长者”“役夫”，申明问答，而以“君不见”数语作总结。“未休”戍卒，应上“开边未已”，“租税何出”，应上村落荆杞。“生男”四语，因前爷娘妻子送别，而为此永诀之词。青海鬼哭，则驱民锋镝之祸，至此极矣。此章是一头两脚体。下面两扇，各有起结。各换四韵，各十四句，条理秩然，而善于曲折变化，故从来读者不觉耳。（《杜少陵集详注》卷二）

何焯曰：曲折穿漏不直，亦有宾主。借“秦人”口中带出，以所见者包举所不及见者也。（“况复秦兵”二句下）篇中逐层相接，累累珠贯，弊中国而徼边功，农桑废而赋敛益急，不待禄山作逆，山东已有土崩之势矣。况畿辅根本亦空虚如是，一朝有事，谁与守耶？借汉喻唐，借山东以切关西，尤得体。（《义门读书记》）

张谦宜曰：句有长短，一团气力。○“牵衣顿足拦道哭”，夹此等句不妨，一味作尔许声口，格便低。○“长者虽有问”数句，作缓语一间急势。末用惨急调，收得陡。（《絸斋诗谈》卷四）

许昂霄曰：赋役之苦，征戍之苦，两层意尤重征戍一层。故言陇为尽荒，则前段转详；言死云相继，则后段更深。（刘濬《杜诗集评》卷五引）

吴瞻泰曰：篇中以“开边”句为主，而叙事只起手七句，以下俱词令代叙事。“但云”二字，直贯至末，皆戍役之言，分两段写：一段以“君不闻”结往内郡凋敝，一段以“君不见”结往戍卒零丁。似分两扇，而长短参差，绝无痕迹。词令述完，不复再叙一语，含蓄吞吐，语未尽而意有馀。真汉诗，真乐府。（《杜诗提要》卷五）

浦起龙曰：是为乐府创体，实乃乐府正宗。齐、梁间，拟汉、魏者，意在仿古，非有所感发规讽也。若古乐府，未有无谓而作者。旧注：明皇用兵吐蕃，民苦行役而作。愚按：仇氏分截是，但谓一头两脚则非。两脚则分两柱，诗非两柱也。首段，劈然而起，只写行色，不言所事，如风来潮来，令人目眩。“道旁”一段，逗出“点行频”三字，为一诗之眼。又揭出“开边未已”四字，见作诗之旨。然此段只是历叙从前，指陈惨苦；又泛举天下，剔出关中。盖防秋戍卒，由来已久，还在题前一层也。自“长者”以下至末，才入时事。“今冬”二句，乃是本题正面。末则慨叹现在行役之苦。盖前段之苦，已事也；此段之苦，本事也。欲人主鉴既往而悯将来，假征人之苦语，转黩武之侈心，此《三百篇》之遗也。噫！山东近在中土，乃事之可见者，而深宫竟不得闻。青海陷我穷民。宜君所习闻者，而绝域又不可见。两呼“君不闻”“君不见”，唤醒激切。○通篇以苦役为主，中间夹写凋敝。(《读杜心解》卷二)

沈德潜曰：诗为明皇用兵吐蕃而作，设为问答，声音节奏，纯从古乐府得来。以人哭始，鬼哭终，照应在有意无意。(《重订唐诗别裁集》卷六）又曰：纵笔所之，犹龙夭矫，足以惊风雨而泣鬼神（杨伦注引）

《唐宋诗醇》：此体创自老杜，讽刺时事而托为征夫问答之词。言之者无罪，而闻之者足以为戒，《小雅》遗音也。篇首写得行色匆匆，笔势汹涌，如风潮骤至，不可逼视。以下接出点行之频，指出开边之非，然后正说时事，末以惨语结之。词意沈郁，音节悲壮，此天地商声，不可强为者也。(卷九)

邵长蘅曰：是唐诗史，亦古乐府。通篇设为役夫问答之诗，乃风人遗格。(“车辚辚”五句）叙起一片惨景，笔势如风潮骤涌，不可逼视。(杨伦《杜诗镜铨》卷一引)

蒋弱六曰：(“点行频”）三字一吞声小顿，下再说起。(“武皇”句）一篇微旨。(“纵有”二句）善作反衬。(“长者”二句）又作一折。(“生女”二句）痛绝语。(同上引)

杨伦曰：(“武皇”句）不敢斥言，故托汉武以讽。(“君不闻”四句）此概天下言。(“况复”二句）此指今点行者。(同上)

梁运昌曰：此一诗乃开、天间治乱关头，不比他人征戍篇什，漫然而已。严沧浪谓此诗太白所不能作。今观其行文，不依傍古词，自成格调，风骨、气味、色泽并臻绝顶。尤能字字痛心，言言动魄，使

人主闻之，因是念民瘼而戢侈心，岂非《小雅》之嗣者哉！（《杜园说杜》卷七）

方东树曰：此诗之意，务令上之人知好战之害，与民情之愁苦如此。而居高者每不知，所以不得已于作也。此篇其《史》《汉》大文，论著奏疏，合《诗》《书》六经相表里，不可以寻常目之。（《昭昧詹言·杜公》卷十二）

潘德舆曰：若《桃竹杖引》，特一时兴到语耳，非其至也。必求其至，《兵车行》为杜集乐府首篇，具长短音节，拍拍入神，在《桃竹杖引》之上。（《养一斋李杜诗话》）

施补华曰："行人但云点行频""去时里正与裹头""纵有健妇把锄犁"，合之五古《新婚别》《无家别》《垂老别》《石壕吏》诸诗，见唐世府兵之弊，家家抽丁远戍，烟户一空，少陵所以为诗史也。（《岘佣说诗》）

《十八家诗钞评点》引张曰：杜公歌行妙处，与汉魏古诗异曲同工，如此篇可谓绝诣矣。

［鉴赏］

在唐诗发展史上，杜甫的《兵车行》称得上是一篇划时代的作品。以它为标志，唐诗由此前的歌咏繁荣昌盛时代昂扬奋发的精神风貌和高华朗爽的艺术风貌转为揭露社会矛盾、时代危机和下层人民的苦难，诗风也转为写实。单从诗的主旨——抨击统治者的黩武战争这一点看，同时代的诗人李白、李颀、刘湾等都写过类似的作品，但杜诗却以其特有的深刻性、广阔性和艺术概括性、创造性超越其他诗人之作而成为新诗风的突出代表。

要准确地理解这首诗的内容，首先必须弄清它所反映的黩武战争究竟是指某一次具体的战争，还是对一个较长时期中进行的一系列黩武战争的概括。宋代黄鹤认为此诗所反映的是天宝十载（751）鲜于仲通丧师泸南，制大募兵击南诏之事。据《通鉴》载：天宝十载“四月壬午，剑南节度使鲜于仲通讨南诏蛮，大败于泸南……士卒死者六万人，仲通仅以身免，杨国忠掩其败状，仍叙其战功……制大募两京及河南北兵以击南诏。人闻云南多瘴疠，未战士卒死者什八九，莫肯应募。杨国忠遣御史分道捕人，连枷诣送军所……于是行者愁怨，父母妻子送之，所在哭声震野”。所叙情景与李白《古风》其三十四专写此次征兵讨南诏之事者相合，亦与杜甫此诗开头所写咸阳桥头哭送征人一幕相合，故后世注杜诗者如钱谦益即据此认为诗为此次征南诏之役而作。而另外一些注家，则认为此诗系讽唐玄宗用兵吐蕃而作。这在诗中同样能找到一系列明显证据。一是诗中提到的“北防河”“西营田”均与同吐蕃作战有关；二是诗末明确提到“青海头”的新鬼旧鬼，更是与吐蕃长期作战之地。但这两种意见却都忽略了杜诗的写实，并非对一时一事的实录，而是对现实生活的提炼、熔铸和典型化概括。从诗中所写到的“汉家山东二百州，千村万落生荆杞”的情况看，这绝不是某一次黩武战争所能造成的严重局面，而是在一个相当长的时期中连续进行黩武战争酿成的恶果，这从“边庭流血成海水，武皇开边意未已”的诗句中也可明显看出。玄宗的黩武开边战争，与其政治上的逐渐腐败是基本上同步的。从天宝以来，东北边境上安禄山对奚、契丹的战争，西北边境上哥舒翰对吐蕃的战争，西南边境上鲜于仲通及李宓对南诏的战争，都带有黩武的性质，特别是天宝八载陇右节度使哥舒翰以死伤数万人的惨重代价夺取吐蕃石堡城之役，和鲜于仲通征南诏之役，士卒死者六万人，更是玄宗开边黩武战争付出惨重代价的突出事例。可以认为，《兵车行》是杜甫在天宝以来玄宗进行一系列开边黩武战争的基础上，特别是在天宝八载与吐蕃的石堡城之战及十载征南诏之败这两次战役的基础上，提炼概括而成的反黩武战争的诗篇。

诗一开头，就展现出一幅惨绝人寰的咸阳桥头送别征人的画面：车声辚辚，马声萧萧，出征的士兵腰间都佩带上了弓箭。征人的父母妻子奔走相送，人马杂沓，尘埃蔽天，连咸阳桥也被遮挡得不见踪影。送行的人们牵扯着征人的衣裳，顿足捶胸，呼天喊地，号啕大哭，哭声一直上冲云霄。这幅活动着的画面，显然是为了揭示这场战争违背人民意愿的非正义性质，说明征人是被迫上前线的。特别是“牵衣顿足拦道哭”一句，连用三个动作（牵衣、顿足、拦道）来渲染句末的“哭”字，不仅传达出眼睁睁看着亲人被迫赴死的士兵家属悲痛欲绝的心情，而且透露出他们对这场不义之战及发动这场战争的统治者内心强烈的怨愤。不妨说，这幅图景本身就是对黩武战争的强烈控诉。这个开头，确如前人所评，笔势如风潮骤涌，具有强烈的冲击力和震撼力。在给人以强烈的视、听感受的同时，给人以心理上的强烈震撼。

诗人在这首诗中，是以一个目击者和见证者的身份出现的。因此，在描绘上述图景之后，就自然引出了“道旁过者问行人”及行人的回答，以交代这幅惨绝人寰的图景的由来，并通过行人之口逐层深入地揭露抨击黩武战争造成的苦难和严重后果。这个“道旁过者”就是诗人自己。“行人但云”以下，从表面看，全是行人的回答。但揆之实际，杜甫当年即使真的目击了咸阳桥头哭送征人上前线的场景，并和其中的某个行人有过问答，但下面的这一大段答辞，显然不可能全出于行人之口，而是包含了杜甫多年来对现实生活的体验和思考。

“点行频”三字，一篇眼目。“或从”四句，用前后交错的句式，揭示出战争的旷日持久和点行之频。唐制：二十服役，六十而罢。天宝三载改为二十三岁征点，五十岁老免。诗中的这位征人，十五岁便被抽到西北边疆防秋，直到四十岁还在那里屯田戍守，初次入伍时由于年少连头巾都是由年长的里正代裹的，好不容易挨到头白还乡，却又被强征入伍，赶往前线。“或从”句与“去时”句重合，“便至”句与“归来”句承接，“十五”“四十”的久远时间差距，“归来”与“还戍边”的对应，将这位士兵数十年的经历与战争之久、点行之频融为一体，写得简洁而不费力。

“边庭流血成海水，武皇开边意未已。”这样旷日持久的战争造成的一个直接严重后果，就是前线士兵的大量牺牲，诗人用“边庭流血成海水”的夸张渲染突出了牺牲之巨大与惨烈，可是最高统治者开边扩张的意愿却并没有止境。这两句是对全篇主旨的集中揭示，矛头直指唐玄宗，可见诗人的强烈正义感和可贵的诗胆。较之李白《古风》其三十四将矛头指向杨国忠更进一层。

“君不闻”四句，特意用乐府套语提起另一层意，将对黩武战争的揭露向深广处延伸。由于长期进行黩武开边战争，华山以东广大地区的农业生产遭到严重破坏，千村万落，田地上长满了荆棘，一片荒芜景象。纵使有妇女在田地上持锄扶犁耕作，种出来的庄稼也是行不成行，杂乱丛生，收成浇薄。“点行”之频，战争之久，使广大的中原地区丁壮都上了前线，田地荒芜，生产凋敝。这不仅从地域的广阔上进一步揭示出黩武战争造成的破坏波及范围之广，而且从动摇国家的根本上深刻地揭示出其为祸之烈。封建社会的经济，是以农业为立国根本的小农经济，一旦广大地区的农业生产遭到严重破坏，就必然会动摇立国的根基，造成一系列的矛盾和危机。因此这四句诗对全诗思想内容的开拓与深化起着至关重要的作用。《兵车行》之所以有别于一般的反黩武战争的诗，主要就在于杜甫看问题并不局限于战争本身给士兵及其家人带来的痛苦牺牲和生离死别，而是联系到整个国家的前途命运，看到了它对农业生产这个根基造成的破坏。李白在《古风》其十四中抨击唐玄宗“劳师事鼙鼓”的同时也曾言及“三十六万人，哀哀泪如雨。且悲就行役，安得营农圃”，但仅一笔带过；而杜甫则在诗中将这种破坏淋漓尽致地展示出来，加以大笔濡染，其警动的效果便明显不同。

“况复”四句，又从昔时回到眼前，从“山东”回到关中，申述关中地区的百姓因为“耐苦战”而遭到统治者反复多次的驱遣，简直视同鸡犬，语气中充满怨愤和无奈。明说自己岂敢发泄怨愤，实际上内心极度怨恨朝廷草菅民命，只不过敢怒而不敢言而已。

“且如”四句，又转进一层。先说今冬接连征调“关西卒”以遥承“点行频”；再揭示人虽征役，租税却不能免，朝廷急索租税，但家中既无人从事生产，又哪里能上缴租税呢？这里不仅反映出统治者为了进行开边黩武战争，已经毫不讲章法，而且透露出关中地区也同时面临着田地荒芜、生产凋敝的局面。然则整个北方地区所遭到的破坏都已极其严重。这和杜甫在《忆昔》诗中所描绘的“开元全盛日”的景象简直有天壤之别。这在正史之中并没有记载，人们的印象中，天宝中后期，政治虽日趋腐败，经济仍相当繁荣，杜甫的《兵车行》正可补史之阙。

不但广大北方地区的生产遭到严重破坏，连社会心理也因长期黩武战争的影响而出现了变化。原来重男轻女的传统心理，由于男丁被大量赶往前线白白送死，而一变为“信知生男恶，反是生女好”，因为生女尚能嫁给近邻，总能生聚相见，而生男却只能葬身沙场，随百草同枯。语气极沉痛而愤激。“信知”“反是”，用强调的口吻透露出这完全是一种扭曲的社会心理。这种反常的心理正反映出长期的黩武战争给人民带来的深重苦难和心理创伤，是对黩武战争更深一层的揭露。

“君不见，青海头，古来白骨无人收。新鬼烦冤旧鬼哭，天阴雨湿声啾啾！”这四句紧接“生男埋没随百草”句而来，遥承“边庭流血成海水”，却将反黩武战争的主旨一直向古代延伸，说明古往今来，从汉到唐，统治者好大喜功，发动开边黩武战争，以致青海湖边，白骨累累，无人收埋，新鬼旧鬼，烦冤哭泣，天阴雨湿之时，啾啾之声，更是凄绝不忍闻。四句抵得上李华一篇《吊古战场文》。这既是被强征的征人对黩武战争的沉痛控诉，也是诗人对黩武战争的强烈抗议，二者水乳交融，浑然一体。

从来写反黩武战争的诗，其主要着眼点都集中在战争造成的惨重牺牲上。与杜甫同时代的诗人刘湾的《云南曲》说：“去者无全生，十人九人死。”李白的《古风》其三十四也说：“千去不一回，投躯岂全生？”李颀的《古从军行》亦云：“年年战骨埋荒外，空见蒲萄入汉家。”杜甫却比一般的诗人想得更深更远，他想到长期黩武战争给广大地区的农业生产带来严重的破坏，造成了广大农村经济的凋敝，而这又进一步造成“县官急索租，租税从何出”的恶性循环，造成百姓对统治者的怨恨。这一切，都会动摇国家的根本，形成经济、政治的危机。《兵车行》的深刻性，正在于此；杜甫为其他同时代诗人所不及，亦在于此。

《兵车行》是杜甫所创作的“即事名篇，无复倚傍”的新乐府诗中以反映国计民生重大问题为题材的首篇。它继承了汉代乐府“感于哀乐，缘事而发”的创作精神和长于叙事的传统，用通俗明畅、富于表现力的语言叙事记言绘景，表达富于时代意义的深刻主题和深广的现实生活内容。诗人的笔触，由眼前咸阳桥头哭声震天的场景向广远的时空延伸，不但延伸到“山东二百州”的千村万落，“白骨无人收”的青海湖边，而且由现在延伸到过去，由唐朝延伸到古代，从现实生活延伸到社会心理，从而极大地拓展了诗的历史现实内涵，深化了诗的反黩武、伤凋敝、忧国运的主题。从此之后，忧国忧民，便成为杜诗的主旋律，杜甫和同时代的其他诗人，也就显示出鲜明的区别。

《兵车行》表现出杜甫善于将深广的生活内容严密有序地组织成艺术整体的杰出才能。诗中先记事，后记言。在记言中先述已往之事，再说眼前之事。在行文的勾连照应（包括“君不闻”“君不见”“况复”“且如”等词语的恰当提引和顶针手法的运用，以及围绕“点行频”这个诗眼，反复以“武皇开边意未已”“未休关西卒”“新鬼烦冤旧鬼哭”等诗句作照应渲染等等）和内在意蕴的潜在关联上（如开头的咸阳桥头的人哭和结尾的青海湖边的鬼哭），都可看出其用思之细密巧妙。而随着内容的推进而不断变化的韵律和长短参差的句式更增添诗的生动性和鲜明的节奏感。

但更值得注意的是诗的想象虚构成分。这首诗虽采用叙事体，但并非单纯的生活实录，而是经过诗人的提炼加工，作了集中概括的。咸阳桥头的惨痛场景，可能是杜甫所亲历，但下面一大段“道旁过者”与“行人”的问答，特别是行人答话中的某些内容，显然有假托的痕迹。一个“归来头白还戍边”的老兵从他的切身遭遇出发，对黩武开边战争怀有怨愤是很自然的，但这位老兵竟能从“山东二百州”的生产凋敝谈到“秦兵”被多次驱遣，从征行的频繁谈到租税的苛急，恐怕就不再是生活的原生态的记录。这位“行人”所说的话，大部分也是诗人要说的话，不过借行人之口，用问答的方式表达出来而已。一个艺术才能平庸的诗人，很可能用下述方式来表达这首诗所反映的生活内容，即在开头描写送行场景之后，就由作者自己出面，发一通议论和感慨。从戍边时间之长、死伤之惨重，对广大地区生产破坏之严重以及对社会心理影响之深刻等方面来论述黩武战争的严重恶果。这样写，就内容的深广来说，与杜甫的原作可以说没有多少区别，但诗歌的形象性、真实感和艺术感染力却大大削弱了。杜甫没有这样作，他把自己对黩武战争的深切感受与认识，通过艺术的想象与加工，化为咸阳桥头哭声震天的生离死别场面，化为“道旁过者”与“行人”的问答，将主观的议论化为客观的叙述描绘。这样的艺术构思，就大大增强了作品的生活气息和真实感、现场感。这种通过艺术的想象和提炼加工，将自己耳闻目睹的情景与生活中得来的种种感受、认识熔为一炉的典型化手段，是杜甫现实主义艺术创造精神的突出表现。

醉时歌①

诸公衮衮登台省②，广文先生官独冷③。甲第纷纷厌粱肉④，广文先生饭不足。先生有道出羲皇⑤，先生有才过屈宋⑥。德尊一代常坎坷⑦，名垂万古知何用⑧！杜陵野客人更嗤⑨，被褐短窄鬓如丝⑩。日籴太仓五升米⑪，时赴郑老同襟期⑫。得钱即相觅，沽酒不复疑⑬。忘形到尔汝⑭，痛饮真吾师⑮。清夜沉沉动春酌⑯，灯前细雨檐花落⑰。但觉高歌有鬼神⑱，焉知饿死填沟壑⑲。相如逸才亲涤器⑳，子云识字终投

阁[21]。先生早赋归去来[22]，石田茅屋荒苍苔[23]。儒术何有于我哉[24]！孔丘盗跖俱尘埃[25]。不须闻此意惨怆[26]，生前相遇且衔杯[27]。

［校注］

①题下原注：赠广文馆博士郑虔。《旧唐书·玄宗纪》："天宝九载七月，国子监置广文馆，徙生徒为进士业者。"广文馆有博士四人，助教二人，均为学官。郑虔（691—759），字趋庭，郑州荥阳人。开元中，任左监门录事参军。开元末，任协律郎。因私修国史，贬官十年。天宝九载（750），"玄宗爱虔才，欲置左右，以不事事，更为置广文馆，以虔为博士……虔善著书，时号郑广文"（《新唐书·文艺传·郑虔》）。天宝末迁著作郎。安史乱军陷长安，伪署水部郎中，称疾不就，以密章潜通在灵武的肃宗朝廷。乱平，以次三等治罪，贬台州司户参军，后卒于贬所。杜甫与郑虔友善，集中有寄赠怀念郑虔的诗十八首。虔多才艺，曾自书其诗并画，呈玄宗，御题"郑虔三绝"。此诗中提及"日籴太仓五升米"之事，据《旧唐书·玄宗纪》：天宝十二载，"八月，京城霖雨，米贵，令出太仓米十万石，减价粜于贫人"。又言及"动春酌"，则当作于十三载春。②衮衮，众多貌，从相继不绝之义引申而来。台，指御史台，包括台院、殿院、察院，是中央政府的监察机构。省指中书省、门下省、尚书省（包括吏、户、礼、兵、刑、工六部）。台省泛称中央政府的枢要部门。③官独冷，指与权势无缘的闲官冷职。广文馆博士就是这样一个冷官。李商隐在任太学博士时也称自己"官衔同画饼，面貌乏凝脂"（《咏怀寄秘阁旧僚二十六韵》）。④甲第，豪门贵族的宅第。《史记·孝武本纪》："赐列侯甲第，僮千人。"裴骃集解引《汉书音义》："有甲乙第次，故曰第。"或曰："第，馆也；甲，言第一也。"（《文选·张衡〈西京赋〉》"北阙甲第"薛综注）粱肉，泛指精美的饭食。⑤出，超越。

羲皇，指传说中的古圣君伏羲氏。⑥屈宋，屈原、宋玉。战国时楚国的杰出诗人，楚辞的代表作家。⑦德尊一代，道德为一代所尊崇。此句上承“有道出羲皇”。坎坷，困顿不得志。⑧名垂万古，名传于万代。此句上承“有才过屈宋”。⑨杜陵野客，杜甫祖籍京兆杜陵，故以“杜陵野老”自称。嗤，讥笑。⑩被褐，穿着粗布短衣。褐衣古代为贫贱者所穿。⑪太仓，古代京师储谷的官仓。唐司农寺下设太仓署，掌廪藏之事。买入谷米曰“籴（dí）”，卖出曰“粜”。太仓粜米事参见注①。⑫郑老，郑虔比杜甫年长二十余岁，故称。同襟期，同敞怀抱。⑬不复疑，毫不迟疑。⑭忘形，不拘形迹。到尔汝，到以你我相称的程度，表示相互间关系亲密，为忘年之交。《文士传》：“祢衡与孔融为尔汝交，时衡年二十余，融年五十。”⑮谓郑虔在痛饮方面真称得上吾师。这是诙谑的话。⑯清夜，寂静的夜晚。沉沉，深沉貌。鲍照《代夜坐吟》：“冬夜沉沉夜坐吟，含声未发已知心。”动春酌，饮春酒。⑰檐花，屋檐边树上的花。或云檐前细雨因灯光映射，闪烁如花，亦通。⑱高歌，指高声吟诗。有鬼神，谓若有鬼神相助。⑲填沟壑，填尸于山谷。《孟子·滕文公下》：“志士不忘在沟壑，勇士不忘丧其元。”赵岐注：“君子固穷，故常念死无棺椁没沟壑而为恨也。”⑳逸才，超逸出众之才。《史记·司马相如列传》：“文君夜亡奔相如，相如乃与驰归。家徒四壁立……相如与俱之临邛，尽卖其车骑，买一酒舍沽酒，而令文君当垆。相如身自着犊鼻裈，与保佣杂作，涤器于市中。”㉑子云，扬雄字。识字，指扬雄能识古文奇字。《汉书·扬雄传》：“王莽时，刘歆、甄丰皆为上公。莽既以符命自立，即位之后欲绝其原以神前事，而丰子寻、歆子棻复献之。莽诛丰父子，投棻四裔，辞所连及，便收不请。时雄校书天禄阁上，治狱使者来，欲收雄，雄恐不能自免，乃从阁上自投下，几死。莽闻之曰：‘雄素不与事，何故在此？’间请问其故，乃刘棻尝从雄学作奇字。雄不知情，有诏勿问。”㉒晋陶渊明辞彭泽令归家时，作《归去来辞》，表明归隐田园之志。此谓郑虔早有归隐之志。㉓石田，沙石之田，指贫瘠的田。㉔儒术，指儒家之道。何有，有什么用。㉕盗跖，姓柳下，名跖。春秋时著名的大盗。㉖此，指《醉时歌》。惨怆，凄楚忧伤。㉗衔杯，饮酒。《晋书·张翰传》："或谓之曰：'卿乃可纵适一时，独不为身后名邪？'答曰：'使我有身后名，不如即时一杯酒。'时人贵其旷达。"末句从此化出。

[笺评]

王嗣奭曰：此篇总是不平之鸣，无可奈何之词，非真谓垂名无用，非真薄儒术，非真齐孔、跖，亦非真以酒为乐也。杜诗"沉饮聊自遣，放歌破愁绝"，即可移作此诗之解。而他诗可以旁通。自发苦情，故以《醉时歌》命题。(《杜臆》卷一)

卢世㴶曰：《醉时歌》纯是天纵，不知其然而然，允矣"高歌有鬼神"也。开手复无端波及台省诸公，"世人皆欲杀"，恐不独青莲矣。(《杜诗胥钞馀论·论七言古诗》)

黄周星曰：此先生饭既不足，酒亦安得有馀。真是块垒填胸，不得不借斗酒浇之耳。诗特豪横奔腾，不可一世。(《唐诗快》卷六)

仇兆鳌曰：首叹郑公抱负不遇。(次段）此叙同饮情事。"时赴"，公过郑也；"相觅"，公要郑也。痛饮吾师，正见襟怀相契。(三段）此痛饮以尽欢，承上"杜陵"一段。春夜灯前，饮之候；高歌动神，饮之兴。相如子云，借古人以解慰也。(末段）此痛饮以遣意，应上"广文"一段。郑欲归去，以轗轲之故。孔跖尘埃，见名垂无用；相遇衔杯，欲其及时行乐也。此章前二段，各八句；后二段，各六句。划然四段，宾主配讲到底，格律整齐。按圣人至诚无息，与天合德，其浩然正气，必不随死俱泯，岂可云圣狂同尽乎？诗云"孔跖俱尘埃"，此袭蒙庄之放言，以泄醉后之牢骚耳，其词未可以为训也。欧阳公作颜跖诗，说生前死后胸怀品格，悬隔霄壤，方是有功名教之文。(《杜少陵集详注》卷二)

浦起龙曰：分两大段。前段，先嘲广文。次自嘲，而以“痛饮真吾师”作合，是我固同于先生也。后段，先自解，次为广文解，而以“相遇且衔杯”作合，是劝先生尝与我同也。“广文先生”“杜陵野客”，迭为宾主，同归醉乡。（《读杜心解》卷二）

何焯曰：目空一世而不露轻肆之迹，人但以为旷达耳。（《义门读书记》）

张谦宜曰：《醉时歌》，衰飒事以壮语扛之，所谓救法也。如“灯前细雨檐花落”，苍莽中忽下幽秀句，人不诧其失群，总是气能化物。（《絸斋诗谈》卷四）

《唐宋诗醇》：“清夜沉沉”两语，写夜饮之景，妙不容说，“但觉高歌”二句，跌宕不羁中权有此，使前后文势倍觉生色。

沈德潜曰：（“先生有道”二句下批）转韵出韵，此诗偶见。（“清夜沉沉”六句下批）悲壮淋漓。（篇末批）本《庄子·盗跖》篇，见贤愚同尽，不如托之饮酒，而不平之意仍在。（《重订唐诗别裁集》卷六）

张上若曰：开手以富贵形贫贱，起得排宕。（《杜诗镜铨》卷二引）

杨伦曰：（“清夜”句）接法。（“相如”）二句言自古文人不遇者多，非独我两人也。悲壮淋漓之至，两人即此自足千古。（《杜诗镜铨》卷二）

翁方纲曰：《渔洋评杜摘记》：“相如二句应删。结似律，不甚健。”按：此……实谬误。“相如”“子云”一联，在“高歌”一联下，以伸其气，乃觉“高歌”二句倍有力也。此犹之谢玄晖《新亭渚别范云诗》“广平”“茂陵”一联，必借用古事，以见两人心事之实迹也。渔洋乃于玄晖诗亦欲删去“广平”一联，以为超逸，正与评杜诗此二句之应删，其谬同也。愚尝谓空同、沧溟以格调论诗，而渔洋变其说曰神韵。神韵者，格调之别名耳。渔洋意中，盖纯以脱化超逸为主，而不知古作者各有实际，岂容一概相量乎！至此篇末“生前相遇且衔杯”一句，必如此乃健，而何以反云“似律，不健”耶！且此句并不似律，试合上一句读之，若上句第二字仄起，而此收句“生前”“前”字平声，则似与七律相近也。今上句“不须”“须”字亦是平声，而此收句第二字又用平声，则正与律不相似矣。何云“似律”乎！（《石洲诗话》卷六）

宋宗元曰：“清夜”四句，兴往情来，淋漓酣适。一路豪爽之笔，挥洒自如，却有结构。（《网师园唐诗笺》）

梁运昌曰：歌诗至少陵始不拘每解四句。篇中或四句、五句，或六句、八句，长短迟速，随手称心，无不合折。如此篇前用仄韵叠紧，而后平声放慢，却于平声中用叠句韵，寓紧于慢，尤觉繁音促节，娓娓动听，乃至临了却空一句不押韵，则仍是放缓也，妙极！空一句不押韵，东坡往往有之，然置于篇中即不见此妙矣。（《杜园说杜》卷七）

《十八家诗钞》引张曰：满纸郁律纵宕之气。

方东树曰：（起四句）起叙广文耳。每句用一衬为曲笔，避直也。（“灯前”四句）四句惊天动地。此老胸襟笔性惯如此，他人不敢望也。（《唐宋诗举要》卷二引）

施补华曰：《醉时歌》为郑虔作。虔从禄山而云“道出羲皇”、云“德尊一代”，标榜失实，学者当戒。然如“春夜沉沉”一段，神情俱到，最足摹拟也。（《岘佣说诗》）

吴汝纶曰：“清夜”以下，神来气来，千古独绝。（“不须闻此”二句下批）收掉转。（《唐宋诗举要》卷二引）

［鉴赏］

困居长安十年期间，杜甫在求仕的道路上屡遭挫折，备受屈辱，不但生活上越来越困顿，精神上也越来越痛苦。在此期间所写的不少诗中，都沉痛愤慨地描写了其困顿的生活和内心的屈辱痛苦。其中为读者所熟知的，如“骑驴三十载，旅食京华春。朝扣富儿门，暮随肥马尘。残杯与冷炙，到处潜悲辛”（《奉赠韦左丞丈二十二韵》），“此身饮罢无归处，独立苍茫自咏诗”（《乐游园歌》），“长安苦寒谁独悲，杜陵野老骨欲折……饥卧动即向一旬，敝衣何啻联百结。君不见空墙日色晚，此老无声泪垂血”（《投简咸华两县诸子》）。一个怀着“致君尧舜上，再使风俗淳”“会当凌绝顶，一览众山小”的理想抱负的才人，竟沦落到如此困顿的境地，这正是杜甫能写出《兵车行》《丽人行》《同诸公登慈恩寺塔》等一系列关注人民痛苦与国家命运、抨击上层统治集团奢侈淫逸的优秀诗篇的生活基础。但上述诗作，虽令人同情扼腕，有时却不免感到过于压抑，杜甫性格中豪纵不羁、诙谐旷放的一面在生活的重压下似乎消失了。而这首《醉时歌》，却在抒发一肚子牢骚不平、愤激悲慨的同时寓含着一股豪纵不羁之气，使人感到这才是真正的杜甫。

据题下原注，这首诗是赠给广文馆博士郑虔的。但全诗内容，却既写郑虔的坎坷境遇，又写自己的困顿生活；既写两人之间的交谊和醉酒痛饮，又抒发内心的愤激不平，实际上是借醉酒抒写彼此的坎坷困顿境遇和激愤悲慨的诗。

诗一开头，就用两两相对的四个排偶句，通过鲜明的对比，来突出渲染郑虔仕途的坎坷和生活的贫困：一方面，是衮衮诸公连续不断地登上了台省的高位；另一方面，是广文先生独自做着博士这样的冷官。一方面，是高官显宦的豪华第宅中纷纷厌倦了精美的肴馔；另一方面，是广文先生却连饭都吃不饱。“诸公衮衮”自是泛指，仿佛有一笔扫尽之嫌，但当时的朝廷在杨国忠把持下，一批有才能德行和时名但不为其所用的台省官员都陆续遭到清洗，登上高位的衮衮诸公大都非庸才即奴才，杜甫此语作大面积的否定嘲讽，实非无的放矢。说“官独冷”，似乎也有些过度渲染。但国子监的官吏本就是无权势的学官，更加上广文馆本就是玄宗因欣赏郑虔的书画而又感到他“不事事”而临时增设的机构，完全是一种照顾性的人事安排。据《新唐书·文艺传》，玄宗“更为置广文馆，以虔为博士。虔闻命，不知广文曹司何在。诉宰相，宰相曰：‘上增国学，置广文馆，以居贤者，令后世言广文博士自君始，不亦美乎？’虔乃就职。久之，雨坏庑舍，有司不复修完，寓治国子馆，自是遂废”。连办事衙门毁坏了都没人修的广文馆博士，也真够得上“官独冷”的称号了。至于“甲第”二句所描绘的情景，杜甫自己就有切身体会，上引诗句和《丽人行》中所写“犀箸厌饫久未下”的对照，可为此二句作注脚。以上四句，起得突兀，一气直下，语气口吻在谐谑中寓有愤激不平。

接下来四句，将这种愤激不平之气进一步发泄出来。广文先生之所以“官独冷”“饭不足”，并不是因为其无德无才，相反，是德超羲皇，才过屈宋，但却遭遇坎坷，困顿沉沦，因此诗人愤慨地说：“德尊一代常坎坷，名垂万古知何用！”对郑虔的赞誉不无渲染，不必看作认真的评价，重要的是诗人有一肚子才而不遇的牢骚愤慨，不吐不快。前二句连以“先生有道”“先生有才”排比而下，后两句更用对句痛抒愤激之情，淋漓痛快中寓有深沉的悲慨。以上八句，均写郑虔之不遇，为其代抒悲愤不平，也寄寓自己的牢骚激愤，至“德尊”二句，已分不清是代郑虔抒愤还是为自己抒愤了。这就自然转入下段写自己的困顿。

“杜陵野客人更嗤，被褐短窄鬓如丝。”在同时的其他诗中，杜甫已自称“杜陵野老”，这次因为面对郑虔这样的长者，自当改称“杜陵野客”，但诗人笔下的这幅自画像，却是标准的衣衫褴褛、鬓发如丝的苍老文士形象，着一“更”字，说明自己的困顿境遇较郑虔更甚。连个冷官闲职也没有，自然更遭人冷眼、嗤笑。“日籴太仓五升米，时赴郑老同襟期。”贫困之况，以“日籴太仓五升米”一事概之。说明其时的杜甫，已经沦落到城市贫民，需要国家救助的地步，但即使如此，却豪性不减，经常到郑虔处畅叙怀抱。“时赴”句引出郑虔，下四句即接写两人亲密交谊。

“得钱即相觅，沽酒不复疑。忘形到尔汝，痛饮真吾师。”这四句写“沽酒”“痛饮”，照应题面，突然改用五字句，节短势促，渲染出彼此酒酣耳热之际忘年忘情复忘愁的豪情，似乎可以听到尔汝相谑的笑声和激动跳荡的心声，深具象外之趣。以上八句，从自己的困顿境遇叙到两人的交谊和醉酒情景，感情从悲慨转为豪旷，节奏从舒缓转为促急，为下一段高潮的到来作了充分的酝酿。

“清夜沉沉动春酌，灯前细雨檐花落。但觉高歌有鬼神，焉知饿死填沟壑。”这四句紧承“痛饮”，写对饮高歌的动人场景。这是一个寂静的春夜。夜深人静，灯前细雨飘洒，檐前春花飘落，一对生性豪爽旷放的忘年之交就在这种既凄寂又温馨的氛围中痛饮春酒，乘兴赋诗。酒酣耳热之际，高歌朗吟新成的诗作，但觉诗思洋溢，有如神助，哪里还去考虑什么饿死埋尸沟壑之事呢！发泄牢骚的诗常易一泻无余，此诗却在痛愤悲慨之中有顿挫，有蕴藉，有深远的意境；诉说穷愁的诗每易陷于凄苦低沉，此诗却既悲慨深沉，又豪放健举，虽苦中作乐，却充满了对美好情谊、情境的热爱。“焉知饿死填沟壑”之句虽悲慨入骨，但充溢在诗歌意境中的温馨美好的气息和高歌朗吟的豪放情怀却冲淡了这种悲慨。历代评家多盛赞此四句为神来之句，其实这正是杜诗中特有的妙境，无论是《赠卫八处士》《彭衙行》还是《北征》中，都有此类境界，关键原因，就在于杜甫在任何困境中都始终保持着对理想的追求和对生活的热爱。

“相如”二句，承“焉知饿死填沟壑”，进一步举古代才人的遭际为例，来自作宽解。连司马相如那样的文豪在穷困时尚不免开酒店谋生，亲自洗涤器具，连扬雄那样的才士也受株连而被逼投阁，那么像我们这样，有冷官可做，有太仓米可籴，有春酒可痛饮的境遇又算得了什么！这里自然也有才士不遇、古今一概的感慨，但举古的目的在于慰今，尽管这种慰不免有点苦涩。

最后一段六句，主客双收，表明归隐之志与旷达情怀。“先生早赋归去来，石田茅屋荒苍苔。”赞扬郑虔面对如此时世，早已有归欤之志，其实杜甫也早已表明这“白鸥没浩荡，万里谁能驯”的意愿，用他在《自京赴奉先县咏怀五百字》中的话来说，就是“非无江海志，潇洒送日月”。因此，赞郑也是自表心迹。但接下来的两句诗却让熟悉杜甫的读者大吃一惊：“儒术何有于我哉！孔丘盗跖俱尘埃。”笃信儒术的杜甫在困守长安八年之后得出的结论竟是儒术无用！这固然是愤语，却是实情。说明在当时的政治生活中，只有借助钻营攀附之术、阴谋诡计之术方能飞黄腾达。而真正信仰儒家仁政爱民之道的人却只能做冷官、被短褐，这是对儒术不行于世而误才士之身的极大痛愤。在这种情况下他甚至喊出“孔丘盗跖俱尘埃”的愤慨声音。现实中贤愚不分，黑白颠倒，窃国者侯，使世代奉儒守官的杜甫愤激到了离经叛道之言不择口而出的程度。这是全诗在痛饮之后乘醉酒而发出的痛愤之音，也是全诗情感的最高潮，痛快淋漓，有如李白的痛饮狂歌；较之李白的“古来圣贤皆寂寞，唯有饮者留其名”，态度更激烈、言论更大胆、感情更沉痛。

最后两句，由激愤而转为稍加和缓，说郑老不必因为我写的这首痛愤激切的《醉时歌》而感情凄楚忧伤，还是像古人那样，且乐生前一杯酒，何须身后千载名吧。“且衔杯”的“且”字透出在旷达中的无奈和悲哀。

作为一首抒发怀才不遇的牢骚和痛愤的诗，《醉时歌》既不流于叹老嗟卑、诉苦哭穷，也不流于一味的宣泄和痛骂，而是用诙谐嘲谑的笔调，豪纵旷放的风格，淋漓尽致地表现出胸中的块垒不平。诗人的感情虽激愤悲慨，却并不阴郁绝望，显示出对困顿生活精神上的承受力。特别是诗中渲染深夜对饮高歌的情景，更显示出诗人对生活的热爱。这种感情境界，使杜诗在抒写苦难的同时永远显现出生活的亮色。给人以美的感受和对生活的执著乐观信念。

诗虽写得豪纵旷放，但构思却严谨缜密。在这方面，浦起龙的《读杜心解》有较精到的分析。和李白的《将进酒》作对照，可以看出这一点。

赠卫八处士[1]

人生不相见，动如参与商[2]。今夕复何夕[3]，共此灯烛光！少壮能几时[4]，鬓发各已苍[5]。访旧半为鬼[6]，惊呼热中肠[7]！焉知二十载，重上君子堂[8]。昔别君未婚，儿女忽成行[9]。怡然敬父执[10]，问我来何方。问答未及已[11]，儿女罗酒浆[12]。夜雨剪春韭，新炊间黄粱[13]。主称会面难，一举累十觞[14]。十觞亦不醉，感子故意长[15]。明日隔山岳[16]，世事两茫茫[17]。

［校注］

①黄鹤注：处士，隐者之号，以有处士星，故名。唐有隐逸卫大经，居蒲州。卫八亦称处士，或其族子。蒲至华，止一百四十里，恐是乾元二年（759）春在华州时至其家作。山岳指华岳言。（仇兆鳌《杜少陵集详注》引）按：卫八处士名不详。或引《唐史拾遗》谓“公与李白、高适、卫宾相友善，时宾最年少，号小友”，均难以征信。肃宗乾元元年六月，杜甫由左拾遗贬华州司功参军。冬，由华州赴洛阳。翌年三月，由洛阳返华州。此诗当作于乾元二年由洛返华途中。②动如，动辄就像。参（shēn），二十八宿中的参宿，西方白虎七宿的末一宿，即猎户座的七颗亮星。商，二十八宿中的心宿，也称“大辰”“大火”。参星在西，商星在东，此出彼没，永不相见。此喻朋友隔绝。曹植《与吴质书》：“面有逸荣之速，别有参商之阔。”③《诗·唐风·绸缪》：“绸缪束薪，三星在天。今夕何夕，见此良人。”④汉武帝《秋风辞》：“少壮几时兮奈老何！”⑤苍，灰白色。⑥访旧，询问亲故旧友。曹丕《与吴质书》：“昔年疾疫，亲故多离（罹）其灾……观其姓名，已为鬼箓。”⑦热中肠，心里火辣辣地难受。⑧君子，诗人称卫某。王粲《公宴诗》：“高会君子堂。”⑨行（háng），列。成行，言其从长至幼序列成行。⑩怡然，高兴的样子。

父执，父亲的朋友。语本《礼记·曲礼》："见父之执。"执为接之借字，指父亲接近的朋友。⑪未及，原作"乃未"，《全唐诗》校："一作未及。"兹据改。⑫儿女，《全唐诗》校："一作驱儿。"酒浆，此指酒。不包括菜饭。⑬间（jiàn），掺杂。黄粱，即黄小米。《楚辞·招魂》"挐黄粱些"洪兴祖补注引《本草》："黄粱出蜀、汉，商、浙间亦种之。香美逾于诸粱，号为竹根黄。"⑭累（lěi），叠加连续。觞，酒杯。⑮故意，朋友的情谊，旧谊。⑯隔山岳，指相互离隔分别。山岳指华山。⑰世事，指时世和彼此的个人身世遭遇。茫茫，形容前途命运茫不可知，难以预料。

[笺评]

刘辰翁曰：（末二句下评）《阳关》之后此语为畅。（《唐诗品汇》卷八引）

陈世崇曰：久别倏逢，曲尽人情，想而味之，宛然在目下。（《随隐漫录》卷一）

唐汝询曰：此遇故友而作也。言人生一别，便成参商。不意今夕得会于此。因感少壮不长，旧交零落，我得升君子堂，幸也。处士于是见其子女，旨酒嘉蔬以饮食之，是以既感其情，又惜其别也。（《唐诗解》卷六）又曰：凡诗，情真者不厌浅，钟、谭虽喜深，不能删此作。（《汇编唐诗十集》）

钟惺曰：（首四句）写情寂寂。（"问我"句下批）只叙真境，如道家常，欲歌欲哭。（"夜雨"二句）幽事着色。（《唐诗归》）

谭元春曰：（"怡然"句）"父执"二字凄然，读之使人自忘。（同上）

周敬曰：情真，浅不堕肤。淡雅，的然陶派。（《删补唐诗选脉笺释会通评林·盛五古》）

周甸曰：主宾情义，蔼然于久别之馀。（同上引）又曰：前曰

"人生"，后曰"世事"，前曰"如参商"，后曰"隔山岳"，总见人生聚散不常，别易会难耳。(仇注引)

陆时雍曰：此诗情胜乎词。(同上引)

王嗣奭曰：信手写去，意尽而止。空灵宛畅，曲尽其妙。（《杜臆》）

王夫之曰：每当近情处，即抗引作浑然语，不使泛滥。熟吟"青青河畔草"，当知此作之雅。杜赠送五言，能有节者，唯此一律。(《唐诗评选》）

《漫斋诗话》："怡然敬父执，问我来何方。"若他人说到此，下须更有数句，此便接云："问答未及已，驱儿罗酒浆。"直有抔土障黄流气象。(仇兆鳌《杜少陵集详注》卷三引)

李因笃曰：老气古质，平叙中有崟崎历落之致。(《杜诗集评》卷一引)

吴农祥曰：一气读，一笔写，相见寻常事，却说得骇异不同，此人人胸臆所有，人不道耳。(同上引)

查慎行曰：感今怀旧，如风行水上，自然成文。若涉一毫客气，便成两橛。(《初白庵诗评》）

陈式曰：至问答以下，叙款待风味真率，两意缠绵。则又谓后此之别，悲于前此之别。盖前此之别，别幸复会；后此之别，别未必会耳。苏、李"河梁"，三复殆无以过。(《问斋杜意》卷一)

黄生曰：末语见客途经此。写故交久别之情，若从肺腑中流出。手未动笔，笔未蘸墨，只是一"真"。然非沉酣于汉、魏而笔墨与之俱化者，即不能道只字。因知他人未尝不遇此真境，却不能有此真诗，总由性情为笔墨所隔耳。此诗口头烂熟，毕竟其色如新。苏、李《十九首》亦如此。可知诗有尘气者，皆由身分不足故也。(《杜诗说》卷一)

仇兆鳌曰：(“人生”四句）首叙今昔聚散之情。(“少壮”十句)次言别后老少之状。(“问答”十句）末感处士款待，因而惜别也。此

章，首段四句，下二段，各十句。(《杜少陵集详注》卷六)

浦起龙曰：古趣盎然，少陵别调。一路皆属叙事，情真、景真，莫乙其处。只起四句是总提，结两句是去路。(《读杜心解》卷一)

乔亿曰：情事曲折，以空气行之，自然浑古。此汉京之音也。(《杜诗义法》卷上)

张溍曰：全诗无句不关人情之至，情景逼真，兼极顿挫之妙。(《杜诗镜铨》卷五引)

蒋弱六曰：(“夜雨”二句)处士家风宛然。(同上引)

杨伦曰：“问我来何方”下，他人必尚有数句，看他剪裁净练之妙。又曰：结处对处士感客子，隐然无限。(《杜诗镜铨》卷五)

何焯曰：句句转……“夜雨剪春韭”，虽然仓卒薄设，犹必冒雨剪韭，所以见其恭也。“新炊间黄粱”，宋子京书作“闻黄粱”非常生动。(《义门读书记》)

翁方纲曰：且如五古内《赠卫八处士》之类，何尝作《选》调，亦不可但以杜法概乙之也。此如右军临钟太傅《丙舍》《力命》诸帖，未尝不借以发右军之妙处耳。(《石洲诗话》)

薛雪曰：晁以道藏宋子京手抄杜诗……“新炊间黄粱”为“闻黄粱”，以道跋云：“前辈见书自多，不似晚生少年，但以印本为正也。”余谓此是好事愚人伪作宋钞本欺世……“间”字有“老少异粮”之训，何等委曲！换却……“闻”字，呆板无味，损尽精采。(《一瓢诗话》)

张曰：此等诗纯任自然，纯是清气往来，然其造句及通体接换处，固极精妙也。(《十八家诗钞》引)

[鉴赏]

这可能是杜诗中最易读而又耐读的作品之一。说它易读，是因为它用最朴实无华、如道家常的表达方式叙写了与阔别二十年的老朋友一夕会面的情景，几乎毫无阅读障碍，便能进入诗人所创造的氛围情境之中；说它耐读，则是因为它在朴实无华的生活场景之中蕴含着深沉的人生感慨，而这种感慨又必须结合特定的时代背景和诗人的有关创作才能深入体味。

这首诗作于肃宗乾元二年（759）春天，杜甫从洛阳回华州途中。这时，安史之乱已经进行了三年半时间，两京虽已收复，但战争局势却时有反复。就在这年三月，郭子仪等九节度遭遇了相州大溃败，“官军大奔，弃甲仗器械，委积道路。子仪等收兵断河阳桥保东京……留守崔圆、河南尹苏震、詹事高适、汝州长史贾至百余人南奔襄、邓”（《册府元龟》卷四百四十三），杜甫自洛阳归华州，正好碰上相州之溃，官府强征兵丁入伍，著名的“三吏”“三别”即创作于其时。这一特定的时代与创作背景可以帮助我们理解《赠卫八处士》诗中未直接描写却弥漫渗透在全诗的肌理血脉之中的那种沉郁苍凉的情调和氛围。

诗的开头四句，写与卫八处士的今夕相会，像是交代事件，却写得曲折有致，感慨深沉。本要写两人的相遇，却从“人生不相见”的感慨开始。用“动如参与商”来形容“人生不相见”，是为了突出“不相见”乃是常态，从而加倍渲染今夕得以相会的偶然和可喜可珍。但在承平年代，“九州道路无豺虎，远行不劳吉日出”（《忆昔》之二），卫八所居又在京洛通衢之地，与杜甫的家乡巩县相距不远，按说旧友之间的相见不是太难。而安史乱起，两京沦陷，干戈阻绝，函关内外，也宛若天壤了。因此这“人生不相见，动如参与商”的感慨当中便融入时代乱离的色彩而变得更加深沉了。

“今夕复何夕，共此灯烛光。”正因为乱离时代相见之不易，今夕在匆匆旅途中的偶然相逢便格外令人兴奋喜悦。“今夕何夕”是《诗·唐风·绸缪》的成句，本用以渲染新婚妻子“见此良人”的喜悦，杜甫顺手拈来，借以抒写重逢旧友的兴奋之情，可谓恰到好处。在“今夕”与“何夕”之间，着一“复”字，突出强调了“今夕”

之可珍，诗人的感情亦随之汩汩流溢。而紧接着的“共此灯烛光”又化叙事为写境，用省净的笔墨勾画出一幅故友重逢、秉烛相对的图景。烛光周围的一大片暗影衬出了烛光的明亮和对烛而坐的两人，其效果有如舞台上的聚光灯将焦点集中在这上面，从而突出渲染了一种亲切、温煦而又如梦似幻的气氛。不必更着一语具体叙述两人秉烛夜谈的内容，在默默相对的无语交流中已包含了万语千言，句首的那个“共”字就含蓄透露了其中的消息。

表面上看，开头这四句写得似乎很朴素平易，实则起首突起直抒感慨，已给人一种天外飞来的突兀无端之感，接下来两句，又撇开一切具体情事的叙写，用充满感情的咏叹笔调和化实为虚的笔法渲染重逢的喜悦与对烛叙旧、情景浑融的意境，可以说一开头便奠定了全诗极富抒情气氛、极富感情内蕴的基调，而剪裁之省净自不待言。以下便进入重逢情事的抒写。

“少壮能几时，鬓发各已苍。”写这首诗时，杜甫四十八岁。两人昔日之别是在二十年前的“开元全盛日”，正值“裘马清狂”的少壮之年。今日相见，双方的第一印象便是“鬓发各已苍”。“各”字透露出这正是双方同有的感慨。联系杜甫的志事遭际，特别是“窃比稷与契”“居然成濩落”“况我堕胡尘，及归尽华发”等诗句，还不难体味出其中包含的岁月蹉跎、志事无成的悲慨。

“访旧半为鬼，惊呼热中肠。”对烛话旧，“访旧”自是必然会涉及的话题，但打听的结果却使诗人大出意料之外，这些旧友当中竟有半数已沦为鬼物了。这使诗人不禁失声惊呼，心里热辣辣地难以禁受。这两句在前面平缓的语调之后突起波澜，感情趋于激愤。旧友的年岁应与双方相仿，却已“半为鬼”，这在承平年代是不大可能发生的事。杜甫的这两句诗，在意蕴上和《古诗十九首》“所遇无故物，焉得不速老”之句及曹丕《与吴质书》“昔年疾疫，亲故多离其灾。徐、陈、应、刘，一时俱逝”一段有些渊源关系，而二者均与战争乱离的时代背景有密切关系。可以体味出这“访旧半为鬼”的惊心事实与四年的战乱，叛军所到之处，“杀戮到鸡狗”的现象有着必然的联系。因此这“惊呼热中肠”的诗句中也自然包含了对战乱之祸的痛愤之情。“穷年忧黎元，叹息肠内热”，杜甫曾为“忧黎元”而“肠内热”，这一次又因安史叛军掀起战火，祸及士庶而“惊呼热中肠”。从朋友阔别叙旧访旧中透露出来的，正是乱离时代的讯息。

“焉知二十载，重上君子堂。”这两句如果接在“人生”二句或“今夕”二句后面，从叙事的顺序看，均无不可，诗人却特意将它安排在“访旧半为鬼，惊呼热中肠”这一感情高潮之后，以倒叙的方式出之，是为了避免平直，同时也使诗的节奏有急有缓，富于变化。在意蕴上也就带有特殊的含义。由于旧友亲故半数已列鬼箓，今夕能在二十载之后“重上君子堂”便显得特别不同寻常。“焉知”二字，既含有“生还偶然遂”的感慨，又含有意想不到的惊喜。亦悲亦喜，亦慨亦慰。

以上十句，写主客双方今夕相会，侧重抒写诗人一方久别重逢的欣喜与感慨。以下十句，便转入对主人一方儿女言行与盛情款待的叙写。

“昔别君未婚，儿女忽成行。”二句紧承“二十载”，将“昔别”与“今逢”时主人的情况作鲜明对照。卫某的年岁，大约与杜甫相当，二十年前正值意气风发的盛年，尚未结婚，在杜甫记忆中，也始终保持着当年英爽的风貌，二十年后重逢，却已是鬓发苍苍，儿女成行了，“忽”字、“成行”字均极传神。诗人仿佛惊奇地发现，当年的英爽青年身旁忽然冒出了一长串自长至幼的儿女，感到既意外又欣喜，或许还有些人事更迭、世移代改的感慨。想想自己，不也同样是“儿女成行”吗？这里的“儿女忽成行”正照应上文的“鬓发各已苍”，不但岁月催人老，儿女也在催人老。不过较之上面的“已”字，这里的“忽”字似乎欣喜惊奇的成分多于感慨，这是从下两句当中可以明显体味出来的。

“怡然敬父执，问我来何方。”两句写出孩子们的彬彬有礼和天真好奇情态。“问我来何方”句透露出他们根本就不知道父亲的挚友中有杜甫这个人，也不知道他的行踪，说明诗人此次与卫某久别重逢纯属偶然。这就更增添了重逢的意外与惊喜。这两句颇有些类似贺知章的“儿童相见不相识，笑问客从何处来”，纯用白描，富于戏剧性。

有问自当有答，但诗并非生活的实录，诗人的笔毫不黏滞，一下子就从“问答”跳到了“罗酒浆”。这种高度省净的剪裁功夫，前人论之已详。其实，这倒是生活中常见的情事，那边正在问答，这边主人已经催赶快上酒，透露出一种热烈而匆忙的气氛。

有酒自必有饭菜。古往今来，写待客饭菜之美者恐怕非“夜雨剪春韭，新炊间黄粱”二语莫属。处士乡居，自无山珍海味，杜甫亦非贵客。山野本地风光方是处士待客本色。今人时尚饮食讲究环保无污染，此理古人早明，无非一鲜二嫩再加色香味俱全而已。春天的韭菜最鲜嫩味美，客人刚到，事先并无准备，故须至菜园中现剪，正值夜雨潇潇，春韭在细雨的滋润下更显得鲜嫩碧绿，翠色欲滴；而现煮的二米饭中又特意掺入了黄澄澄的清香扑鼻的黄粱。黄白相间的饭和碧绿鲜嫩的菜，香味浓郁的黄粱和酒，新炊的热气腾腾，展现在诗人和读者面前的不仅是视觉和味觉、嗅觉的山野盛宴，而且是主人殷勤待客的真挚情谊，而在烛光摇曳中的这席盛宴，又透露出令人神远的诗情。诗人自己的那种欣喜、新鲜、温暖乃至兴奋的感受也在这工整而极富色彩美的对句中曲曲传出。

“主称会面难，一举累十觞。”二句写主人。因为深感会面之难，唯有举杯痛饮方能表达心中的兴奋喜悦，故有“一举累十觞”的痛饮。

“十觞亦不醉，感子故意长。”二句写客人。上句是果，下句是因。无论是主人的“一举累十觞”还是客人的“十觞亦不醉”，总因久别意外重逢的兴奋喜悦，在杜甫则更因“感子故意长”。这五个字总束上文，实际上也集中揭示出了诗人“今夕”的主要感受。这是全诗的第二个感情高潮。与上一个感情高潮侧重于抒写深沉的人生感慨有别，这一段主要是抒写意外重逢的兴奋喜悦。当然这种兴奋喜悦仍和战乱流离的时代背景引起的“会面难”密切相关，不同于一般情况下的久别重逢的欣喜。

“明日隔山岳，世事两茫茫。”短暂的“今夕”在“共此灯烛光”的对床夜语中即将过去，明日自己又将踏上征途，从此相隔山岳，世事茫茫，又不知何时方能相见。“世事”包括时事和人事。干戈未靖，战乱未已，战争的局势和前途尚茫茫难以预料；而自己的命运与前途也同样像去路的茫茫云山重叠一样，茫茫未可逆料。这并非临别前一般的应酬语，而是动乱多变的时代和艰难多蹇的仕途在杜甫心中的投影，就在此别之后的四个月，诗人就弃官远游，开始了辗转漂泊西北、西南和荆楚湖湘的生活，再也没有机会回到京洛，应验了诗一开头所慨叹的“人生不相见，动如参与商”。

尽管在整首诗中始终没有出现有关战争的字眼，但诗人的人生感慨、兴奋喜悦、惊呼悲叹乃至世事茫茫的预感，都或隐或显地与已经进行了近四年的这场战乱有着密切的关联。如果在欣赏视野中抽掉了战争离乱这个大背景，诗中写得最动人的那些诗句，特别是像“今夕复何夕，共此灯烛光”这种抒情境界，“访旧半为鬼，惊呼热中肠”这种抒情场景，“夜雨剪春韭，新炊间黄粱”这种宴饮场面，都将大大减弱其感人的艺术力量而变得平淡无奇，缺乏动人的光辉。正是由于战争乱离的大背景，和京洛道上兵荒马乱、生离死别的悲剧在不断地上演的具体背景，以及诗人仆仆风尘，奔波于京洛道上的具体行役经历，使这场阔别二十载的意外重逢变得特别珍贵，也使旧友话旧、“共此灯烛光”的场景显出了别样的温煦和光辉，而“夜雨剪春韭，新炊间黄粱”的山野田园平常风味也成了乱离时代充满和平生活之美和人情温煦之美的象征而永远保留在诗人的记忆之中。尽管许多不了解作诗背景的读者也会直觉地感受到此诗的艺术魅力，但这恰恰是因为诗人在创作时已经将乱离时代所形成的特殊心态、感受自然地渗透在字里行间的缘故。知人论世的解诗赏诗原则在先入为主、脱离文本、任意比附发挥的情况下错误地运用，往往带来对诗意的曲解；但这是运用者的失误，而非知人论世原则本身的错误。

读这首诗，会使我们自然联想起诗人的《彭衙行》。同样是战争乱离的背景，同样写到旅途上友人的盛情款待，题材类似，又同样运用白描的手法，同样学习汉魏古诗的写法，但两首诗的风貌却同中有异。《彭衙行》更侧重于叙事和写实，而《赠卫八处士》则更侧重于抒情和意境的创造。尽管后者也有一个自“今夕”至“明日”，自“会面”至分别的叙事间架，但它的特点和魅力却主要不在叙事和写实，而是化实为虚、化叙事为抒情，将二十年前少壮时的相聚，二十年后的意外重逢，打乱分散在“今夕”“共此灯烛光”的叙旧宴饮的抒情场景之中。一切与抒情境界无关或关系不大的情事统统删去，只留下最能表现人生感慨、悲喜交并、人情温煦的场景意境。可以说，它所要着意表现的并不是具体的情事，而是一种氛围感，一种充满诗情的人生体验。因此在叙事的框架中充溢渗透的乃是感情的琼浆。这正是此诗之所以显得特别空灵，也特别具有艺术魅力的原因。

同诸公登慈恩寺塔①

高标跨苍穹②，烈风无时休③。自非旷士怀④，登兹翻百忧⑤。方知象教力⑥，足可追冥搜⑦。仰穿龙蛇窟⑧，始出枝撑幽⑨。七星在北户⑩，河汉声西流⑪。羲和鞭白日⑫，少昊行清秋⑬。秦山忽破碎⑭，泾渭不可求⑮。俯视但一气⑯，焉能辨皇州⑰！回首叫虞舜⑱，苍梧云正愁⑲。惜哉瑶池饮⑳，日晏昆仑丘㉑。黄鹄去不息㉒，哀鸣何所投？君看随阳雁㉓，各有稻粱谋㉔！

[校注]

①作于天宝十一载（752）秋。诸公，指同登慈恩寺塔（即大雁

塔）并赋诗的高适、岑参、储光羲与薛据。薛诗今不传，高、岑、杜、储四人之作今均存。详参岑参《与高适薛据同登慈恩寺浮图》注①。原注：“时高适、薛据先有作。”故杜甫此作题为《同诸公登慈恩寺塔》，同，即“和”，酬和之意。②高标，指高耸特立的塔。苍穹，青天。穹，《全唐诗》原作“天”，校云：“一作穹。”兹据改。③烈风，猛烈的风。④旷士，超旷之士。鲍照《代放歌行》：“小人自龌龊，安知旷士怀?”⑤兹，此，指慈恩寺塔。翻，反而。作“翻动”解亦通。仇注引王粲《登楼赋》：“登兹楼以四望兮，聊假日以销忧。”并曰：“此云翻百忧，盖翻其语也。”⑥象教，指佛教。释迦牟尼逝世，诸弟子想慕不已，刻木为佛，以形象教人，故称佛教为象教。象教力，指建塔。无佛教则无此塔。⑦冥搜，尽力寻找、探幽。孙绰《游天台山赋》：“非夫远寄冥搜，笃信通神者，何肯遥想而存之?”黄生曰：“冥搜犹探幽也。登塔，则足不至而目能至之，故曰追。”二句谓方知登此佛塔，足可以骋目探寻幽胜。或谓唐人多以“冥搜”指苦心作诗，“此处所谓冥搜，其实是揭露现实”（萧涤非《杜甫诗选注》）。但上下文均写登塔，此处似不宜突然阑入作诗之事。⑧龙蛇窟，指塔内各层之间的磴道弯曲盘旋，向上攀登，如穿行于龙蛇之窟穴。⑨枝撑，指塔内用以支撑的交错斜柱。“始出枝撑幽”，是指方越过层层幽暗支撑的斜木而登塔顶。仇注引黄山谷曰：“塔下数级，皆枝撑洞里，出上级乃明。”⑩七星，指北斗七星。北户，北向开的窗户。⑪河汉，指银河。⑫羲和，古代神话传说中驾驭日车的神。《楚辞·离骚》：“吾令羲和弭节兮，望崦嵫而勿迫。”王逸注：“羲和，日御也。”传说日乘车，驾以六龙，羲和为御者。⑬少昊，古代神话传说中司秋之神。亦作“少皞”。《吕氏春秋·孟秋》：“孟秋之月，日在翼，昏斗中，且毕中，其中庚亲，其帝少皞。”高诱注：“庚辛，金日也……少皞……以金德王天下，号为金天氏，死配金，为西方金德之帝，为金神。”《礼记·月令》：“孟秋之月，其帝少昊。”⑭秦山，指长安以南之终南山，为秦岭山脉之一部分，故称。朱鹤龄注：“秦山谓终南诸山，登高望之，大小错杂如破碎然。”按诸山为云雾笼罩，只露若干峰顶，故云“破碎”。⑮泾渭，泾水、渭水。泾水系渭水之支流，出泾谷之山，流经今陕西中部，东南流至今陕西高陵县入渭水。不可求，谓看不清泾水和渭水。⑯但一气，形容一片模糊之状。⑰皇州，指京城长安。⑱虞舜，古代传说中与唐尧并称的圣君，即有虞氏之部落首领，受尧禅让为君。⑲苍梧，《礼记·檀弓上》：“舜葬于苍梧之野。”《山海经·海内经》：“南方苍梧之丘，苍梧之渊，其中有九疑山，舜之所葬，在长沙零陵界中。”九疑山在今湖南宁远县南。⑳《列子·周穆王》：“（穆王）升昆仑之丘，以观黄帝之宫……遂宾于西王母，觞于瑶池之上。”《穆天子传》卷三：“乙丑，天子觞西王母于瑶池之上。”瑶池为古代传说中昆仑山上池名，西王母所居。㉑昆仑，古代神传说中山名，上有瑶池、阆苑、增城、县圃等仙境。《庄子·天地》：“黄帝游夫赤水之北，登乎昆仑之丘。”㉒黄鹄(hú)，健飞的大鸟。《商君书·画策》：“黄鹄之飞，一举千里。”古代常用以比喻高才贤士。《文选·屈原〈卜居〉》：“宁与黄鹄比翼乎？将与鸡鹜争食乎？”刘良注：“黄鹄，喻逸士也。”㉓随阳雁，雁为候鸟，随着太阳的偏向北半球和南半球而北迁南徙，故称。㉔稻粱谋，指禽鸟觅食，常以喻人之谋求自身衣食。

[笺评]

张戒曰：人才各有分限，尺寸不可强。同一物也，而咏物之工有远近；皆此意也，而用意之工有浅深……刘长卿《登西灵寺塔》云：“化塔凌虚空，雄视压山泽。亭亭楚云外，千里看不隔。盘梯接元气，坐辟栖夜魄。”王介甫《登景德寺塔》云：“放身千仞高，北望太行山。邑屋如蚁冢，蔽亏尘雾间。”此二诗语虽稍工，而不为难到。杜子美则不然。《登慈恩寺塔》首云：“高标跨苍天，烈风无时休。自非旷士怀，登兹翻百忧。”不待云“千里”“千仞”“小举足”“头目旋”，而穷高极远之怀，可喜可愕之趣，超轶绝尘而不可及也。“七星在北户，河汉声西流。羲和鞭白日，少昊行清秋。”视东坡“侧身”“引导”之句，陋矣。“秦山忽破碎，泾渭不可求。俯视但一气，焉能辨皇州？”岂特“邑屋如蚁冢，蔽亏尘雾间”，“山林城郭，漠漠一形，市人鸦鹊，浩浩一声”而已哉！人才有分限，不可强乃此。又曰：杜子美《登慈恩寺塔》云：“回首叫虞舜，苍梧云正愁。惜哉瑶池饮，日宴昆仑丘。”此但言其穷高极远之趣尔，南及苍梧，西及昆仑。然而叫虞舜，惜虞舜，不为无意也。（《岁寒堂诗话》卷上）

胡仔曰：此诗讥切天宝时事也。“秦山忽破碎”，喻人君失道也。“泾渭不可求”，是清浊不分也。“焉能辨皇州”，伤天下无纲纪文章，而上都亦然也。“虞舜”“苍梧”，思古圣君而不可得也。“瑶池”“日晏”，言明皇方耽于淫乐而未已也。贤人君子，多去朝廷，故以黄鹄哀鸣比之。小人贪恋禄位，故以阳雁稻粱刺之。（仇兆鳌《杜少陵集详注》卷二引）

范梈曰：承以“烈风无时休”五字，今人能之否！“方知象教力，足可追冥搜”，游、观、寺、诗，十字同到。（《删补唐诗选脉笺释会通评林·盛五古》引）

钟惺曰：登望诗不独雄旷，有一段精理冥悟，所谓“令人发深省”也，浮浅人不知。又曰：他人于此能作气象语，不能作此性情语，即高、岑搁笔矣。（首六句下批）（“俯视”二句）此十字止敌得“青未了”三字，繁简各妙，非居高望远不知。（“回首”句）“叫”字奇，不善用则粗矣。末四句悠然、寂然，若不相关，正是此处语。（《唐诗归》）

谭元春曰：（“七星”二句）奇！（同上）

钱光绣曰：淹密尽临眺之神。（《删补唐诗选脉笺释会通评林·盛五古》引）

周启琦曰：力可搏犀缚象。（同上引）

王嗣奭曰：钟（惺）云：“登望诗不独雄旷，有一段精理冥悟，所谓‘令人发深省’也。”又评“旷士”“冥搜”句云：“他人于此能作气象语，不能作此性情语。”余谓信手平平写去，而自然雄超，非力敌造化者不能。如“高标”句，气象语也，谁能接以“烈风无时休”？又谁能转以“旷士怀”“翻百忧”？然出之殊不费力。“七星北户”“河汉西流”，已奇，而用一“声”字尤妙。“秦山”近在塔下，故云“忽破碎”，真是奇语……末后“黄鹄”四句，若与塔不相关，而实塔上所见，语似平淡，而力未尝弱，亦以见“旷士”之怀，性情之诗也。“君看”正照题面诸公，其缜密如此。(《杜臆》)

钱谦益曰：高标烈风，登兹百忧，岌岌乎有漂摇崩析之恐，正起兴也。“泾渭不可求”，长安不可辨，所以回首而思叫虞舜。“苍梧云正愁”，犹太白云“长安不见使人愁”也。唐人多以王母喻贵妃。瑶池日晏，言天下将乱，而宴乐之不可以为常也。(《钱注杜诗》卷一)

李长祥、杨大鲲曰：此诗自“虞舜”以下，本似有所指。予谓有意思人，登高望远，意中笔下，别有一种精灵飘忽流荡其间，杳杳冥冥，无端无绪，忽出此，忽入彼，如有神光怪光奔放不可得遇也。读者徒以慈恩寺当贞观中高宗在春宫为文德皇后立，遂谓“苍梧”句是引借娥皇、女英以喻文德之意；又谓唐太宗受禅高祖，故引用虞舜；甚谓托虞舜思高宗，托西王母思文德皇后；甚谓黄鹄比贤人隐遁，鸿雁比小人嗜利。信如此，则羲和、少昊又作何解？挽古人之意以就己之意，穿凿附会，将诗之妙尽失矣。说诗之害如此。(《杜诗编年》卷二)

朱彝尊曰：“翻百忧”者，“对此茫茫，百感交集”。后“苍梧”“黄鹄”，皆于望中生感。“仰穿”以下，所谓“浑涵汪茫，千汇万状”，正是登高奇语。(清刘濬《杜诗集评》卷一引)

黄生曰：鲍照诗：“安知旷士怀。”孙绰《天台山赋》：“非夫远寄冥搜笃信通神者，何肯遥想而存之？”登时正怀百忧，三、四反言之耳。浮图本西方象教，冥搜，犹言探幽也。登塔则足不能至而目能至之，故曰“追”。枝撑，斜柱也，语出王延寿《鲁灵光殿赋》。“河汉声西流”，“声”字似无理，不知正形容登时去天尺五，若或闻之耳。时明皇巡游无度，故以虞舜、周穆反正为比。是日风霾必甚，远望无所见，故有“秦山”四句。《汉书》中山靖王曰：“云蒸烈布，杳冥昼昏，尘埃抪覆，昧不见泰山。何则？物有蔽之也。”四句之意本此。靖王盖谓廷臣蒙蔽主聪，谗间宗室。今明皇亦为奸臣所蔽，遗弃贤才，故以为喻。读末四语，意益显矣。“黄鹄”，喻君子，“随阳雁”，喻小人。君子无路上进，而君侧小人但为身谋，不为国计，时事可知。此识者之隐忧也。高、岑皆有作，皆不及。以比兴处微婉顿挫，远逊之也。(《杜诗说》卷一)

仇兆鳌曰：(黄)鹤注：“梁氏编在天宝十三载，不知何据。应在禄山陷京师之前，十载奏赋之后。”首言塔不易登，领起全意。塔高，故凌风。百忧，悯世乱也。(“方知”四句)此叙登塔之事。象教，建塔者；冥搜，登塔者。穿窟出穴，所谓“冥搜”也。卢注：磴道屈曲，如穿龙蛇之窟；历尽盘错，始出枝撑之幽。(“七星”八句)此记登塔之景。上四，仰观于天，见象纬之逼近；下四，俯视于地，见山川之微渺，总是极摹其高。星河，夜景；西流，秋候之象。羲和，昼景；鞭日，秋光短促也。忽破碎，谓大小错杂；不可求，谓清浊难分，皇州莫辨，薄暮阴翳矣。(“回首”八句)末乃登塔有感，所谓百忧也。“回首”二句，思古。以虞舜苍梧，比太宗昭陵也。“惜哉”二句，伤今，以王母瑶池，比太真温泉也。朱(鹤龄)注：末以黄鹄哀鸣自比，而叹谋生之不若阳雁。此盖忧乱之词。此章前二段，各四句；后二段，各八句。又曰：同时诸公题咏，薛据诗已失传。岑、储两作，风秀熨贴，不愧名家。高达夫出之简净，品格亦自清坚。少陵则格法严整，气象峥嵘，音节悲壮。而俯仰高深之景，盱衡今古之识，感慨身世之怀，莫不曲尽篇中，真足压倒群贤，雄视千古矣。三家结语，未免拘束，致鲜后劲。杜于末幅，另开眼界，独辟思议，力量百倍于人。(《杜少陵集详注》卷二)

《杜诗博议》：高祖号神尧皇帝，太宗受内禅，故以虞舜方之。

（仇注引）

朱鹤龄曰：回首叫舜，寓意在太宗，旧谓泛思古圣君，非也。（仇注引）

王士禄曰："秦山忽破碎"，凭高奇句。他人定费语言，不能五字便了。（《唐宋诗醇》引）

王士禛曰：唐人章八元《题慈恩寺塔》诗云："回梯暗踏如穿洞，绝顶初攀似出笼。"俚鄙极矣。乃元、白激赏之不容口，且曰："不意严维出此弟子！"论诗至此，亦一大劫也。盛唐诸大家有同登慈恩塔诗，如杜工部云："七星在北户，河汉声西流。"又云："秦山忽破碎，泾渭不可求。俯视但一气，焉能辨皇州。"高常侍云："秋风昨夜至，秦塞多清旷。千里何苍苍，五陵郁相望。"岑嘉州云："下窥指高鸟，俯听闻惊风。"又，"秋色从西来，苍然满关中。五陵北原上，万古青濛濛"。已上数公，如大将旗鼓相当，皆万人敌。视八元诗，真鬼窟中作活计，殆奴仆台隶之不如矣。元、白岂未睹此耶？（《带经堂诗话·推较类》）

吴瞻泰曰：此伤长安也。登高远，百忧皆集。三、四两句，为一篇扼要……意奇法变，纵横跌宕，非可以寻常规矩求之也。（《杜诗提要》卷一）

周篆曰：此诗因"仰穿""俯视""回首""君看"八字布置错落。所以不可摹捉。（《杜工部诗集集解》卷二）

何焯曰：（"回首"句以下）此下意有所托，即所谓"登兹翻百忧"也。身世之感，无所不包，却只说塔前所见，别无痕迹，所以为风人之旨。（《义门读书记》）

《唐宋诗醇》：以深秀见长者，逊其高深；以清古推胜者，让其奇杰。"回首"以下，寄兴自深。前半力写实境，奇情横溢。

沈德潜曰：后半"回首"以下，胸中郁郁硉硉，不敢显言，故托隐语出之。以上皆实境也。钱牧斋谓通首皆属比语，恐穿凿无味。又曰："登兹"句伏后。（"七星"四句）仰望。（"秦山"四句）俯视。

(《重订唐诗别裁集》卷二)

浦起龙曰：诗本用四句领势。次段言登塔所见。后段言登塔所感也。然乱源已兆，忧患填胸，触境即动，衹一凭眺间，觉山河无恙，尘昏满目。于是追想国初政治之隆，预忧日后荒淫之祸，而有高举远患之思焉。顾此诗之作，犹在升平京阙间也。恐所云“秦山破碎”“不辨皇州”，及“虞舜”“云愁”“瑶池”“日晏”等语，比于无病而呻。故起处先着“旷士”“百忧”二语，凭空提破怀抱，以伏寓慨之根，此则匠心独苦者也。○“仰穿”二句，刻划登塔。“七星”二句，形其高。“羲和”二句，见时序。○说是诗者，三山（按：指胡仔）谓讥切时事，邵长蘅非之，谓衹是登高警语，愚则以为忧危所迫也。讥切则轻薄，忧危则忠厚。毫芒之辨，心术天渊矣，若泛作登高写景，则语意又太涉荒淼。楚既失之，齐亦未为得也。(《读杜心解》卷一)

黄子云曰：少陵度越诸子处安在？……若嘉州与少陵同赋慈恩塔诗，岑有“秋色正西来，苍然满关中。五陵北原上，万古青濛濛”四语，洵称奇伟；而上下文不称；末乃逃入释氏，不脱伧父伎俩。而少陵自首至结一气，横厉无前，纵越绳墨之外，激昂霄汉之表，其不可同年而语，明矣！(《野鸿诗的》)

杨伦曰：（首四句）凭空写意中语。入便尔耸特，亦早伏后一段意。（“仰穿”二句）先写登。（“七星”四句）仰望，（“秦山”四句）俯望，各极神妙。（“黄鹄”四句）《文章正宗》引师尹注：黄鹄哀鸣，以比高飞远引之徒；阳雁稻粱，以比附势贪禄之辈。又曰前半写尽穷高极远，可喜可愕之趣，入后尤觉对此茫茫，百端交集，所谓浑涵汪茫、千汇万状者，于此见之。视同时诸作，其气魄力量，自足压倒群贤，雄视千古。(《杜诗镜铨》卷一)

李子德曰：岑作高，公作大；岑作秀，公作奇；岑作如浩然《洞庭》，终以公诗“吴楚东南坼，乾坤日夜浮”为大。(《杜诗镜铨》卷一引)

梁运昌曰：将同时高适、岑参二诗参看，乃知公诗命意之高，语语是说时事，而语语只是说登临。妙在起四句从后文忧危意倒转而出，已见阢陧之象。如此笔意，岂元、白辈所有！（《杜园说杜》卷一）

[鉴赏]

《同诸公登慈恩寺塔》的写作时间比《兵车行》只晚了半年，但杜甫在《兵车行》中因黩武战争而引发的对生产凋敝、百姓怨愤的担忧，在这首诗中已经发展为一种对唐王朝整个统治的强烈忧患感。由于同时登塔赋诗的有当时著名的诗人岑参、高适、储光羲（薛据的诗未流传下来），杜甫诗与其他几位诗人之作的显著区别也就成了衡量大家与名家、伟大作家与优秀作家间区别的一个重要标志。

登高赋诗，是由来已久的文学传统。对于登慈恩寺塔这样一个题材，描绘塔的高峻雄伟，以及登塔望远所见的景物，均为题中应有之义。杜甫此诗也同样具有上述内容。但和其他三位诗人截然不同的是，杜诗所抒写的主要并非对塔本身的赞赏以及登高望远时的快感，而是一种强烈的忧患感。而且，杜甫本人似乎有意强调自己与其他几位诗人的区别。这在诗的一开头便已鲜明地显示出来了。

诗的开头四句，是全篇的提纲，或者说，是全诗内容的浓缩。首句写塔高耸矗立、跨越苍穹的高峻雄伟形象。高七层的大雁塔，孤耸突起于周围的建筑物之上。称得上是整个长安城的地标，用“高标”来称它，是最适当不过的了。天似圆穹笼盖，而高塔耸峙，站在塔的顶层，感到塔身比周边的天际高出了很多，故用“跨苍穹”来形容。如果说这一句还只是比较精练地描绘出塔之高峻雄伟，那么第二句就已带有诗人特定的感情色彩。因为塔高，故风大。但用“烈风”来形容风之猛烈而迅疾，却使人感到它的震撼力、威慑力，一种紧张惊悚、难以禁受、骚屑不宁的情绪渗透于字里行间。且接以“无时休”三字，上述感受便更加突出而持久。

三、四两句便直截了当揭出登塔时的感受。“自非旷士怀”虽是翻用鲍照诗语，但联系诗题下的原注“时高适、薛据先有作”，特别是对照高、岑、储三人之作均不同程度地表现出登高览眺时常有的高旷超逸情怀，这句诗的现实针对意味便相当明显。岑诗结尾悟净理而明觉道，表明“挂冠”之意；储诗结尾谓“俯仰宇宙空，庶随了义归”，高诗结尾亦云“斯焉可游放”，均可以“旷士怀”概之。上句从反面说，下句“登兹翻百忧”从正面直接揭出登高之际胸怀百忧的情形。这一句可以说是全诗的点眼，也表明了自己的感受、自己的诗与其他几位诗人的根本区别。至于“百忧”的具体内容，则留待下面作具体的抒写。读这首诗的人可能会觉得叙事的次序有些颠倒，一开头已说“烈风无时休”“登兹翻百忧”，显然已登塔顶，下面却又回过头去写登塔过程，好像次序颠倒。明白了开头四句是全篇的总冒和提纲，这个疑问便可消除。

“方知象教力，足可追冥搜。”五、六句承首句，谓佛教所建的高出苍穹的塔，足可追踪冥搜探幽之功，盖谓登高方可望远。这里先放开一步，以反跌下文“秦山”数句。

“仰穿”二句，概写登塔过程，谓仰头向上，穿越各层之间弯曲盘旋的磴道，如同穿越龙蛇的洞窟，通过交错支撑的斜柱，最后才到达顶层，豁然开朗。写登塔，突出塔内之幽暗，与攀登之艰难，既极形塔之高，又显出时已暮。

“七星”二句，写仰望天穹所激起的想象。此诗所写虽为晚暮之景，但并非夜景，故此二句所写当为想象中的景色。由于塔耸入云霄，诗人感到自己宛如置身天上，北斗七星仿佛就在北边的窗户旁边，银河也仿佛正向西流动，其声汩汩可闻。评家往往激赏李贺《天上谣》之“银浦流云学水声”之句，不知杜甫此诗“河汉声西流”之句已得先机，而且较贺诗更近自然，可以说是运用通感曲喻，幻中有幻，却能达到浑成境界的范例。

“羲和鞭白日，少昊行清秋。”二句亦登塔远望所见，上句点出时已晚暮，白日依山，行将沦没；下句点明时值清秋，秋色苍然。上句用羲和驾车的神话传说，而以“羲和鞭白日”的神奇想象透露出时光消逝之迅疾，有“日忽忽其将暮”的迟暮之感；下句用少昊司秋的神话传说，透露出时序更易之迅速，有“日月忽其不淹兮，春与秋其代序”二句之意。或以为此二句有更深的政治托寓，恐近穿凿。

“秦山”以下四句，写俯视所见景象。南望秦岭诸山，在云雾笼罩中只露出一个个孤立的峰顶，似乎整个秦山忽然之间变成了零星的碎片，东望泾、渭二水，由于暮色迷茫，雾气弥漫，也再难寻觅它们的踪影。俯视茫茫大地，但见云封雾锁，一气混茫，哪能再分辨哪里是皇州京城呢？这显然是暮色渐浓、暮霭笼罩大地时所见的景象。作为对特定时间登高望远景象的描写，自然也很真切形象。但联系一开头的“登兹翻百忧”，其中的政治托寓同样相当明显。说“秦山”二句象喻山河破碎、清浊难辨可能求之过深。（杜甫对时局虽有强烈的忧患，但恐怕还不至于预料到会出现山河破碎的局面，而“泾渭不可求”也只是说视野中不见泾渭，而非难辨清浊。即使能见度极好时，登塔恐亦难辨泾渭之清浊。）但从“俯视但一气”之句看，这四句象喻整个京城畿辅之地为一片昏暗所笼罩，政治腐败黑暗则属无疑。周振甫先生引《通鉴·天宝十一载》云：“‘上（玄宗）晚年自恃承平，以为天下无复可忧，遂深居禁中，专以声色自娱。悉委政事于李林甫。林甫媚事左右，便会上意，以固其宠。杜绝言路，掩蔽聪明，以成其奸；妒贤嫉能，排抑胜己，以保其位；屡起大狱，诛逐贵臣，以张其势。’‘凡在相位十九年，养成天下之乱。’杜甫已经看到了这种情况，所以有百忧的感慨。”李林甫卒于天宝十一载（752）。同年，杨国忠为相，政治更为腐败，而玄宗之昏暗亦更甚。李、杨的把持朝政，是引起诗人“百忧”的直接而主要的原因；而玄宗的信任奸邪，亦是其中的原因。

“回首叫虞舜，苍梧云正愁。”由于现实政治的腐败、君主的昏愦，诗人自然怀念起理想中的圣贤之君。这里的“虞舜”，理解为实指传说中的远古时代的圣君虞舜固亦可通，但根据杜甫诗中屡称唐太宗（如《北征》之“煌煌太宗业”），将其视为理想中的贤君来看，理解为借指唐太宗似更切合杜甫的思想实际。太宗受高祖之禅，故以继尧而帝的虞舜喻之；“苍梧”则借指太宗之陵墓昭陵（在九嵕山）。唐人在慨叹忧虑现实政治之昏暗与国运之颓败时，常起“望昭陵”之思，以寄寓对太宗盛时的追慕，如杜牧之“欲把一麾江海去，乐游原上望昭陵”即是，故这里的“叫虞舜”、望“苍梧”，正寄寓了对唐初贞观盛世的向往追慕。一“叫”字传达出诗人感情的强烈，而“苍梧云正愁”又似乎连昭陵上空也弥漫着一片愁云，透露出太宗英灵对不肖子孙治绩的忧愁叹息。传神空际，笔意超妙，而感慨深沉。九嵕山在长安之北，故须由东望泾渭而“回首”眺望。

“惜哉瑶池饮，日晏昆仑丘。”两句由追慕太宗盛世而转回慨叹现实中的玄宗荒淫逸乐，正如古时的周穆王那样，与西王母宴饮于昆仑山上的瑶池。联系《自京赴奉先县咏怀五百字》诗中段有关玄宗、贵妃与贵戚权臣在骊山歌舞宴饮，耽于享乐的描写，及杜诗中将杨妃喻为西王母的情况，这两句当是隐喻玄宗与贵妃在骊山上宴饮享乐的情景，用“惜哉”二字表达对这种现象强烈的痛惜，与上句“云正愁”呼应。而“日暮”二字则透露出了昏暗没落的时代气氛，与上句“惜哉”联系起来体味，好景不长的感喟自见。同时，也说明杜甫登塔时正值日暮，故有“羲和鞭白日”及“秦山”等句“俯视但一气”的描写。

以上八句，均写登塔时引发的时世之忧。“黄鹄”以下四句，则转写身世之忧。“黄鹄”二句，写望中黄鹄高飞远举，哀鸣不已，不知所投，这当是借喻值此昏暗时世，贤能之士只能避而远引却找不到自己的归宿，其中自然包括诗人自身（《奉赠韦左丞丈二十二韵》有“今欲东入海，即将西去秦”之句，可与此互参），而各有稻粱谋的“随阳雁”则指那些能适应政治气候的人们各自都能找到自己的谋生之路。“君看”二句语气似羡似讽，透露出诗人感情之复杂，并不是单纯嘲讽小人，与“黄鹄”二句相参，其中寓含慨叹自己在混浊时世谋生乏术之意。身世之慨与时世之忧，均包于“登兹翻百忧”的“百忧”之中。

这首登览诗最突出的思想内容，自然是贯串全诗的忧患感。由于面对的是一个表面上仍然繁华实际上危机四伏的时世，诗人的忧患感便显得特别敏锐而具洞察力，使人不得不为诗人深沉的思想感情所动容、所警醒，深感识兆乱的敏感比许多政治人物要锐敏得多，也比同时登塔的其他诗人对现实的认识深刻得多。这自然和杜甫困居长安期间的政治遭遇、生活困顿和亲历耳闻各种政治弊端的实践有关。如果不是亲历“骑驴十三载，旅食京华春。朝扣富儿门，暮随肥马尘。残杯与冷炙，到处潜悲辛”的生活，目睹咸阳桥头哭送征人的惨痛场景，他对现实危机的感受就不可能超越同时代人而达到如此深刻的程度。在艺术上，此诗最突出的成就是将写实与象征融为一体，将黄昏时分登高览眺的真切感受与览眺时所引发的时世身世之感打成一片，不露刻意设喻之迹，而寓慨自然融合在所写景物之中，故内容虽有别于盛唐诗，艺术上仍保持了高浑的盛唐风貌。就描绘塔之高峻雄伟气势及所见景物来看，杜诗不如岑诗，但杜诗自有“登兹翻百忧”的主旨，自然也不必用同一标尺来衡量了。

丽人行①

三月三日天气新②，长安水边多丽人③。态浓意远淑且真，肌理细腻骨肉匀④。绣罗衣裳照暮春，蹙金孔雀银麒麟⑤。头上何所有？翠微㔩叶垂鬓唇⑥。背后何所见？珠压腰衱稳称身⑦。就中云幕椒房亲⑧，赐名大国虢与秦⑨。紫驼之峰出翠釜⑩，水精之盘行素鳞⑪。犀箸厌饫久未下⑫，鸾刀缕切空纷纶⑬。黄门飞鞚不动尘⑭，御厨络绎送八珍⑮。箫鼓哀吟感鬼神⑯，宾从杂遝实要津⑰。后来鞍马何逡巡⑱，当轩下马入锦茵⑲。杨花雪落覆白蘋⑳，青鸟飞去衔红巾㉑。炙手可热势绝

伦[22]，慎莫近前丞相嗔[23]！

[校注]

①诗末提到的“丞相”指天宝十一载（752）十一月起任右丞相的杨国忠。此诗当作于十二载三月。②三月三日，上巳节。汉以前以农历三月上旬巳日为上巳，魏晋以后，定为三月三日，不必取巳日。《后汉书·礼仪志上》：“是月上巳，官民皆絜于东流水上，曰洗濯祓除去宿垢为大絜。”宋吴自牧《梦粱录·三月》：“三月三日上巳之辰，曲水流觞故事，起于晋。唐朝赐宴曲江，倾都禊饮踏青，亦是此意。”诗中所写，即长安士女于三月三日游宴曲江及赐宴贵戚于曲江之事。③水边，指曲江。在今陕西西安市东南。秦为宜春苑，汉为乐游原，有河水水流曲折，故名。康骈《剧谈录》卷下：“曲江池，本秦世隑洲。开元中疏凿，遂为胜境。其南有紫云楼、芙蓉苑，其西有杏园、慈恩寺。花卉环周，烟水明媚。都人游玩，盛于上巳、中和之节……上巳即赐宴臣僚，京兆府大陈宴席，长安、万年两县以雄盛相较，锦绣珍玩无所不施。百辟会于山亭，恩赐太常及教坊声乐。池中备彩舟数只，唯宰相、三使、北省官与翰林学士登焉。每岁倾动皇州，以为盛观。”④态浓，姿态浓艳。意远，神情闲远。淑且真，美丽端庄。王粲《神女赋》：“惟天地之普化，何产气之淑真。”肌理细腻，皮肤细嫩光滑。骨肉匀，骨肉匀称，不胖不瘦。唐代崇尚妇女体态丰满，此“骨肉匀”所体现的正是这种审美眼光。⑤蹙（cù）金，一种刺绣方法，用金线绣花而皱缩其线纹，使其紧密而匀贴。二句谓罗衣上用金银线绣成孔雀、麒麟的图案，光彩照耀暮春景物。⑥微，《全唐诗》校：“一作为。”㔩叶，妇女发髻上装饰的花叶。翠微㔩叶，仇兆鳌注引赵次公曰：“言翡翠微布于㔩彩之叶。”鬓唇，鬓边。⑦腰衱（jié），腰带。腰带上缀以珍珠，压其下垂，以免被风吹起。故云“珠压腰衱”。稳称身，服帖称身。⑧就中，其中，指众多丽人之中。“就中”

系唐人的口语。云幕，轻柔飘洒如云雾的帐幕。《西京杂记》卷一：“成帝设云帐、云幄、云幕于甘泉紫殿，世谓三云殿。”椒房，汉代皇后所居宫殿。殿内以花椒子和泥涂壁，取其温暖、芬芳，且象征多子。《三辅黄图·未央宫》：“椒房殿在未央宫，以椒和泥涂，取其温而芬芳也。”椒房亲，指皇帝的姻亲，即下文被“赐名大国虢与秦”者。⑨《旧唐书·玄宗杨贵妃传》：“太真资质丰艳，善歌舞，通音律……有姊三人，皆有才貌，玄宗并封国夫人之号：长曰大姨，封韩国；三姨，封虢国；八姨，封秦国。并承恩泽，出入宫掖，势倾天下。”⑩紫驼之峰，即紫色骆驼之驼峰。驼峰炙为唐代贵显之家的珍贵菜品。翠釜，精美的炊器。⑪水精，即水晶。行，传递。素鳞，白鳞鱼。⑫犀箸，犀牛角做的筷子。厌饫（yù），吃得腻了。久未下，迟迟不下筷子。⑬銮，一作“鸾”。銮刀，环上有小铃的刀。《文选·潘岳〈西征赋〉》：“雍人缕切，銮刀若飞。”刘良注：“銮，刀上铃。”缕切，细切。空纷纶，空自忙乱了一阵。⑭黄门，指宦官。鞚（kòng），马勒头，代指马。飞鞚，飞马。⑮八珍，八种珍贵的食品，泛指美食。《周礼·天官·膳夫》：“珍鞚八物。”本指八种烹饪法，后转义为指珍馐美味。《三国志·魏书·卫觊传》：“饮食之肴，必有八珍之味。”⑯鼓，《全唐诗》校：“一作管。”哀吟，形容箫鼓之声动人。古以悲哀之声为美。⑰宾从，宾客和随从。杂遝（tà），众多貌。实要津，塞满了交通要道。或谓“要津”指国忠兄妹，恐非。此“实要津”即李商隐《正月十五夜闻京有灯不得观》“香车宝辇隘通衢”之意。⑱逡巡，徘徊缓慢貌。郭在贻、蒋礼鸿解为快速，形容车马横冲直撞，义更优。“后来”者指杨国忠。⑲轩，敞开的厅堂。锦茵，锦绣的地毯。⑳白蘋，白色的蘋花。亦称四叶菜、田字草，多年生草本植物，生浅水中，叶有长柄，柄端四片子叶呈田字形，夏秋开小白花。《尔雅·释草》：“萍，蓱，其大者蘋。”《尔雅翼》：“萍之大者曰蘋，五月有花白色，谓之白蘋。”《埤雅》卷十六：“世说杨花入水化为浮萍。”可见古人认为杨花、萍、蘋实出同源。《旧唐书·杨贵妃传》：“而国忠私于虢国，而不避雄狐之刺。每入朝，或联镳方驾，不施帷幔。”又北朝后魏名将杨大眼之子杨华（本名白华）与胡太后私通，后杨华惧祸逃南朝归梁，胡太后追思作《杨白花》歌，其中有“杨花飘落入南家”及“愿衔杨花入窠里”之句，解者以为此句用“杨花覆蘋”影射杨国忠与其从妹虢国夫人之间的暧昧关系，同时暗用《杨白花》歌以影射其淫乱。㉑青鸟，神话中为西王母传递信息的使者。《艺文类聚》卷九十一引《汉武故事》：“七月七日，上（指汉武帝）于承华殿斋，正中，忽有一青鸟从西方来，集殿前，上问东方朔，朔曰：‘此西王母欲来也。’有顷，王母至。有两青鸟如乌，使侍王母旁。”此借指情人间传递消息的信使。红巾，妇女所用红手帕，此处借指表示爱情的信物。㉒炙手可热，喻杨国忠权势气焰之盛。《新唐书·崔铉传》：“铉所善者郑鲁、杨绍复、段瑰、薛蒙，颇参议论，时语曰：‘郑、杨、段、薛，炙手可热。’”盖“炙手可热”为唐人习用语。绝伦，无与伦比。㉓丞相，指杨国忠。嗔，恼怒。

[笺评]

许彦周曰：老杜作《丽人行》云：“赐名大国虢与秦”，其卒曰：“慎莫近前丞相嗔。”虢国、秦国何预国忠事，而近前即嗔邪？东坡言：“老杜似司马迁。”盖深知之。（《许彦周诗话》）

黄鹤曰：天宝十二载，杨国忠与虢国夫人邻居第，往来无期。或并辔入朝。不施障幕，道路为之掩目，冬，夫人从车驾幸华清宫，会于国忠第。于是作《丽人行》。此当是十二年春作，盖国忠于十一年十一月为右丞相也。（仇兆鳌《杜少陵集详注》卷二引）

刘辰翁曰：三、四语便尔亲切，盖身亲见之，自与想象次第不同，此亦所当识也。又曰：画出次第宛然。“杨花”“青鸟”二语，极当时拥从如云、冲拂开合、绮丽骄捷之盛。作者之意，自不必人人通晓也。（张含、杨慎合选《李杜诗选》引）

钟惺曰：本是讽刺，而诗中直叙富丽，若深羡不容口者，妙，妙！如此富丽，一片清明之气行其中，标出以见富丽不足为诗累。（《唐诗归》）又曰："态浓意远""骨肉匀"，画出一个国色。状姿色曰"骨肉匀"，状服饰曰"稳称身"，可谓善于形容。

陆时雍曰：诗，言穷则尽，意亵则丑，韵软则庳。杜少陵《丽人行》、李太白《杨叛儿》一以雅道行之，故君子言有则也。又曰：色古而厚。点染处，不免墨气太重。（《唐诗镜》）

周敬曰：起结中情，铺叙得体，气脉调畅，的从古乐府摹出，另成老杜乐府。（《删补唐诗选脉笺释会通评林·盛七古》）

吴山民曰："头上"数语是真乐府，又跌宕而雅。（同上引）

周珽曰："态浓"以后十句，模写丽人妖艳入神。想其笔兴酣时不觉，大家伎俩自不可禁。（同上）

王嗣奭曰：自"态浓意远"至"穿凳银"（按：杨慎谓松江陆深见古本，于"稳称身"后尚有二句："足下何所著？红蕖罗袜穿登银。"）极状姿色、服饰之盛。而后接以"就中云幕"二句。突然又起"紫驼之峰"四句，极状馔食之丰侈。而后接以"黄门飞鞚"二句，皆弇州所谓倒插法，唯杜能之者……"紫驼之峰"二句，语对、意对而词义不对，与"裙拖六幅""鬓挽巫山"俱别一对法，诗联变体……至"杨花""青鸟"两语，似不可解，而驺徒拥从之盛可想见于言外，真化工之笔。（《杜臆》）

王夫之曰："赐名大国虢与秦"，与"美孟姜矣""美孟弋矣""美孟庸矣"一辙，古有不讳之言也，乃《国风》之怨而悱、直而绞者也。夫子存而弗删，以见卫之政散民离，人诬其上，而子美以得"诗史"之誉。（《姜斋诗话》）又曰：可谓"入不言兮出不辞，乘回风兮载云旗"矣。是杜集中第一首乐府，杨用修犹嫌其末句之露，则为已甚。（《唐诗评选》）

黄周星曰：通篇俱描绘豪贵浓艳之景而讽刺自在言外，少陵岂非诗史！（首二句）实有所指，转若无所指，故妙。（"态浓"句）何以

体认亲切至此。(《唐诗快》)

钱谦益曰:《明皇杂录》:“虢国夫人出入禁中,常乘紫骢,使小黄门为御。紫骢之骏健,黄门之端秀,皆冠绝一时。”此所谓“黄门飞鞚”也。又曰:乐府《杨白花》歌曰“杨花飘荡落南家”,又曰“愿衔杨花入窠里”,此句(指“杨花雪落覆白蘋”句)亦寓讽于杨氏。又曰:乐史《外传》:十一载李林甫死,以国忠为右相。十二载加国忠司空。扈从之时,每家为一队,队着一色衣,五家合队,相映如百花焕发。遗钿坠舄,珠翠灿于路歧可掬。曾有人俯身一窥其车,香气数日不绝。驼马千馀头匹,以剑南旌节器仗前驱。及秦国先死,独虢国、韩国、国忠转盛。虢国又与国忠乱。每入朝谒,国忠与韩、虢联辔,挥鞭骤马、以为谐谑。(《钱注杜诗》。仇注引)

卢元昌曰:中云“赐名大国虢与秦”,后云“慎莫近前丞相嗔”,玩此二语,则当时上下骄淫,渎伦乱礼,已显然言下矣。(仇注引)

朱鹤龄曰:国忠与虢国为从兄妹,不避雄狐之刺,故有“近前丞相嗔”之语,盖微词也。(《杜工部诗集辑注》。仇注引)

仇兆鳌曰:此诗刺诸杨游宴曲江之事。首叙游女之佳丽也。三言丰神之丽,四言外貌之丽,五、六言服色之丽。头、背四句,举上下前后,而通身之华丽俱见。本写秦、虢冶容,乃概言丽人以隐括之,此诗家含蓄得体处。(“态浓”句)浓如红桃裛露,远如翠竹笼烟,淑如瑞日祥云,真如澄川朗月,一句中写出绝世丰神。次志秦虢之华侈也。“驼峰”二句,言味穷水陆。“犀箸”二句,言饮食暴殄。“黄门”二句,言宠赐优渥。“箫管”,言声乐之盛;“宾从”,言趋附者多。末仍指言国忠,形容其烜赫声势也。秦、虢前行,国忠殿后。鞍马逡巡,见拥护填街,按辔徐行之象,当轩下马,见意气洋洋,旁若无人之状。杨花青鸟,点暮春景物,见唯花鸟相亲,游人不敢仰视也。一时气焰,可畏如此。末句仍用倒插作收。此章前二段,各十句,后段,六句收。此诗语极铺扬,而意含讽刺,故富丽中特有清刚之气。(《杜少陵集详注》卷二)

张溍曰:通篇皆极口铺张作赞,却句句是贬,真《三百篇》之

旨。(《读书堂杜工部诗集注解》卷二)

卢元昌曰:通篇眼目,前段在“赐名大国虢与秦”一句,后段在“慎莫近前丞相嗔”一句。群臣骄淫,失伦乱理,显然言下。(《杜诗阐》卷三)

吴瞻泰曰:本是讽刺,而直叙富丽,若深羡不容口者,故自佳。前写姿容、服饰、肴核、音乐、宾从,本应一气平叙,而间以“就中云幕”二句,以乱其辞。“后来鞍马”二语,与“炙手可热”二句,本应直接,而间以“杨花”“青鸟”以疏其势,前以主间宾,后以宾间主,皆间也,皆断续也。今人不论诗之主宾断续,而以“杨花”为切中时事,则将古人极曲折用意之笔,而视为直口布袋之言,不几冤却少陵也哉!(《杜诗提要》卷五)

佚名曰:此诗刺天宝诸杨之骄横,由于上之宠禄过也……此篇当与《兵车》参看。读《兵车行》,而见暴君之不恤民命,其流离之苦如彼;读《丽人行》,而见荒主之不戢嫔御,其骄盈之失若此,上慢下暴,恩又睽绝,岂复有君国子民之道!(《杜诗言志》卷二)

李因笃曰:先泛泛写出水边容色衣服之盛,“就中”一联,方入虢、秦,又极力写其供奉之奢,方转入内赐一段,然后转入国忠雄狐正意,托刺深厚,大类《国风》。(《杜诗集评》卷五引)

黄生曰:写丽人意态、肌肤、服饰,无所不备,以从楚些来,故庄而不佻,华而不靡。美人有态有质,咏态易,咏质难。《国风》“倩”“盼”二语,非不妙极形容,亦止写其态而已。如“肌理细腻骨肉匀”七字,写美人形质,真毫发无憾。古来美人,首推玉环、飞燕,然不无剩肉露骨之恨。“骨肉匀”三字,可谓跨杨而蹑赵矣,“匐”遏合切,“谙”入声。《学记》注:“匐采,妇人花髻饰。”……郭注《尔雅》:“衱,衣后裾。”赵汸谓是裾腰,予谓当是裾襕,恐其飞扬,故以珠缀之,故曰“稳称身”也。“实”即“满”也,然“满”字自然,“实”则使之然,下字故自不苟。“后来鞍马”即丞相也。然要留“丞相”二字煞韵,使读者得讽刺之意于言外。先时丞相未至，观者犹得近前，及其既至，则呵禁赫然，远近皆为辟易。此段具文见意，隐然可想。“红巾”似指树间所挂之彩，如李约讥游宴之侈云：“远山将翠幕遮。”古松用彩物裹，此正其类。“杨花”二句，语含比兴，谓其气焰薰灼，花亦若触而落，鸟亦如避之而飞耳。酝酿汉魏之风骨，齐、梁小儿直气吞之。若其铺叙繁华，侈陈贵盛，则效《鄘风》之刺宣姜，但歌其容服之美，而所刺自见者也。（《杜诗说》卷三）

《杜诗话》：《卫风·硕人》，美之曰“其硕”。自手而肤而领而齿，而首而眉，而口而目，一一传神，此即《洛神赋》蓝本。《丽人行》为刺诸杨作，本写秦、虢冶容，首段却泛写游女以隳括之。曰“肌理细腻骨肉匀”，状其体貌之丽也；“绣罗衣裳照暮春，蹙金孔雀银麒麟”，状其服色之丽也；头上“翠微盍叶”、背后“珠压腰衱”，通身华丽俱见，较《洛神赋》另样写法。若如杨升庵伪本，添出“足下何所著”，尚成何诗体耶！

浦起龙曰：起四句提纲。“态浓意远”“肌腻肉匀”，先标本色也。“绣罗”一段，陈衣妆之丽。“紫驼”一段，陈厨膳之侈。而秦、虢诸姨，却在两段中间点出，笔法活变。其束处“宾从”句，又是蒙上拖下之文。末段以国忠压后作收，而“丞相”字直到煞句点出，冷隽。要之，“椒房”是主，“丞相”是客。说“丞相”，正以丑“椒房”耳。“杨花雪落”“青鸟衔巾”，隐语秀绝，妙不伤雅。　无一讥刺语，描摹处，语语刺讥。无一慨叹声，点逗处，声声慨叹。（《读杜心解》卷二）

沈德潜曰：极言姿态服饰之美，音乐宾从之盛，微指“椒房”，直言丞相。大意本“君子偕老”之诗，而风刺意较显。“态浓意远”下，倒插秦、虢；“当轩下马”下，倒插丞相。他人无此笔法。（《重订唐诗别裁集》卷六）

李光地曰：欧阳文忠言《春秋》之义，痛之深则词益隐，子般卒是也；刺之切则旨益微，“君子偕老”是也。此诗实与美目巧笑、象

掎绉絺同旨。诗至老杜，乃可与风雅代兴耳。(《杜诗镜铨》卷二引)

宋辕文曰：唐人不讳宫掖，拟之乐府，亦《羽林郎》之亚也。(同上引)

蒋弱六曰：美人相、富贵相、妖淫相，后乃现出罗刹相，真可笑可畏。(同上引)

何焯曰：国忠孽子而淫乱若此。是以无根之杨花，覆有根之白蘋也。青鸟红巾，几于感帨矣。(同上引)

杨伦曰：《困学纪闻》：王无功《三月三日赋》："聚三都之丽人。"杜语本此，（"态浓"句）淑真，妇人美德，公反言以刺之也。（"黄门"句）又添一波，非常助色。（"当轩"句）继乃备言狎昵之态。（"杨花"）二句隐语。（"炙手"句）顶"要津"字下。（"慎莫"句）微词。(《杜诗镜铨》卷二)

施补华曰：《丽人行》前半竭力形容杨氏姊妹之游冶淫佚，后半叙国忠之气焰逼人，绝不作一断语，使人于意外得之，此诗之善讽也。通篇皆先叙后点。"就中云幕椒房亲，赐名大国虢与秦"，结杨氏姊妹；"炙手可热势绝伦，慎莫近前丞相嗔"，结国忠。章法可学。(《岘佣说诗》)

[鉴赏]

《丽人行》和《兵车行》，称得上是杜甫在安史之乱以前作的"即事名篇，无复倚傍"的乐府歌行的双璧。如果说，《兵车行》在揭露黩武战争的罪恶和严重后果的同时将关注的目光集中投向广大的下层百姓所遭受的苦难，那么，《丽人行》便将讽刺的笔锋集中指向上层统治者的骄奢淫逸。而造成这两种现象的原因则同出于最高统治者的好大喜功和昏愦腐败。

从题材看，《丽人行》所歌咏的只是长安曲江上巳的春游，并不直接涉及政治。但由于诗人所关注的是云集的仕女中一群特殊人物的春游，而她们的身份地位，做派气势，待遇享受又无不与最高统治者的恩宠密切关联。因此，这首表面上描绘贵戚春游的诗，就具有明显的政治意义，它实质上是一首政治讽刺诗。

这首诗在整体构思上有一个突出的特点，就是逐层脱卸。一开头，并不急着亮出诗人所特别关注的对象，而是从泛写上巳曲江春游着笔。“三月三日天气新，长安水边多丽人。”两句点出时间、地点、人物，于仕女云集中先点出“丽人”，照应题面。“天气”之“新”，见春光之明媚，正衬出“丽人”之“丽”。以下八句，便从各个不同的方面细腻地描绘“丽人”之“丽”。“态浓意远淑且真”，是形容这群贵妇人的姿态风神气质之美：风姿浓艳，神情悠闲，仪态端庄，显得华贵而雍容。“意态由来画不成”，诗人却是一出手就先画其风神意态不同于民间小家碧玉。“肌理细腻骨肉匀”，是形容其皮肤细嫩光滑，体态纤秾合度。“肌理细腻”须仔细观察，“骨肉匀”则须整体打量，说明诗人观察既细致而又注意通体。唐代对女性体态美的审美标准不同于汉代之尚纤瘦，“骨肉匀”即透露了这方面的消息。“绣罗”二句，描绘其服饰之华丽。罗衣上用金、银线绣成孔雀、麒麟的图案，光彩熠熠，照耀暮春。“头上”四句，改用设问口吻，分写其头饰与腰饰，用“翠”“珠”突出其饰物之华丽，用“垂鬓唇”与“稳称身”分写其衬托出面庞与腰身之美。这一段纯用赋法，写丽人们的丰神体态服饰之美。表面上看，纯属赞美之词，丝毫不露贬义，像“态浓意远淑且真”这种形容，甚至有点热烈赞美乃至艳羡的味道。这里当然有一个全体与部分的关系问题，下面要着重写到“虢与秦”，虽同属“丽人”，却未必能代表全部丽人，而且就丽人中的“虢与秦”来说，这只是诗人的一种欲抑先扬的艺术手段。是否真的“淑且真”，对照下文自见。说这是一种“春秋笔法”，也大体符合实际。

第二段用“就中”二字提起，从“长安水边多丽人”中脱卸出“虢与秦”，即杨贵妃的两位姊姊虢国夫人与秦国夫人。云幕，当是指她们为春游在曲江边临时搭建的帷幕彩棚。《开元天宝遗事》卷下：

"长安富家子……每至暑伏中，各于林亭内植画柱，以锦绮结为凉棚，设坐具……为避暑之会。"又："长安贵家子弟，每至春时，游宴供帐于园圃中，随行载以油幕，或遇阴雨，以幕覆之，尽欢而归。""都人士女，每至正月半后，各乘车跨马，供帐于园圃，或郊野中，为探春之宴。"两句中的"椒房亲"与"赐名"二语，对全诗意旨的表达而言，至关重要，不可忽略。它不但揭示了她们身为皇帝姻亲贵戚的特殊身份，而且揭示了皇帝对她们的特殊恩宠。"赐名大国虢与秦"，就是唐玄宗的爱屋及乌之举，同时也暗示了她们与皇帝的关系不同寻常。

接下来八句，便集中笔力渲染其宴饮之豪奢和宾从之"杂遝"。肴馔是用名贵的炊具烤炙而成的驼峰肉，用水晶盘盛着的珍贵白鳞鱼。"紫驼之峰"对"水精之盘"，"翠釜"对"素鳞"，使肴馔与器具交错为对，而上句用"出"，下句用"行"，句法整齐中有错综变化。不仅给人以味觉联想，而且给人以视觉冲击。这对于"朝扣富儿门，暮随肥马尘。残杯与冷炙，到处潜悲辛""饥卧动即向一旬"的诗人来说，心理上受到的震撼可想而知。可就是这样珍贵的肴馔，她们手中举着犀角筷子，却迟迟不肯下筷，使烹制这些珍肴的厨师鸾刀细切，白白忙活了半天。这就不仅是豪奢，而且是暴殄天物，糟蹋珍肴了。但诗人并不正言厉色，情溢乎辞，只用一"久"字，一"空"字暗暗透出。一边在糟蹋，一边仍在络绎传送："黄门飞鞚不动尘，御厨络绎送八珍。"点出"黄门""御厨"，说明这水陆珍奇乃是出自皇帝的恩赐，而"飞鞚不动尘"的细节描写则显示了太监们在传送珍肴时何等小心翼翼，从而更突出地渲染了两位国夫人的身份地位之烜赫。宴饮之际，不仅有动人的音乐伴奏助兴，而且有一大帮宾客侍从前呼后拥，人数众多，几乎把一条通津要道都塞满了。"宾从"句只一笔轻点，分量可不轻，暗透出作为"椒房亲"的杨家权势之烜赫，捧场者之众多，并为下一段另一个大人物的出现作引线。

第三段又从"赐名大国虢与秦"自然引出"后来鞍马何逡巡"，

这是最后一层脱卸。题为《丽人行》，但诗中真正的主人公却是权倾天下、身为宰相、兼数十使的杨国忠。最重要的人物总是要在众“宾从”的翘首等待中最后一个出场。“后来”一语，似不经意而笔意冷隽。它和“鞍马何逡巡”的描写结合起来，显示出这位大人物故意摆谱，慢吞吞地大摇大摆地骑马前来的姿态。可他到达之后，却径自下马，踏着锦绣地毯进入内室，显示出一派目中无人的架势。这种故意摆谱显威风的行径，恰恰是杨国忠这种出身微贱的政治暴发户的典型特征。

值得注意的是，写到“入锦茵”，诗人却忽然掉转诗笔，去写外面的春天景物：杨花如雪，纷纷飘落，覆盖在水中的浮萍之上；青鸟飞去，衔着一方妇女用的红手帕。于紧要处忽着如此闲笔，实有深意。注家从杨花、白蘋本属一物及“杨花”暗用《杨白花》歌，“青鸟”为情人信使等方面揭示出这两句明为写景，实为影射杨国忠与虢国夫人间的暧昧关系。妙在它虽深寓讽刺，却不露痕迹；虽揭露丑行，却不涉污秽。显示出大诗人在暴露丑恶时应有的分寸和风范。读到这里，再回过头去品味“态浓意远淑且真”的形容，便会感到对“虢与秦”而言，这不过是在表面的雍容端庄中包蕴着放荡淫逸而已。

“炙手可热势绝伦，慎莫近前丞相嗔！”图穷而匕首见，诗末方明点出这位“后来”者便是“势绝伦”的当朝宰相。虽未直呼其名，却已洞若观火。但诗人仍不用直接斥责的口吻，而是以冷刺作收。面对气焰熏天的“丞相”，千万别靠得太近，以免遭到他的怒骂。点到即止，丞相何以怒嗔，是抖威风还是怕隐私被窥，均在不言之中。

诗的直接讽刺对象，虽是“虢与秦”和“丞相”，但诗人内心深处真正的忧愤恐怕还是政治的腐败和国家的命运。皇帝好色，爱屋及乌，使姻亲贵戚享受荣华富贵，这在封建社会中本极常见，如控制在一定限度内，也未必会引起祸乱。但像唐玄宗这样，将军政大权交给杨国忠这样一个不学无术、品行极坏，毫无治国才能，只会擅作威福的外戚，政治的腐败和社会矛盾的激化便属必然。诗中一再提及“椒房亲”“炙手可热势绝伦”，其深意正是隐讽玄宗竟然因政治上的裙带关系而重用了这样的人物，国家前途可想而知。作为一首政治讽刺诗，这正是诗人真正的用意所在。

在艺术上，这首诗却寓深刻的讽刺于不动声色的客观描写之中。全篇除最后两句以告诫的口吻略露讽意外，其他描写竟丝毫不显露诗人的感情倾向，让它从客观的描写中自然流露出来。这种写法的成功运用，显示出杜甫现实主义诗歌的纯熟技巧。

自京赴奉先县咏怀五百字①

杜陵有布衣②，老大意转拙③。许身一何愚④，窃比稷与契⑤。居然成濩落⑥，白首甘契阔⑦。盖棺事则已⑧，此志常觊豁⑨。穷年忧黎元⑩，叹息肠内热⑪。取笑同学翁⑫，浩歌弥激烈⑬。非无江海志⑭，潇洒送日月⑮。生逢尧舜君⑯，不忍便永诀⑰。当今廊庙具⑱，构厦岂云缺⑲。葵藿倾太阳⑳，物性固难夺㉑。顾惟蝼蚁辈㉒，但自求其穴㉓。胡为慕大鲸㉔，辄拟偃溟渤㉕。以兹悟生理㉖，独耻事干谒㉗。兀兀遂至今㉘，忍为尘埃没㉙。终愧巢与由㉚，未能易其节㉛。沉饮聊自适㉜，放歌破愁绝㉝。岁暮百草零㉞，疾风高冈裂。天衢阴峥嵘㉟，客子中夜发㊱。霜严衣带断，指直不得结㊲。凌晨过骊山㊳，御榻在嵽嵲㊴。蚩尤塞寒空㊵，蹴蹋崖谷滑㊶。瑶池气郁律㊷，羽林相摩戛㊸。君臣留欢娱㊹，乐动殷胶葛㊺。赐浴皆长缨㊻，与宴非短褐㊼。彤庭所分帛㊽，本自寒女出。鞭挞其夫家㊾，聚敛贡城阙㊿。圣人筐篚恩[51]，实欲邦国活[52]。臣如忽至理[53]，君岂弃此物！多士盈朝廷[54]，仁者宜战栗[55]。况闻内金盘[56]，尽在卫霍室[57]。中堂舞神仙[58]，烟雾蒙玉质[59]。暖客貂鼠裘[60]，悲管逐清瑟[61]。劝客驼蹄羹[62]，霜橙压香橘。朱门酒肉臭[63]，路有冻死

骨[64]。荣枯咫尺异[65]，惆怅难再述。北辕就泾渭[66]，官渡又改辙[67]。群冰从西下[68]，极目高崒兀[69]。疑是崆峒来[70]，恐触天柱折[71]。河梁尚未坼[72]，枝撑声窸窣[73]。行旅相攀援[74]，川广不可越[75]。老妻寄异县[76]，十口隔风雪。谁能久不顾，庶往共饥渴[77]。入门闻号咷[78]，幼子饥已卒[79]。吾宁舍一哀[80]，里巷亦呜咽[81]。所愧为人父，无食致夭折。岂知秋禾登[82]，贫窭有仓卒[83]。生常免租税[84]，名不隶征伐[85]。抚迹犹酸辛[86]，平人固骚屑[87]。默思失业徒[88]，因念远戍卒[89]。忧端齐终南[90]，澒洞不可掇[91]。

［校注］

①天宝十三载（754）夏，杜甫携家眷移居于长安城南十五里之下杜城。是年秋，长安霖雨六十余日，关中大饥。因乏食，将家眷安置奉先县（今陕西蒲城县，在长安东北，属京兆府管辖）。复返长安。十四载十月，任右卫率府兵曹参军（看守兵甲器仗、管理门禁锁钥的小官）。十一月，离京赴奉先县探家。此时，安禄山已在范阳反叛，但消息尚未传到长安。而杜甫已预感到国家的严重危机。他将此次奉先之行的见闻感受以“咏怀”为题，写成这首划时代的杰作。②杜陵，在长安城南。秦置杜县，汉宣帝筑陵于东原上，因名杜陵，并改杜县为杜陵县，北周废。杜甫远祖杜预为京兆杜陵人，杜甫天宝十三载又移居于此，故以“杜陵布衣”自称。杜甫作此诗时虽已授官，但尚未上任，故仍自称布衣。古代平民百姓穿麻布衣。③老大，杜甫时年四十四，古人四十即常称“老”。拙，笨拙，工巧的反面。迂执不通世故、不知权变之意，实际上是强调自己的理想抱负、品格操守之坚定。“拙”是自嘲的口吻，正话反说。④许身，自许、自期。“愚”与上句“拙”义近。⑤窃，对自己的谦称。稷，周的祖先，舜时的农官，教百姓种五谷，契（xiè），商的祖先，舜时的司徒，掌文化教育。

稷契是古人心目中理想的辅佐圣君的贤臣。《孟子·离娄下》："稷思天下有饥者，犹己饥之也。"⑥居然，果然。濩落，大而无用之意，同"瓠落"。《庄子·逍遥游》："魏王贻我大瓠之种，我树之成而实五石，以盛水浆，其坚不能自举也。剖之以为瓢，则瓠落无所容。"⑦契阔，辛勤劳苦。⑧《韩诗外传》卷八："孔子曰：'学而已，阖棺乃止。'"则，乃。⑨此志，指效法稷契之志。觊（jì），希望。豁，达到。⑩穷年，终年，一年到头。黎元，老百姓。⑪肠内热，犹忧心如焚。⑫同学翁，与自己年辈相当的先生们。萧涤非谓"翁字外示尊敬，实含讥讽"。⑬浩歌，高歌。弥，更加。⑭江海志，隐逸避世之志。《庄子·刻意》："就薮泽，处闲旷，钓鱼闲处，无为而已矣。此江海之士，避世之人。"⑮潇洒，无拘无束貌。送日月，打发日子。⑯尧舜君，指唐玄宗。玄宗即位后的一段时期内，励精图治，任用贤相，开创"开元之治"，故称。《南史·李膺传》："膺字公胤，有才辩……（梁）武帝悦之，谓曰：'今李膺何如昔李膺？'对曰：'今胜昔。'问其故，对曰：'昔事桓、灵之主，今逢尧、舜之主。'"⑰永诀，长别。杜甫困居长安期间，也曾有过离开长安，浪迹江湖之想，但因为想辅佐皇帝做一番事业，故不忍心与之长别。⑱廊庙具，能在朝廷上担任要职的栋梁之才。具，才具。江淹《杂体诗》："大厦须异材，廊庙非庸器。"⑲构厦，构建国家的大厦。⑳葵，向日葵。藿，豆叶。曹植《求通亲亲表》："若葵藿之倾叶，太阳虽不为之回光，然终向之者，诚也。"葵有向阳的特性，藿并无此物性。此系用曹植表中语，故连类而及。㉑难，原作"莫"，校云："一作难。"兹据改。夺，强行改变。㉒顾惟，转思。蝼蚁辈，指只知营求自己私利的庸小之辈。㉓但，只。自求其穴，营求自己的安乐窝。㉔胡为，何为。㉕辄拟，老是打算。偃，游息。溟渤，茫无边际的大海。㉖悟，一作"误"。生理，处世之道，人生的原则。㉗干谒，指干求谒见权贵。㉘兀兀，劳苦貌。㉙尘埃没，沦落湮没于尘埃，终身潦倒无成。㉚巢，巢父。由，许由。尧时的两位高士。传说尧想将帝位传给许由，许由听了，跑到河边去洗耳。《高士传》载许由逃尧之让，告巢父，巢父说："何不隐汝形，藏汝光，非吾友也！"㉛其，杜甫自指（第三人称的特殊用法）。节，节操、志节。指"窃比稷与契"之志节。㉜聊，姑且。适，《全唐诗》校："一作遣。"自适，悠然闲适而自得其乐。《庄子·骈拇》："夫适人之适，而不自适其适，虽盗跖与伯夷，是同为淫僻也。"㉝放歌，纵情高歌。破，一作"颇"。破愁绝，消除内心极度的愁闷。㉞零，凋零枯萎。㉟天衢，天空。天空广阔如通衢，故称。峥嵘，本状山之高峻，此处形容天空阴云密布，黑压压的，如山势之峥嵘。㊱客子，杜甫自指。中夜发，半夜从长安出发。㊲得，《全唐诗》校："一作能。"㊳骊山，在长安东面六十里，山麓有温泉。每年十月，唐玄宗率杨贵妃及其姊至华清宫避寒，岁末方归。《雍录》："温泉，在骊山。秦、汉、隋、唐，皆常游幸，惟玄宗特侈。盖即山建立百司庶府，各有寓止。于十月往，至岁尽乃还宫。又缘杨妃之故，其奢荡益著。大抵宫殿包裹骊山，而缭墙周�其外。观风楼下，又有夹城可通禁中。"㊴御榻，皇帝的床。借指玄宗。嵽嵲（dié niè），山高峻貌，此即指高耸的骊山。㊵蚩尤，传说中的古代九黎族首领，以金作兵器，与黄帝战于涿鹿，失败被杀。相传其与黄帝作战时雾塞天地。故以"蚩尤"借指雾气。《史记·五帝本纪》"遂禽杀蚩尤"裴骃集解引《皇览》曰："蚩尤冢在东平寿张县阚乡城中，高十丈，民常十月祀之，有赤气出，如匹绛帛，民名为蚩尤旗。"㊶蹴蹋，踩踏。㊷瑶池，神话传说中神仙西王母与周穆王宴会之地。此借指骊山温泉。郁律，水汽蒸腾弥漫貌。㊸羽林，皇帝的禁卫军，即羽林军。摩戛，摩擦碰撞。㊹君臣，《全唐诗》校："一作圣君。"留欢娱，留在骊山上寻欢作乐。㊺殷（yīn），震。《文选·司马相如〈上林赋〉》："车骑雷起，殷天动地。"郭璞注："殷，犹震也。"胶葛，深远广大貌。《上林赋》："置酒乎颢天之台，张乐乎胶葛之寓。"此指广远的天空。㊻长缨，长帽带，大官僚的服饰，指权贵。《旧唐书·安禄山传》："玄宗宠安禄山，赐华清池汤浴。"㊼与宴，参与宴会。短褐，粗布短衣，指平民百姓。㊽彤庭，朝廷。古代宫殿楹柱地面多用朱红色涂饰。㊾其，指寒女。㊿聚敛，聚集搜刮。城阙，指京城。51筐篚，盛物的竹器，方曰筐，圆曰篚。筐篚恩，指皇帝的赏赐之恩。《诗·小雅·鹿鸣序》："《鹿鸣》，燕群臣嘉宾也。既饮食之，又实币帛筐篚，以将其厚意。然后群臣嘉宾，得尽其心矣。"《通鉴·天宝八载》：二月，"引百官观左藏，赐帛有差。是时州县殷富，仓廪积粟帛，动以万计。杨钊（即国忠）奏诸所在粜变为轻货，及征丁租地税皆变布帛输京师。屡奏帑藏充牣，古今罕俦，故上帅群臣观之。上以国用充衍，故视金帛如粪壤，赏赐贵宠之家，无有限极"。此句所谓"筐篚恩"即指玄宗在赐宴赐浴的同时赏赐贵宠币帛之事。52邦国活，国家昌盛繁荣。53忽，忽视。至理，最高的原则，天经地义的道理。54多士，百官。《诗·大雅·文王》："济济多士，文王以宁。"55仁者，指多士中之仁者，即百官中有良心的。战栗，触目惊心。56内金盘，宫廷内府的金盘，泛指珍贵宝器。57卫霍室，指贵戚之家。汉代卫青系汉武帝皇后卫子夫之弟，霍去病系卫皇后姊之子（外甥）。此以卫、霍借指杨贵妃家族如杨国忠兄弟、韩国夫人、虢国夫人、秦国夫人等。玄宗对他们滥行赏赐。58中堂，指贵戚府邸的大厅。舞神仙，指府中女乐翩翩起舞，有若神仙。59烟雾，指歌舞女子身上所披之轻纱雾縠。司马相如《子虚赋》："杂纤罗，垂雾縠……眇眇忽忽，若神仙之仿佛。"蒙，《全唐诗》原作"散"，校："一作蒙。"兹据改。蒙，罩。玉质，指女子洁白的肌体。60暖客，使客暖。貂鼠裘，紫貂一类皮做的袄。61管、瑟，分别泛指管乐与弦乐。"悲"与"清"形容乐声之动人与清亮。句意谓丝竹合奏，其声互相紧随。62驼蹄羹，骆驼蹄作的珍贵菜肴。63朱门，指豪贵人家。64冻死骨，冻饿而死的人。"路"即指诗人经过骊山东去的道路。65荣，指富贵豪奢，承"朱门"。枯，指贫困饥寒，承"冻死骨"。咫尺异，指华清宫墙内外，仅咫尺之隔，而荣枯迥异。66北辕，车辕向北，指路转向北。就，靠近。泾、渭，关中八水之二水，合流于昭应县。杜甫自京赴奉先，由长安向东经骊山，然后向北渡过昭应县泾渭二水合流处的渡口，再向东北方向走。⑰官渡，指官家设在泾渭二水合流处的渡口。改辙，改道。指官家渡口迁移至他处。⑱冰，《全唐诗》校：“一作水。”按：当作“冰”。十一月泾、渭二水当已开始封冻。⑲崒兀（zú wù），高峻貌。⑳崆峒，山名，在今甘肃平凉市。相传是黄帝问道于广成子之所。见《庄子·在宥》。泾渭二水均源于陇西，故云“疑是崆峒来”。㉑天柱，神话传说中支撑天的柱子。《楚辞·天问》：“天极焉加？八柱何当？”《淮南子·墬形训》：“昔者共工与颛顼争为帝，怒而触不周之山，天柱折，地维绝。”二句形容河冰汹涌而下，有天崩地塌之感。㉒河梁，河上的桥梁。坼（chè），裂，散架。㉓枝撑，桥的支柱。窸窣，形容桥被河冰撞击时晃动发出的声音。㉔行旅，指行旅之人。攀援，搀扶。㉕不，《全唐诗》校：“一作且。”按：上句指行旅之人互相搀扶着小心翼翼走过危桥。下句慨叹泾渭合流处由于官渡迁移河流广阔无法渡越。㉖异县，别县，指奉先。㉗庶，表示希望的副词。㉘号咷，放声痛哭。㉙饥，《全唐诗》校：“一作饿。”㉚宁，即使，纵使。舍，割舍。㉛里巷，犹邻里、街坊。㉜禾，原作“朱”，校：“一作禾。”兹据改。十一月秋收早已完毕。登，收成，指庄稼成熟。㉝贫窭（jù），贫穷人家。仓卒（cù），本义为急遽，此处引申为突然发生的意外事故或灾祸。㉞唐代制度，凡皇亲贵戚，或家有品爵官职者，均可免缴租税，免服兵役，见《唐六典》卷三。杜甫祖、父都做过中央或州郡的官吏，故可免除租税、兵役。㉟隶，属。谓名字不列入征兵的名册。㊱抚迹，回想自己的经历，指幼子饿死之事。㊲平人，平民百姓。固，本当。骚屑，纷扰不安、骚动不安。㊳失业徒，失去土地的破产农民。业，产业。唐初实行均田制，农民按规定可以有一定的永业田和口分田，永业田可传承。后因豪强兼并，使许多农民失去土地，均田制遭破坏。㊴远戍卒，久戍不归的士兵。唐初实行府兵制，百姓服兵役定期轮番更替，后因战争不息，服役期满长期不能更代，甚至出现《兵车行》中所描写的“或从十五北防河，便至四十西营田。去时里正与裹头，归来头白还戍边”的情况。⑨⑩忧端，忧愁的心绪。⑨①澒（hòng）洞，水势浩大无边貌。此状忧思之广远。掇，收拾。仇兆鳌曰：此承“忧端”来，是忧思烦懑之意，赵（汸）注谓比世乱者，未然。

[笺评]

罗大经曰：（“彤庭”十句）此段所云，即尔俸禄民脂民膏之意。士大夫诵此，亦可以悚然惧矣。（仇兆鳌《杜少陵集详注》卷四引）

黄彻曰：《孟子》七篇，论君与民者居半。其馀欲得君，盖以安民也。观杜陵“穷年忧黎元，叹息肠内热”“胡为将暮年，忧世心力弱”，《宿花石戍》云：“谁能叩君门，下令减征赋。”《寄柏学士》：“几时高议排金门，各使苍生有环堵。”宁令“吾庐独破受冻死亦足”，而志在“大庇天下寒士”，其心广大，异乎求穴之蝼蚁辈，真得孟子所存矣。东坡问老杜何如人。或言似司马迁，但能名其诗耳。愚谓老杜似孟子，盖原其心也。（《碧溪诗话》卷一）又曰：观《赴奉先咏怀五百字》，乃声律中老杜心迹论一篇也。（同上卷十）

张戒曰：少陵在布衣中，慨然有致君尧舜之志，而世无知者，虽同学翁亦颇笑之，故“浩歌弥激烈”“沉饮聊自遣”也。此与诸葛孔明抱膝长啸无异。读其诗，可以想其胸臆矣。嗟夫！子美岂诗人而已哉！其云：“彤庭所分帛，本自寒女出。鞭挞其夫家，聚敛贡城阙。圣人筐篚恩，实欲邦国活。臣如忽至理，君岂弃此物。多士盈朝廷，仁者宜战栗。”又云：“朱门酒肉臭，路有冻死骨。荣枯咫尺异，惆怅难再述。”方幼子饿死之时，尚以常免租税、不隶征伐为幸，而思失业徒、念远戍卒，至于“忧端齐终南”，此岂嘲风咏月者哉！盖深于经术者也，与王吉、贡禹之流等矣。（《岁寒堂诗话》卷下）

钟惺曰：读少陵《赴奉先咏怀》《北征》等篇，知五言古长篇不易作，当于潦倒淋漓、忽反忽正、若整若乱、时断时续处，得其篇法之妙。又曰：（“许身”句）“许”字道尽志大。言大人病痛。（“以兹”二句）有此二语才有本领。（“指直”句）汉乐府语。（“鞭挞”句）此语痛甚。（“朱门”二句下批）“凌晨过骊山”至此，极道骄奢暴殄，隐忧言外，似皆说秦，其实句句是时事，所谓借秦为喻也。（“贫窭”句）五字非暴贫不知，非惯贫不知。（“默思”二句）饥困忧时，婆心侠气。“似欲忘饥渴”，归后情也！“庶往共饥渴”，归前情也。悲欢不同，各有其妙，同一苦境。（“庶往”句下批）（《唐诗归》卷十九）

谭元春曰：少陵不用于世，救援悲悯之意甚切。遇一小景小物，说得极悲愤、极经济，只为胸中有此等事郁结，读其长篇自见。（“朱门”二句下批）“骨”“肉”语可怜。（同上）

王嗣奭曰：人多疑“自许稷契”之语，不知稷契无他奇，惟此己溺己饥之念而已。伊得之而纳沟为耻，孔得之而立达与共。圣贤皆同此心。篇中忧民活国等语，已和盘托出。东坡引舜举十六和秦时用商鞅为证，何舍近而求远耶！又曰：叙父子夫妇之情，极其悲惨，寄迹他乡，故秋禾虽登，而无救于贫。（仇兆鳌《杜少陵集详注》卷四引）又曰：自“凌晨过骊山”至“路有冻死骨”，叙当时君臣晏安独乐而不恤其民之状，婉转恳至，抑扬吞吐，反复顿挫，曲尽其妙。后来诗人，见杜忧国忧民，往往效之，不过取办于笔舌耳……故“彤廷分帛”“卫霍金盘”“朱门酒肉”等语，皆道其实，故称诗史。（《杜臆》）

胡夏客曰：诗凡五百字，而篇中叙发京师、过骊山、就泾渭、抵奉先，不过数十字耳。馀皆议论感慨成文，此最得变《雅》之法而成章者也。又曰：《赴奉先咏怀》全篇议论，杂以叙事；《北征》则全篇叙事，杂以议论。盖曰“咏怀”，自应以议论为主；曰“北征”，自应以叙事为主也。（仇兆鳌《杜少陵集详注》卷四引）

卢世㴶曰：呜呼！君子之仕也，行其义也。《赴奉先县》及《北征》，肝肠如火，涕泪横流，读此而不感动者，其人必不忠。又曰：

作长篇古诗，布势须要宽转。此二条（按：指“穷年忧黎元”至“放歌破愁绝”）各四句转意，抚时慨己，或比或兴，迭开迭合，备极排荡顿挫之妙。(《杜诗胥钞馀论·论五言古诗》)

朱鹤龄曰：《旧书·玄宗纪》，天宝十四载，冬十月，上幸华清宫。十一月丙寅，禄山反。公赴奉先时，玄宗正在华清宫，所以诗中言骊山事特详。十一月九日，禄山反书至长安，玄宗犹未信，故诗中但言“欢娱”“聚敛”，乱在旦夕，而不及禄山反状。又曰：卫、霍皆汉内戚，以比杨国忠。“神仙”“玉质”，指贵妃诸姨。又曰：禄山反书至，帝虽未信，一时人情恇扰，议断河桥为奔窜地，所以行李攀援而急渡也，观“河梁幸未坼”句可见。(《杜工部诗集辑注》)

李长祥、杨大鲲曰：此诗与《北征》诗，变化之妙尽矣。《北征》之变化在转折，此诗之变化在起伏。起伏中亦自转折，然转折即在起伏中。转折中亦自起伏，然起伏即在转折中。其篇法极幻，总之，极变化捉摹不得。《北征》之大议论在篇后，此诗之大议论在中幅。此不同处，又皆变化处。(《杜诗编年》卷二)

黄生曰：起八句，一篇冒子。“居然”句，言生事落魄。“白首”句，言室家阻阔。胸中有致君尧舜本领，便知自比稷、契，言大非夸。志在匡时，故以古人自拟。身耻幸进，故与时辈背驰。“穷年”至“愁绝”一段，宛转透发，以申首段之意。“蝼蚁”四句，言大小有分，世之干谒幸进者，皆不安其分者也。“瑶池”，比汤泉；“羽林”，离宫卫士也。《上林赋》：“张乐乎胶葛之寓。”注：“旷远貌。”“彤庭”十句，本说朝廷赏赉无节，然但归咎臣下虚靡主上之赐，立言得体。“况闻”至“再述”一段，叙杨氏奢汰之事，只用一“况”字转下。“中堂”二句，指女乐而言。“烟雾蒙玉质”，谓隔帘奏乐也。“荣枯咫尺异”，言经过所见如此。“生常”八句，言身异齐民，然犹抚迹酸辛如此，况平民失业远戍，其骚屑当更何如。然则忧在一家者浅，忧在四海内实深也。大意言志在苍生，故于身家之谋甚拙，所以咏怀者如此。然前面从国事转入家事，后面却如何回抱转去，读者试为设想，想不来，方知此老笔力不可及处。旧编为天宝十四载十一月初作，则是时公已授官，诗不应不叙及此，盖未得官以前之作也。（《杜诗说》卷一）

仇兆鳌曰：前三段，从咏怀叙起。（第一段八句）此自叙生平大志。公不欲随世立功，而必期圣贤事业，所谓意拙者，在比稷契也。“甘契阔”，安于“意拙”；“常觊豁”，冀成稷、契。（第二段十二句）此志在得君济民。欲为稷契，则当下救黎元，而上辅尧舜。此通节大旨。江海之士远世，公则切于慕君而不忍忘。廊庙之臣尸位，公则根于至性而不敢欺。此作两形，以解同学之疑。浩歌激烈，正言咏怀之故。明皇初政，几侔贞观。迨晚年失德，而遂生乱阶，曰“生逢尧舜君”，望其改悟自我，复为令主，惓惓忠爱之诚，与孟子望齐王同意。（第三段十二句）此自伤抱志莫伸。既不能出图尧舜，又不能退作巢由，亦空负稷契初愿矣。居廊庙者，如蝼蚁拟鲸，公深耻而不屑于；游江湖者，若巢由隐身，公虽愧而不肯易。仍用双关，以申上文之意，放歌破愁，欲藉咏怀以遣意。作长篇古诗，布势须要宽展。此二条，各四句转意，抚时慨己，或比或兴，迭开迭阖，备极排荡顿挫之妙。中四段，自京赴奉先，记中途所见之事。（第一段八句）此则过骊山而有慨也。岁暮阴风，将涉仲冬矣。夜发晨过，去京止六十里也。公诗常用“峥嵘”，“旅食岁峥嵘”，年高也；“峥嵘赤云西”，云高也；“天衢阴峥嵘”，阴盛也。（第二段八句）此记骊山游幸之迹。上四，见不恤苦寒；下四，讥恣情荒乐。“塞寒空”，旌旗蔽天也；“崖谷滑”，冰雪在地也。“郁律”，温泉气升；“摩戛”，卫士众多。“君臣欢娱”，不恤国事；“赐浴”“与宴”，从官邀宠也。（“蚩尤”句）钱笺：此正十一月初，借蚩尤以喻兵象也。（第三段十句）此记当时赐予之滥。上四叙事，下六托讽。筐篚赐予，欲其活国；今诸臣皆玩忽不知，则此物岂虚掷者乎！“战栗”，当思报称也。（第四段十二句）此刺当时后戚之奢。前八叙事，后四托讽。勋戚奢侈而不念民穷，其致乱盖有由矣。“分帛”“金盘”二条，即指骊山宴赏，《杜臆》则概指平日

（略）。下三段，至奉先而伤已忧人，仍是咏怀本意。（第一段十句）此忆途次仓皇情状。上六，言水势；下四，言行人。群水西来，其汹涌如此，犹幸河梁未拆耳。攀援争渡为川广不能飞越也。自京赴奉先，从万年县渡浐水，东至昭应县，去京六十里。又从昭应渡泾渭，北至奉先县，去京二百四十里。骊山在昭应东南二里，温泉出焉。又泾渭二水，交会于昭应，故云“北辕就泾渭”，其官渡改辙，在唐时亦迁徙无常，大抵在昭应之间，为奉先便道耳。（第二段十二句）此述家人困穷境况。上四，在途而叹；下八，至家而悲。（第三段）末以悯乱作结，身世之患深矣。天宝季年，边帅穷兵，故民苦租税征伐，公在事外，尚且酸辛，况平人之失业、远戍者乎！念及此，而忧积如山，不能掇去。又回应忧黎元意。此章分十段，八句者四段，十二句者四段，十句者两段，错综而自见整齐。（《杜少陵集详注》卷四）

吴瞻泰曰：长诗须有大主脑，无主脑则绪乱如丝。此诗身与国与家，为一篇之主脑。布衣终老，不能遂稷、契之志，其为身之主脑也；廊庙无任事之人，致使君臣荒宴，其为国之主脑也。前由身事入国事，转入家事；后即由家勘进一层，缴到国事。绪分而联，体散而整，由其主脑之明故也……善用曲笔，非徒纡折以为能，贵断续耳。题本自京赴奉先县，开口一字不提，先总发两段大议，忧国忧民，已见本领。然后又客子长征，又不即及妻子，偏于途次发三段大议，使当时淫乐女宠佞幸毒害生民之态，皆已毕露。然后遥接抵家，读者必谓到头结穴矣，而一结忽又放去，思失业徒、远戍卒，断而复续，续而复断，烟云缭绕，不知其笔之何所止，真神化之文也。（《杜诗提要》卷一）

佚名曰：嗟乎！少陵生平之志尽在于此。其作诗之旨，尽由此而发。故遇有关君国之大，则托喻以规切；时政之得失，则剀切以敷陈。而怀才不遇者，必引为同心，误国怀奸者，必诛锄其隐慝。至于宽闲之野，寂寞之滨，每寓其天怀之乐，而淡泊明志，宁静致远，未必不处处流露，岂膏粱富贵粉华气焰中人哉！自比稷、契，抗怀伊、吕，

良非诬也。(《杜诗言志》卷二)

浦起龙曰：是为集中开头大文章，老杜平生大本领，须用一片大魄力读去，断不宜如朱、仇诸本，琐琐分裂。通篇只是三大段，首明赍志去国之情，中慨君臣耽乐之失，末述到家哀苦之感。而起手用“许身”“比稷契”二句总领，如金之声也。结尾用“忧端齐终南”二句总收，如玉之振也。其稷、契之心，忧端之切，在于国奢民困。而民惟邦本，尤其所深危而极虑者。故首言去国也，则曰“穷年忧黎元”；中耽安乐也，则曰“本自寒女出”；末述到家也，则曰“默思失业徒”。一篇之中，三致意焉。然则其所谓比稷、契者，果非虚语，而结忧端者，终无已时矣。首大段，在未出京前，直从《孟子》去齐、宿昼等篇脱出。此稷契之素志、忧端之在夙昔者。“意转拙”三字，全局涵盖。“居然”四句，又为本段提笔，“忧黎元”为本段主笔。“非无”四句，欲意蹈而不忍也。“当今”四句，恋君恩之至性也。“顾惟”四句，揣分引退之词。“以兹”四句，浩然归隐之概。“终愧”四句，虽秉藏身之节，仍怀不舍之志也。自“非无”至此，一气读下，乃见曲折。注家以“蝼蚁辈”指居廊庙者，大乖口吻。中大段是中途所触，直从《孟子》雪宫、明堂等篇翻出。此稷契之忠悃、忧端之在目击者。“岁暮”四句，上承“中夜”，下起“凌晨”，而“过骊山”乃本段感事之根。“蚩尤”四句，状旌旗卫士之盛。“君臣”四句，为本段主笔。以下皆分应“长缨”“与宴”也。“彤庭”四句，推“筐篚”之由来，以见不堪暴殄也。“圣人”四句，言厚赐群臣，望其活国，如共佚豫，便同弃掷矣。此以责臣者讽君也。“多士”二句，束上“分帛”，渡下“赐宴”。“卫霍”“神仙”，就“赐宴”上借点诸杨。“暖客”四句，隔联对法，统言与宴诸人。“朱门”四句，以穷民相形，动人主之恻隐也。而“荣枯”“咫尺”，亦正与己相对，又暗挑下段矣。以上“分帛”“赐宴”二条，意平而局侧，文家化板法也。末大段，叙至家时事，正言赴奉先之故。恋国而不顾家者，非情也。此虽一己之忧端，而后又复转到民穷上，仍然稷契之存心也。“北辕”二句，提清过骊山后赴奉先之路。“群冰”八句，点缀行役景色，自不可少。“老妻”四句，在途内顾之思。“入门”四句，到家所值恶趣。“所愧”四句，借子死跌落家贫，乃本段主笔。“生常”四句，就身贫引动结意。言免租免役之平人，犹不免如此之苦。下文“失业徒”，乃不免租税者；“远戍客”，乃常隶征伐者。此正与前幅“黎元”“寒女”等意一串，在本段为带笔，在全篇却是主笔也。时禄山反信即至矣，篇中不及之，盖此诗乃自述生平致君泽民之本怀，意各有主也。(《读杜心解》卷一)

沈德潜曰：与《北征》诗如故相避，自是互相表里之作也，前半未免有语意重复处，然各有脉络，正见反复顿挫沉绵之妙。入题后看去似离题甚远，却正是自京赴奉先路上语也。“多士”二句，“荣枯”二句，所谓插入咏怀也。正未尝一字离题，尤见奇绝也。后幅是本事，然试移“盖棺”“放歌”等语作结便庸。此犹在就事竟住，语殊未了，言外含情处无限也。前叙抱负，次叙道路所经，末叙到家情事，自际困穷，心忧天下，自是希稷、契人语也。中间叙事夹议论以行，此种诗深得变《雅》之体。(《杜诗偶评》卷一）又曰：“忧黎元”至“放歌愁绝”，反反复复，淋漓颠倒，正古人不可及处。(《唐诗别裁》卷二)

《唐宋诗醇》：此与《北征》为集中巨篇。抒郁结，写胸臆，苍苍茫茫，一气流转。其大段有千里一曲之势，而笔笔顿挫，一曲中又有无数波折也。甫以布衣之士，乃心帝室，而是时明皇失政，大乱已成，方且君臣荒宴，若罔所知。甫从局外，蒿目时艰，欲言不可，盖有日矣，而一于此诗发之。前述平日之衷曲，后写当前之酸楚，至于中幅，以所经为纲，所见为目，言言深切，字字沉痛，《板》《荡》之后，未有能及此者。此甫之所以度越千古，而上继《三百》者乎！(卷九)

张溍曰：文之至者，止见精神不见语言，此五百字真恳切到，淋漓沉痛，俱是精神，何处见有语言！岂有唐诸家所能及！(《读书堂杜工部诗集注解》。《唐宋诗醇》卷九引)

李光地曰：此篇金声玉振，可为压卷。（杨伦《杜诗镜铨》卷二引）

杨伦曰：首从咏怀叙起。每四句一转，层层跌出自许稷、契本怀。写仕既不成，隐又不遂，百折千回，仍复一气流转，极反复排荡之致。次叙自京赴奉先道途所闻见，而致慨于国奢民困，此正“忧端”最切处。（“岁暮”句）接陡健。（“霜严”二句）张云：写出严寒之状。（“君臣留欢娱”十四句）蒋云：叙事中夹议论，不觉发上指冠，大声如吼，即所谓“激烈”“愁绝”者。李云：（“朱门”）四句束上起下，并有含蓄，是长篇断犀手。（“路有”句）拍到路上无痕。末叙抵家事，仍归到“忧黎元”作结，乃是咏怀本意。张云：只此家常事，曲折如话，亦非人所能及。穷困如此，而惓惓于国计民生，非希踪稷、契者，谁克有此！又曰：五古前人多以质厚清远胜，少陵出而沉郁顿挫，每多大篇，遂为诗道中另辟一门径。无一语蹈袭汉魏，正深得其神理。此及《北征》尤为集内大文章，见老杜平生大本领，所谓巨刃摩天，乾坤雷硠者，惟此种足以当之。半山、后山，尚未望见。（《杜诗镜铨》卷三）

李子德曰：太史公谓《国风》好色而不淫，《小雅》怨悱而不乱，《离骚》兼之。公《咏怀》足以相敌。（《杜诗镜铨》卷三引）

翁方纲曰：《奉先咏怀》一篇，《羌村》三篇，皆与《北征》相为表里。此自周《雅》降《风》以后，所未有也。迹熄《诗》亡，所以有《春秋》之作。若《诗》不亡，则圣人何为独忧耶？李唐之代，乃有如此大制作，可以直接六经矣。渔洋以五平、五仄体近于游戏，此特指有心为之者言。若此之“凌晨过骊山，御榻在嵽嵲”“忧端齐终南，澒洞不可掇”……于五平五仄之中，出以叠韵，并属天成，非关游戏也。（《石洲诗话》）

方南堂曰：《赴奉先县五百字》当时时歌诵，不独起伏关键，意度波澜，煌煌大篇，可以为法，即其琢句之工，用字之妙，无一不是规矩，而音韵尤古淡雅正，自然天籁也。（《辍锻录》）

方东树曰：杜公时出见道语、经济语，然惟于旁见侧出，忽然露出乃妙。若实用于正面，则似传注、语录而腐矣。或即古人指点，或即事指点，或即物指点，愈不伦不类，愈若妙远不测。苦语亦然，不宜自己正述，恐失之卑俭寒气；若说则索兴说之，须是悲壮苍凉沉痛，令人感动心脾。如《奉先》《述怀》等作。（《昭昧詹言·通论五古》）

吴汝纶曰：第一段（开首至“放歌”句）一句一转，一转一深，几于笔不着纸。而悲凉沉郁，愤慨淋漓，文气横溢纸上，如生龙活虎不可控揣。太史公、韩昌黎而外，无第三人能作此等文字，况诗乎！诗中唯杜公一人也。（“彤庭”二句以下）此下忽捉笔发生绝大议论，警湛生动，独有千古。（“圣人”二句）再回护朝廷一笔。此等处掉转最难，而文势益超骏矣。（“路有”句）一句折落，悲凉无际。第二段因过骊山而叹骄淫之蕴乱。（第三段）归家恸子因发无穷远感。（《唐宋诗举要》卷一引）

[鉴赏]

这是杜甫诗歌创作历程中一首里程碑式的作品，也是中国古代诗歌史上一首深刻反映历史转折时代社会生活本质的史诗性作品。它作于天宝十四载（755）十一月，当时，安禄山已在范阳发动叛乱。但消息尚未传到长安（十一月初九安禄山反，十五日玄宗方得知消息）。一场使唐王朝由极盛急剧转衰、长达八年的大动乱已经拉开序幕，但在骊山华清宫过着骄奢淫逸生活的唐玄宗和他的宠妃、宠臣们却对此浑然不觉。而这时的杜甫，在经历了长安十年的困顿屈辱生活的磨炼和对社会生活的深切体察之后，已经对大唐王朝面临的深重危机有了相当深刻的感受与认识，创作出了《兵车行》《同诸公登慈恩寺塔》《丽人行》等深刻反映唐王朝统治的腐败和危机的优秀作品。这首《自京赴奉先县咏怀五百字》便是在上述感受、体察和认识的基础上，结合此次赴奉先之行的见闻感受写成的带有总结性的篇章。

诗分三大段。开头一大段却完全撇开题内“自京赴奉先县”而单刀直入，凭空起势，反复抒怀。前十二句为一层，表明自己比稷契、忧黎元的志向情怀。“杜陵有布衣，老大意转拙。”杜甫当时已经有了一个右卫率府兵曹参军的官职，但一开头却郑重地宣称自己的“布衣”身份，这恐怕不是一时疏忽，也未必是因为官品低而不屑提，而是在思想意识上感到自己和当权的统治集团是不同的两路人。正如林庚先生所说，“杜甫之所以骄傲于布衣的，则正是那‘窃比稷与契’的政治抱负上”(《诗人李白》)。尽管诗人用了“拙”“愚”“窃比”这一系列带有自贬、自谦口吻的词语，但其真实的感情却是强调这种志向抱负的宏大与坚定。当然，这在有些人看来，未免太“拙”而“愚”了。说“老大意转拙”，“转”字深可玩味。本来，年龄老大，仕途困顿，屡次碰壁之后应该清醒意识到此志之难以实现，而有所改变甚至放弃，但却反而更加迂拙，更加执著。这是为什么呢？问题的答案就是国家危机和人民苦难的不断加深。这一点，随着诗中内容的展开，将会看得更加清楚。正因为自己既愚且拙地坚守稷契之志，果然就落得个无所用于世的结果，“居然”二字，是既在意料之中又对这一结果深感痛心疾首的口吻。但即使如此，自己也心甘情愿地为志向的实现而辛勤到老。“居然”与“甘”，一抑一扬，越衬出志向的坚定。“盖棺”二句，就是对这种坚定意志的进一步强调。不但老而弥坚，而且不到盖棺之时就始终希望抱负的实现。说“盖棺事则已”，意在强调不盖棺则实现志向的努力永不停歇。

“穷年”二句，是对稷契之志的核心内容的揭示。《孟子·离娄下》：“禹思天下有溺者，犹己溺之也；稷思天下有饥者，犹己饥之也。”稷契之志，就是这种己溺己饥的忧念百姓的情怀和济苍生安黎元的抱负。怀稷契之志者，遇治世明君，辅佐君主使国家繁荣昌盛，百姓富足安康；而遇衰世昏主，则不能不“穷年忧黎元”而“叹息肠内热”了。因此这两句又带有明显的时代色彩，抒发的实际上是危机深重时代忧民之疾苦、救民于水火的稷契之志。

一介布衣而怀此宏远抱负，自不免“取笑同学翁”，被讥为徒出大言，迂阔不切实际，但诗人却慷慨高歌，情怀更加激昂热烈。“浩歌弥激烈”是比喻性的说法，却展现出诗人不畏讥嘲的坚定意志和慷慨激昂的风采。

以上十二句为一层，主要是正面抒发自己比稷契的志向抱负和忧黎元的热烈情怀，并用自嘲自谦中透出自负，正反抑扬中显出坚定的口吻语调，表现出这种志向抱负的至死不移。下面一层八句，便进一步从“江海志”与“稷契志”的对照中揭示自己的这种志向是出于本性，不能改变。

杜甫并不讳言自己也曾有过浪迹江海，“潇洒送日月”的隐逸之志，也承认当今能构建朝廷这座大厦的栋梁之材很多，并不缺自己这块料，但却因为生逢尧舜之君，不忍心就此远离朝廷与之永诀，自己就像葵藿之始终朝向太阳一样，难以改变自己忠于君主的本性。杜甫称玄宗为“尧舜君”，有真有假，感情颇为复杂。以现在的玄宗所作所为，杜甫肯定认为他不是什么尧舜君，但玄宗毕竟有过励精图治、任用贤臣、开创开元之治的业绩，因此虽对其当前的行为极感失望痛切，但在内心深处仍希望其能及早醒悟，重整朝纲。“不忍便永诀”的“不忍”二字正透露了这种复杂矛盾的感情，这正是所谓“物性固难夺”。这一层通过自我解剖、表白心迹，将稷契之志、忧民之怀所以老而弥坚的原因作了更深刻的揭示。

“顾惟”以下十二句为第三层。主要是通过“蝼蚁”与“大鲸”两种对立的人生追求的对照比较，进一步坚定了“偃溟渤”的宏伟抱负和“耻干谒”的人生原则。“蝼蚁辈”指但知营求个人私利而趋事干谒的庸鄙小人；“大鲸”则指怀有宏大抱负的志士，亦即比稷契、忧黎元的人们。诗人用设问的口吻提出这两种对立的人生追求之后，并不用通常方式作答，而是宕开一笔，说自己正是因为从这两种鲜明对立的人生追求中懂得了人生的道理，深以趋事干谒，自营其穴为耻。

“独耻”二字，分量很重，也很沉痛。长安十年的求仕生涯中，杜甫也曾不断地干谒过权贵，但在“朝扣富儿门，暮随肥马尘。残杯与冷炙，到处潜悲辛”的屈辱与辛酸中，他不但深感上层统治者的冷酷，而且深感人格所受的侮辱与精神的痛苦。“独耻”二字，正是这种痛苦人生体验的总结。也说明虽趋事干谒而不以为耻者大有人在。

“兀兀遂至今，忍为尘埃没。终愧巢与由，未能易其节。”因为耻事干谒，故辛勤劳苦至今而沉沦不遇，恐怕不得不没于尘埃之中了。“忍为”二字，透露出诗人既不甘又无奈的感慨。尽管如此，但是自己还是不愿效仿巢父、许由避世高隐，不愿改变自己追踪前贤、忧念黎元的志节。巢、由是历来公认的品格高洁的隐者，杜甫自不能说自己不仿效巢、由，而是用“终愧”二字，委婉地表达自己未能追随他们的坚定志节。

仕既无望，隐又不愿；既不屑与蝼蚁为伍，自营其穴，又不能如大鲸之游息溟渤，施展抱负；既耻于趋事干谒，又不忍为尘埃之没。无可奈何，只有用饮酒放歌来聊且自适，消除胸中的愁愤。这正是《醉时歌》中所说的“但觉高歌有鬼神，焉知饿死填沟壑”。

整个这一大段，围绕着“窃比稷与契”“穷年忧黎元”这个中心，通过层层对比映照、层层曲折反复，既逐层深入又一气流注地充分表现了自己的坚定志向抱负。正如俞平伯先生所说，“千回百转，层层如剥蕉心。出语的自然圆转，虽用白话来写很难超得过他。把文言用得像白话一般，把诗做得像散文一般。这种技巧，不但对古诗为‘空前’，即在杜集中亦系‘仅有’之作”。

第二大段从“岁暮百草零”到“惆怅难再述”，共三十八句，叙自京赴奉先途经骊山所见所闻所感。也可分为三层，逐层递进。第一层十二句，写自京出发到骊山的路上天寒风疾霜严雾浓，行路艰苦的情景。先点出“岁暮”这个特定的季节，为下面写道中严寒张本。点行程，只用“客子中夜发”“凌晨过骊山”二句，其余均极力渲染严寒。写寒风劲厉，曰“疾风高冈裂”；写严霜之凛冽，曰“指直不得结”；写天空之阴森，曰“阴峥嵘”；写雾气之弥漫，曰“塞寒空”。这些都给人一种严寒刺骨，阴森昏暗的感受，不必深求“蚩尤塞寒空”是否更有象征寓意，即上述景物，自能构成一种特殊的氛围，隐隐透出特定的时代气息。其中“御榻在嵽嵲”一句，点出玄宗此时正在骊山避寒；“瑶池气郁律，羽林相摩戛”二句更写出骊山温泉水汽蒸腾氤氲，羽林军士兵甲相互摩擦击撞之情状，闻见之间，已可想见华清宫内君臣逸乐之状，故下一层即转入对玄宗君臣在骊山享乐情景的描写与议论。

自“君臣留欢娱”至“仁者宜战栗”十四句，只前四句写君臣欢娱、赐浴、与宴情景，且多出之想象，因为在宫墙之外行路的诗人，虽或可听到“乐动殷胶葛”之声响，却无从看到宫内宴饮赐帛之场景，且“凌晨”正是“留欢娱”的“君臣”酣卧之时，非宴饮作乐之时，故对欢娱情景只略点即过，主要是就“分帛”一事发抒激烈的议论。诗人一针见血地指出，皇帝赐给宠臣们的布帛，都是由贫寒人家的妇女千丝万缕辛勤织成。而聚敛的官吏鞭挞她们的丈夫，搜刮聚集，贡献给朝廷。这四句可以说是封建社会，特别是衰乱之世司空见惯的现象，但自古迄杜甫作诗之时，却未见有诗人如此直截了当地揭示出朝廷和官吏残酷掠夺人民的本质。话说得如此赤裸裸，正因为掠夺方式之赤裸裸。接下来四句，却先放缓语气，说皇帝赏赐群臣，本意是为了使臣下尽忠效力，治理好国家。如果臣子忽视了这个最根本的道理，皇帝岂不是白白丢弃了这些用民脂民膏凝成的财物！说到这里，诗人已控制不住内心的激愤，痛心疾首斥责道：衮衮诸公充满了整个朝廷，这当中如有“仁者”应当为之战栗戒惧！说“仁者宜战栗”，实即谓这盈朝的“多士”中间都是些麻木不仁的权奸佞人和“但自求其穴”的小人。浦起龙说“圣人”四句是“以责臣者讽君”，从诗人的本意看，确有讽君之意，但也显有回护之词。如此将民脂民膏滥行赏赐，哪里还谈得上“实欲邦国活”呢？不仅臣忽“至理”，皇帝也同样将此“至理”丢到九霄云外了。

“况闻内金盘”以下十二句，专写外戚之豪奢而归结到贫富的悬殊和危机的深重。用“况闻”二字另提，明示此下又转进一层，也透露此下所写贵戚豪奢情景均出之想象。杨国忠兄妹在骊山华清宫旁均有私第，《旧唐书·杨国忠传》：“玄宗每年冬十月幸华清宫，常经冬还宫。国忠山第在宫东门之南，与虢国相对，韩国、秦国甍栋相接。”可见，由一般的臣下写到贵戚杨氏兄妹之家，并不离骊山这个特定地点。先说久闻宫中珍品，尽在贵戚之室，不仅揭示玄宗对他们恩宠无比，滥行赏赐，而且意在表明其权势之烜赫。“中堂”二句写歌舞，“暖客”四句写宴饮，或用缥缈之笔状其声色享受，或用扇对之法形其豪奢饮食，均为铺叙渲染之法，将贵戚之奢华推向极致，为下面两句最尖锐的揭露作充分的铺垫。天宝后期政治的腐败和危机的深化，玄宗对杨国忠的宠信和对杨氏家族的滥行赏赐，是一个突出的表征。诗人将外戚的豪奢放在“朱门”二句之前加以突出描绘渲染，正是有鉴于此。

“朱门酒肉臭，路有冻死骨。”就在贵戚府邸、华清宫殿歌舞宴饮、奢华极乐的同时，宫墙之外的道路上却横陈着因冻饿而死的穷人的尸骨。这触目惊心的鲜明对照，使诗人从心底涌出这一震撼千古的名句。“朱门”句是对“君臣留欢娱”以下一大段描绘的概括和提炼，也是诗人对长安十载所历上层统治集团豪奢生活的总结性揭露，而“路有冻死骨”则正是此刻目击的惨痛现象。由于有深刻的生活体验和亲眼目睹的现象作基础，这两句诗便不是孤立的议论，而是亲历目睹、铁证如山的深刻概括。杨伦说“路有”句“拍到路上无痕”，正说明了这一点。

诗情发展到此，已达感情的沸点和全篇的高潮，下面如再就此发抒议论，反成蛇足。诗人就此顿住，用“荣枯咫尺异”一语概括宫墙内外，咫尺之隔，而荣枯顿异，展示出两个不同的世界。面对此情景，心中的愤激、焦虑、悲痛、无奈，百感交集，却只用“惆怅难再述”一语带过。“难再述”，正是因为所感万端，难以尽述，也不忍再述了。举重若轻，无言中蕴含的是无比丰富的感情内容和无比深沉的感慨。

这一大段是全诗的重心，其中第三层尤为重中之重。前面的所有记述、描写和议论，都是为“朱门”两句蓄势。开头一层写道路的风霜严寒，正与下两层写宫中府内的歌舞宴饮场景的热闹奢华，与“瑶池气郁律”“暖客貂鼠裘”的温暖如春形成鲜明对照，以凸现“荣枯咫尺异”。而“君臣留欢娱”一层的“赐浴”“与宴”又是为了脱卸出下一层贵戚之家的极度豪奢，从而逼出“朱门酒肉臭”的集中揭露。对下层贫民的生活前面虽未充分描写，但有“寒女”数句的铺垫，又有“路有冻死骨”的集中展示，因此“朱门”二句对贫富悬殊和对立这种社会危机深重现象的揭露便如水到渠成，毫无突兀之感。

第三大段写过骊山后北上奉先途中所历及到家后所遇所感，共三十句，也可分为三层。第一层十句写北上赴奉先途中所历，只集中笔墨写渡泾渭时情景。突出渡越的艰危。这固然是“自京赴奉先”的题意所需，但诗人对艰危情景的描写却透露出一种战兢惶惧的心态和险象环生的氛围，这自然是时代气氛在诗人心中的投影。其中“群冰”四句，用夸张笔墨渲染冰凌奔泻而下的情状，更带有明显的象征色彩，“恐触天柱折”之句尤为寓意国家危机的点眼之笔，说明诗人已强烈地感受到时代的危机。

“老妻”以下十二句，写到达奉先家中突遇幼子饿卒的变故。这一层虽是用极朴素的口头语如实抒写，但却写得极反复深至，真挚感人。先写途中内心活动，说老妻相隔于异县，十口之家正在风雪之外遥遥相隔，自己作为一家之主，谁能久不相顾，即使前往同饥共渴对家人对自己也都是一种慰藉，其中有思念，有同情，有愧疚，有希望，说来只如道家常。不料入门之后却惊闻一片号啕大哭之声，原来幼子因为贫穷饥饿，已经不幸夭折。对生性慈爱的杜甫来说，这不啻是晴天霹雳。但他却强自抑制，强作宽解，说自己纵使能舍弃丧子的悲哀，但街坊邻里却为这惨痛的景象呜咽流涕，不能自止。先用假设口气退后一步，再用侧面烘托手法转进一层，将自己和妻子的悲哀渲染得更加沉痛。接着又深深自责，“所愧为人父，无食致夭折”。杜甫当然知道“无食”的真正原因是整个国家的深重危机所导致的社会大范围贫困使邻里之间失去了最起码的救助能力，但他却只是自愧自责。在杜甫固然是由衷之言，但读者却不能不联想到那个残酷现实所造成的社会极端不公。这种不怨天不尤人的自责，比呼天抢地的控诉更令人感慨歔欷。“岂知秋禾登，贫窭有仓卒。”秋禾登场之后的季节，本不应饿死人，但贫困之家竟然遭此意外的变故。可见当时关中地区的贫困已经臻于极致。在杜甫也只是如实写出自己的出乎意料，但这正反映出大动乱到来之前人民生活已濒于绝境。杜甫在这样说的时候，已不知不觉地把自己放到“贫窭”者的行列中了。要是换一个人，自命贫窭，我们或许会觉得他言过其实，言不由衷，但杜甫这样说，却非常自然，因为他有“幼子饥已卒”的惨痛遭遇。生活对一个人的世界观、人生观的形成与改变具有决定性作用。没有亲身经历的“幼子饥已卒”的生活体验，对于广大人民的疾苦就不可能有真正的己溺己饥的切肤之痛，就会只停留在悲天悯人的人道主义同情的水平上。相对于整个国家的危机来说，杜甫的“幼子饥已卒”只是个人的家庭悲剧；但对杜甫世界观、人生观的改变，对他忧国忧民情怀的深化来说，这件事却起着至关重要的作用。

最后一层八句，杜甫又推己及人，由家而国，想到广大人民的深重苦难和整个国家的深重危机而忧思浩茫，渺无边际。自己出身奉儒守官的家庭，祖、父世代为官，享有不缴租税、不服兵役的特权，回顾平生经历，尚且如此惨痛辛酸，那么一般的平民百姓自更悲惨而骚动不安。想起那些远戍不归的士兵和失去产业的农民，他们的处境和心情，想起由此形成的国家的危机，感到自己的忧愁就像终南山一样高，像浩瀚的大海那样汹涌澎湃，无法收拾。一篇由郑重抒写稷、契之志，忧民之怀开篇的作品，中间又有“朱门酒肉臭，路有冻死骨”这样深刻的揭露、高度的概括，结尾如果在幼子饿死的深悲中收束，那必然会让人感到头重脚轻，收束不住。因此结尾这八句由己及人的推想、由身及国的忧思乃是全篇成败的关键。推己及人固然是儒家的古训，但杜甫的推己及人由于有自身的惨痛遭遇作基础，这种联想便十分真实而自然；“生常免租税，名不隶征伐”的奉儒守官之家尚且沉沦困顿濒于绝境，则天下百姓的处境和整个国家的忧患更不必说。杜甫的推己及人、由家而国便是这样极真实而自然的过渡。这首题为“咏怀”的诗，从写忧国忧民之情志开始，然后写“自京赴奉先”途中亲身经历，最后以到奉先后的惨痛遭遇进一步证实国家危机、人民苦难之深重结束。篇末的“忧端齐终南，澒洞不可掇”，正是忧国忧民之情在实践中进一步深化的表现，给人以“篇终接混茫”“心事浩茫连广宇”之感。如此收束，才与开篇铢两相称。

中国古代抒情诗，从先秦直到初盛唐，除极少数篇章（如屈原《离骚》、宋玉《九辩》、蔡琰《悲愤诗》和李白少数带有自叙传性质的作品如《经乱离后天恩流夜郎忆旧游书怀赠江夏韦太守良宰》等）较长以外，基本上都是短章。像阮籍《咏怀》、陈子昂《感遇》、李白《古风》这种咏怀组诗，也都是篇幅短小、各自独立的作品。短小的体制不能不影响到它所表现的感情容量和生活容量。上面提到的屈、宋、蔡、李的篇幅较长的抒情诗，又大都以抒写个人的遭际情怀为主，对广阔的社会现实生活与矛盾较难展开正面的充分的描写；即使像《离骚》这样伟大的作品，也因其运用浪漫主义式的手法和神话传说，而对楚国的政治现实较少正面的描写。杜甫的《自京赴奉先县咏怀五百字》虽以咏怀为主轴，但他的志与怀不是狭隘的个人志向情怀，而是“穷年忧黎元”的稷契之志、匡世济时之志，而他所遇之时又是一个“朱门酒肉臭，路有冻死骨”的危机四伏之时。因此他的述志抒怀就自然地与忧怀国事、反映社会矛盾与危机融合在一起，成为一种将个人志向抱负、经历遭遇与人民苦难、国家命运融为一体的新的诗歌体制，一种既是个人抒怀又是政治抒情，融抒怀、叙事、描写与议论为一体的体制。这是适应转折时代的需要而产生的一种史诗式的体制

（与西方史诗从神话中来，主要是叙事不同）。

杜诗从宋代起便号称诗史，但对此要有正确的理解，不能理解为用诗歌形式写的历史。那样不是提高而是贬低了杜诗的价值，将它降为押韵的历史散文。实际上，如果单纯从反映历史事件、历史事实方面去要求，即使像《自京赴奉先县咏怀五百字》这样的杰作，也没有给我们提供太多的历史图景。杜甫的这类作品，与一般的历史不同，他是用深沉炽热的诗人感情去熔铸经过典型化的社会生活，所以是诗；而他所抒写的感情又密切地关联着时代风云、人民生活，因此又有史的特色。这种亦诗亦史的特征，表现在这首诗的具体写法上，就是一方面抒怀述志、纵横议论，有浓郁的诗的韵味和强烈的诗的激情；另一方面，这种抒情议论又和记叙描写社会生活密切结合。全诗既是诗人生活与内心的抒写，又是时代和社会生活的写真；既是心史，又是社会历史的艺术反映。如果把诗中的记叙描写删去，只有抒情议论，诗的内容自然会流于空泛，广阔的社会生活、时代面貌就不可能得到真切而充分的反映；反之，如果仅仅记述途经骊山及赴奉先途中的见闻和家庭的变故，那么诗人那种深沉悲愤的感情就很难充分表现出来。诗中对时代的反映，也绝不仅仅靠上述记叙描写就能完成，而是得力于渗透全诗的那种危机感、动荡感、忧患感。可以说，这首诗给人印象最强烈的正是这种融记叙描写与抒情议论为一体的危机感，诗的最高潮处出现的“朱门酒肉臭，路有冻死骨”就是集中体现危机感的典型。

对国家命运深沉强烈的忧患感和高度的责任感，是一个伟大作家思想感情最可宝贵的部分，也是作品具有思想深度和崇高感的基础。杜甫的这种忧患感，在天宝十一载（752）写的《同诸公登慈恩寺塔》中已有出色的表现，但那毕竟是一种比较朦胧的不祥预感；而到了《自京赴奉先县咏怀五百字》，才是基于对社会矛盾切实而深刻的感受与认识，因而显得特别深沉凝重。如果我们将与杜甫同时代的诗人在天宝十四载作的诗作一个系年，就会发现杜甫的忧患感在同时代的诗人中显得特别突出。据《通鉴·天宝十二载》："是时中国盛强，自安远门（长安城西面北来第一门）尽唐境万二千里，闾阎相望，桑麻翳野，天下称富庶者，无如陇右。"在许多诗人还沉醉于繁荣昌盛的表象时，杜甫已经清晰地预感到了大动乱的来临，不仅在诗中揭露了尖锐的贫富两极的对立，而且在安史之乱的消息尚未传到长安时就发出了"恐触天柱折""忧端齐终南"这样的声音。这种强烈深沉的忧患感不仅表明他对国家命运的无比关切，更显示出他对现实感受与认识的无比深刻。面对深重的危机，作为一介布衣，他既不逃避，也不消极慨叹，而是更加激发起对国家的责任感。"许身一何愚，窃比稷与契""穷年忧黎元，叹息肠内热"。既不愿效巢由，潇洒送日月，更鄙弃蝼蚁辈但自求其穴。从而使本来比较低沉压抑的忧患感升华为一种非常积极坚毅的精神力量，具有一种崇高的美感，诗人的人格美也得到充分的体现。

杜诗的典型风格"沉郁顿挫"，在这首诗中也表现得非常鲜明突出。沉郁一般指思想感情的深厚博大、深沉凝重，在这首诗中则集中表现为上面着重说到的对国家命运的深沉强烈的忧患感和高度责任感。顿挫，偏重于艺术表现方法和艺术风格，在这首诗中突出表现为结构、行文上的波澜起伏与曲折变化。第一大段咏怀，或两句一个波澜（第一层），或四句一个回旋（二、三两层），抑扬反复，剖析自己的内心矛盾，展示内心世界。第二大段集中揭露上层统治集团的奢侈淫逸，不是连贯直下，而是分三层逐步上扬、逐步深入，显得有顿挫，有回旋，给人以层波叠浪，一浪高过一浪的感受，显示出忧愤的无比深广。第三大段对第一、二两大段而言，是一个大的回旋。第一大段提到"穷年忧黎元"，第二大段展示"路有冻死骨"的惨痛景象。第三大段通过默思失业徒、远戍卒，展示了内心更深远的忧患。通过"幼子饥已卒"，展示了连"生常免租税"的人也不免此祸，说明社会危机已经到了下层无法生活下去，上层也不能照旧统治下去的地步了。因此它对第一、二两大段是一种螺旋式的上升。

将鲜明的对比运用于表现社会矛盾，使之成为诗歌创作艺术典型化的一种重要手段，是杜诗的一种重要创新。对比这种艺术手法虽很古老，但除古代民歌偶有将其运用于揭露社会矛盾外，在文人诗中却很少见。这主要是由于他们中大多数人看不到或不敢正视、不愿揭露尖锐的社会矛盾，或缘于对这种现象的麻木。杜甫在这首诗中，基于"穷年忧黎元"的情怀，将他对于社会上贫富对立现象的深刻感受，通过鲜明的对比，概括为"朱门酒肉臭，路有冻死骨"这一警动千古的名句，产生了极其巨大深远的社会效果和艺术效果。它不仅深刻揭示了封建社会尖锐的阶级对立，而且概括了一切不合理反人道的社会制度的腐朽本质，对于人们认识腐朽制度的本质，永远是伟大的启蒙。揭露得越深，概括得越广。此后，中晚唐不少诗人运用对比揭露社会矛盾，成为一种风气，这固然是由于时代的影响，但杜甫对他们的启示也是不可否认的。可以说两句诗开创了一个新的诗世界。

杜诗中运用对比揭露社会矛盾的名句，此后还陆续出现，如"高马达官厌酒肉，此辈杼轴茅茨空""富家厨肉臭，战地骸骨白""百姓疮痍合，群凶嗜欲肥"。但却都再也未达到"朱门"两句的艺术高度，除了艺术的重复这个因素外，还由于它们与"朱门"二句相比，不仅艺术概括程度有高低，形象的鲜明饱满程度有差别，感情的深沉强烈程度也有不同。更重要的是，"朱门"二句在全篇中并非孤立出现的奇峰，而是在此前一大段对上层统治集团的骄奢淫逸已经有了充分的揭露，对下层人民遭鞭挞搜刮的情况也有了相应的描写，因此它的出现无论就作品本身或读者的接受来说，都已有了充分的酝酿与准备。"朱门"句是对上层奢侈淫逸情况的高度概括，而"路有"句则正是眼前所见，与一般作抽象概括有别，因此这两句诗既深刻有力，令人惊心动魄，又极富生活实感。

《自京赴奉先县咏怀五百字》还塑造了鲜明的诗人自我形象。如果说读《咏怀》以前的杜甫优秀诗作，诗人的自我形象还不那么鲜明，那么通过《咏怀》这首诗，诗人的形象，他的志向抱负、思想感情、性格特征已经鲜明可触了。站在我们面前的是一位有着自比稷契的宏大抱负、“穷年忧黎元”的深厚感情、“白首甘契阔”的坚定志行的杜甫，又是一位带有几分愚忠色彩的杜甫，明知玄宗昏聩淫侈，却眷恋而时加回护。他自许甚高，却决不自命为天生的圣贤，而是丝毫不讳饰自己的内心矛盾；他是深沉的，看得很深，想得很远，又是敏感的，在统治集团还沉醉于歌舞升平中时就预感到了祸乱的发生；他是真诚坦率的，顽强执著的，又不免带有几分迂阔；他忧念关切百姓，也爱自己的妻室儿女，跟一个普通的丈夫、父亲一样。这一切，都浮雕一般展现在读者面前。他的崇高的人格美，正与上述特征相融为一体，因此诗人的形象是鲜活而富于个性特征的。

哀江头①

少陵野老吞声哭②，春日潜行曲江曲③。江头宫殿锁千门④，细柳新蒲为谁绿⑤？忆昔霓旌下南苑⑥，苑中万物生颜色⑦。昭阳殿里第一人⑧，同辇随君侍君侧⑨。辇前才人带弓箭⑩，白马嚼啮黄金勒⑪。翻身向天仰射云⑫，一笑正坠双飞翼⑬。明眸皓齿今何在⑭？血污游魂归不得⑮。清渭东流剑阁深⑯，去住彼此无消息⑰。人生有情泪沾臆⑱，江水江花岂终极⑲！黄昏胡骑尘满城⑳，欲往城南望城北㉑。

[校注]

①江，指曲江，在唐长安城东南，为游赏胜地。详参《丽人行》注③。江头，江边。诗作于肃宗至德二载（757）春，与《春望》大体同时。②少陵，汉宣帝许皇后的陵墓，因其比汉宣帝的陵墓杜陵小，故名。程大昌《雍录》：“少陵原在长安县西南四十里，宣帝陵在杜陵县，许后葬杜陵南园。”杜甫祖籍京兆杜陵，又曾在此住家，故自称“杜陵野客”“杜陵布衣”或“少陵野老”。少陵在杜陵附近。③潜

行，暗地行走。曲江曲，曲江的角落。④江头宫殿，指曲江边的紫云楼、芙蓉苑、杏园等。《史记·孝武本纪》："于是度为建章宫，千门万户。"《旧唐书·文宗纪》："上好为诗，每诵杜甫《曲江行》云：'江头宫殿锁千门，细柳新蒲为谁绿！'乃知天宝以前，曲江四岸皆有行宫台殿，百司廨署，思复升平故事，故为楼殿以壮之。"⑤康骈《剧谈录》："曲江池花草周环，烟水明媚。江侧菰蒲葱翠，柳阴四合，碧波红蕖，湛然可爱。"⑥霓旌，缀有五色羽毛的旗帜，帝王仪仗之一。南苑，指曲江东南之芙蓉苑。⑦生颜色，犹增光生辉。⑧昭阳殿，汉殿名。《汉书·外戚传》谓赵飞燕之妹被立为昭仪，绝受宠幸，居昭阳殿。而《三辅黄图》卷三则谓赵飞燕居昭阳殿。唐人常以赵飞燕借指杨贵妃，如李白《宫中行乐词》："汉宫谁第一，飞燕在昭阳。"《清平调词》："借问汉宫谁得似，可怜飞燕倚新妆。"⑨辇，皇帝的车。君，指唐玄宗。《汉书·外戚传》："成帝游于后庭，尝欲与婕妤同辇载，婕妤辞曰：'观古图画，圣贤之君，皆有名臣在侧。三代末主，乃有嬖女，今欲同辇，得无近似之乎！'上善其言而止。""同辇""侍君侧"出此，有讽意。⑩才人，唐代宫中女官名。《新唐书·百官志》："（内官）才人七人，正四品。掌叙燕寝，理丝枲，以献岁功。"此指射生的女官。⑪嚼啮，咬啮。黄金勒，黄金做的马衔勒。何逊《拟轻薄篇》："柘弹随珠丸，白马黄金勒。"⑫仰射云，仰射云中飞鸟。⑬一笑，《左传·昭公二十八年》："昔贾大夫恶，娶妻而美，三年不言不笑，御以如皋，射雉获之，其妻始笑而言。"又《汉书·外戚传》："北方有佳人，绝世而独立。一顾倾人城，再顾倾人国。"此"一笑"似兼用二事，指杨贵妃。正坠双飞翼，暗寓玄宗、杨妃后来马嵬坡的死别。⑭明眸皓齿，指杨妃之美色。⑮血污游魂，指杨妃在马嵬驿兵变中被缢身死事。⑯清渭，指渭水，古有泾浊渭清之说。马嵬驿南滨渭水。剑阁，指剑门关古栈道，在今四川剑阁县北，玄宗奔蜀所经。⑰去住彼此，分指赴蜀的玄宗和死葬马嵬的杨妃。⑱臆，胸膛，胸襟。⑲水，《全唐诗》校："一作草。"句意谓：曲江流水，年年长流；江边之花，年年长开，岂有穷尽之时！以反跌“情”之无已。⑳胡骑，指安史叛军。㉑城南，指杜甫此时所居之地。望城北，《全唐诗》原作“忘南北”，校：“一作望城北。”兹据改。望城北，肃宗行在时在灵武，在长安之北。“望城北”者，正所谓“日夜更望官军至”也。萧涤非《杜甫诗选注》谓：“王安石集句诗曾两用此句，皆作‘望城北’，必有所据。”或解：“望城北”者，望太宗昭陵。其意盖近同时所作《哀王孙》之末句“五陵佳气无时无”，不过未明言城北九嵕山之昭陵耳。

[笺评]

元稹曰：近代唯诗人杜甫《悲陈陶》《哀江头》《兵车》《丽人》等，率皆即事名篇，无复倚傍。余少时与友人乐天、李公垂辈，谓是为当，遂不复拟赋古题。(《乐府古题序》)

苏辙曰：老杜陷贼时有诗曰：“少陵野老吞声哭”“欲往城南忘城北”。予爱其词气如百金战马，注坡蓦涧，如履平地，得诗人之遗法。如白乐天诗词甚工，然拙于纪事，寸步不遗，犹恐失之，此所以望老杜之藩垣而不及也。(《栾城集》卷八)

张戒曰：杨太真事，唐人吟咏至多，然类皆无礼。太真配至尊，岂可以儿女语黩之也！惟杜子美则不然。《哀江头》云：“昭阳殿里第一人，同辇随君侍君侧。”不待云“娇侍夜”“醉和春”，而太真之专宠可知；不待云“玉容”“梨花”，而太真之绝色可想也。至于言一时行乐事，不斥言太真，而但言辇前才人，此意尤不可及。如云“翻身向天仰射云，一笑正坠双飞翼”，而一时行乐可喜事，笔端画出，宛在目前，“江水江花岂终极”，不待云“比翼鸟”“连理枝”“此恨绵绵无绝期”，而无穷之恨，黍离麦秀之悲，寄于言外。题云“哀江头”，乃子美在贼中时，潜行曲江，睹江水江花，哀思而作。其词婉而雅，其意微而有礼，真可谓得诗人之旨者。《长恨歌》在乐天诗中为最下，《连昌宫词》在元微之诗中，乃最得意者，二诗工拙虽殊，皆不若子美诗微而婉也。元、白数十百言，竭力摹写，不若子美一句，人才高下乃如此。(《岁寒堂诗话》卷上)

刘辰翁曰：(“细柳”句)如何一句道尽！第常诵之云尔。(《删补唐诗选脉笺释会通评林·盛七古》引)

李耆卿曰：此诗妙在“清渭”二句。明皇、肃宗，一去一住，两无消息，父子之间，人所难言，子美能言之，非但“细柳新蒲”之感而已。(《唐诗广选》凌宏宪集评引)

单复曰：词不迫而意已独至。(《删补唐诗选脉笺释会通评林·盛七古》引)

周敬曰：“吞声哭”三字含悲无限。“清渭”二语怨深却又蕴藉，所以高妙。(同上)

陆时雍曰：总于起结见情。中间叙事，以老拙见奇。(同上引)

吴山民曰：“潜行”二句有深意，尾句从“潜行”字说出。(同上引)

王嗣奭曰：曲江头，乃帝与贵妃平日游幸之所，故有宫殿。公追溯乱根，自贵妃始，故此诗直叙其宠幸宴游，而终之以血污游魂，深刺之以为后鉴也。“一箭”，山谷定为“一笑”，甚妙。曰“中翼”，则箭不必言，而鸟下云中，凡同在者虽百千人，无不哑然失笑，此宴游乐事。(《杜臆》)

黄生曰：《哀江头》与《哀王孙》相次，非哀贵妃而何？不敢斥言贵妃，故借行幸之处为题目耳。“辇前”四句，当时游燕之事，不可胜书，但举一事，而色荒禽荒之故，已无不尽。“一笑”或作“一箭”，非。自“昭阳第一”至“血污游魂”一段，情事俱属贵妃，“一笑”二字，正借用如皋射雉事。“欲往城南”反忘其路而向城北，承上“往”字而言，王、陆不识其句法，各以意改之，俱陋。此诗半露半含，若悲若讽。天宝之乱，杨氏实为祸阶。杜公身事明皇，既不可直陈，又不敢曲讳，如此用笔，浅深极为合宜。善叙事者但举一事而众端可以包括。使人自得于其言外。若纤悉备记，文愈繁而味愈短矣。《长恨歌》古今脍炙，而《哀江头》无称焉。雅音之不谐俗耳如此？(《杜诗说》卷三)

仇兆鳌曰：(“少陵”四句）此见曲江萧条而作也。首段，有故宫离黍之感。曰“吞声”、曰“潜行”，恐贼知也。曰“锁门”、曰“谁绿”，无人迹矣。(“忆昔”八句）此忆贵妃游苑事，极言盛时之乐。苑中生色，佳丽多也；昭阳第一，宠特专也。同辇侍君，爱之笃也；射禽供笑，宫人献媚也。(“明眸”八句）此慨马嵬西狩事，深致乱后之悲。妃子游魂，明皇幸剑，死别生离极矣。江草江花，触目增愁。城南城北，心乱目迷也。此章四句起，下二段，各八句。又曰：“清渭东流剑阁深”，唐注谓托讽玄、肃二宗，朱注辟之云：“肃宗由彭原至灵武，与渭水无涉。”朱又云：“渭水，杜公陷贼所见；剑阁，玄宗适蜀所经。‘去住彼此’，言身在长安，不知蜀道消息也。”今按：此说亦非。上文方言马嵬赐死事，不应下句突接长安。考马嵬驿在京兆府兴平县，渭水自陇西而来，经过兴平。盖杨妃藁葬渭滨，上皇巡行剑阁，是去住东西，两无消息也。惟单复注合于此旨。又曰：潘氏(耒)《杜诗博议》云：“赵次公注引苏黄门尝谓其侄在进云：‘《哀江头》，即《长恨歌》也。《长恨歌》费数百言而后成，杜言太真被宠，只“昭阳殿里第一人”足矣；言从幸，只“白马嚼啮黄金勒”足矣；言马嵬之死，只“血污游魂归不得”足矣。’”(潘）按：黄门此论，止言诗法繁简不同耳。但《长恨歌》本因《长恨传》而作，公安得预知其事而为之兴哀？《北征》诗：“不闻殷夏衰，中自诛褒妲。”公方以贵妃之死，卜国家中兴，岂应于此诗为天长地久之恨乎！(《杜少陵集详注》卷四)

佚名曰：此因春游曲江而动兴亡之感，以见明皇之失败，至不能保其妃后也。夫人君富有四海，苟能任贤图治，不失临御天下之道，则虽宠爱一二妃后，岂遂为过。无如信用非人，假以权柄，至宴游于深宫，不知祸乱之将及。一旦事起，仓促下殿，遂至众恶所归，及其

所爱，忍心裁断，流恨无极，至求为田家夫妇而不可得，岂不可哀！（《杜诗言志》卷三）

陈訏曰：当日明皇仓卒蒙尘，马嵬惨变，尤为意外。且倥偬奔避，渭水、剑阁，两不相顾，一死一生，真天长地久，此哀无极。公诗并不铺排事实，而“明眸”四句，哀孰甚焉！视《长恨歌》《连昌宫词》，尤简括超妙。（《读杜随笔》卷上）

朱之荆曰：（末句）写低头暗思，景象如画，此为善写“潜行”二字。（《增订唐诗摘抄》）

张谦宜曰：叙事檃括，不烦不简，有骏马跳涧之势。（《䌹斋诗谈》）

浦起龙曰：起四，写哀标意，浮空而来。次八，点清所哀之人，追叙其盛。“明眸”以下，跌落目前，而“去住彼此”，并体贴出明皇心事。“泪沾”“花草”，则作者之哀声也。又回映多姿。“黄昏”一结，愤贼而不咎其君，诗人忠厚，所由接《三百》，冠千古者，以此。又中间“双飞翼”之下，“明眸皓齿”之上，不搀入“六军不发”“宛转马前”等语。苏黄门论此诗，谓若百金战马，注坡蓦涧，如履平地，正言此处也。更可识忠厚之道。〇旧谓：“讽玄、肃父子。”朱谓：“忆明皇在蜀。”总属曲说。潘耒（《杜诗博议》）之说亦非也。黄门之意，谓与《长恨》同旨，非谓预知其传而赋之。至以《北征》例此诗，则又迂甚。语有之：“对此茫茫，百端交集。”告中兴之主，《北征》自应庄语；过伤心之地，《江头》定激哀衷。发情止义，彼是两行。一派头巾气，未可与言诗已矣。（《读杜心解》卷二）

蒋弱六曰：苦音急调，千古魂消。（杨伦《杜诗镜铨》卷三引）

邵长蘅曰：转折矫健，略无痕迹。苏黄门谓如百金战马，注坡蓦涧，如履平地，信然。（同上引）

王士禄曰：乱离事只叙得两句，“清渭”以下，纯以唱叹出之，笔力高不可及。（同上引）

杨伦曰：此公在贼中时，睹江水江花哀思而作。因帝与贵妃常游

幸曲江，故以《哀江头》为名。(《杜诗镜铨》)

沈德潜曰：结出心迷目乱，与入手“潜行”关照。(按：《别裁》末句作“欲往城南望南北”。)(《重订唐诗别裁集》卷六)

《唐宋诗醇》：所谓对此茫茫，百端交集，何暇计及风刺乎！叙乱离处全以唱叹出之，不用实叙，笔力之高，真不可及。(按：此杂取浦起龙、王士禄之评而成。)

施补华曰：亦乐府。《丽人行》何等繁华！《哀江头》何等悲惨！两两相比，诗可以兴。(《岘佣说诗》)

高步瀛曰：“一箭”句叙苑中射猎，已暗中关合贵妃死马嵬事，何等灵妙。(“江水”句)悱恻缠绵，令人寻味无尽。(《唐宋诗举要》卷二)

吴汝纶曰：(“人生”句)更折入深处。(《唐宋诗举要》卷二引)

[鉴赏]

安史之乱是唐王朝由盛而衰的分水岭。曲江的盛衰，则是唐王朝盛衰的一面镜子。而乱前玄宗、贵妃的多次宴游逸乐与乱后无复游幸，又正是曲江盛衰的突出标志。杜甫在安史乱前，曾多次到曲江一带游赏，亲眼目睹曲江的繁华和上层统治集团骄奢淫逸的情景。乱后身陷长安，春日重游曲江，对比今昔，不禁触动无限今昔盛衰的感慨和对这种沧桑巨变原因的思考。这首《哀江头》就是以曲江的今昔盛衰为主要内容，以玄宗、贵妃为主要角色，反映时代巨变的作品。

诗的开头四句，概写春日重游曲江所见所感，可以视为全篇的一个引子。杜甫诗中称老，虽自天宝后期即已开始（如《投简咸华两县诸子》之自称“杜陵野老”，《秋雨叹》《官定后戏赠》之称“老夫”），但在身陷长安时期则越来越多，反映出其时他的心态愈趋悲凉。此诗一开头就写出自己“吞声哭”“潜行曲江曲”的形象。国家与人民遭受的巨大灾难，使诗人的心情十分悲痛，但却不敢放声痛哭，只能“吞声”饮泣；走在路上，也只能悄悄地行走，以免引起叛军的注意。这两个细节，透露出沦陷的长安城中弥漫的恐怖气氛。接下来两句，描绘出曲江周围，往日豪华的行宫台殿，千门紧闭，一片荒凉冷寂的景象；春天虽然又来到了曲江，嫩绿的柳枝、抽芽的蒲草，依然展示出自然界的活力和生机，可是眼前的曲江，却是一片空寂，往日车水马龙，游人如织，仕女会集的繁华景象荡然不存。诗人用了一个“锁”字，便透露出一个繁华时代的悄然逝去；而“为谁绿”三字，更有力地反衬出大好春光无人欣赏的悲凉。这就自然引起对曲江昔日繁华的追忆，转入下面一段。

“忆昔”八句，写昔日玄宗、杨妃游幸曲江的盛况。先总写帝妃出游南苑，使苑中万物增辉添彩；再写杨妃同游，用“昭阳殿里第一人”突出其在后宫中的尊贵地位，用“同”“随”“侍”反复渲染其备受玄宗的专宠。“同辇”句暗用班婕妤辞与帝同辇之语，暗示玄宗之弃贤臣而宠嬖女，远逊圣贤之君而近乎末主之行，讽意含婉不露。“辇前”四句，集中笔墨专写游幸过程中令射生宫女射鸟以取悦贵妃的情景。射鸟的情景特用铺叙渲染之笔，写她佩带弓箭，骑着黄金嚼勒的白马，翻转身子，对着天空高处的云层，射出一箭，一对比翼双飞的鸟立时坠落马前，优雅而高超的射技引来贵妃的粲然一笑。这个场景写得生动传神，宛若一组活动的画面。说明在这出游的场面中，杨妃是画面的中心，无论是君主还是才人，都要取悦于她。妙在写到游幸场面的最高潮时，却似无意似有意地用了一句带象征暗示色彩的诗句：“一笑正坠双飞翼。”这正应了“乐不可极”的古训。在穷欢极乐的同时，一场大动乱即将降临，玄宗、杨妃双飞比翼的生活就要结束了。把“一笑”和“正坠双飞翼”联系起来，正暗示穷欢极乐的享乐生活是双飞折翼的悲剧的前奏。寓讽寄慨极深，却又不显刻露的痕迹，让读者自己去品味其中包蕴的弦外之音，艺术手腕极为高妙。由“正坠双飞翼”，而自然引出了对玄宗、杨妃悲剧和曲江今日情景的深沉悲慨。

“明眸皓齿今何在？血污游魂归不得。”两句由“忆昔”转而慨今。短短十四个字中，实际上包括了安史乱起、两京沦陷、玄宗贵妃仓皇奔蜀、马嵬兵变、贵妃赐死等一系列惊天动地的大事件。但诗题为“哀江头”，诗人的笔就决不旁骛杂出，而是紧扣曲江的今昔盛衰下笔。如今的曲江，满目萧条荒凉，杨妃的明眸皓齿，巧笑百媚，再也见不到了，马嵬坡惨死的杨妃游魂，血污尘蒙，即使想回到往日游幸的曲江，恐怕也自惭形秽了。“今何在”与“归不得”均紧贴曲江而言。由前一段的极乐忽然跳到这两句的极悲，中间省略了一系列大事件，却一点不显突兀，不显匆遽，笔力极横放劲健，转接却极紧凑自然，苏辙所盛赞的“如百金战马，注坡蓦涧，如履平地”，正突出体现在这转接之处。

“清渭东流剑阁深，去住彼此无消息。”这两句又由杨妃之“归不得”转进一层，说玄宗奔蜀，道经深险的剑阁，而杨妃则死葬马嵬与东流的渭水做伴，往日比翼双飞，共游曲江，如今却是一去一住，生死隔绝，永远不通消息了。这是对昔日曲江游幸的两位主角今天悲剧结局的深沉悲慨。“清渭东流剑阁深”的自然景物点染，隐含了悲剧主角的悠悠长恨和深悲。

“人生有情泪沾臆，江水江花岂终极！”这两句由玄宗、杨妃的悲恨进一步引出诗人自己的悲慨。对于玄宗宠幸杨妃，沉迷享乐，荒废朝政，酿成祸乱，诗人自有清醒的认识，在《丽人行》《自京赴奉先县咏怀五百字》等诗中对其酿乱之责、淫奢之行进行过严肃的批判或讽刺。但值此国家和民族遭到巨大灾难的时刻，对于国家的代表和象征的玄宗的悲剧，又怀有深刻的悲悯同情，国家、民族的灾难固然使诗人泪沾胸臆，玄宗、杨妃在这场灾难中遭遇的悲剧同样使他感慨流泪。这正是“人生有情泪沾臆”一语中所包含的复杂情感。而紧接着的“江水江花岂终极”一句，又紧贴眼前的曲江景物抒慨，说自己的这种深悲难道也要像江水江花一样年年如斯，永无终极之时？从痛切的反问口吻中正透出诗人对早日结束这场变乱的渴望。

“黄昏胡骑尘满城，欲往城南望城北。”不知不觉当中，黄昏已经降临，在暮色苍茫中，但见胡骑纵横，尘满京城，眼前的城阙蒙尘、敌寇猖獗的景象更激起诗人对早日平定叛乱的期盼，以致欲归城南居处却不由自主地瞻望城北。“望城北”，无论是指肃宗行在还是指太宗陵寝，都寄托着诗人对恢复旧京、重整山河的殷切期望。类似的感情，表现在这一时期（陷贼与为官时期）的一系列诗中。

这首诗是唐人诗歌中最早创作的以玄宗、杨妃之事为题材，反映安史之乱这场大变乱所造成的沧桑巨变的作品。由于以曲江之今昔盛衰为主要内容，来反映时代沧桑，抒发盛衰之慨，它在构思上的突出特点便成为一种为后代诗人学习仿效的范型。元、白的《连昌宫词》《长恨歌》，都可明显看出对《哀江头》的承袭，《长恨歌》中的“比翼鸟”之喻和“天长地久有时尽，此恨绵绵无绝期”的主旨更和“双飞翼”之语以及“人生有情泪沾臆，江水江花岂终极”的悲慨有着明显的联系。而李商隐的《曲江》则在整体构思上继承了《哀江头》以曲江今昔抒国运盛衰的艺术表现方式。诗中对玄宗、杨妃的复杂矛盾感情，“半露半含，若悲若讽”的感情表达方式，也成为此后一系列性质近似的作品的范型。

述　怀①

去年潼关破②，妻子隔绝久③。今夏草木长，脱身得西走④。麻鞋见天子⑤，衣袖露两肘。朝廷愍生还⑥，亲故伤老丑⑦。涕泪授拾遗⑧，流离主恩厚⑨。柴门虽得去⑩，未忍即开口⑪。寄书问三川⑫，不知家在否。比闻同罹祸⑬，杀戮到鸡狗⑭。山中漏茅屋⑮，谁复依户牖⑯？摧颓苍松根⑰，地冷骨未朽⑱。几人全性命，尽室岂相偶⑲？嵚岑猛虎场⑳，郁结回我首㉑。自寄一封书，今已十月后㉒。反畏消息来，寸心亦何有㉓！汉运初中兴㉔，生平老耽酒㉕。沉思欢会处㉖，恐作穷独叟㉗。

[校注]

①钱谦益《杜工部集笺注》："唐授左拾遗诰：'襄阳杜甫，尔之才德，朕深知之。今特命为宣议郎、行在左拾遗。授职之后，宜勤是职，毋怠！命中书侍郎张镐赍符告谕。至德二载五月十六日行。'右敕用黄纸，高广皆可四尺，字方二寸许。年月有御宝，宝方五寸许。今藏湖广岳州府平江县裔孙杜富家。"（敕文载林侗《来斋金石考略》）诗中提及"授拾遗"之事，当作于至德二载（757）五月十六日之后。②天宝十五载（756）六月，安史叛军攻破潼关。③天宝十五载六月潼关失守，杜甫携家逃难，经彭原、华原、三川，至鄜州羌村。八月，闻肃宗在灵武即位，只身奔赴，中途为叛军所获，押送至长安，从此与家人隔绝。"隔绝久"应指天宝十五载八月到写这首诗时，已相隔达十个月。④陶渊明《读山海经十三首》(其一)："孟夏草木长。"今夏，指肃宗至德二载四月。脱身西走，指由长安脱逃奔赴凤翔。凤翔在长安之西，故云。⑤麻鞋，麻编的鞋。新疆吐鲁番出土的唐代麻鞋，状类草鞋。天子，指肃宗。⑥愍，同"悯"，怜悯。生还，指从贼中脱身生还。⑦亲故，亲友故交。此句即《喜达行在所三首》(其一)"所亲惊老瘦"之意。⑧授，他本多作"受"。按：作"授"亦可通，两句一意贯串，谓自己在流离之中得授拾遗，深感君主之厚恩而涕泪交流。唐代官制，左拾遗属门下省，右拾遗属中书省，从八品上。掌供奉讽谏，大事廷议，小则上封事。官品虽不高，但为皇帝近侍之谏官。杜甫所任之官为左拾遗，而《唐书》本传作"右拾遗"，误。其《春宿左省》《晚出左掖》等诗之"左省""左掖"指门下省，可证其所任者为门下省所属之左拾遗。⑨流离，因战乱流转离散。⑩柴门，穷苦人家用树枝木柴编的门。此指自己的贫家。⑪开口，指开口告假。官吏任职后按例可告假回家安顿家小。⑫三川，唐县名，在鄜州之西南，杜甫的家寓居于此。⑬比闻，最近听说。罹祸，遭难。

⑭句意谓连鸡狗都遭到叛军杀戮。言外则人更难逃劫难。朱鹤龄注：《通鉴》：禄山初反，自京畿鄜坊至于岐陇皆附之，所在寇夺，故以家之罹祸为忧。(仇注引) ⑮漏茅屋，破旧漏风雨的茅屋。指自己的家。⑯牖，窗户。句意谓还能有谁活着倚户牖而望。⑰摧颓，摧折衰败。系“苍松”之形容语。或谓指骨头的撑拄狼藉，恐非。⑱骨，指家人的骸骨。因想象其罹祸的时间还不大长，故云“骨未朽”。⑲尽室，全家。相偶，相聚。蔡梦弼曰：甫复预料必有得全其性命者，虽尽室获保全其生，亦无得相偶聚，必至于东西散徙也。⑳嵚岑，山势高峻貌。此状“猛虎场”的险恶。猛虎场，喻叛军残暴肆虐的战场。㉑郁结，心情郁闷纠结。回首，指时时回头瞻望。㉒二句谓自己初陷长安贼中时曾寄信回家，至此已经有十个月（天宝十五载八月至至德二载五月，首尾正好十个月）。㉓谓心中一片空虚失落。㉔汉运，借指唐朝的国运。初中兴，初现中兴气象，即《喜达行在所三首》（其二）之“司隶章初睹，南阳气已新”之意。㉕耽酒，嗜酒。㉖欢会处，指战争胜利，大家欢聚庆祝时。㉗穷独叟，穷困孤独的老头。

[笺评]

王君玉曰：子美之诗，词有近质者，如“麻鞋见天子”“垢腻脚不袜”之句，所谓转石于千仞之山，势也。(《苕溪渔隐丛话》引)

陈师道曰：(“自寄”四句）不敢问何如。(《唐诗品汇》卷八引)

刘辰翁曰：(“自寄”四句）极一时忧伤之怀。赖自能赋，而毫发不失。(同上引)

钟惺曰：(“涕泪”句）草草中写出忠孝。(“反畏”句）又深一层，非久客不信。(《唐诗归》)

谭元春曰：(“麻鞋”句）好笑。(“涕泪”句）涕泪受官，比慕爵者何如？(同上)

王嗣奭曰：他人写苦情，一言两言便了。此老自“寄书问三川”

至末，宛转发挥，蝉联不断，字字俱堪堕泪。又曰：草木丛长，故可潜身西走。挥涕受官，以流离而感主恩也。故不忍开口言归。（《杜臆》）

申涵光曰："麻鞋见天子，衣袖露两肘"，一时君臣草草，狼藉在目。"反畏消息来，寸心亦何有"，非身经丧乱，不知此语之真。此等诗，无一语空闲，只平平说去，有声有泪，真《三百篇》嫡派。人疑杜古铺叙太实，不知其淋漓慷慨耳。（仇兆鳌《杜少陵集详注》卷五引）

《杜工部集五家评》：首尾结构，无毫发遗憾，使读者想见逃贼从君，间关受职，顾念家门，不能舍君言者。千古之下，悲苦凄然。诗可以观，尚观于此。（卷二）

李因笃曰：《北征》如万顷之松，中蔚烟霞；《述怀》如数尺之竹，势参霄汉。忠爱之情，忧患之意，无一语不入微，真颊上三毫矣。如子长叙事，遇难转佳，无微不透。而忠厚悱恻之意，缠绕笔端。非公至性过人，未易企此。其最妙处有一唱三叹、朱弦疏越之音。公不顾家而西走，及得去而不敢言归，大忠直节，岂后世可及！亦是一句一转，极其沉痛，千载而下，如复见之。（《杜诗集评》卷一引）

黄周星曰：（"流离"句下评）至性语，令人堕泪。（"反畏"句）宋延清"近乡情更怯，不敢问来人"十字妙矣，此以五字括之。（《唐诗快》）

仇兆鳌曰：（一段）此受职行在，而回念室家也。（二段）此寄书至家，恐其遭乱难保也。破屋谁依，室无人矣；摧颓骨冷，死者久矣；居民稀少，故猛虎纵横。（末段）末伤家信杳然，又恐存亡莫必也。书断则疑，书来则畏，正恐家室尽亡，将来欢会之处，反成穷独之人耳。此章，前二段各十二句，末段八句收。（《杜少陵集详注》卷五）

黄生曰：（"妻子"句）先伏此句。"麻鞋"二句，乱离中朝仪草率光景，一笔写出。"寸心"句，言不知所以为心也。篇中写公义私情，无不曲尽。（《杜诗说》卷一）

吴瞻泰曰：昔人谓此诗只平平说去，又谓杜古诗铺叙太实。不知其波澜突起，断续无踪，其笔正出神入圣也。题曰“述怀”，世难未平，心唯恋国；世难稍定，心又思家。此公隐隐伤怀，无可向人述者也。(《杜诗提要》卷二)

查慎行曰：真情苦语，道得出。(《初白庵诗评》)

浦起龙曰：诗人一片至情流出。自脱贼拜官后，神魂稍定，因思及室家安否也。首十二句，详叙来历，而起手即提破“妻子隔绝”，以为一篇为主。后以“得去”“未忍”顿住。暗从国尔忘家意化出。中十二句，叙遥忆之情。为寄书去后，但有传闻恶耗，久无的实回书也。后八句，回应中段，而“穷独叟”仍绾定妻子，收束完密。(《读杜心解》卷一)

沈德潜曰：(少陵)又有反接法。《述怀》篇云：“自寄一封书，今已十月后”，若云“不见消息来”，平平语耳。今云“反畏消息来，寸心亦何有”，斗觉惊心动魄矣。(《说诗晬语》卷上)又曰：妙在反接。若云“不见消息来”，意浅薄矣。(《重订唐诗别裁集》卷二)

杨伦曰：(“地冷”句)言新死者众。亦以朴胜，诗旨深厚，却非元、白率意可比。公诗只是一味真。(《杜诗镜铨》卷三)

施补华曰：“自寄一封书，今已十月后。反畏消息来，寸心亦何有!”乱离光景如绘，真至极矣，沉痛极矣。(《岘佣说诗》)

张廉卿曰：(“流离”句下评)真朴之中，弥复湛至。(《唐宋诗举要》卷一引)

吴汝纶曰：(“地冷”句)突起。(“沉思”二句下批)收极凝重，所谓收得水住者。又曰：此等皆血性文字，至情至性郁结而成，生气淋漓，千载犹烈。其顿挫层折行气之处，与《史记》、韩文如出一手，此外不可复得矣。(同上引)

[鉴赏]

这是杜甫初授拾遗后忧念家室之作。题为“述怀”，所述之“怀”

虽主要是对家室存亡的忧怀，但由于处在安史之乱的战乱流离的大背景下，这种家室之忧就和国家危难密不可分，充分体现出家室之忧的时代特殊性，并从一个侧面对战乱流离的时代作了真切的反映。它既是杜甫内心情感的抒写，也是时代的写真。

诗共三段。开头一段十二句，抒写自己初授拾遗后思念家室又不忍告假探亲的矛盾心情。开篇两句是一篇之主。“去年潼关破”，点出国家残破、京都沦陷、战乱流离的大背景；“妻子隔绝久”，点明自己与妻子儿女长久相互隔绝、不通音讯的事实。这两句为下面两段对家室的千回百转的忧念奠定了基础，可以说是全诗的纲领。

接下来两句，写自己从沦陷的长安城脱身西走，投奔肃宗。杜甫潜逃出京在孟夏四月，其时草木繁茂，可以隐蔽间道潜行的诗人，故说“脱身得西走”。与妻子儿女隔绝已久，但一有脱身机会，并不是先去探寻家室，而是投奔凤翔的肃宗，正见出先国后家是诗人的自觉行动。

“麻鞋”六句，写抵凤翔见肃宗得授拾遗的情景，写得极朴质、真切、生动、细致。拜见肃宗时，脚上穿着麻鞋，破旧的衣袖露出两个胳臂肘，完全是间道逃奔途中的狼狈形象，可以想见麻鞋上还沾有斑斑的污泥，衣衫上处处留下荆棘的痕迹。这样不加任何整饰地去拜见肃宗，正透露出其心情的急切和对君主的一片赤诚，也透露出在非常时期君臣朝仪的草率不拘。原生态的生活细节即用极朴质的原生态表达方式来呈现，收到的是极生动真切的艺术效果。千载之下，犹可想见当时情景。细节传神，朴俗传真，正是这两句诗的魅力，也是这一时期杜甫的诗歌创作共同的艺术取向。正因为狼狈的形象透露出一片忠君爱国的赤诚，因此朝廷上下悯其幸得生还，而亲朋故旧则伤其形容憔悴，皇帝也为其忠诚所感动，亲授拾遗之职，自己则深感在颠沛流离之中君主的厚恩，不免涕泪交零。这四句写自己在朝廷上下，亲朋故旧和君主眼中的形象，同样不加掩饰，不避“老丑”，真情所至，淋漓尽致。这六句乍看与忧念家室的主题似乎关系不大，实则正是由于自己一片忠君爱国的赤诚和君主的厚遇才逼出这一段的最后两句。“柴门虽得去，未忍即开口。”国家仍在危难之中，君恩又如此深厚，自己怎能开口告假探视家人？“未忍”二字中正含有忠于君国与忧念家室的内心矛盾，这才引出下面两段千回百转的至情至性之文。

“寄书”以下十二句，抒写对家室存亡未卜的忧念和悲慨。因未忍开口告假，故有“寄书问三川”之举，但由于久与家人隔绝，音信不通，不知道家究竟还在不在三川。这两句是一层。“比闻”以下，因新近听到传言说，那一带的百姓因遭战祸，惨遭叛军杀戮，已经到了鸡犬不留的程度，因而不能不想到自己的家室恐怕也难逃此劫难。“山中”四句，便是对家室罹祸的想象：三川山中那漏雨漏风的茅屋里，此刻还能有谁在倚窗户而相望呢？也许都已惨遭杀戮，在摧折衰败的苍松之根，尸骨狼藉，地虽冷而骨尚未朽吧。“地冷”句，体贴入微而又沉痛彻骨。诗人的心似乎和家人的尸骨一起感受到异乡土地的寒冷。但毕竟“杀戮到鸡狗”的景象只是出之传闻，因此诗人意中仍有所犹疑，“几人全性命，尽室岂相偶”二句便是这种心理的反映。在这种“杀戮到鸡狗”的情况下，有几个人能侥幸保全性命呢？就算有人侥幸活命，全家人又岂能相聚？这虽是对情况的泛测，却也透露出诗人意中或存此想。虽然比全家尽遭劫难似乎好一点，但同样是家室残破的悲剧。这又是一层。叛军的杀戮使京城周边的大片地区成了险恶的猛虎肆虐的场所，自己心情郁结，难以解释，只能频频回首了。从“不知家在否”到“地冷骨未朽”，再到“尽室岂相偶”，意凡三层，有转进，有曲折，充分表现出在音讯隔绝、只凭传闻的情况下诗人对家室存亡情况的种种预测与想象，语极沉痛。而“嵚岑”二句作一收束，意更沉郁悲凉。

“自寄”以下八句，承上“寄书问三川”，追溯到去年八月与家人隔绝后音讯不通的情况，转出“反畏消息来”的心理和“恐作穷独叟”的深悲。在叛军肆行杀戮的战乱背景下，十个月来音讯不通，未接家书，诗人的心理便从长期的盼家书转为害怕有关家人消息的到来，生怕传来的消息竟是家人罹难的噩耗。因为长期得不到家书的客观事实很可能预示着家人早已不在人间。这种不祥的预感随着时间的进程愈积愈强烈，愈执著，最后便由“切盼”演变为“反畏”。处于对立两极的心理这种出人意料的变化，却最真实深刻地反映了战乱给诗人心理上造成的巨大创伤。这种心理描写，确实非亲历者不能道。而“寸心亦何有”五字，则将诗人“反畏消息来”时那种既惶恐不安又一片茫然的心境和盘托出。“汉运初中兴”，国运初显转机，这是值得庆幸和欣然的，但个人的命运却不可预料，只能借酒遣闷，沉思默想将来庆祝胜利欢会之时，自己只能是孑然一身，孤独终老了。国家的中兴，将来的欢会，反而更衬托出了个人悲剧的命运。

全篇运用传统的赋法抒写战乱年代家室离散，存亡未卜的忧悲。诗人的真实愿望自然是盼望家人无恙，合家团聚；但战乱的现实，特别是叛军肆意杀戮的暴行和久未接家书的客观事实却使诗人对家室的忧念越来越深，从而产生一系列不祥的预感和想象，千回百转，如层波叠浪，不能自已。而这一切，都只用最朴质的家常语道出，至情至性，感人至深。陶诗的朴质，是于朴质中见平淡；而杜此诗的朴质，是于朴质中见沉痛。此正两人的不同处。

彭衙行[1]

忆昔避贼初[2]，北走经险艰。夜深彭衙道，月照白水山[3]。尽室久徒步[4]，逢人多厚颜[5]。参差谷鸟吟[6]，不见游子还[7]。痴女饥咬我，啼畏虎狼闻。怀中掩其口，反侧声愈嗔[8]。小儿强解事[9]，故索苦李餐[10]。一旬半雷雨[11]，泥泞相牵攀[12]。既无御雨备[13]，径滑衣又寒[14]。有时经契阔[15]，竟日数里间[16]。野果充糇粮[17]，卑枝成屋椽[18]。早行石上水[19]，暮宿天边烟[20]。少留同家洼[21]，欲出芦子关[22]。故人有孙宰[23]，高义薄曾云[24]。延客已曛黑[25]，张灯启重门[26]。暖汤濯我足[27]，剪纸招我魂[28]。从此

出妻孥[29]，相视涕阑干[30]。众雏烂熳睡[31]，唤起沾盘餐[32]。誓将与夫子[33]，永结为弟昆[34]。遂空所坐堂[35]，安居奉我欢[36]。谁肯艰难际，豁达露心肝[37]。别来岁月周[38]，胡羯仍构患[39]。何当有翅翎[40]，飞去堕尔前。

[校注]

①彭衙，指彭衙故城，今称彭阳堡。《汉书·地理志》：左冯翊有衙县。师古注："即《春秋》所云'秦、晋战于彭衙'。"《元和郡县图志·关内道·同州》："白水县，本汉粟邑县之地……又为汉衙县地，春秋时秦、晋战于彭衙是也。"《太平寰宇记》谓彭衙故城在白水县东北六十里。天宝十五载（756）四月，杜甫赴奉先携家至白水县依舅氏崔顼。六月，潼关失守，复携家逃难，经彭衙、华原、三川至鄜州羌村。此诗记叙从白水经彭衙道向北逃难的一段经历。仇兆鳌《杜少陵集详注》引黄希曰："公避寇，在天宝十五载，此云'别来岁月周'知诗是至德二载（757）追忆避贼时事。"杜甫从凤翔回鄜州，路经彭衙之西，回忆起一年前逃难的旧事，因不能绕道访故人孙宰，故作此诗以志感。作于是年秋。②避贼初，指一年前从白水县向北逃难之事。"忆昔"二字直贯至"豁达露心肝"。③白水山，泛指白水城附近的山。④杜甫在《送重表侄王砯评事使南海》诗中忆及当年逃难情形时说："往者胡作逆，乾坤沸嗷嗷。吾客左冯翊，尔家同遁逃。争夺至徒步，块独委蓬蒿。"可见本有坐骑，后被人抢夺而不得不徒步行走。尽室，全家。⑤厚颜，羞惭。《书·五子之歌》："颜厚有忸怩。"⑥参差，不齐貌。形容鸟鸣声或先或后，或高或低，或长或短。谷鸟，山谷中的鸟。吟，《全唐诗》校："一作鸣。"⑦游子还，指逃难的人往回家的路上走。⑧反侧，翻来覆去转动身体。嗔，恼怒。⑨强解事，稍稍懂事。⑩故，通"固"。索，索取。苦李，庾信《归田诗》："苦李无人摘。"⑪谓十日之内却有一半日子下雷雨。⑫谓人

在泥泞之中相互牵攀着艰难行进。⑬御雨备，防雨的工具。⑭衣又寒，指衣服单薄又为雨湿，故感到它特别寒冷。⑮契阔，本为辛苦之意，此指艰辛的地段。⑯竟日，一整天。⑰糇粮，干粮。⑱卑枝，本指低矮的树枝，此指矮树。屋顶的圆木条称椽，屋椽即指屋顶。⑲石上水，因下雨，故水漫流石径之上。⑳天边烟，天边烟雾笼罩处。句意谓夜间露宿。㉑少留，暂时停留。同家洼，地名，即孙宰的家所在。㉒芦子关，关名，在今陕西安塞县西北，系由山西太原向陕、甘西进所经的重要关隘。杜甫本想携家出芦子关至肃宗行在灵武，故云“欲出芦子关”。㉓孙宰，宰是唐人对县令的尊称，这位姓孙的朋友曾做过县令，故称。㉔薄，逼近。曾云，层云。谓其高情厚谊直薄云天。㉕延客，邀请客人（杜甫一家）。熏黑，天色昏暗。㉖张灯，张设灯烛。启重门，开启一重又一重的门。屋有多进，故有重门。㉗暖汤，烧热水。濯，洗。㉘古代有剪纸作旐幡以招魂的风俗。亦可招生人之魂。因担心杜甫一家路上受惊，故有剪纸招魂之举。㉙从此，谓在暖汤濯足、剪纸招魂之后。出妻孥，唤出自己的妻子儿女。㉚阑干，纵横貌。㉛众雏，指杜甫自己的儿女们。烂熳，杂乱繁多貌。烂熳睡，犹杂乱睡，形容孩子们因为疲累，横七竖八地睡得正酣畅。㉜沾，有蒙受厚赐之意。餐，一作“飧”。飧，晚餐。㉝夫子，孙宰称杜甫。二句系诗人代述孙宰语。㉞弟昆，弟兄。㉟空，腾出。所坐堂，延客列坐的厅堂。㊱奉我欢，给予我欢情。㊲豁达，豪爽大方貌。露心肝，犹肝胆相照，敞露心胸。㊳岁月周，指满一周年。㊴羯，古代民族名，曾附属匈奴。胡羯，泛指北方民族。此指安史叛军。构患，犹作乱。㊵何当，犹安得、怎能。浦起龙说：“结则所谓‘静言思之，不能奋飞’也。”（《读杜心解》卷一）

[笺评]

胡仔曰：《学林新编》云：“《冷斋夜话》曰：‘杜子美《彭衙行》

押二“餐”字。’”某按：《彭衙行》曰：“小儿强解事，故索苦李餐。”又曰：“众雏烂熳睡，唤起沾盘飧。”二字者，义不同……按《广韵》上平声一十三“魂”字韵中有“飧”字，二十五“寒”字韵中有“餐”字。子美《彭衙行》于两韵中通押，盖唐人诗文中用韵如此。(《苕溪渔隐丛话》)

钟惺曰：(“小儿”二句）自家奔走穷困之状，往往从儿女、妻孥情事写出，便不必说向自家身上矣。(“延客”二句下批）以下描写卒客卒主草率亲昵，情事如见。(“剪纸”句下批）要哭。(“唤起”句下批）“沾”字可怜。又曰：小心厚道，一味感恩，忘却自家身分，乃知自处高人才士，见人爱敬，以为当然而直受者，妄浅人也。(《唐诗归》)

谭元春曰：(“痴女”四句）小儿不解事性情，此老专要描写。(同上)

郑继之曰：杜诗雅与朴俱妙，叙实事不嫌于朴，此类似也。(胡震亨《李诗通》卷三引)

王嗣奭曰：感孙宰之高谊，故隔年赋诗。感之极，时往来于心，故写逃难之苦极真。返思其苦，故愈追思其恩……“暮宿天边烟”，逃难之人，望烟而宿，莫定其处，虽在天边，不敢辞远，非实历不能道。(《杜臆》)

黄周星曰：(“尽室”二句）可伤。(“剪纸”句）未死何云招魂，此一语真可泣鬼神。(《唐诗快》)

邵长蘅曰：《彭衙行》《羌村》是真汉魏古诗，但不袭其面目耳。解人得之。(《杜诗镜铨》卷四引)

黄生曰：此首用古韵，真、文、寒、删、元、先通叶。当以真、文韵读之。谢灵运诗：“高义属云天。”“痴女”四句，乱离实事，难再写得出。“烂熳”字用得新，细思不过换却“熟”字耳。字出新创，能如此确老便妙。“夫子”，孙谓杜也。下文“谁肯”二字正应此。结处只述怀思之意，方是真交情；若作感激语，反近套矣。此诗本怀孙宰，后人制题，必云怀某人矣。然不先叙在途一节饥寒困苦之状，则不显此人情意之浓，并己感激之忱，亦不见刻挚。如此命题，如此构篇，可悟呆笔叙事与妙笔传神，相去天壤。(《杜诗说》卷一)

李长祥、杨大鲲曰：少陵长诗，佳意佳事，十分无馀，掩卷思索，山穷水尽，忽转一意一事，忽接一意一事，只如现成，皆意中笔下所有，意中笔下人却不能到。(《杜诗编年》卷三)

陈式曰：此事后追想之作。篇中叙起尽室暴露，儿女幼稚，与避贼奔窜，故人艰难款洽之情状，令读者宛如目击。(《问斋杜意》卷三)

张溍曰：写人不能写处，真极朴极，亦趣极，惟杜老能之。此诗无一字袭汉魏，却逼真汉魏，且有汉魏人不能到处。或疑其太真，试观《焦仲卿妻》长篇，有一语不真否？(《读书堂杜诗注解》卷三)

仇兆鳌曰：(“忆昔”十四句)此叙携家远行，儿妇颠连之苦。鸟鸣无人，一路荒凉之景。(“一旬”十句)此叙雨后行蹇，困顿流离之状。(“少留”八句)此记孙宰晋接之情。据诗意，孙宰当在同家洼。遇孙之后，因寄妻子于鄜州，遂欲从芦子关以达灵武。朱(鹤龄)注：鄜州在白水县北，延州在鄜州西北，芦关又在延州北。时公欲北诣灵武，故道出芦关也。(“从此”八句)备志孙宰周恤之情。“出妻孥”，出见宰也；众雏，指儿女。烂熳，熟睡貌。申涵光曰：“烂熳”二字，写稚子睡态入神。(“谁肯”六句)末忆别后追思之意。此章四句起，六句结。前二段各七句，后二段各八句。此诗用韵，参错不一，经朱注考订，知各本古韵也。至于分析段落，诸家颇混，今钩清眉目，庶朗然易见耳。(《杜少陵集详注》卷五)

浦起龙曰：疑亦还鄜时，路经彭衙之西，回忆去岁孙宰周旋之谊，不克枉道相访，聊作此志感，公笃厚性成，于斯可见。○孙宰必白水人。同家洼当是白水乡村之名，即孙宰所居也。公因取白水之古名，命题作歌，以表其人。故曰“彭衙行”。非路出彭衙后，再历一旬之泥涂，然后到同家洼，遇孙宰也……起四，即点“彭衙”，是先出题法。“尽室”以下，乃追叙初起身至彭衙一旬以内所历之苦，正以反跋下文“延客”“奉欢”一段深情也。看其写小儿女态，画不能到。由奉先至白水，本无一旬之行程，不应迟迟若此。故前后用“尽室徒步”“竟日数里”点破之。“小留”以下，备述孙宰高义。先着“欲出”一句，益显得高义出，见此来本非有意驻足，而款留不放，全由故人情重也。下则先叙安顿自身，次叙安顿妻孥，再总写四句，再致感两句。非此入情曲笔，那显此曾云高义。结则所谓“静言思之，不能奋飞”也。(《读杜心解》卷一)

何焯曰：(“早行”二句下）名句。望见白水，以为晓光，几堕深渊；遥指晚烟，以为村落，仅宿空林。深山间道，奔窜之苦，尽此十字矣。(《义门读书记》)

张谦宜曰：《彭衙行》写避难时光景真。落到感激孙公处，不烦言而意透。此争上截法，不知者只谓是叙事。(《絸斋诗谈》卷四)

乔亿曰：世人但目皮色苍厚、格度端凝者为杜体，不知此老学博思深，笔力矫变，于沉郁顿挫之极，更见微婉。试举五古，自前后《出塞》、“三吏”、“三别”、《彭衙行》外，如《玉华宫》等篇，学杜者视此种曾百得一二与？(《剑溪说诗》）又曰：间道经涉之苦，故人止宿之义，层层写到，细琐不遗。而以“忆昔”二字领起，将实事尽纳入虚际矣。情词缱绻，神妙无穷。(《杜诗义法》卷上)

沈德潜曰：通篇追叙，故用“忆昔”二字领起。末四句收出本意。(《重订唐诗别裁集》卷二)

《唐宋诗醇》：通篇追叙，琐屑尽致，神似汉魏。

杨伦曰：子美一饭之德不忘，自处于厚，真诗所从出也。先极写道路颠连，愈见孙宰情谊之厚。“忆昔”二字贯全篇，(“欲出”句)带说。(“故人”以下一段）此极言其接待体恤之周。末四句结出本意。(《杜诗镜铨》卷四)

[鉴赏]

《彭衙行》和“三吏”、“三别”、《赠卫八处士》一样，都算得上是杜甫诗集中为数不多的叙事诗，“三别”和“三吏”中的《石壕吏》具有较强的故事性，而《彭衙行》和《赠卫八处士》则以纪行写景、朋友相聚为主要内容，但通篇贯串叙事的线索。

对《彭衙行》的评论鉴赏，存在一个普遍的误区，这就是将前面一大段避难行程的描写仅仅看作后面一大段描写故人孙宰高情厚谊的一种衬托，认为这首诗“本怀孙宰，后人制题，必云怀某人矣。然不先叙在途一节饥寒困苦之状，则不显此人情意之浓，并己感激之忱，亦不见刻挚。如此命题，如此构篇，可悟呆笔叙事与妙笔传神，相去天壤”。黄生的这段评论，后来评者多从之，颇具代表性。但并不符合诗的内容立意和艺术构思的实际。

这首诗题为“彭衙行”，彭衙故城虽在白水县东北六十里，但题内的“彭衙”其实就是白水县的异名，而诗中的“彭衙道”则泛指由白水县向北经彭衙故城的道路，诗中所记叙的则是从白水县经彭衙道向北逃难的一段十来天的避难经历，其中夜宿同家洼，受到故人孙宰热情接待的经历也包括在其中。在作者的意识中，徒步逃难的艰险经历和夜宿同家洼的温暖经历都已成为永不磨灭的深刻记忆，其间并无主次重轻之别。这从诗的前段二十四句写逃难，后段二十二句写夜宿同家洼及对孙的思念，篇幅上大体平均也可看出。题之所以不称“同家洼行”“夜宿同家洼”或“忆孙宰”，正缘于此。

前段二十四句，可以分成三个层次。第一层八句，总写道途情况。“忆昔避贼初，北走经险艰”二句，是全段的提纲，“避贼初”点明特定的时代背景，“北走”标明此行的方向，“经险艰”则概括此行特点，分领二、三两层。而篇首的“忆昔”二字则直贯到“豁达露心肝”，串起前后两大段。“夜深彭衙道，月照白水山”二句除点明题目“彭衙行”外，兼写深夜从白水县出发时情景（《自京赴奉先县咏怀五百字》也写到“客子中夜发”），“白水山”则正是白水县城附近一带的山。虽系交代行程，却像一幅轮廓分明的剪影，显现出凄清冷寂的气氛。“尽室久徒步，逢人多厚颜”二句，点明此行系拖家带口，徒步逃难。据杜甫晚年所作《送重表侄王砅评事使南海》诗，知诗人本有坐骑，后遭人抢夺，故只能徒步而行。大约杜甫觉得自己大小是个京官，故路上碰到熟人，不免感到羞惭。这实际上说明杜甫一家当时跟普通的流亡百姓已经没有多大差别，这也正是一路上历尽“险艰”的重要原因。“参差谷鸟吟，不见游子还”二句，是说一路上只听到山谷中的鸟鸣声时高时低，时长时短，此起彼落，却见不到从外地归来的游子，显示出道路上的荒凉冷寂，杳无人影。

“痴女”六句，主要写道途所历之饥饿和危险，而集中笔墨写儿女的表现。幼小的女儿因为饥饿而又哭又闹，缠着诗人要吃的（“咬”是唐人口语，求恳之意），诗人深恐啼哭声引来虎狼，情急中将怀里的女儿掩住口不让出声，但幼小不懂事的孩子却闹得更凶，在怀中翻来覆去挣扎扭动，声音更充满了恼怒。这四句所写的情景，在杜甫之前的诗中似乎从未出现过，大约诗人们觉得这是难以入诗的材料。杜甫却以极素朴生动的语言和写实手法如实写出，遂成逃难遇险的绝诣，今日更成影视作品中描绘险境的常用手段。“小儿”二句，仍承“饥”而来，小儿因为年龄稍大，故稍懂人事，看到道旁有苦李树，便苦苦要求摘来充饥。可见所谓“强解事”，仍是不解事。口吻之中，流露出一种半是哀怜，半是无奈的幽默，读之令人心酸。

“一旬”以下十句，为第三层，主要写道途所历之艰。农历六月正值北方雨季，“一旬半雷雨”所反映的正是实况。这一句是主句，由此引出了以下九句。陕北黄土高原遇到这种连日雷雨滂沱的天气，行人只能在泥涂中相互攀牵，艰难行进；再加上没有雨具，身上被雨淋得透湿，原就单薄的衣裳更显得寒冷；天雨路滑，有时经过特别艰难的路段，一天只能走几里路；山路荒凉，杳无人家，只能摘野果当干粮充饥，在矮树下休息避雨。早晨上路，踩着漫水的石径；晚上露宿，在烟雨笼罩的天穹之下。这一层将雷雨季节逃难艰难、缓慢、饥寒交迫的情景渲染得极其真切生动，如一幅活动的画面，而语言则通俗朴质，自然流动。与第二层主要运用细节描写突出饥饿危险情景有别，这一层主要采用生动的叙述，笔法有变化。“早行”二句，为全段作一收束。至此，“北走”避贼途中所历之艰险饥寒已经得到充分的表现，以下便自然转入下一段。

“少留同家洼，欲出芦子关。故人有孙宰，高义薄曾云。”和前段起四句为全段之纲一样，这四句是后段的纲。“同家洼”点地，“孙宰”点人，“高义”点事见情，揭示出这一段所叙写的就是暂留同家洼，受到故人孙宰热情款待的事，而“欲出”句则补充交代了“北走”的目的地是出芦子关直奔灵武行在。

“延客”十二句，紧承“高义薄曾云”句，详写孙宰热情延接款待的情景。按时间次序逐层叙写：先写延客进门。杜甫一家人到达时，天色已经昏暗。孙宰命人张设灯烛，开启重门，像迎接贵客那样热烈隆重。“熏黑”的天色和明亮的灯光所形成的鲜明对照，使诗人仿佛在连日“暮宿天边烟”的黑暗昏蒙环境中突然见到人间的亮光，心也一下子被照亮了。接着，便是“暖汤濯我足，剪纸招我魂”。烧了热气腾腾的水让我烫脚，不但解除这一路的疲累困乏，更温暖了历经饥寒的旅人的心灵；剪了招魂的旗幡挂在门外，为历经艰险、备受惊吓的旅人招魂，更使屡日颠沛流离于道途上的旅人的灵魂仿佛回到了温暖的家园。而孙宰对诗人无微不至的关怀亦于此二事中灼然可见。然后才唤出自家的妻子儿女与诗人相见，“相视涕阑干”一语，透露出孙宰一家过去即与诗人夫妇熟悉，今日于乱离颠沛之中重逢，不禁悲喜交集，涕泗横流。虽未写言语，而深情厚谊，万千感慨，尽在“相视”而“涕阑干”的情态之中。但其时诗人的儿女却因一路上的劳累饥困，早已呼呼大睡。“众雏烂熳睡”五字，描摹儿辈睡态入神。“烂熳”系联绵词，有杂乱繁多、散乱之义，当是形容众儿女横七竖八地躺了一床，睡得十分酣畅，而言外则透出诗人的无限怜爱之情。将他们从酣睡中唤醒，与主人及家人相见自不必费辞，而“沾盘餐”之事却必须点明，因为这对“野果充糇粮”的孩子来说实在是最大的享受。只一“沾”字，孩子们的兴奋喜悦之状，诗人的沾溉感激之情均曲曲传出。“誓将与夫子，永结为弟昆”，是诗人转述孙宰的话，正透出其延请款待杜甫一家，是出于真挚的兄弟情谊。最后才写到安排客人休息：“遂空所坐堂，安居奉我欢。”一下子接待杜甫全家老少，自然只能腾出堂屋作客房，但这对连日幕天席地、露宿野外的杜甫一家来说，已经是最好的安居之所了，“安居奉我欢”五字正表现出诗人的喜悦与感慨。主人的安排招待细致入微，杜甫的叙述描写也点滴不漏。

“谁肯艰难际，豁达露心肝。”这两句是对上文的总结。“艰难际”，即避乱途中历尽的艰险，而“豁达露心肝”则是对孙宰热情待客所有行动所包含的“高义”的集中揭示。由此又从“忆昔”自然过渡到当前对孙宰的思念。“别来岁月周”点明同家洼一别至今，已经整整一年；“胡羯仍构患”则回应篇首的“避贼初”，再次点明战乱的背景。在这种情况下回念在“艰难际”加深的情谊，不禁发出“何当有翅翎，飞去堕尔前”的深情期盼。

诗的前段写避乱途中所历的种种艰难惊险，饥困劳顿，展现出一幅在战乱大背景下颠沛流离的真切生动图景，为安史之乱带给广大人民的灾难留下了历史的记录，是诗化的历史，具有一般史籍记载所不具备的生动性和形象性，特别是其中的细节描写，更传神地表现了避乱途中的饥困艰险。诗的后段则集中描叙了战乱背景下故人孙宰热情待客的深厚情谊，充满了浓郁的人情味。由于在战乱的背景和历经艰险的情况下受到故人如此热情的款待，诗人对孙宰的“高义”的感受便特别强烈而深刻，孙宰的真挚深厚的感情和真淳品质便愈显突出；反过来，夜宿同家洼一夕所表现出来的人情人性之美愈显突出，战争所带给普通人的灾难与不幸也愈加突出，二者相互衬托，相得益彰。战争使美好的人性愈显出其珍贵的价值和美好的光辉，而人性的美好光辉又更彰显出战争的灾难。杜甫在这首诗中表达的，正是这样一种对战争和人性的深切体验。这种体验，使全诗的情调在战乱的黑暗中透出人性的亮色，使人在饥寒艰困中体验到友情的温煦，给人以生活的热情和希望。

北征[1]

皇帝二载秋[2]，闰八月初吉[3]。杜子将北征[4]，苍茫问家室[5]。维时遭艰虞[6]，朝野少暇日[7]。顾惭恩私被[8]，诏许归蓬荜[9]。拜辞诣阙下[10]，怵惕久未出[11]。虽乏谏诤姿[12]，恐君有遗失[13]。君诚中兴主，经纬固密勿[14]。东胡反未已[15]，臣甫愤所切[16]。挥涕恋行在，道途犹恍惚[17]。乾坤含疮痍[18]，忧虞何时毕[19]！靡靡逾阡陌[20]，人烟眇萧瑟[21]。所遇多被伤[22]，呻吟更流血。回首凤翔县，旌旗晚明灭[23]。前登寒山重[24]，屡得饮马窟[25]。邠郊入地底[26]，泾水中荡潏[27]。猛虎立我前，苍崖吼时裂[28]。菊垂今秋花，石戴古车辙[29]。青云动高兴[30]，幽事亦可悦[31]。山果多琐细，罗生杂橡栗[32]。或红如丹砂[33]，或黑如点漆[34]。雨露之所濡[35]，甘苦齐结实[36]。缅思桃源内[37]，益叹身世拙[38]。坡陀望鄜畤[39]，岩谷互出没[40]。我行已水滨[41]，我仆犹木末[42]。鸱鸮鸣黄桑[43]，野鼠拱乱穴[44]。夜深经战场，寒月照白骨。潼关百万师[45]，往者散何卒[46]！遂令半秦民[47]，残害为异物[48]。况我堕胡尘[49]，及归尽华发[50]。经年至茅屋[51]，妻子衣百结[52]。恸哭松声回[53]，悲泉共幽咽[54]。平生所娇儿[55]，颜色白胜雪[56]。见耶背面啼[57]，垢腻脚不袜[58]。床前两小女，补绽才过膝[59]。海图坼波涛[60]，旧绣移曲折[61]。天吴及紫凤[62]，颠倒在裋褐[63]。老夫情怀恶[64]，呕泄卧数日[65]。那无囊中帛[66]，救汝寒凛栗[67]！粉黛亦解包[68]，衾裯稍罗列[69]。瘦妻面复光，痴女头自栉[70]。学母无不为，晓妆随手抹[71]。移时施朱铅[72]，狼藉画眉

阔[73]。生还对童稚，似欲忘饥渴。问事竞挽须[74]，谁能即嗔喝[75]。翻思在贼愁[76]，甘受杂乱聒[77]。新归且慰意，生理焉得说[78]！至尊尚蒙尘[79]，几日休练卒[80]。仰视天色改[81]，坐觉妖氛豁[82]。阴风西北来，惨澹随回纥[83]。其王愿助顺[84]，其俗善驰突[85]。送兵五千人，驱马一万匹[86]。此辈少为贵[87]，四方服勇决[88]。所用皆鹰腾[89]，破敌过箭疾[90]。圣心颇虚伫[91]，时议气欲夺[92]。伊洛指掌收[93]，西京不足拔[94]。官军请深入，蓄锐可俱发[95]。此举开青徐[96]，旋瞻略恒碣[97]。昊天积霜露[98]，正气有肃杀[99]。祸转亡胡岁[100]，势成擒胡月[101]。胡命其能久[102]，皇纲未宜绝[103]。忆昔狼狈初[104]，事与古先别[105]。奸臣竟菹醢[106]，同恶随荡析[107]。不闻夏殷衰，中自诛褒妲[108]。周汉获再兴[109]，宣光果明哲[110]。桓桓陈将军[111]，仗钺奋忠烈[112]。微尔人尽非[113]，于今国犹活。凄凉大同殿[114]，寂寞白兽闼[115]。都人望翠华[116]，佳气向金阙[117]。园陵固有神[118]，洒扫数不缺[119]。煌煌太宗业[120]，树立甚宏达[121]。

［校注］

①北征，指肃宗至德二载（757）闰八月杜甫自凤翔行在归鄜州羌村探家之行。鄜州在凤翔东北，故称“北征”。诗作于抵鄜州后。诗中提及回纥送兵助顺事，据《通鉴》所载，在是年九月初，故诗当作于九月中旬。题下原注：“归至凤翔，墨制（由皇帝亲笔书写，不经外廷盖印而直接下达的命令）放往鄜州作。”此次放还鄜州省亲，是在杜甫因上疏救房琯触怒肃宗后，被皇帝疏远的结果。参《羌村三首》注①引《新唐书·杜甫传》。诗中所叙所议，并不尽是“北征”途中所见所感，“况我堕胡尘”以下，均归后家庭情事及对时局的议论。汉班彪曾作《北征赋》，此用其字面为题。②皇帝二载，即唐肃

宗至德二载，公元757年。③初吉，月初的吉日，即朔日（初一）。《诗·小雅·小明》："明明上天，照临下土。我征徂西，至于艽野。二月初吉，载离寒暑。心之忧矣，其毒大苦。"此句句法仿"二月初吉"之句，而"我征徂西"之句，亦与"北征"之题相关。④杜子，杜甫自指。⑤苍茫，匆遽貌。或解为迷茫、怅惘，与下文"恍惚"相应，义似更长。问，探望。⑥维，发语词。维时，犹是时。艰虞，艰难忧患（指国家）。⑦暇日，闲暇的时日。⑧顾惭，自顾惭愧。恩私被，指皇帝恩泽独加于自己。⑨诏许，即题注所谓"墨制放往"。蓬荜，蓬门荜（荆条竹片）户，穷苦人家所居。此指自己的贫家。⑩诣，到。阙下，指朝廷。⑪怵惕，形容心情惶恐不安。⑫姿，姿质、才干。杜甫时任左拾遗，职司谏诤。这里谦称自己虽缺乏谏诤官之姿质。⑬遗失，疏漏失误。⑭经纬，纺织时纵线为经，横线为纬。借指治国的方略。密勿，勤勉努力。⑮东胡，指安史叛军。因其军中多胡人，故云。⑯臣甫，用奏章语。愤所切，痛愤最深切之事。⑰行在，指凤翔。因心系国事，故身在道途，仍心情恍惚。⑱疮痍，创伤。⑲忧虞，忧虑。⑳《诗·王风·黍离》："彼黍离离，彼稷之苗。行迈靡靡，中心摇摇。知我者，谓我心忧。不知我者，谓我何求。"《诗序》云："《黍离》，悯宗周也。周大夫行役至于宗周，过故宗庙宫室，尽为禾黍，悯周室之颠覆，彷徨不忍去而作是诗也。"靡靡，步履迟缓沉重貌。阡陌，田间小路。㉑眇，稀少。萧瑟，景象萧条。㉒被伤，受伤。㉓明灭，此指夕阳照在旌旗上，飘动时光线时明时灭。㉔重，重叠。寒山重，重重叠叠的秋山。㉕饮马窟，行军时饮马的水窟。句意盖谓随时可见战争的痕迹。乐府有《饮马长城窟行》。㉖邠，邠州，今陕西彬县。杜甫此行，由凤翔至麟游，再至邠州，然后经宜君至鄜州。因站在重叠的高山回望邠郊，故有"入地底"之感。㉗泾水东滨邠州。中，指邠州的郊原中间。荡潏（yù），河水涌流貌。㉘二句谓苍黑的岩石像蹲踞的猛虎，突立于前，像是要发声怒吼，震动欲裂。或谓此系实写，"下句'吼'字已证实写的是真虎，谓虎吼声粗大，可以裂石。杜甫诗中其他提到‘虎’的地方，也往往实指，以渲染环境的险恶”（文研所《唐诗选》上册第256页）。㉙戴，《全唐诗》校：“一作带，一作载。”句意谓石上留有古代的车行辙印。㉚高兴，高逸的情致。㉛幽事，指山中幽美的景物。㉜罗生，罗列丛生。橡栗，栎树之果实，似栗而小。㉝丹砂，即朱砂，色赤红。㉞点漆，状山果小而黑亮。㉟濡，沾润。㊱谓或味甘，或味苦，同样都能结实。㊲缅思，遥想。桃源，指陶渊明在《桃花源记》中所描绘的远离战乱的世外桃源。其云：“（村中人）自云先世避秦时乱，率妻子邑人来此绝境，不复出焉。”㊳拙，困窘。㊴坡陀，冈陵起伏不平貌。鄜畤，春秋时秦文公所筑的祭西方之神白帝的坛场。此即指鄜州。㊵句意谓但见山峦沟壑相互出没。㊶水滨，水边，指低处河谷之地。㊷犹，尚，仍。木末，树梢。由山下回望山上的仆夫，似在树梢之上。㊸鸱鸮，猫头鹰。黄桑，犹枯桑。㊹拱乱穴，用力顶动或掀开杂乱的洞穴。或解：如人之拱手而立于乱穴中间。古有“拱鼠”之名。刘宋刘敬叔《异苑》卷三：“拱鼠形如常鼠，行田野中，见人即拱手而立，人近欲捕之，跳跃而去，秦川有之。”似以后说为优。㊺据《旧唐书·哥舒翰传》：“及安禄山反，上以封常清、高仙芝之败，召翰入，拜为皇太子先锋兵马元帅……河陇、朔方兵与高仙芝旧卒共二十万，拒贼于潼关……杨国忠恐其谋己，屡奏使出兵……中使相继督责。翰不得已，引师出关。六月四日，次于灵宝之西原。八日，与贼交战……死者数万人，号叫之声动天地……十不存一二。军既败，翰与数百骑驰而西归，为火拔归仁执降于贼。”二句指哥舒翰潼关之败。“百万”系夸张之辞。㊻往者，犹昔日。散，溃散、溃败。卒，仓促、急遽。㊼半秦民，一半的关中百姓。㊽为异物，化为异物（鬼），即死亡。㊾堕胡尘，指陷于叛军占领的长安。㊿及归，指间道奔归凤翔。杜甫在陷于长安时已云“白头搔更短”，归至凤翔时已白发满头。51经年，自天宝十五载八月离开鄜州羌村到这次回到家，已经一年有余。52百结，指衣服缝满补丁。53句意谓恸哭之声与松涛之声响成一片，仿佛回荡于松林之间。㊹句意谓连泉水也发出低声呜咽的悲音，似与人共同悲泣。㊺所娇儿，所宠爱的儿女。《得家书》云："熊儿幸无恙，骥子最怜渠。"熊儿、骥子指其二子宗文、宗武。㊻白胜雪，或谓指过去养得很白净，与下"垢腻"对照。按："白胜雪"形容其肤色白净，与"垢腻"并不矛盾。或谓指面色苍白，亦非。㊼耶，即爷，父亲。㊽垢腻，脸上、身上沾满污垢。脚不袜，脚上没有穿袜子。㊾补绽，缝补拼凑起来的衣裳。才过膝，指衣裳太短，刚过膝盖。㊿海图，绣有海景的图障，其上有波涛及水神天吴的图案。坼，裂，拆开。参"天吴"句。(61)旧绣，旧的绣衣，上面绣有紫凤的图案。参"天吴"句。(62)天吴，水神名。《山海经·海外东经》："朝阳之谷，神曰天吴，是为水伯……其为兽也，八首人面，八足八尾，皆青黄。"紫凤，指旧绣衣上的紫凤图案。或谓，《山海经·大荒北经》："大荒之中有山，名曰北极天柜，海水北注焉。有神九首，人面鸟身，名曰九凤。"九凤即紫凤。(63)裋(shù)褐，粗陋的布衣。裋，《全唐诗》校："一作短。"以上四句承"补绽才过膝"，谓两个女儿的衣服是用绣有海景的旧图障和旧绣衣裁剪拼凑成的，海图上的波浪图案、水神天吴图像，以及旧绣衣上的紫凤图案，或是曲折错乱，不能连接，或是颠倒歪斜，不成整体。(64)情怀恶，情绪很坏。(65)呕泄，又吐又泻。(66)那无，岂能没有。参下"衾裯稍罗列"句。(67)寒凛栗，冷得战抖。(68)粉，铅粉。黛，青黛，画眉用。(69)衾，被。裯，帐。(70)栉，梳头。(71)随手抹，信手乱涂乱抹一气。(72)移时，费了很长时间。施朱铅，在脸上搽红色铅粉。(73)狼藉，杂乱不修整。白居易《上阳白发人》："小头鞋履窄衣裳，青黛点眉眉细长。外人不见见应笑，天宝末年时世妆。"可见天宝末年妇女画眉仍以细长为美，此言"画眉阔"，是形容小女孩不会画眉，乱涂一气，将眉毛画得又粗又乱。(74)问事，问这问那。竞，争着。须，胡须。(75)嗔喝，生气喝止。(76)翻思，回头想想。(77)杂乱聒，杂乱的吵闹。(78)生理，生计。(79)至尊，指皇帝肃宗。其时两京尚未收复，故说"尚蒙尘"。古代称皇帝避乱流落在京都之外为"蒙尘"。(80)谓何时方能停止练兵，结束战争。⑧①观，《全唐诗》校：“一作看。”天色改，天色起变化。⑧②坐觉，顿觉。氛，原作“气”。《全唐诗》校：“一作氛。”兹据改。妖氛，指安史叛军的不祥之气。豁，开朗、澄清、散去。⑧③惨澹，犹惨淡，形容回纥衣服惨白之色。回纥，古代部族兼国名。初受突厥统辖，天宝三载（744）灭突厥后建立可汗政权。《旧唐书·回纥传》：至德二载九月，“回纥遣其太子叶护领其将帝德等兵马四千余众，助国讨逆。肃宗宴赐甚厚。又命元帅广平王与叶护，约为兄弟，接之颇有恩义。叶护大喜，谓主为兄”。《通鉴》卷二百二十：至德二载九月，“郭子仪以回纥兵精，劝上益征其兵以击贼。怀仁可汗遣其子叶护及将军帝德等将精兵四千来至凤翔”。胡小石曰：“二句影射回纥衣饰……《留花门》诗有‘连云屯左辅，百里见霜雪’句，亦状回纥之服色，按回纥奉摩尼教，其色尚白。”（《杜甫〈北征〉小笺》）廖仲安曰：“按董仲舒《春秋繁露·治水五行》：‘金用事，其色惨淡而白。’……可见‘惨淡’二字确实是形容白色。”（《杜甫诗歌赏析集》第118页）⑧④助顺，帮助顺乎天理的唐王朝，与“助逆”相对而言。⑧⑤驰突，奔驰冲突，指骑兵冲锋陷阵。⑧⑥一人两匹马，故五千人有马万匹。⑧⑦此辈，指回纥兵。杜甫主张借回纥兵应少而精，担心多借后掠夺百姓。或谓“少”为少壮、壮健之意。⑧⑧勇决，骁勇果敢。⑧⑨鹰腾，鹰之飞腾，形容回纥兵之威猛。⑨⓪过箭疾，极力形容其破敌之迅速。⑨①虚伫，虚心期待，指对借回纥之力破敌抱有很高期望，对他们提出的要求均加以满足。⑨②句意谓其时朝廷上对借回纥兵事虽有议论，但慑于皇帝的威严，都不敢公开发表反对意见。气欲夺，谓气沮。赵次公曰：无用外兵而用官军，此即当时之议。（仇注引）按：此说恐非。见鉴赏。⑨③伊洛，今河南省内二水名，流经洛阳。此指东都洛阳一带。指掌收，轻而易举即可收复。⑨④西京，指长安。不足拔，不值得用力攻克。⑨⑤蓄锐，指经过休整训练的精锐部队。俱发，一齐发动攻势。⑨⑥此举，承上指官军深入，蓄锐俱发之举。开，打开，犹克服。青徐，青州、徐州。泛指今山东一带。⑨⑦旋瞻，转眼可见。略，攻取。

恒碣，恒山、碣石山。泛指今山西、河北一带。⑱昊天，秋天。《淮南子·天文训》："西方曰昊天。"高诱注："西方金白色，故曰昊天。"⑲句意谓上天的正气正要发挥其涤荡摧残的威力，喻唐王朝的正义之师要发挥其摧枯拉朽的威力。《抱朴子·用刑》："盖天地之道，不能纯和。故青阳阐陶育之和，素秋厉肃杀之威。"⑩句意谓祸福随时运而转移，眼下已到亡胡（消灭安史叛军）之年。⑩势，指时势。擒胡月，生擒叛军首领之月。⑩其，岂。⑩皇纲，唐王朝的纲纪。⑩狼狈初，指天宝十五载六月，玄宗仓皇出奔之事。狼狈，艰难窘迫。狼狈初，犹艰难窘迫之时。⑩古先，指古代，即下文所提到的夏商周三代之事。别，不同。⑩奸臣，指杨国忠。《通鉴》卷二百十八："至马嵬驿，将士饥疲，皆愤怒。陈玄礼以祸由杨国忠，欲诛之。因东宫宦者李辅国以告太子，太子未决。会吐蕃使者二十馀人遮国忠马，诉以无食，国忠未及对。军士呼曰：'国忠与胡虏谋反！'或射之中鞍。国忠走之西门内，军士追杀之，屠割支体，以枪揭其首于驿门外。并杀其子户部侍郎暄，及韩国、秦国夫人。御史大夫魏方进曰：'汝曹何敢害宰相！'众又杀之。"菹醢（zū hǎi），（剁成）肉酱。⑩同恶，指杨国忠之子户部侍郎杨暄、御史大夫魏方进。见上注。荡析，扫荡离析。⑩夏殷衰，像夏桀和殷纣王那样的王朝衰亡之事。中自，中间由于。褒，褒姒，周幽王的宠妃。妲，妲己，殷纣王的宠妃。夏桀宠妹喜，殷纣宠妲己，周幽王宠褒姒，均亡国。而唐玄宗宠杨贵妃，并未导致亡国，诗人认为这是因为诛杀了像褒姒、妲己这样的女宠的缘故。两句意谓，唐朝之所以没有出现像夏商周三代那种因女宠而衰亡的结局，是因为中间诛杀了杨妃这种女宠的缘故。顾炎武曰："不言周，不言妹喜，此古人互文之妙。"（《日知录》卷二十七）两句系互文，上句举夏殷则包周，下句举褒妲则包妹喜。萧涤非曰："中自，即主动。唐玄宗赐杨贵妃死，实出于被动，但不好正面揭穿，只好从侧面点破，观下文明言陈玄礼'仗钺奋忠烈'可见。"杨妃被赐死事，详两《唐书·杨贵妃传》及《通鉴》。《通鉴》卷二百十八于记载军士杀杨国忠后续载：“军士不应。玄礼对曰：‘国忠谋反，贵妃不宜供奉，愿陛下割恩正法。’上曰：‘朕当自处之。’入门，倚杖倾首而立，久之，京兆司录韦谔前言曰：‘今众怒难犯，安危在晷刻，愿陛下速决。’因叩头流血。上曰：‘贵妃常居深宫，安知国忠反谋?’高力士曰：‘贵妃诚无罪，然将士已杀国忠，而贵妃在陛下左右，岂敢自安！愿陛下审思之。将士安，则陛下安矣。’上乃命力士引贵妃于佛堂缢杀之。舆尸置驿庭，召玄礼等入视之，玄礼等乃免胄释甲，顿首请罪。上慰劳之，令晓谕军士，玄礼等皆呼万岁，再拜而出。于是始整部伍为行计。”⑩⑨指周宣王中兴、汉光武中兴。西周时厉王无道，为国人所逐。厉王死于彘。周、召立其子静，是为宣王，用仲山甫、尹吉甫、方叔、召虎等，北伐猃狁，南征荆蛮、淮夷、徐戎，是称中兴。汉光武帝刘秀，汉高祖九世孙。西汉灭亡后，刘秀起兵于南阳，后建立东汉王朝，史称光武中兴。⑪⓪宣、光，指周宣王、汉光武帝，借指唐肃宗。明哲，明智睿哲。《墨子·天志中》：“明哲维天，临君下土。”⑪⑪桓桓，威武貌。陈将军，指陈玄礼，时为左龙武大将军，护卫唐玄宗出奔至蜀，马嵬事变中的主谋，见注⑩⑥⑩⑧。⑪②仗钺，护卫皇帝。钺，斧。奋忠烈，发扬忠烈，指冒死实行兵谏，杀杨国忠劝玄宗赐贵妃死事。⑪③微尔，如果没有你。人尽非，谓人民将为异族（指安史叛军）所统治，沦为非类。《论语·宪问》：“微管仲，吾其被发左衽矣！”此用其语意。⑪④大同殿，在京城长安南内兴庆宫勤政楼北门内，系玄宗接受群臣朝见之处。⑪⑤白兽闼，即白虎门，系西内太极宫之北门（又据《三辅黄图》，汉未央宫有白虎殿）。因避唐高祖李渊祖父李虎讳，改称白兽闼。因其时西京尚未收复，故云“凄凉”“寂寞”。⑪⑥翠华，皇帝仪仗中以翠鸟羽毛为饰的旗帜或车盖。望翠华，盼望皇帝还都。⑪⑦金阙，金饰的宫阙。⑪⑧园陵，皇帝的陵墓，指玄宗之前的唐帝陵。⑪⑨洒扫，祭祀扫墓。数，礼数。⑫⓪煌煌，辉煌。太宗业，指唐太宗的贞观之治所建立的功业。⑫①树立，建树。杜甫《咏怀》之一：“本朝再树立，未及贞观时。”宏达，宏伟昌盛。二句以唐太宗建树的宏伟功业激励肃宗。

[笺评]

苏轼曰：《北征》诗，识君臣大体，忠义之气，与秋色相高，可贵也。(仇兆鳌《杜诗详注》引)

范温曰：孙莘老尝谓：老杜《北征》诗胜退之《南山》诗。王平甫以谓《南山》诗胜《北征》，终不能相服。时山谷尚少，乃曰："若论工巧，则《北征》不及《南山》；若书一代之事，此与《国风》《雅》《颂》相为表里，则《北征》不可无，而《南山》虽不作，未害也。"二公之论遂定。(《潜溪诗眼》)

魏泰曰：唐人咏马嵬之事多矣，世所称者，刘禹锡曰："官军诛佞幸，天子舍妖姬。群吏伏门屏，贵人牵帝衣。低回转美目，风日为无辉。"白居易曰："六军不发争奈何，宛转蛾眉马前死。"此乃歌咏禄山能使官军皆叛，逼迫明皇，明皇不得已而诛杨妃也。噫！岂特不晓文章体裁，而造语蠢拙，抑已失臣下事君之礼矣。老杜则不然，其《北征》诗曰："忆昔狼狈初，事与古先别。""不闻夏殷衰，中自诛褒妲。"乃见明皇鉴夏商之败，畏天祸过，赐妃子死，官军何预焉！《唐阙史》载郑畋《马嵬诗》，命意似矣，而诗句凡下，比说无状，不足道也。(《临汉隐居诗话》)

叶梦得曰：长篇最难。晋、魏以前，诗无过十韵者。盖常人以意逆志，初不以叙事倾尽为工。至老杜《述怀》《北征》诸篇，穷极笔力，如太史公《纪》《传》，此固古今绝唱也。(《石林诗话》卷上)

唐庚曰：古之作者，初无意于造语，所谓因事以陈词。如杜子美《北征》一篇，直纪行役耳，而忽云"或红如丹砂，或黑如点漆。雨露之所濡，甘苦齐结实"此类是也。文章只如人作家书乃是。(《唐子西文录》)

周紫芝曰：韩退之《城南联句》云："红皱晒檐瓦，黄团系门衡。""黄团"当是瓜蒌，"红皱"当是枣。退之状二物而不名，使人瞑目思之。如秋晚经行，身在村落间。杜少陵《北征》诗云：“或红如丹砂，或黑如点漆。”此亦是说秋冬间篱落所见，然比退之颇是省力。(《竹坡诗话》)

黄彻曰：子美世号“诗史”，观《北征》诗云：“皇帝二载秋，闰八月初吉。”……史笔森严，未易足也。(《䂬溪诗话》)

曾季貍曰：韩退之《南山》诗用杜诗《北征》诗体作。(《艇斋诗话》)

葛立方曰：杜甫：“天吴与紫凤，颠倒在裋褐。”皆巧于说贫者也。(《韵语阳秋》)

刘辰翁曰：(“青云动高兴”八句下批）长篇自然不可无此。愁结中，得以容风刺，如此语，乃大篇兴致。又曰：（“况我”一大段）《北征》精神，全得一段尽意。他人窘态有甚，不能自言，又盖置勿道。(《唐诗品汇》引)

黄鹤曰：此诗述及在路及到家之事，当在《羌村》后，至德二载九月作，故云“菊垂今秋花”。(《杜少陵集详注》卷五引)

罗大经曰：唐人每以李、杜并称，至宋朝诸公，始知推尊少陵。东坡云：“古今诗人多矣，而惟杜子美为首。岂非以其饥寒流落，一饭未尝忘君乎?”又曰：《北征》诗识君臣大体，忠义之气，与秋色争高，可也。(《杜少陵集详注》卷五引)

胡应麟曰：杜之《北征》《述怀》，皆长篇叙事，然高者尚有汉人遗意，平者遂为元、白滥觞。(《诗薮·内编》卷二)

钟惺曰：(首四句）只似作文起法，老甚、质甚。(“人烟”句下批）时事后才入征途，次第妙。(“幽事”句下批）往往奔走愁寂，偏有一副极闲心眼，看景入微入细。（“补绽”句下批）此下一段说入门，妻妾非悲非喜，非笑非哭，非吞非吐，非忙非闲。口中难言，目中如见。(“狼藉”句下批）(“学母”）四句已是一首《娇女诗》矣。(“至尊”句下批）儿女语态正说不了，忽入“至尊蒙尘”一段，应首段意思。深忧长虑，谁信饥瘦穷老，有此想头，其篇法幻妙。若有照应，若无照应；若无穿插，若有穿插，不可捉摸。又曰："臣甫"用章奏字面，如对君语。(《唐诗归》卷十八) 又曰：当于潦倒淋漓，忽反忽正，若整若乱，时断时续处，得其篇法之妙。(同上卷十九)

申涵光曰："丹砂"数句，混然元化。"我行"二句，俨然画图。(仇兆鳌《杜少陵集详注》卷五引)

周甸曰：途中所历，有可伤者，有可畏者，有可喜者，有可痛者。(同上引)

王嗣奭曰：昌黎《南山》，韵赋为诗；少陵《北征》，韵记为诗，体不相蒙……《南山》琢镂凑砌，诘屈怪奇，自创为体，杰出古今，然不可无一，不可有二，固不可学，亦不必学，总不脱文人习气。《北征》故是雅调，古来词人亦多似之。即韩之《赴江陵》《寄三学士》等作，庶可与之雁行也。(《杜臆》)

李长祥曰：杜诗每有起得极厚，而无头重之嫌；收得极详，而无尾大之迹。《北征》中间，历言室家情绪，乃本题正意，故不见腹胀之痛。(《杜少陵集详注》卷五引)

唐汝询曰：杜五言古，体情莫妙于"三别"，叹事莫核于"三吏"，自诉莫苦于"纨绔"（按：指《奉赠韦左丞丈二十二韵》），经济莫备于《北征》。《梦李白》《写怀》，见其高；《望岳》《慈恩寺》，取其壮。他若《留花门》、前后《出塞》、《玉华》、《九成》诸作，胸中罗宇宙，无所不有，斯见其人。(同上引)

吴山民曰：说造化，神工简至；描旅行，真景入微。"粉黛亦解包"，看此老殷勤意，好笔！千辛万苦中，忽写出一段情景说话，读之，几人抚掌绝倒。结收煞得俊伟。(《删补唐诗选脉笺释会通评林·盛五古》引)

黄周星曰：（"苍茫"句下评）笔法妙绝，古今未有。（"我行"句下）绝好画图。（"天吴"句下）又有此闲点染，益见文字之妙。（"问事"句下）情状如见。又曰：长篇缠绵悱恻，潦倒淋漓。忽而儿女喁喁，忽而老夫灌灌，似骚似史，似记似碑，诚如涪翁所言，足与

《国风》《雅》《颂》相表里。(《唐诗快》)

金圣叹曰:《北征》诗通篇要看它忽然转笔作突兀之句,奇绝人。"岩谷互出没"五字,便是一幅平远图,写得鄜州远已不远,近还未近,已是目力所及,尚非一蹴所至,妙绝。陡然转出"至尊",笔势突兀之至。("至尊"四句评)下"凄凉""寂寞"字妙,如此恶字,却有用得绝妙时。("凄凉"四句评)(《杜诗解》)

查慎行曰:序事言情,不伦不类,拉拉杂杂,信笔直书,作者亦不知其所以然,而家国之感,悲喜之绪,随其枨触,引而弥长,遂成千古至文,独立无偶。(《初白庵诗评》)

王士禛曰:五七言有二体:田园丘壑,当学陶、韦;铺叙感慨,当学杜子美《北征》等篇也。(《师友诗传续录》)

李因笃曰:大如金鹏浮海,细如玉管候灰,上关庙谟,下具家乘。举隅而词自括,繁引而气弥疏,而直追《三百》矣。其才则海涵地负,其力则拔山倒岳。以比辞赋事之微,写爱国忠君之情。有极尊严处,有极琐细处。繁处有千门万户之象,简处有缓弦促柱之悲。元江南谓具一代兴亡,与《国风》《雅》《颂》相表里,其《北征》之谓乎?(《杜诗集评》卷一引)又曰:(首四句)古调高文,竟用文笔叙起,老气无敌。("煌煌"二句)结得住,一语千钧。(《杜诗镜铨》卷四引)

黄生曰:首四句提起作一冒。"青云"八句,道路仓卒中尚尔写景,心有馀暇,笔亦有馀趣。"况我"句,言秦民死者过半,己之骨肉离散又何足道哉!故用"况"字转下。"平生"廿馀句,叙儿女琐事入细,全从生还快乐心坎中描出。"至尊"句,言天子且尔,馀人尚得骨肉相聚足矣,生理姑置勿道。"尚"字是应上,非转下,与前"况"字同法。"阴风"廿馀句,回纥目中无敌,故欲急战,此圣心所以"虚伫";官军则欲直捣幽燕,覆其巢穴,贼可立破,故欲"蓄锐"以俱发,而肃宗不从其计,此时议所以气夺也。"桓桓"二句,诛杨氏所以泄天下之愤,愤泄然后足以鼓动忠义之气而恢复可望,故归功于陈如此。“园陵”二句，言祖宗有神，不使洒扫数缺，必当默佑成功也。数，犹礼也。“煌煌”二句，似乎语气宽缓，收束不住，不知说到中兴已是此诗到头结穴处，末段不过馀气衍逸而已。大诗文固与大风水同一结构也。五言古但相其神骨而已，体制之长短不必论也。苟神骨于古有合，则千言不厌其多，数语不嫌其少，岂可以长短较优劣哉！杜公《北征》自当擅美千古。而或议其冗长，以为魏晋无此，将欲如近代之篇摹句仿，而后谓之不失古意乎？此诗有大笔，有细笔；有闲笔，有警笔；有放笔，有收笔。变换如意，出没有神。若笔不能换，则局势平衍，真成冗长矣。此诗分四大段：辞阙一段，在路一段，到家一段，时事一段。若各叙自可互为数题，亦无害各为佳篇，然杜公偏于合叙见本事。盖一篇用笔，忽大忽小，忽紧忽松，使人急忙转换不来，而公把三寸弱翰，直似一杆铁枪，神出鬼没，使人应接不暇，此真万夫之特也。尤妙在末后一段，本是辞阙时一副说话，却留在后找完，即文章巨擘如昌黎见之，亦当汗流气慑矣。(《杜诗说》卷一)

仇兆鳌曰：首段，(四句) 从北征问家叙起。次述辞朝恋主之情。上八，欲去不忍，忧在君德；下八，既行犹思，忧在世事。(“靡靡”三十六句) 此历叙征途所见之景。既逾越阡陌，复回顾凤翔。自此而过邠郊，望鄜畤，家乡渐近矣。大约“菊垂”以下，皆邠土风物，此属佳景。“坡陀”以下，乃鄜州风物，此属惨景。(“况我”三十六句) 此备写归家悲喜之状。“裋褐”以上，乍见而悲，极夫妻儿女至情；“老夫”而下，悲过而喜，尽家室曲折之状。“生理焉得说”，忧在君父也。此句起下。(“至尊”十六句) 此忧借兵回纥之害。“妖氛豁”，天意回矣。回纥助，人心顺矣。此兴复大机也。但借兵外夷，终为国患，故云“少为贵”；“虚伫”，帝望回纥；“气夺”，群议沮丧。赵次公曰：“无用外兵而用官军，此即当时之议。”前二段，分应北征问家；后三段，申恐君遗失之故。(“伊洛”十二句) 此陈专用官军之利。是时名将统兵，奇正兼出。可以收两京、定河北而擒安史。此为制胜万全之策。朱（鹤龄）注：“当时李泌之议，欲令建宁并塞北出，与光弼犄角，以取范阳，所见正与公同。”（张）綖注：“公以乞师回纥为非计，故云‘圣心颇虚伫，时议气欲夺。’又谓官军直可乘胜长驱，故云：‘此举开青徐，旋瞻略恒碣。’”唯此议不行，回纥果为唐患，而河北迄非唐有。其云“虽乏谏诤姿，恐君有遗失”，盖为此也。公尝自比稷契，其经纶概见于此矣。（“忆昔”十二句）此借鉴杨妃，隐忧张良娣也。许彦昭曰：“祸乱既作，唯赏罚当，则能再振，否则不可支矣。陈玄礼首议诛国忠、太真。无此举，虽有李、郭，不能奏匡复之功，故以活国许之。”欲致兴复，当先去女戒。（“凄凉”八句）终以太宗事业，望中兴之主。当时旧国思君，陵寝无恙，其光复在指顾间矣。此章大旨，以前二节为提纲。首节，北征问家，乃身上事，伏第三、四段。次节，恐君遗失，乃意中事，伏五、六、七段。公身为谏官，外恐军政之遗失，内恐宫闱之遗失。凡辞朝时意中所欲言者，皆罄露于斯，此其脉理之照应也。若通篇构局，四句起，八句结。中间三十六句者两段，十六句者两段。后面十二句者两段，此又部伍之整严也。(《杜少陵集详注》卷五)

张谦宜曰：此正是善学《孔雀东南飞》。前半正叙地险，忽及时序草木。闲情一隔，方不径直，亦不寂寞，所谓笔力冷细也。抵舍后，愁苦已无解法，用朝廷大事故乱其词，所谓绝处逢生也。说诗者徒赞其忠正，未知用笔神妙。言此时方以朝廷为急，安能尽为家谋，却是自掩其穷厄无聊，此文家自救法。(《䌹斋诗谈》卷四)

吴瞻泰曰：以皇帝始，以皇帝终，是一篇大结撰。看其说家事中，必带国事；说国事中，并无一语及家事。故虽呶呶絮语，绝非儿女情多也。长诗之妙，于接续结构处见之，又于闲中衬带处见之。全在能换笔也。不能换笔，则无起伏；无起伏，则俗所云“死龙死凤，不如活鸡活蛇”也。此作有大有小，有提有束，有急有闲，有擒有纵，故长而不伤于冗，细而不病于琐。然又须看其忽然转笔，突兀无端，尤属神化。(《杜诗提要》卷二)

浦起龙曰：《北征》为杜古眉目，直抒胸臆，浑浩流转，不以烹词炼句为工。宋、元而后，论赞盖详。小子敢复以醯鸡之智，测量沧海哉！姑参定段落，标明节旨，以便雒诵云。〇通首但分五大段。归省家人，本事也。回念国事，本心也。第一段，叙清还鄜事迹。先以“问家室”三字提出省家，随以“遭艰虞”三字提出念国，复申之以“拜辞”十二句。盖内“顾”则思家，陛“辞”则恋主，私谊公忠，一时迸露，遂为一诗之纲领。第二段，详叙归途景物。所值之景，好恶不齐；所触之怀，伤残满目。所以节末就“月”中“白骨”，追愤“潼关”一败，见近畿“残害”，皆由于此。然此尚属带笔。此处主意，只是铺写途景也。第三段，备述到家景况。于篇法为中腹，于题目为正面。俗情妙语，时以诙谐破涕。而节末“翻思”四句，忽然借径搭入国事，是下半转关处。第四段，拨家计而忧国恤，为当时反正之急务。深以速收金阙，直捣贼巢为望。其云“此辈少为贵”，“时议气欲夺”，在叙借助回纥处，须下此分寸语，其实不重。文势直赶到“蓄锐可俱发”，仍以“回纥”“官军”总统言之。盖此时所急，尤在克服，不与《留花门》同旨。朱、仇诸家，忒煞版看，遂使文气纵缓。节末数语，犹岳少保所谓“与诸君痛饮”者也。第五段，追颂上皇圣断，预卜新主中兴，亟反神京，重开治象，直欲追盛业于贞观之初，为通篇大归宿。又曰：玄礼为亲军主帅，纵凶锋于上前，无人臣礼。老杜既以“诛褒妲”归权人主，复赘“桓桓”四语，反觉拖带。不如并隐其文为快，愿与海内有识者商之。〇读《咏怀》，见杜子一生学识；读《北征》，见杜子一腔血性。按：还鄜诗古律凡数首，俱不及救琯被放事。意未上疏前，先许归省，本传与年谱漏也。（《读杜心解》卷一）

《唐宋诗醇》：以排天斡地之力，行属词比事之法，具备万物，横绝太空，前无古人，后无来者，自有五言，不得不以此为大文字也。“问家室”者，事之主；“愤艰虞”者，意之主。以皇帝起，太宗结，恋行在，望匡复，言有伦脊，忠爱见矣。道途感触，抵家悲喜，琐琐细细，靡不具陈，极穷苦之情，绝不衰馁。严羽谓李、杜之诗如金鸡擘海，香象渡河，下视郊、岛辈，有类虫吟草间者，岂不然哉！……中唐以下，惟李商隐《西郊》诗等作有此风力，特知之者少耳。（卷十）

沈德潜曰：（“靡靡”句）下叙途中所经。（“我行”二句）一幅旅行名画。（“菊垂”句）以下所见佳景。（“鸱鸮”八句）以下所见惨景。（“海图”六句）到家后叙琐屑事，从《东山》诗“有敦瓜苦，烝在栗薪”悟出。（“至尊”六句）叙到家后，悲喜交集，词尚未了，忽入“至尊蒙尘”，直起突接，他人无此笔力。（“不闻”四句）归美于君，立言得体。“褒妲”应“妹妲”，偶误笔耳。（“园陵”四句）“皇帝”起，“太宗”结，收得正大。汉、魏以来，未有此体，少陵特为开出，是诗家第一篇大文。公之忠爱谋略，亦于此见。（《重订唐诗别裁集》卷二）

张溍曰：凡作极要紧极忙文字，偏向极不要紧极闲处传神，乃夕阳反照之法，惟老杜能之。如篇中“青云”“幽事”一段，他人于正事实事尚铺写不了，何暇及此。此仙凡之别也。（《杜诗镜铨》卷四引）又曰：（“虽乏”二句）曲折沈至。

卢德水曰：《赴奉先》及《北征》，肝肠如火，涕泪横流，读此而不感动者，其人必不忠。（同上引）

杨伦曰：（“苍茫问家室”）先伏中段意。（“君诚中兴主”）伏结末意。（“经纬固密勿”）紧接上句，斡旋得妙。（“东胡反未已”）伏后段意。首叙辞朝恋主之情，即总伏一篇意。（“所遇”二句）是乱后景。（“回首”二句）一路叙述，用无限低徊出之。此历叙征途所见之景。（“青云”四句）此最僻之路，若别一身世。（“夜深”六句）上无人烟，此出孔道矣。六句又关合“疮痍”本意，跌入自家，真化工之笔。（“平生”十句）随手写出，俱作奇文。此备写归家悲喜之状。（“瘦妻”十四句）此老亦善诙谐乃尔，极情尽致。叙儿女事可悲可笑，乃从《东山》诗“果蠃”“瓜苦”等得来，故不嫌琐屑伤雅。（“新归”二句）蒋（弱六）曰：忽然截住，万钧之力。（“至尊”二句）此处又从家入国。突接“尚”字，亦从上“且”字生来，节拍甚警。此段目击时艰而致其祝颂。因借点回纥，望以两京收复，直捣贼巢，为当时反正之急务。（“圣心”二句）二语规讽不露。（“祸转”二句）应起处“东胡”。二句特作快语，“皇纲”句却又开下。（“忆昔”句）重追溯。（“桓桓”四句）上面极周旋，此处仍不失实。是为诗史。末复追溯初乱，终以开创之大业，属望中兴，以今皇帝起，以太宗结，是始末大章法。如此长篇，结势仍复了而不了，所谓“篇终接混茫”也。（《杜诗镜铨》卷四）

《十八家诗钞》：张曰：（“或黑”句下批）此与“夜深经战场”数语，就途中所见随手生出波绉，兴象最佳，须玩其风神萧飒闲淡之妙。（“颠倒”句下批）此一段叙到家以后情事，酣嬉淋漓，意境非诸家所有。

施补华曰：《奉先咏怀》及《北征》是两篇有韵古文，从文姬《悲愤诗》扩而大之者也。后人无此才气，无此学问，无此境遇，无此襟抱，断断不能作。然细绎其中阳开阴合，波澜顿挫，殊足增长笔力。百回读之，随有所得。（《岘佣说诗》）

吴汝纶曰：（“菊垂”四句）哀痛恻怛之中，忽转入幽事可悦，此谓之夭矫变化。（“阴风”二句下）此下至末，气势驱迈，淋漓雄直。（末八句）收极英迈壮烈。（《唐宋诗举要》卷一引）

胡小石曰：《北征》为杜诗中大篇之一。盛唐诗人力破齐梁以来宫体之桎梏，扩大诗之领域，或写山水，或状田园，或咏边塞，较前此之幽闭宫闱低回思怨者，如出永巷而骋康庄，至杜甫兹篇，则结合时事，加入议论，撤去旧来藩篱，通诗与散文而一之，波澜壮阔，前所未见，亦当时诸家所不及，为后来古文运动家以“笔”代“文”者开其先声。（《杜甫〈北征〉》小笺）

［鉴赏］

《北征》与《自京赴奉先县咏怀五百字》为杜甫长篇五言古诗后

先辉映的双璧。《咏怀》作于安史之乱虽已爆发但消息尚未传到长安之时，诗的主要价值在揭示统治集团的奢侈淫逸和贫富的尖锐对立，预示大变乱的降临；而《北征》则作于安史之乱已进行将近两年，形势发生重要转折的时刻，诗的主要价值在通过“北征”省家途中及到家后所见所感，揭示战乱造成的巨大创伤，抒写关心国运的情怀和对军政大事的见解，表现对胜利的乐观信念。《咏怀》以“忧端齐终南，澒洞不可掇”结，《北征》以“煌煌太宗业，树立甚宏达”结，正从一个重要方面显示出两首诗的不同主旨。

全诗可分五大段。第一大段二十句，主要抒写行前忧虑国事、忧君失误的心理。开头四句，用类似奏疏体的行文语气，郑重其事地大书“皇帝二载秋，闰八月初吉”，自己将北行探家。用这种方式来点明“北征”的题目，当然跟诗的内容涉及军国大事有关，但恐怕主要用意还是为了渲染一种严肃郑重的气氛，为下面要着重抒写的“恐君有遗失”的心理蓄势。杜甫写这首诗时的身份是职司谏诤的左拾遗，谏君之失是他的政治责任；但由于上疏救房琯之事触怒肃宗，实际上他已处于不被信任的境地，墨制放往鄜州探家，就是疏远他的一种表现。因此在行前心情既感到失落的茫然，又感到必须尽自己的谏诤之责。在讲到自己“将北征”“问家室”时，用了“苍茫”二字。“苍茫”一般情况下有匆遽、仓皇之意，但这里似乎透露出皇帝这次“墨制放往”的诏命下得很突然，自己思想上毫无准备，感到有些茫然不知所措。下面六句，从“维时遭艰虞”到“怵惕久未出”，讲自己在朝野少暇的艰虞之时蒙恩诏许归家，诣阙拜辞的情形。拜辞之际究竟说了些什么，诗人没有正面交代，只用“怵惕久未出”一语带过。联系上疏救房琯触怒肃宗及下文“虽乏谏诤姿”六句，不难寻味出杜甫表面上似乎对皇帝的恩顾表示感激惭愧，内心里却对皇帝的疏远既惶恐不安又不无怨意；表面上似乎检讨自己缺乏谏诤的姿质，内心里却认为君主未必没有过失。不过，话说得极为委婉。在赞颂肃宗是英明的中兴之主，治国方略周密而又黾勉从事的同时，用“诚”“固”与

“虽”“恐”作呼应，曲折迂回地表达出“恐君有遗失”这一全段的主意。语气口吻就像是拜辞时想对肃宗说而因心存怵惕终于未说的一番话。它既含有对此前自己的谏诤之言行作检讨又辩解的意味，又为下面第四大段对军政大事的议论埋下伏笔。“东胡”二句联系安史之乱未平的现实，表明自己的痛愤激切，也自然含有“恐君有遗失”是出于对国家前途命运的担忧，故在谏诤时就不免因此而“乏谏诤姿”了。这些弦外之音，当事者自不难体会。“挥涕”以下四句，写挥涕辞阙登途之际，心情恍惚，若有所失，想到乾坤饱受创伤，生灵遭受涂炭，忧虑之情，缠绕不已，进一步揭示出忧国与忧君之间的联系。这一大段自我抒情，写法类似《咏怀》首段，但《咏怀》重在心灵的自我解剖；而《北征》却像是在想象中与皇帝对话，因此表达更加曲折委婉，有不少含而未宣的意思须要仔细寻味。但只要把握住“维时遭艰虞”这个特定背景和“恐君有遗失”这个核心内容，对全段的意蕴便不难解会。

第二大段三十六句，写北征途中见闻感受，可以分为三个层次。第一层从“靡靡逾阡陌”到“苍崖吼时裂”十二句，写从凤翔到邠州一带途中所见可伤可畏之景。“靡靡”二字，用《诗·王风·黍离》“行迈靡靡”之语，读者心中自然会浮现出诗人离开凤翔时忧心忡忡，行道迟迟，充满黍离之感的形象。一路上所见到的，是人烟萧瑟、寒山重叠的萧条凄寒景象，和受伤致残、呻吟流血的士兵百姓，随处可遇的战马饮水的窟穴。回首凤翔，旌旗在夕阳映照下闪烁明灭；登高俯瞰，邠郊如在地底；近看前路，苍崖如虎，蹲踞欲吼。总之，随处可见战争的遗迹和创伤。

“菊垂今秋花”至“益叹身世拙”十二句，写山间所见幽美景色，境界为之一变。道路旁边，开放着今秋的菊花；山谷的石径上，留下古代车辙的印迹。“今”与“古”的对照，显示出时间的流逝，使人似乎回到了久远的历史年代。仰望天穹，青云飘荡流动，引发出高情逸兴。一刹那间，战争的印迹似乎远去了。眼前的“幽事”更使诗人一时心情变得愉悦起来。这“幽事”便是在橡栗之间罗列丛生的琐细山果。它们或红如丹砂，或黑如点漆，鲜艳耀眼。在雨露的滋润下，或甘或苦，一齐结出饱满的果实。这段描写，向为诗评家所盛赞，但大都从艺术角度着眼，如“偏向极不要紧极闲处传神”（张溍）、“天矫变化”（吴汝纶）之类，罕有言及其思想感情内蕴，以及这些描写的意义作用者。实则在诗人固然是书其即目所见，未必有意造文，但之所以有此种不嫌琐细的描写，当是目接此景时感情上有所触动。如果是一篇平常的纪游写景诗中有这样一段文字，不过山中幽景而已，但当它们夹在“所遇多被伤，呻吟更流血”“前登寒山重，屡得饮马窟”和“夜深经战场，寒月照白骨”“遂令半秦民，残害为异物”当中出现时，就有了不同寻常的思想意义。使人倍感自然界中充满了生机和活力，这种生机和活力，是任何残酷的战争也摧毁不了的。尽管不远处就是战场，但今秋的菊花照样开放，各种山果照样结实。与此同时，诗人也好像从充满战争创伤和印迹的世界进入到一个远离流血牺牲、争斗残杀的世外桃源式的世界，对比之下，更感到深受战争之害的自己身世遭遇的不幸，这就是“缅思桃源内，益叹身世拙”二句所包含的感慨。这充满生机活力、远离战争气息的山中幽境固然使诗人的心灵感到片时的愉悦与安静，但旋即又不得不面对残酷的现实世界，因此这里的一时愉悦，反而更衬托出战争的残酷。

自“坡陀望鄜畤”至“残害为异物”十二句，写行近鄜州时途中所见景物与感受联想。开头四句，纪行程而写景如画。由坡陀起伏的山冈上下瞰鄜州，但见高岩低谷，相互出没。由于归家心急，诗人已经下到水边，回望仆夫，却仍在山上的树端。类似景象，在盛唐的山水诗中也出现过，但均为静观欣赏，这里却是身在画中的活动画面，而且透出了急匆匆赶路的意味。“鸱鸮”四句，写黄昏到夜深时所见凄厉荒凉之景：猫头鹰在枯黄的桑树上号鸣，野鼠拱立于乱穴之间。深夜经过一年前的战场，但见一轮凄寒的圆月，映照着散乱狼藉的白骨。这景象，既令人恐怖不安，又令人触目惊心。“寒月照白骨”之句，较之“青是烽烟白是骨”似更具心灵的震撼力。由眼前的累累白骨，诗人又自然联想起往日的潼关之败，感慨于统治者指挥的失当和相互的掣肘，遂使广大的关中地区百姓，半数化为鬼物。语气的激愤，感情的沉痛，与“夜深经战场，寒月照白骨”二句不相上下。

第三大段三十六句，写到达鄜州羌村家中与妻子儿女团聚的情况，可以分为两个层次。第一层从“况我堕胡尘”至“颠倒在裋褐”十六句，写初到家时见到妻子儿女鹑衣百结、垢腻不袜的情状和全家恸哭的悲伤场景。对自己和老妻，仅用“尽华发”及“衣百结”一语带过，而陷贼期间忧愤之深重与生活之艰辛可想。举家同悲的情景亦仅以二语稍作点染。重点放在对“娇儿”和“两小女”的描写上。写娇儿，只用了两个细节，一是原本“白胜雪”的肌肤，现在却是满身污垢，时已深秋，却光着脚连袜子也没有；二是见到满头白发、形容憔悴的父亲，竟“畏我复却去”，转过身子去啼哭。写“两小女”，则集中笔墨写她们那补绽才过膝而又东拼西凑，割裂旧绣海图而成的衣裳。这种种情态景象，透露出在战乱时期，连杜甫这样世代奉儒守官的家庭生活也穷困到了这种程度，则一般的平民百姓生计之艰难更可想而知。“两小女”的服饰，看了令人发笑，却更令人酸心刺骨。以貌似滑稽的现象写生活的悲剧，其艺术感染力较之直接的诉说更加强烈。

第二层从“老夫情怀恶”到“生理焉得说”二十句，写归家数日后与妻子儿女相聚之乐。先用“老夫情怀恶，呕泄卧数日”二句作为由初到家之悲到数日后之乐的过渡，然后写诗人解开从凤翔带回的脂粉包和衾裯之类的物品，使妻女均为之开颜。于“瘦妻”，亦仅以“面复光”二字带过，而集中笔墨写“痴女”梳妆打扮的天真情态，妙在“学母无不为”五字，明写女儿之胡涂乱抹、狼藉画眉的娇痴，却同时暗透杨氏夫人之精心梳妆打扮，施朱铅而巧画眉。而孩子们对父亲，也不像刚到家时那样感到陌生而“背面啼”了，而是坐在父亲膝盖上问这问那，竞挽胡须。看到这一切情景，侥幸生还的诗人似乎连饥渴都忘掉了，儿女们的吵吵闹闹在他听来也是最美妙的享受。

“新归且慰意，生理焉得说”二句就是此际诗人心情的概括。生计虽然艰难，但侥幸生还。家人团聚的乐趣使诗人的心灵得到极大的安慰。但这毕竟又是战乱未平、万户多难、全家生计艰难情况下的天伦之乐，因此这乐中又透出苦涩与无奈，上句的“且”，下句的“焉”都透露出了这种复杂的情感。如果说上一层写两小女的衣裳补绽，是在貌似滑稽可笑中透出彻骨的辛酸，那么这一层写痴女的梳妆打扮便是从滑稽可笑中透出无比的怜爱。而怜爱之中又仍不免寓含苦涩。妙在全用白描手法和通俗朴素的家常语，而传神阿堵，画笔难到。虽说左思的《娇女诗》对杜甫写小儿女娇痴情态不无启发，但左思笔下的娇女只是日常生活中的情态，而杜甫笔下的儿女，却是在“乾坤含疮痍”的战乱背景下的情态。这就像第二大段写途中幽事景物一样，都透露出自然界和人生中照样充满了生机活力，透露出诗人对和平安乐生活的热爱与渴望，透露出诗人对未来的乐观希望。这正是上述描写最深层的思想意义，也是这些描写具有特殊艺术魅力的根本原因。

写到这里，从辞阙登程到途中情景再到抵家团聚，《北征》的题意似乎已经写尽，但下面却转出两大段有关时局和大唐王朝前途命运的大议论来。这是因为，杜甫虽被肃宗疏远，“恩准”还家，但他的心却始终系念着时局和国家命运。一开头所说的“东胡反未已，臣甫愤所切”“虽乏谏诤姿，恐君有遗失”，正是杜甫在“将北征”之时萦念忧愤不已的大事。因此，在“北征”抵家之后，必然要郑重表达的内容就是对时局的看法和对国家命运的关切。在他人，这未必是《北征》题中应有之义；在杜甫，则是北征抵家后必尽之责。杜甫虽未必真把这首诗当成日后向皇帝进的奏疏（其中述及到家后情景及小儿女情状，恐“渎圣听”），但强烈的政治责任感和对国家命运的关切使他在想象中与皇帝进行这番对话。这正是四、五两大段议论之所以产生的内在依据。如果要跟题目挂钩，不妨说这两大段是“北征”到家后的建议和期望。

第四大段二十八句，写对时局的看法和对军政大事的建议。也可以分成两个层次。第一层十六句，自“至尊尚蒙尘”至“时议气欲夺”集中表达对朝廷借助回纥兵的看法。先用“至尊尚蒙尘”一语，遥承首段的“东胡反未已”，从上一大段的述家事自然转入述国事，并以“几日休练卒”遥承首段的“忧虞何时毕”，表达对早日结束战争、平定叛乱的渴望。“仰观”二句，则是对战略全局的总看法，用形象的语言显示时局已出现重大转机。在此前提下，杜甫一方面对回纥王的“助顺”之举和回纥兵的善驰突与骁勇表示赞许，认为借助其力可收破敌迅疾之效；另一方面又对回纥抱有隐忧。在后来所作的《留花门》诗中，诗人集中地表达了对朝廷依赖回纥之力的不同看法。从“胡为倾国至，出入暗金阙。中原有驱除，隐忍用此物”等诗句看，杜甫认为用回纥兵对付安史叛军，只是权宜之计，而且不宜过分依赖，担心日后给国家带来严重的后患。这和《北征》诗中“此辈少为贵”的议论是一致的。从“圣心颇虚伫，时议气欲夺”两句中，可以看出杜甫对肃宗将破敌的希望过多寄托在回纥身上，是有微词的，而且认为肃宗的态度使朝廷中对此持不同意见的人为之气沮，诗人自己的意见自然也属于“气欲夺”的“时议”之列。杜甫说这番话，也正是首段“恐君有遗失”的具体表现，是作为被疏远的谏诤之臣对皇帝的劝告和建议。

第二层十二句，从“伊洛指掌收”到“皇纲未宜绝”，承上“妖氛豁”，抒写诗人对战略大反攻形势的畅想。自宋赵次公谓“无用外兵而用官军，此即当时之议”以来，历代颇多从其说者。但细味整个一大段文字，对用回纥兵一事的看法，至“时议气欲夺”句已经结束，所谓“时议”，实际上也就是杜甫所说的“此辈少为贵”，并不涉及更大范围的对整个战略形势的看法。“伊洛指掌收”以下十二句，与其说是什么对战略计划的看法和主张，倒不如说是一首充满乐观展望的浪漫主义畅想曲。在杜甫的想象中，形势已经到了“祸转亡胡岁，势成擒胡月”的大转折关头。不但两京的收复指日可待，而且官军蓄锐俱发，深入敌占区，便可一举克复青徐，平定河北，直捣贼穴，行正气肃杀荡涤一切污秽的使命。“胡命其能久，皇纲未宜绝”二句，就是诗人对前途的乐观信念的结论性表述。从其后的形势发展来看，两京的迅速收复虽如诗人所言，但“开青徐”“略恒碣”“亡胡岁”的畅想未免过于乐观。其实这段文字如理解为军事战略谋划，未免有些空泛不切实际，如理解为诗人的浪漫畅想，倒可切实感受到诗人激情澎湃的爱国情怀和对前途的乐观信念，感受到其中洋溢的诗情。拿它和《洗兵马》一诗对照，“畅想”的性质自明。

写到“胡命其能久，皇纲未宜绝”，东胡之叛将平，乾坤重归一统，似乎可以住笔了，但诗人情犹未已，又从军事形势的转折联想起政治形势的大转折，由皇纲不绝想到中兴之业可望。第五大段二十句，便是抒写对唐室中兴的乐观展望。也可分为两个层次。第一层从“忆昔狼狈初”到“于今国犹活”十二句，集中写马嵬事变，认为唐玄宗宠杨贵妃之事虽与前代类似，但却终于未蹈前代因女宠而亡国的覆辙，原因就在于当机立断，诛杀了奸臣及其同恶，以及“褒妲”式的女宠，这才使整个形势有了巨大的转折。而在这一关键时刻，起关键作用的则是“仗钺奋忠烈”的陈玄礼。论者每集中注意这段文字中对玄宗是否有所回护，其实对照杜甫对陈玄礼的热烈赞扬，他对玄宗的真实态度已经昭然若揭。真正值得注意的倒是杜甫赞扬陈玄礼的背后所隐寓的微意。陈玄礼此举，说是兵谏也好，说是兵变乃至政变也好，以他的身份，势必要得到更有权势者的支持至少是默许，否则就可能落下犯上作乱的罪名而身败名裂。据史载，陈在诛杨国忠之前是已经通过东宫宦者李辅国告知太子李亨（即后来的肃宗），太子虽“未决”，却也未表示反对，实际上是默许此举。因此，热烈赞扬陈玄礼的“仗钺奋忠烈”，实际上也隐含有赞颂肃宗在关键时刻同意或默许实行“兵谏”的意思。这才是杜甫这段议论的真实用意，即肃宗在唐朝皇纲面临存亡的关键时刻，表现出“中兴主”的“明哲”和气度。这才是“周汉获再兴，宣光果明哲”两句所包含的深层意蕴。也只有这样理解，这一大段的前后两个层次才不至于成为互不相干的两截，而是以“中兴”贯通的整体。“微尔人尽非，于今国犹活”这样崇高评价的背后，隐含的正是对当今“宣光果明哲”的赞颂，否则，将置正统率大军与安史叛军作战的郭子仪、李光弼于何地？又置当今皇帝于何地？

第二层八句，从“凄凉大同殿”到“树立甚宏达”，以百姓渴望神京克复，祖宗神灵护佑，园陵洒扫不缺，表达对胜利的信心，并以“煌煌太宗业，树立甚宏达”作结，而为诗人期望的“中兴主”树立了宏伟的目标与样板。诗从“皇帝”始，以“太宗业”结，正集中表达了诗人对肃宗继承太宗伟业，建立中兴大业的热切渴望。

《自京赴奉先县咏怀五百字》已经开创了以纪行为线索，以咏怀为主体，熔叙事、写景、抒情与议论为一体的史诗式长篇体制，《北征》在这方面更有新的发展。主要表现在两个方面：一是进一步加强了议论的成分，使之成为表达全诗思想感情的重要手段。诗的第四、五两大段，主要用议论；第一大段则在叙事、抒情的同时杂以议论；第二大段虽以叙事、写景为主，但其中也有像“缅思桃源内，益叹身世拙”这种画龙点睛式的议论；第三大段虽以叙事描绘为主，其中亦有“翻思”数句带有议论的色彩。这固然由于诗的主要内容是关乎国运兴衰和中兴大业的军政大事，同时也跟诗的主要陈述对象是当今皇帝有密切关系。诗人虽未必日后将此诗呈献给肃宗，但在下笔时显然将肃宗作为他的陈述对象，这从第一段的“虽乏”六句，第四段的“此辈”二句、“官军”十句，第五段的“忆昔”十二句都看得比较清楚。这种章表奏疏式的行文口吻与风格，正是以议论为主要表述方式、以皇帝为陈述对象而造成的。但由于在议论中渗透了强烈的感情，这些议论并不显得枯燥乏味，而是或缠绵沉至，或淋漓慷慨，或郑重庄严，或大气磅礴，令人在挟情韵以行的议论中感受到诗人的品格胸襟，感受到诗人对国家命运的强烈责任感和深沉炽热情怀，从而使它有别于有韵的散文而成为具有诗心诗情的诗史。

二是大大增强了对途中景物和生活琐事的细致描写，使之成为全诗中最具诗情诗趣的部分，并与庄重严肃的议论融为有机的艺术整体。《咏怀》虽亦以纪行为线索，但对途中景物、到家情景均不作细致描绘，或出以象征之笔，或仅作简单叙写。而《北征》诗在途一段，则对途中景物、情境有相当细致的描绘渲染。如“靡靡逾阡陌，人烟眇萧瑟”“回首凤翔县，旌旗晚明灭”“夜深经战场，寒月照白骨”等句，重在气氛的渲染；“邠郊入地底，泾水中荡潏”“我行已水滨，我仆犹木末”，重在画境的描绘；而“山果”一段，则又出以铺叙之笔，笔法变化多姿。尤为出色的是到家一段写小儿女情事，细致入微，生动传神，于幽默风趣之中透露出生活的艰辛；而在生活的艰辛中又透出团聚的乐趣和对生活的热爱。而无论是途中亲历或联想到的战争带来的苦难，到家后所感受到的妻儿生计之艰和生还团聚之乐，又都和诗的主旨——对唐室中兴的渴望紧密相关，成为它的有力凭借和生活基础，使诗人的有关国运的大议论和诗人目击的时艰、亲历的家庭艰辛融为一个不可分割的艺术整体。使宏大的议论不致空泛，使细致的描绘不致琐屑。这两方面的完美融合，充分体现了诗人的艺术魄力。

羌村三首（其一）[①]

峥嵘赤云西[②]，日脚下平地[③]。柴门鸟雀噪，归客千里至[④]。妻孥怪我在[⑤]，惊定还拭泪[⑥]。世乱遭飘荡，生还偶然遂[⑦]。邻人满墙头，感叹亦歔欷[⑧]。夜阑更秉烛[⑨]，相对如梦寐[⑩]。

［校注］

①《全唐诗》题内无“三首”二字，据他本增。至德二载（757）五月十六日，杜甫任左拾遗。同月丁巳，房琯罢相。《新唐书·杜甫传》：“（甫）与房琯为布衣交，琯时败陈涛斜，又以客董廷兰，罢宰相。甫上疏言：‘罪细，不宜免大臣。’帝怒，诏三司杂问，宰相张镐

曰：'甫若抵罪，绝言者路。' 帝乃解……然帝自是不甚省录。" 闰八月初一，墨制放还鄜州探望家人，自凤翔出发经麟游、邠州、宜君至鄜州羌村。蔡梦弼注引《图经》曰："(鄜) 州治洛交县。羌村，洛交村墟也。" 这组诗系刚到家不久所作。所选的是第一首。羌村旧址在今陕西省富县岔口乡大申号村。②峥嵘，山峰高峻貌，此形容云的形状如山峰之高峻。赤云，红色的晚霞。赤云西，犹西边天空的晚霞。③日脚，太阳透过云层射下来的光线。岑参《送李司谏归京》："雨过风头里，云开日脚黄。" 与 "雨脚" 形容密集如线而落的雨点同一用法。或谓古人不知地转，以为太阳在走，故有 "日脚" 之说，恐非其原意。④归客，杜甫自指。从凤翔至鄜州近七百里，"千里" 泛言其远。此次杜甫系徒步归家，其《徒步归行》诗有 "凤翔千官且饱饭，衣马不复能轻肥。青袍朝士最困者，白头拾遗徒步归" 之句。陆贾《新语》："乾雀噪而行人至。" ⑤妻孥，本指妻子儿女，此处偏义指妻子。怪，惊讶。⑥惊定，惊讶之情刚平息。⑦遂，遂愿。⑧欷歔，哽咽悲叹。⑨阑，深。秉，持。⑩梦寐，犹睡梦之中。

[笺评]

刘辰翁曰：当时适然。千载之泪，常在人目，《诗三百》不多见也。(《唐诗品汇》卷八引)

唐汝询曰：此写到家之景与妻孥相见之情也。盖公陷贼中，家人果疑其死矣。今言乍见而惊，惊定然后泣。叙事真切如此。因言遇贼而见害者甚众，我得生还，特偶然耳。邻人隔墙而窥我者，亦以我归为幸也。是以喜不自禁，至夜阑而秉烛相对，恍然如在梦寐间也。(《唐诗解》卷六)

钟惺曰：("妻孥" 句) "怪" 深于喜，又在喜前。("惊定" 句) 五字却藏得有 "喜" 字在内。(《唐诗归》)

谭元春曰：("邻人" 句) 光景真。(末二句) 住得妙。再添一二

句，不惟不佳，且不苦矣。（同上）

王慎中曰：三首俱佳，第一首尤绝。一字一句，镂出肺肠，令人莫知措手，而婉转周至，跃然目前，又若寻常人所欲道者。真《国风》之义，黄初之旨。而结体终始，乃杜本色耳。（仇兆鳌《杜少陵集详注》卷五引）

申涵光曰：杜诗“邻人满墙头”与“群鸡正乱叫”，摹写村落田家情事如见。今人谓苦无诗料者，只是才弱胆小。观此等诗，何者非料耶！（同上引）

王嗣奭曰：（“峥嵘”四句）荒村晚景，摹写如画。又曰：“妻孥怪我”二句，总是一个喜……“生还偶然遂”，正发“怪我在”之意，见其可喜。“邻人满墙头”，乡村真景，而“感叹歔欷”，却藏喜在。前有《述怀》《得家书》二诗，公与家人，已知两存矣，此云“妻孥怪我在”“生还偶然遂”，何也！盖此时盗贼方横，乘舆未回，人人不保，直至两相面，而后知尚存，此乱世实情也。（《杜臆》）

桂天祥曰：全首珠玑。末句是耶非耶，极佳。（《批点唐诗正声》）

周敬曰：知不是梦，忽忽心未稳，意味深长。“如”字妙。（末二句下批）（《删补唐诗选脉笺释会通评林·盛五古》）

吴山民曰：结写出“怪”情。（同上引）

周珽曰：无一字不可泣神雨粟。（同上）

黄周星曰：《羌村》诗三首俱佳，而二、三之“娇儿”“父老”，此首足以兼之。（“邻人”句）宛然如见。（《唐诗快》）

李因笃曰：遭乱生还，事出意外，仓卒情景，历历叙出。叙事之工不必言，尤妙在笔力高古，愈质愈雅。（《杜诗集评》卷一引）

黄生曰：不曰“喜”而曰“怪”，情事又深一层，只作惊怪疑惑之想，情景如画。（《杜诗说》卷一）

仇兆鳌曰：（“峥嵘”四句）此旅人初至家而喜也。《杜臆》：“荒村晚景，摹写如画。”（“妻孥”八句）此记悲欢交集之状。家人乍见而骇，邻人遥望而怜，道出情事逼真。后二章俱发端于此。乱后忽归，猝然怪惊，有疑鬼疑人之意。“偶然遂”，死方幸免；“如梦寐”，生恐未真。司空曙诗：“乍见翻疑梦，相悲各问年。”是用杜句。陈后山诗“了知不是梦，忽忽心未稳”，是翻杜诗。此章，上四句，下八句。（《杜少陵集详注》卷五）

吴瞻泰曰：此是还鄜州初归之词。通首以“惊”字为线。始而鸟雀惊，继而妻孥惊，继而邻人惊，最后并自己亦惊。总是乱后生还，真如梦寐，妙在以傍见侧出见之。（《杜诗提要》卷二）

金圣叹曰：“怪我在”，用《论语》成奇句不必道，偏看他笔墨倔强，不写几死幸生、相煦相沫之语，一则曰“怪我在”，一则曰“偶然遂”，人已归矣，还作十成死法相待，岂非异致！（《杜诗解》）

王尧衢曰：三首哀思苦语，凄恻动人。总之，身虽到家，而心实忧国也。实境实情，一语足抵人数语。（《古唐诗合解》卷一）

何焯曰：（“世乱”二句）跌宕。（《义门读书记》）

浦起龙曰：“邻人”“感叹”，生发好。“秉烛”“如梦”，复疑好。公凡写喜，必带泪写，其情弥挚。（《读杜心解》卷一）

沈德潜曰：《羌村》前章，与《绸缪》诗“今夕何夕，见此良人”“见此粲者”，《东山》诗“有敦瓜苦，烝在栗薪”同一神理。（《说诗晬语》卷上）又曰：（末二句）不再添一语，高绝。（“妻孥”二句）先惊后悲，真极。字字镂出肺肝，又似寻常人所能道者。变《风》之义，与汉京之音与？（《重订唐诗别裁集》卷二）

杨伦曰：（“妻孥”二句）摹写入神。（“邻人”二句）二句亦村居真景，与野老来看客同妙。此初抵家惊喜之象。（《杜诗镜铨》卷四）

《唐宋诗醇》：真语流露，不假雕饰，而情文并至。

翁方纲曰：“归客千里至”五字，乃“鸟雀噪”之语。下转入妻子，方为警动。（鸟雀知远人之来，而妻子转若出自不意者，妙绝！妙绝！）若直作少陵自说千里归家，不特本句太实太直，而下文亦都逼紧无伸缩之理矣。此等处诗家关捩，而评杜者皆未及。苏诗“塔上一铃独自语，明日颠风当断渡”，下七字即塔铃之语也，乃少陵已先有之。(《石洲诗话》卷一)

施补华曰：《羌村三首》，惊心动魄，真至极矣。陶公真至，寓于平澹；少陵真至，结为沉痛。此境遇之分，亦性情之分。（《岘佣说诗》）

［鉴赏］

《羌村三首》分写初到家时情景、还家后苦闷心境、邻里造访情景，恰似一组还家的连环画。其中第一首写得最出色，内容也相对独立。

前四句写刚到村时所见。经过长途的艰难跋涉，傍晚时分，诗人终于到达了羌村。西边的天空，布满一片形状高峻如同险峰似的晚霞，红艳夺目；快要落山的太阳透过云层，将条条光线射向地面。这种景象，虽为晴日傍晚的山村所常见，但对一个久客在外的归客来说，却感到既绚丽奇异，又亲切熟悉。开头两句是刚进村远望所见，三、四两句便移步换形，进一步写行至家门时所闻。在与妻子儿女长期隔绝的一年中，诗人曾经多次想象过自家的“柴门”，但却总是杳不可即。如今，熟悉的“柴门”已经在望，家门口的鸟雀见到有人走近，发出一阵喧闹的声音，像是在欢迎归客的到来。古有“乾雀噪而行人至”的俗谚，今民间犹有“喜鹊叫，客人到”之俗谚，因此在“柴门鸟雀噪”之后便自然引出了“归客千里至”这一首段中的主句。总的来说，这四句中的前三句点染羌村暮景，从远景到近景，从见到闻，从赤云、日脚到鸟雀，都是为“归客千里至”渲染环境氛围的，所描绘的景象是既绚丽奇异，又朴素平凡；既熟悉，又陌生。诗人的心情则是既激动兴奋，又有些忐忑不安，很微妙地透露了诗人当时特有的感觉和心境。

以下八句，便依时间次序逐层描写进家后与妻子相见、邻人围观及夜阑秉烛这三个不同的场景。

“妻孥怪我在，惊定还拭泪。”妻孥的本义是妻子儿女，这里是偏义复词，实指妻子杨氏。杜甫在刚任左拾遗时写的《述怀》诗中尚未接到家书，担心家人已经罹难。其后终于得到家书，知道妻子儿女平安，仍在鄜州羌村旧居，则家人亦已得知杜甫健在。但当夫妻见面时，妻子的头一个反应却是“怪我在”，仿佛根本不相信丈夫还活在世上。这是因为，长期音讯隔绝造成的极度忧念已经造成了她的一种心理定势，即使接到杜甫来信，感情上仍有些不敢相信这是真的。何况分隔两地，只要一天未见面，总是始终不能不为其安全担心。加上杜甫此次归来，事先来不及先写信告知家人，因而当形容憔悴、华发满头的丈夫突然出现在面前时，妻子见到的是一个既熟悉又陌生的杜甫，思想感情上毫无准备，自不免惊讶得发愣，似乎不相信站在面前的竟是自己日思夜想的丈夫了。“怪我在”三字中正蕴含有无限深厚曲折的感情背景。当然，这种惊讶之情只是在初见的刹那之间的反应，等到确认眼前的丈夫是完全真实的存在时，过去一年间所遭受的种种艰难困苦，特别是时刻忧念丈夫的生死存亡而杳无音信的心灵痛苦，便一齐涌上心头，不禁悲从中来，热泪横流；但又旋即感到，这是应该庆幸的大喜事，因而又迅即拭去脸上的泪痕。这从“怪”到悲、由悲转喜的心理感情变化，诗人只用“妻孥怪我在，惊定还拭泪”这极朴质的十个字，便毫不费力、真切细腻、生动传神地表现了出来。其表现人的心灵的艺术功力，确实到了出神入化的程度。

“世乱遭飘荡，生还偶然遂。”这是诗人目睹妻子的表情、心理的变化，自己的心灵也受到巨大震撼的同时发自内心的感慨。萧涤非先生说：“‘偶然’二字中含有极丰富的内容和无限的感慨。杜甫陷叛贼数月，可以死；脱离叛军亡归，可以死；疏救房琯，触怒肃宗，可以死；即如此次回鄜，一路之上，风霜疾病，盗贼虎豹，也无不可以死。现在竟得生还，岂不是太偶然了吗？妻子之怪，又何足怪呢！”（《百家唐宋诗新话》第204页）结合杜甫这一年来的遭遇，对这两句诗所概括的生活内容和感情容量作了深入细致的分析。而这两句诗客观上所展示的，则是一种具有更大普遍性和更高典型性的乱世人生体验与感慨，能唤起一切遭受战乱流离、妻离子散、音讯隔绝、侥幸生还的人们的心灵共鸣，包含了深刻的乱世人生的哲理。在整首诗中，它是主旨的集中表达，也是思想感情深化的集中体现。它使诗中所抒写的"世乱遭飘荡"的生活提升到哲理的高度与深度。有它作为全诗的核心和点睛，诗的思想内容得到了深化，艺术风格也更深沉凝重了；有它在诗中作为过渡的枢纽，前后的诗句也都染上了浓郁苍凉的色彩。

"邻人满墙头，感叹亦歔欷。"上句所描绘的，是农村来客时常见的景象。农村平常很少有外人来往，一旦见到或听说谁家来了人（客人或由外面归来的家人），都会不约而同地围在农家的矮墙外想看个究竟，这正是小农经济下的农村典型的人文景观，写来犹如风俗画，透出一种淳朴的生活气息。但接下来的"感叹亦歔欷"却透露出了特定的时代气息。他们也为这一家人在音讯隔绝、生死未卜近一年之后终于团聚而感慨，而叹息，而歔欷悲泣。五个字当中有同情，有悲慨，有庆幸。如果说"妻孥"两句是从妻子的表情动作和心理变化中体现"世乱遭飘荡，生还偶然遂"，那么这两句便是从邻人的围观和感叹悲泣中进一步显示乱世中飘荡在外的人生还之偶然，而村民们真淳的感情也得到鲜明的表现。

但诗人的笔却并不就此停住，也不像一些平庸的作者那样在邻人围观感叹之后缀上两句自己的议论或作一般化的抒情，而是顺着时间的推移，由暮入夜，展现出一幅极具情调、氛围、意境之美的画面："夜阑更秉烛，相对如梦寐。"夜深人静，邻人早已散去，孩子也均已入睡。在四周一片寂静的氛围中，华发生还的诗人和衣衫百结的妻子在摇曳不定的烛光映照下，默然相对，感觉到这意外的相逢就好像是一场梦境一样，虚幻而不真实。陆游《老学庵笔记》卷六云："杜诗

‘夜阑更秉烛’，意谓夜已深矣，宜睡，而复秉烛，以见久客喜归之意。”不能说这当中没有喜归之意，但从“相对如梦寐”的情境中，透露出的恐怕主要是一种虚幻不实之感，而烛光的摇曳不定与四周的暗影相映衬，更增强了这种是邪非邪、疑真疑幻之感。这种虚幻不实之感，反映了诗人内心深处“生还偶然遂”的悲慨：即使“生还”已成事实，仍然不敢相信这一切是真实的，可见“世乱遭飘荡”的惨痛经历所造成的心灵创伤是何等深巨。“更秉烛”可以作多种理解：一是原未燃烛，夜阑而秉烛相对；二是原已燃烛，夜阑烛残而续添；三是持烛而照。不同的理解都不影响“如梦寐”的情调和氛围感，不影响诗歌意境中所蕴含的深沉悲慨。诗写到这里，悠然收住，而读者则仍沉浸在这如梦似幻的境界中，咀味着战乱飘荡的人生无限的悲凉。

结尾二句所创的意境，是古代诗史上全新的艺术意境。它与“世乱遭飘荡，生还偶然遂”的哲理性抒慨互为表里，相互渗透，对乱世侥幸生还的情境作了典型的概括。从此之后，它就作为一种范型，为后世的诗家词人所学习模仿，创造出一系列类似的意境。从司空曙的“乍见翻疑梦，相悲各问年”（《云阳馆与韩绅宿别》），到晏几道的“今宵剩把银釭照，犹恐相逢是梦中”（《鹧鸪天》），我们可以看到杜诗所首创的这一意境的艺术生命力。

洗兵马[1]

中兴诸将收山东[2]，捷书夜报清昼同[3]。河广传闻一苇过[4]，胡命危在破竹中[5]。只残邺城不日得[6]，独任朔方无限功[7]。京师皆骑汗血马[8]，回纥喂肉葡萄宫[9]。已喜皇威清海岱[10]，常思仙仗过崆峒[11]。三年笛里关山月[12]，万国兵前草木风[13]。成王功大心转小[14]，郭相谋深古来少[15]。司徒清鉴悬明镜[16]，尚书气与秋天杳[17]。二三豪俊为时出[18]，整顿乾坤济时

了[19]。东走无复忆鲈鱼[20]，南飞觉有安巢鸟[21]。青春复随冠冕入[22]，紫禁正耐烟花绕[23]。鹤驾通宵凤辇备[24]，鸡鸣问寝龙楼晓[25]。攀龙附凤势莫当[26]，天下尽化为侯王[27]。汝等岂知蒙帝力[28]，时来不得夸身强[29]。关中既留萧丞相[30]，幕下复用张子房[31]。张公一生江海客[32]，身长九尺须眉苍。征起适遇风云会[33]，扶颠始知筹策良[34]。青袍白马更何有[35]，后汉今周喜再昌[36]。寸地尺天皆入贡[37]，奇祥异瑞争来送[38]。不知何国致白环[39]，复道诸山得银瓮[40]。隐士休歌紫芝曲[41]，词人解撰河清颂[42]。田家望望惜雨干[43]，布谷处处催春种[44]。淇上健儿归莫懒[45]，城南思妇愁多梦[46]。安得壮士挽天河[47]，净洗甲兵长不用[48]！

［校注］

①原注："收京后作。"题内"马"字，王嗣奭《杜臆》、仇兆鳌《杜少陵集详注》均作"行"。黄鹤注："当是乾元二年（759）仲春作。按：相州兵溃在三月壬申，乃初三日。其作诗时，兵尚未败也。"（仇注引）按：至德二载（757）九月收复长安，十月收复洛阳，安庆绪与其党奔河北，退守邺城。此云"收京后"，是较宽泛的时间概念。本篇宋人赵次公及清钱谦益系于乾元元年（758）春。詹锳《谈杜甫的〈洗兵马〉》从其说，莫砺锋《杜甫评传》亦赞同此说。似以赵、钱之说较优。洗兵马，谓洗净甲兵，祈望太平。②杜甫诗中常称肃宗为"中兴主"，以汉光武帝中兴汉室比拟肃宗中兴唐室。这里的"中兴诸将"也以辅汉光武帝兴复汉室之诸将（以邓禹为首的二十八人）喻当时领军讨伐安史叛军的成王李俶、郭子仪、李光弼等人。山东，此指华山以东的广大地区。包括安史叛军的巢穴河北一带。③夜，原作"日"，校："一作夜。"兹据改。此句可两解：一谓捷报夜传之消息与白天传来的消息内容相同，见捷报之可信。一谓捷报昼夜频传，

见胜利消息之不断。似以后解为优。④《诗·卫风·河广》："谁谓河广，一苇杭之。"一张苇叶即可渡过，极言其易。⑤胡，指安庆绪(时安禄山已死)、史思明。《晋书·杜预传》："今兵威已振，势如破竹，数节之后，迎刃而解。"萧涤非《杜甫诗选注》引《唐书·肃宗纪》："至德二载十一月下制曰：朕亲总元戎，扫清群孽。势若摧枯，易同破竹。"认为"杜甫也兼乘用了制文"。⑥残，余、剩。邺城，即唐之相州，今河南安阳市。乾元元年（758）十月，九节度之师克复卫州，安庆绪逃往邺城，遂围之。乾元二年二月，九节度即将对邺城发动总攻，故有"不日得"之语。⑦朔方，此指朔方节度使郭子仪。据《旧唐书·郭子仪传》，天宝十四载（755），安禄山反。十一月，以子仪为卫尉卿，兼灵武郡太守，充朔方节度使。诏子仪以本军东讨。此后屡建功绩。乾元元年十月，子仪自杏园渡河，围卫州。安庆绪与其骁将悉其众来援，贼众大败，遂收卫州。进军赴邺，与贼再战于愁思冈，贼军又败，乃连营围之。故云"无限功"。肃宗于乾元元年九月，诏九节度之师讨安庆绪，以子仪、光弼俱是元勋，难相统属，故不立元帅，唯以中官鱼朝恩为观军容宣慰使。唐军虽众，因军无统帅，自冬及春，竟未破贼。此云"独任"，表明主张朝廷应专任郭子仪，以之为全军统帅。因九节度不设元帅，导致乾元二年三月的相州溃败。⑧京师，指长安。汗血马，汉代西域大宛有骏马，流汗如血，故名。《汉书·武帝纪》："四年春，贰师将军广利斩大宛王首，获汗血马来。"颜师古注引应劭曰："大宛旧有天马种，蹋石汗血，汗从前肩膊出，如血，号一日千里。"此指来自回纥之良马。其时回纥派骁骑助唐王朝讨安史叛军，见《北征》"阴风西北来，惨澹随回纥"一节及注。⑨《通鉴·至德二载十月》："回纥叶护自东京还，上命百官迎之于长乐驿，上与宴于宣政殿。"葡萄宫，汉上林苑宫殿名，汉宣帝曾宴单于于此。此以"葡萄宫"借指唐代宫苑。此句，王嗣奭《杜臆》谓："复京师后，帝宴回纥于宣政殿，而云'喂肉葡萄宫'盖为朝廷讳，故用汉元帝待单于事，而且以禽兽畜之，此老杜《春秋》笔也。"

萧涤非亦谓“这两句在铺张中含有讽意，杜甫始终反对借用回纥兵”。按：杜甫对朝廷倚重回纥兵虽有微词，但以“喂肉”讽其为禽兽，恐难以置信。此句承上，似指回纥士兵在汉宫苑喂马，但马食草料，而此云“喂肉”，可疑。二句总谓两京收复而回纥势盛。⑩海岱，渤海、泰山。指今山东省渤海至泰山之间的地带。《书·禹贡》：“海岱惟青州。”⑪仙仗，借指皇帝的仪仗。崆峒，山名。《括地志》：笄头山，一名崆峒山，在原州平凉县西百里。《庄子·在宥》：“黄帝立为天子十九年，令行天下，闻广成子在于空同之上，故往见之。”此谓天下平定之后，当进而修明政治，令行天下。系向往之词。《新唐书·苏颋传》：“陛下拨定祸乱，方当深视高居，制礼作乐，禅梁父，登空同。”意可互参。崆峒，又作空同。⑫三年，指安史之乱爆发以来的三年。自天宝十四载（755）十一月至乾元二年（759）二月，为三年零四个月。如此诗作于乾元元年春，则首尾四年，实为二年零四个月。作三年较切合。《关山月》，乐府横吹曲名，曲辞多抒征戍之情。句意谓三年间，战争不断，笛中传出的尽是征人的思乡伤别之情。⑬万国，犹万方。泛指全国各地。兵前草木风，浓缩“草木皆兵”“风声鹤唳”二典。《晋书·苻坚载记》记淝水之战前，“坚与苻融登城而望王师，见部阵齐整，将士精锐。又北望八公山上草木，皆类人形，顾谓融曰：‘此亦勍敌也，何谓少乎！’怃然有惧色”。既为晋军所败，遁逃途中“闻风声鹤唳，皆谓晋师之至”。此谓三年战乱，全国各地均深受战乱流离之苦，见草木、闻风声鹤唳而均疑战祸将至。此二句上承“常思”句。或谓指“会兵邺城，如风卷叶”（王嗣奭语），恐非。⑭成王，指唐肃宗之子李俶。乾元元年三月，自楚王徙封成王。五月立为皇太子。诗不称其为太子，正可证其作于乾元元年五月之前。在收复两京的战争中，封为天下兵马元帅。故云“功大”。心转小，谓其小心谨慎，居安思危。刘昼《慎言篇》：“楚庄王功立而心惧，晋文公战胜而绝忧，非憎荣而恶胜，乃功大而心小，居安而念危也。”⑮郭相，指郭子仪。至德元载，“太子即位灵武，诏征师。子仪与光弼率步骑五万赴行在。时朝廷草昧，众单寡，军容缺然，及是国威大振，拜子仪兵部尚书，同中书门下平章事，仍总节度”。乾元元年八月，进中书令。谋深，指其在战争中善用谋略，如卫州之役，“安庆绪与其骁将安雄俊、崔乾祐、薛嵩、田承嗣悉其众来援，分为三军。子仪阵以待之，预选射者三千人伏于壁内，诫之曰：‘俟吾小却，贼必争进，则登城鼓噪，弓弩齐发以迫之。’既战，子仪伪遁，贼果乘之，及垒门，遽闻鼓噪，俄而弓弩齐发，矢注如雨，贼徒震骇，子仪整众追之，贼徒大败。是役也，获伪郑王安庆和以献，遂收卫州”（《旧唐书·郭子仪传》）。⑯司徒，指李光弼，在平定安史之乱的过程中与郭子仪并建大功，号称郭、李。至德二载四月封司徒。《旧唐书·李光弼传》：“光弼御军严肃，天下服其威名，每申号令，诸将不敢仰视。”曾预料史思明诈降终必复反，故云“清鉴悬明镜”。⑰尚书，指王思礼，高丽人，时为兵部尚书。杳，远。《旧唐书·王思礼传》谓其“立法严整，士卒不敢犯”。气与秋天杳，谓其严肃之气度像秋天的高空那样杳远。乾元二年，与子仪等九节度围安庆绪于相州。思礼领关内及潞府行营步卒三万、马军八千。大军溃，唯思礼与李光弼两军独全。此亦其治军严整之显例。《八哀诗·赠司空王公思礼》赞其“禁暴靖无双，爽气春淅沥”。⑱二三豪俊，指郭、李、王等人。为时出，犹应运而生。⑲整顿乾坤，指上述诸人重新整顿被安史叛军扰乱破坏了的国家，使之转危为安。济时了，完成匡救时局的大业。⑳《世说新语·识鉴》：“张季鹰（翰）辟齐王东曹掾，在洛见秋风起，因思吴中菰菜羹、鲈鱼脍，曰：‘人生贵得适意尔，何能羁宦数千里以要名爵！’遂命驾便归。”《晋书·张翰传》作“菰菜、蓴（莼）羹、鲈鱼鲙”。句意谓如今像张翰那样想东归尝家乡美味的人便可径自东去，不再因战乱道路梗阻而空自想念了。㉑曹操《短歌行》：“月明星稀，乌鹊南飞，绕树三匝，何枝可依。”以南飞之乌鹊无枝可依喻人民流离失所。句意谓如今想南归的人民也可有所栖托，不致流离失所了。㉒青春，春天的景象。冠冕，指朝廷官吏。入，指入紫禁城。㉓紫禁，皇宫。古以紫微垣比喻皇帝居处，因称宫禁为紫禁。耐，宜。㉔鹤驾，太子的车驾。《列仙传》载，王子乔（即周灵王太子晋）尝乘白鹤驻缑氏山头。后因称太子车驾为鹤驾。此指肃宗所乘的车驾。凤辇，皇帝的车驾。此指玄宗车驾。㉕问寝，早起问安。龙楼，皇帝所住的楼，此指玄宗所居。浦起龙曰："此二句正须看得活相，益显天伦之乐。'鹤驾'既来，'凤辇'亦备，父子相随以朝寝门，欢然交忻，龙楼待晓。岂不休哉！此以走马为对仗，乃杜公长技。"恐非。其时李俶未立为太子。二句意谓：昔之太子今之皇上通宵都备好了车驾，准备早起至太上皇所居的楼殿问安。玄、肃父子之间有矛盾，玄宗自蜀返京后，晚景凄凉，此处可能有以祝颂寓婉规之意。㉖攀龙附凤，语本《法言·渊骞》："攀龙鳞，附凤翼。"此处指攀附有权势者以谋取富贵之辈。旧说指王屿、李辅国等人，实际所指范围当更广，参下句。㉗《汉书·叙传下》："舞阳鼓刀，滕公厩驺，颍阳商贩，曲周庸夫，攀龙附凤，并乘天衢。"又："云起龙骧，化为侯王。"王嗣奭曰："'天下尽化为侯王'，微有风刺，当时封爵滥，甚至以官赏功，给空名告身，凡应募入军者一切衣金紫，公实痛之，故先言'攀龙附凤'，明谓其凭藉宠灵，而又以'蒙帝力'申言之。"（《杜臆》）㉘汝等，鄙视之词，指上攀龙附凤而化侯王猎富贵之辈。《击壤歌》："日出而作，日入而息。凿井而饮，耕田而食。帝力何有于我哉！"《汉书·张耳传》："且先王亡国，赖皇帝得复国，德流子孙，秋豪皆帝力也。"此反用之。萧涤非说："'明帝力'三字，婉而多讽。明斥王侯的无能无耻，暗讽肃宗的偏私。"㉙句意谓尔等不过适逢其时，因缘成事，岂可自夸才能高强。㉚关中，指今陕西省关中平原一带地区，因地处函谷关、武关、散关、萧关四关之中，故称。萧丞相，指萧何。汉王刘邦以萧何留守关中，补充兵员给养，关中成为巩固的后方基地。《史记·萧相国世家》："夫上与楚相距五岁，常失军亡众逃身遁者数矣。然萧何常从关中遣军补其处……夫汉与楚相守荥阳数年，军无见粮，萧何转漕关中，给食不乏，陛下虽数亡山东，萧何常全关中以待陛下。此万世之功也。”此借指房琯。钱谦益曰：“‘萧丞相’，指房琯也，琯自蜀郡奉册，留相肃宗，故曰‘既留’。或以谓指杜鸿渐，据《新书》‘卿乃吾萧何’语，非也。”（《钱注杜诗》）㉛张子房，指张良。《史记·留侯世家》：“汉六年正月，封功臣。良未尝有战斗功，高帝曰：‘运筹策帷帐中，决胜千里外，子房功也。’……乃封张良为留侯，与萧何等俱封。”此借指张镐。钱谦益曰：“琯既罢，张镐代琯为相，故曰‘复用张子房’。琯以至德二载五月罢相，以镐代；八月，出镐于河南，次年（乾元元年）五月，镐罢。六月，琯贬邠州。琯、镐皆上皇旧臣，遣赴行在。肃宗疑之，用之而不终者也。”㉜张公，指张镐。江海客，浪迹四方，放情江海之人。此指张镐本为隐逸之士。《旧唐书·张镐传》言其“风仪魁岸”，故下句云“身长九尺须眉苍”。独孤及《张公颂》谓镐隐居终南三十年，故云“江海客”。㉝征起，被征召起用。风云会，指动乱时世的君臣遇合。《易·乾》：“云从龙，风从虎，圣人作而万物睹。”意谓同类相感应，故以风云会比喻遇合。《旧唐书·张镐传》：“肃宗即位，玄宗遣镐赴行在所。镐至凤翔，奏议多有弘益，拜谏议大夫，寻迁中书侍郎、同中书门下平章事……时方兴军戎，帝注意将帅，以镐有文武才，寻命兼河南节度使，持节都统淮南等道诸军事。”此正所谓“适遇风云会”。或引其“以褐衣初拜左拾遗”事，非。此天宝末杨国忠为相时“以声名自高，搜天下奇杰，闻镐名，召见荐之，自褐衣拜左拾遗”。非所谓“适遇风云会”。㉞扶颠，拯救危亡。筹策，谋划计策。《旧唐书·张镐传》：“时贼帅史思明表请以范阳归顺，镐揣知其伪，恐朝廷许之，手书密表奏曰：‘思明……包藏不测，禽兽无异。可以计取，难……以义招。’又曰：‘滑州防御使许叔冀，性狡多谋，临难必变，望追入宿卫。’肃宗计意已定，表入不省……肃宗以镐不切事机，遂罢相位……后思明、叔冀之伪皆符镐言。”㉟《梁书·侯景传》：“普通（梁武帝年号）中，童谣曰：‘青丝白马寿阳来。’后景果骑白马，兵皆青衣。”侯景亦胡人，作乱反梁，此以喻指安史叛军。更何有，谓其转眼即可消灭。㊱后汉，东汉；今周，指周室。均借指唐。喜再昌，以汉光武帝中兴、周宣王中兴喻肃宗中兴唐室。㊲寸地尺天，极言全国各地每一寸土地。㊳谓各地争献奇祥异瑞以庆捷。㊴致，奉献。白环，白玉环。《竹书纪年》："帝舜九年，西王母来朝，献白环、玉玦。"㊵银瓮，银质盛酒器。古代传说常以为祥瑞之物，政治清平，则银瓮出。《初学记》卷二十七引《瑞应图》："王者宴不及醉，刑罚中，人不为非，则银瓮出。"㊶紫芝曲，隐者之歌。相传秦末东园公、绮里季、夏黄公、甪里先生避乱隐居商山，称商山四皓。作歌曰："漠漠商洛，深谷威夷。晔晔紫芝，可以疗饥。皇农邈远，余将安归？驷马高盖，其忧甚大。富贵而畏人，不如贫贱而轻世。"此谓隐逸避乱者不必再歌唱《紫芝曲》，因为天下已经平定，可以出而入仕了。㊷解撰，懂得撰写。《宋书·临川烈武王道规传》附《鲍照传》载："元嘉中，河、济俱清，当时以为美瑞。照为《河清颂》，其序甚工。"此谓文人们纷纷撰写歌颂升平的文字。㊸望望，急切盼望貌。㊹布谷，鸟名，以鸣声似"布谷"，又鸣于春天播种时，故相传以为劝耕之鸟。㊺淇上健儿，指围困安庆绪叛军于邺城的唐军战士。淇，水名，在邺城附近。归莫懒，意谓胜利凯旋归家后不要耽误了春耕的时间。㊻城南思妇，泛称后方的征人妻子。愁多梦，指挂念前方的丈夫，忧愁而多梦。二句盖祝早日克复邺城，战士归而耕种，以免思妇思念。㊼挽天河，牵引银河。㊽甲兵，铠甲与兵器。《说苑·权谋》载，武王代纣，风霁而乘以大雨。散宜生曰："此非妖与？"王曰："非也，天洗兵也。""洗兵"语本此。

［笺评］

张戒曰：山谷云："诗句不可凿空作，对景而生便自佳。"……然此乃众人所同耳。惟杜子美则不然，对景亦可，不对景亦可。喜怒哀乐，不择所遇，一发于诗，盖出口成诗，非作诗也。观此诗闻捷书之作，其喜气乃可掬，真所谓“情动于中而形于言，言之不足，不知手之舞之、足之蹈之”也。其曰“东走无复忆鲈鱼，南飞觉有安巢鸟”，言人思安居，不复避乱也。曰“寸地尺天”，曰“皆入贡”，曰“争来送”，曰“不知何国”，曰“复道诸山”，皆喜跃之词也。“隐士休歌紫芝曲”，言时平当出也；“诗人解撰河清颂”，言当作颂声也；“淇上健儿归莫懒，城南思妇愁多梦”，言戍卒之归休，室家之思忆，叙其喜跃，不嫌于亵，故云“归莫懒”“愁多梦”也。至于“鹤驾通宵凤辇备，鸡鸣问寝龙楼晓”，虽但叙一时喜庆事，而意乃讽肃宗，所谓主文而谲谏也。“攀龙附凤势莫当，天下尽化为侯王。汝等岂知蒙帝力，时来不得夸身强”，虽似憎恶武夫，而熟味其言，乃有深意。《易·师》之上六曰：“开国承家，小人勿用。”《三略》亦曰：“还师罢军，存亡之阶。”子美于克捷之初，而训敕将士，俾知帝力。“不得夸身强”，其忧国不亦至乎！子美吐词措意皆如此，古今诗人所不及也。山谷晚作《大雅堂记》，谓子美诗好处，正在无意而意已至，若此诗是已。（《岁寒堂诗话》卷下）

刘辰翁曰：（“三年笛里”二句）悲壮少及。（“青春复随”二句）有气象，有风韵。（“汝等岂知”二句）事外句外，常有馀力，（总评）此篇对律甚严，而春容酝藉。（《唐诗品汇》卷二十八引）

吴师道曰：老杜七言长篇，句多作对，皆深稳矫健。《洗兵马行》除首尾、“攀龙附凤”云云两句不对，“司徒”“尚书”一联稍散异，馀无不对者，尤为诸篇之冠。（《吴礼部诗话》）

范梈曰：七言长古篇法　“归题”乃篇末一二句缴上起句，又谓之“顾首”，如《蜀道难》《古别离》《洗兵马行》是也。（《木天禁语》）

胡应麟曰：七言律最宜伟丽，又最忌粗豪。中间毫末千里，乃近体中一大关节，不可不知。……老杜“三年笛里关山月，万国兵前草木风”，以和平端雅之调，寓愤郁凄惋之思，古今言壮句者难及此也。（《诗薮》）

唐汝询曰：此肃宗还京之后，子仪收复山东时，少陵……作此以纪中兴之盛。而惜馀寇未除，盖有安不忘危之意。言诸将破胡，捷书连至，夜所报者与昼合。乃知官军渡河击贼如破竹矣。虽邺城残败不日可复，诸将咸有功，惟子仪朔方军为多。时回纥率兵助战，其马尚留京师，且以离宫馆之也。既清海岱，便当礼贤，故思仙仗之过崆峒耳。然海内困于兵已久，今赖诸豪俊克定之力，使贤者无遁志，苍生有安堵，冠冕重整朝班，人主修复子道，而此有功之臣咸被爵赏为侯王矣。然非汝等能致此勋业，亦由帝力使之然耳。故非独武将得人，谋臣亦皆称职。如萧华留守、张镐参谋，何减汉之人杰耶！是以胡寇顿平，焕乎周汉之中兴也。今四方皆入贡矣，祥瑞争来献矣，风雨调而民安其业矣。战士得无有怠心乎？苟戍役未已，室家怨思，亦非垂拱燕安之秋也。须涤荡馀寇，洗甲兵而不用乃可耳。其后肃宗果怠于政，卒罢汾相，将士无主，而使思明复猖獗，子美可谓有深虑矣。（《唐诗解》卷十四）又曰：《洗兵马》一篇，有典有则，雄浑阔大，足称唐雅。识者详味，当不在《老将行》下。（仇兆鳌《杜少陵集详注》引）

陆时雍曰："攀龙附凤"四语，忧深思远，非浅襟所到。（《唐诗镜》）

周珽曰："苇过"，言易也；"破竹"，喻捷也，"喂肉"，寓刺也；"淇上"二句，见兵未能洗。全篇总是志喜而致戒，题曰"洗兵马"，厌乱思治，其本旨也。（《删补唐诗选脉笺释会通评林·盛七古》）

王嗣奭曰：一篇四转韵，一韵十二句，句似排律，自成一体，而笔力矫健，词气老苍，喜跃之象浮动笔墨间。禄山反经三年矣，避乱离乡者亦三年，故云"三年笛里关山月"，悲之也；万国兵前，如风卷叶，暗用草木皆兵、风声鹤唳事，喜之也。云"独任朔方无限功"，又云"郭相谋深古来少"，当时收山东者诸将，而公独注意于郭，见公识高虑远。使肃宗果能"独任朔方"而不同于阉竖，则太宗之业可复完矣。即此一语系唐室安危，可以诗人目之哉！其称张镐有"扶颠”“筹策”语，人或疑之。余考史：至德二年四月，罢房琯而相镐。至次年二月，因论史思明凶险不可假威权，又论许叔冀多诈，临难必变。上不喜，且事不中要，故罢相。已而思明果反，而叔冀果降思明，其料事之审如此。至收复两京，俱在相镐之日，即宰相之功也。蔡宽夫谓收复两京时不闻别有奇功，非“见与儿童邻”邪？（《杜臆》卷三）

钱谦益曰：肃宗即位，下制曰：“复宗庙于函、雒，迎上皇于巴蜀。道銮舆而返正，朝寝门而问安，朕愿毕矣。”上皇至自蜀，即日幸兴庆宫。肃宗请归东宫，不许。此诗援据寝门之诏，引太子东朝之礼以讽喻也。鹤驾龙楼，不欲其成乎为君也。颜鲁公《天下放生池碑》云：“迎上皇于西蜀，申子道于中京，一日三朝，大明天子之孝；问安待膳，不改家人之礼。”东坡云：“鲁公知肃宗有愧于是，故有此谏也。”（《钱注杜诗》）又曰：肃宗即位，（李）泌谒见于灵武，调护玄、肃父子之间，为张良娣、李辅国所恶。及上皇东行有日，泌求去不已，乃听归衡山。公以四皓拟泌，盖借其有羽翼之功而飘然引去也。（仇注引）

朱鹤龄曰：中兴大业，全在将相得人。前曰“独任朔方无限功”，中曰“幕下复用张子房”，此是一诗眼目。使当时能专任子仪，终用张镐，则洗兵不用，旦夕可期，而惜乎肃宗非其人也。王荆公选工部诗，以此压卷，其大旨不过如此。若玄肃父子之间，公尔时不应遂加讥切也。（《杜工部诗集辑注》附《杜诗补注》）

沈寿民曰：两京克复，上皇还宫，臣子当时当若何欢忭。乃逆探移仗之举，遽出诽刺之词。子美胸中，不应峭刻如此。（仇注引）

潘耒曰：《洗兵马》一诗，乃初闻恢复之报，不胜欣喜而作，宁有暗含讥刺之理。上皇初归，肃宗未失子道，岂得预探后事以责之？诗人以忠厚为本，少陵一饭不忘君。即贬谪后，终其身无一言怨怼，而钱氏乃谓其立朝之时，即多隐刺之语，何浮薄至是！噫！此岂所以为牧斋欤！又曰：天子之孝，在乎安国家、保宗社。明皇既失天下，肃宗起兵朔方，收复两京，再造唐室，其孝亦大矣。晚节牵于妇寺，省覲阔疏，子道诚有未尽。若谓其猜忌上皇，并忌其父之臣，有意剪锄，则深文矣。移宫仓卒，上皇不乐，容或有之。儿为兵鬼之言，出自《力士传》。稗官片语，乃以实肃宗之罪，至比商臣、杨广，论人当若是耶？房琯虽负重名而鲜实效，丧师辱国，门客受赇，罢相亦不为过。子美论救，固是为国惜贤。虽蒙推问，旋即放免，逾年乃谪官，不知坐何事。今言其坐琯党，亦臆度之辞耳。子美大节，在自拔贼中归行在，不在救房琯也。钱氏直欲以此为杜一生气节，欲推高杜，则极赞房，遂痛贬帝。明末党人，多依傍一二大老，脱失路，辄言坐某人故牵连贬谪，怨悱其君，无所不至。此自门户习气。杜公心事，如青天白日，安有是哉！以是推之，牧斋而秉史笔，三百年人物，枉抑必多。绛云一炬，有自来矣。（仇兆鳌《杜少陵集详注》卷六引）

仇兆鳌曰：（“中兴”十二句）此闻河北捷音，而料王师之必克。邺城之师，军无统制，故欲独任子仪，以收战功；又恐肃宗还京，渐生逸豫，故欲念其起事艰难，而思将士之勤苦。下四句有规讽意。（“成王”十二句）此言命将得人，而喜王业之方兴。成王，广平王俶也；郭相，子仪也；司徒，李光弼也；尚书，王思礼也。“东走”句，见士庆弹冠；“南飞”句，见民蒙安宅。青春、紫禁，朝仪如故；鹤驾、鸡鸣，帝修子职也。（“攀龙”十二句）此叹扈从者滥恩，望宰相得人以致太平。（“寸地”十二句）末记祯符迭见，及欲时收功，以慰民心也。张远注：前六，颂其已然；后六，祷其将然。此章四段，各十二句。（《杜少陵集详注》卷六）

浦起龙曰：时庆绪围困，官军势张，公在东都，作《洗兵马》以鼓舞其气，皆忻喜愿望之词。统言之，六韵四段，章法整齐。前二段，注意将。任将专，则现在廓清之功立奏。后二段，注意相。良相进，则国家治平之运复开。此本朱鹤龄氏所谓：“中兴大业，全在将相得人。前云‘独任朔方’，后云‘复用子房’，为一诗眼目。”其说最为的当矣。细绎之，则首段仍是全局总冒。先言邺即捷，贼即清，以预为欣动。而“常思仙仗”“笛月”“兵风”等句，便是图治张本，其神直贯后幅也。至次段，总是归功诸将，见将帅得人如此，行且入安旧业，官庆随班，君得从容以全慈孝，皆将见之寇尽之馀。此即篇首意而申之。第三段，乃出议论，先以滥恩宜抑，引起任相需贤。贤相久任，则馀寇不足平，盛业不难再。是皆本于人君图治之心，正与“常思仙仗”相应。末段，纯作注想太平、满心满愿语，紧承“后汉今周”说下。至结处“淇上”四句，又兜转围邺之事，遥应发端。警之祝之，仍是全局总收也。〇“鹤驾”“鸡鸣”，钱氏以为刺肃宗不能尽子道，朱氏非之，吴江潘氏驳之，允矣。但其立说，止据《博议》，以此二句望肃宗能修人子之礼也。愚谓大错。夫“鹤驾”，太子故实也。而移之天子，不仍然钱氏“不欲其成乎君”之旨哉！《收京》诗不云乎：“羽翼怀商老，文思忆帝尧。”盖兼父道子道言之也。先是广平有大功，良娣忌而谮之，动摇岌岌。至是已立为太子，谮竟不行。乃若上皇长庆楼置酒之衅，全然未启。公此时深幸外寇将尽，而内嫌不生，特为工丽之辞，铺张盛美。其曰“鹤驾通宵”，言东宫早晚入侍，爱子之诚，无嫌无疑也；其曰“鸡鸣问寝”，言南内晨昏恋切，孝亲之道，尽礼尽制也。或问：“凤辇”天子所御，何可移之太子？“问寝”，乃《文王世子》语，何偏以此为帝孝？余曰：不然，此二句正须看得活相，益显天伦之乐。“鹤驾”既来，“凤辇”亦备，父子相随以朝寝门，欢然交忻，龙楼待晓。岂不休哉！此以走马为对仗，乃杜公长技。至《文王世子》之文，本属帝王通用。观颜鲁公《请立放生池表》云：“一日三朝，大昭天子之孝；问安视膳，不改家人之礼。”亦尝以此颂帝矣。故余断以此二句为兼父子言之也。彼驳钱者，忘却太子一边，强就肃宗回护，未足关其口矣。〇钱氏以“萧相”坐实房琯，以“关中”一段为琯、镐既罢而讽之，其言曰：肃宗猜忌其父，因而猜忌其父之臣云云。潘氏驳之……愚按：牧斋借面吊丧，次耕顶门下砭，快绝矣！但房之贬，实以丧师；杜之谪，自因琯党，事迹本明明白白。钱以罢房为忌疾父臣，诚属深文。潘以谪杜为不知所坐，亦滋疑案。一因护杜故，而推房以贬帝；一因驳钱故，而挽杜以斥房，皆意见之未化也。○此篇是初唐四家体，貌同而骨自异。今人好以乱头粗服，优孟少陵，而于四家之清词丽句，妄加嗤点，不知少陵固尝为之，曾不贬损其气格也。(《读杜心解》卷二)

张谦宜曰：他人古诗用骈句，只为补虚；少陵古诗用骈句，乃有馀勇。换韵转笔，陡健如龙腰突起。(《絸斋诗谈》卷四)

田雯曰：子美为诗学大成，沈郁顿挫，七古之能事毕矣。《洗兵马》一篇，句云“三年笛里关山月，万国兵前草木风”，犹是初唐气格。王、李、高、岑诸家，各有境地。开元、大历之间，观止矣。(《古欢堂杂著》卷二)

吴乔曰：《洗兵马》是实赋。(《围炉诗话》卷二)

《唐宋诗醇》：平仄相间，对偶整齐。王、李、高、岑，上及唐初，声调如是。乃杜集七古之整丽可法者。至于此诗之作，自是河北屡捷，贼势大蹙，特为工丽之章，用志欣幸。中间略有寄意，全无讥讽。

夏力恕曰：义正辞严，情深气壮，通体除起结外皆属对，而浑浩流转，无复骈偶之痕。(《杜诗增注》卷五)

沈德潜曰：(“中兴”句) 河北。(“已喜”四句) 仙仗过崆峒，追思昔日播迁。下言笛奏关山、兵惊草木，不忘起事艰难也。(“鹤驾”二句) 肃宗即位，下制曰（略）。诗中指此，意并非刺讽。牧斋所笺，俱深文未允。诗共四段，每段平仄相间，各用六韵。此古风变体。两京光复，上皇还宫，正臣子欣幸之时，安有预探移宫之事而加以诽议乎！钱笺比之商臣、杨广，过用深文，少陵忠爱，必不若是。(《重订唐诗别裁集》卷六)

王士禄曰：(“已喜”以下十句) 气势如春潮三折，排山倒海。(《杜诗镜铨》卷五引)

邵长蘅曰：“鹤驾”二句，自见书法。(同上引)

蔡世远曰：是时将帅恃功骄纵，必酿尾大不掉之祸，先生豫知之，

故正词以警。又曰：镐之才胜于琯，乃公所尤注意以赞中兴者，故申说独详。(同上引)

陶开虞曰："三年笛里关山月，万国兵前草木风"，雄亮悲壮，恍如江楼闻笛，关塞鸣笳。"青春复随冠冕入，紫禁正耐烟花绕"，写得收京后，春日暄妍，百官忭豫，一种气象在目。(同上引)

杨伦曰：("中兴"四句)从本事叙起。("只残"二句)邺城竟以无元帅致溃。("已喜"四句)插入四句，尤极抑扬顿宕之致。("常思"句)安不忘危，大臣之议。("成王"六句)再详叙诸将，品评不苟。("鹤驾"二句)言鹤驾通宵，备凤辇以迎上皇；鸡鸣报晓，趋龙楼以伸问寝也。青春重整朝仪，人主复修子道，皆将见之寇尽之馀。语亦以颂寓规。盖移仗事虽在后，而是时张(良娣)、李(辅国)用事，当已有先见其端者。与《收京》诗"文思忆帝尧"同旨。正见公深爱切挚处。深文固非，即泛说亦非也。("攀龙"四句)此更以滥恩宜抑引起任相需贤。("关中"句)萧丞相谓房琯自蜀奉册，留相肃宗。一说：蔡梦弼谓指杜鸿渐。《唐书》："肃宗按军平凉，鸿渐首建朔方兴复之谋，且录军资器械储廥上之。肃宗喜曰：'灵武吾关中，卿乃吾萧何也。'"按：鸿渐为人无勋德，且非公所喜，自当指琯为是。("后汉"句)以汉光、周宣比肃宗，言能专用镐，则馀寇不足平而太平可坐致也。("寸地"二句)承上句，再极其愿望。("田家"二句)点入时景。("淇上"四句)结仍应转起处。○此及《古柏行》多用偶句，对仗工整，近初唐四家体。少陵偶一为之，其气骨沉雄，则仍系公本色。(《杜诗镜铨》卷五)

鲁通甫曰：杜七古中第一篇。他篇尚可摹拟，此则高词伟义，峻拔天表，后人更无从望其项背。通篇四转韵，每韵十二句，整齐极矣。看去却疏动变化，夭矫盘曲，不可方物。由其才气横绝，故严重中有不可羁绁之势……少陵新乐府，题多创获。若《兵车行》《丽人行》，尚于古人有所因藉；《哀江头》《哀王孙》《悲陈陶》《悲青坂》，皆随事撰成，空所依傍。至《洗兵马》一篇，题更奇特，点在篇终，尤见点睛飞去之妙。窃意古人成诗而后有题。篇终混茫，踌躇满志，无以命题，而直揭篇末“洗兵马”三字大书其上，其时不知如何叫绝也！（《鲁通甫读书记·七古》）

施补华曰：《洗兵马》对仗既整，章节亦谐，几近初唐四家体。然苍劲之气，时流楮墨，非少陵不能作也。（《岘佣说诗》）

[鉴赏]

这首诗的写作时间，直接关系到对诗的基调的理解。如果按照黄鹤的编年，系此诗于乾元二年（759）仲春，不但与题注“收京后作”不合［此时离至德二载（757）九月收复长安已达一年零五个月，离十月收复洛阳亦已一年四个月］，而且与诗中“三年”之语亦不符［自天宝十四载（755）十一月安史乱起至乾元二年二月，首尾已五年，按当时纪年数惯例，绝不可能说成三年］。应从赵次公、钱谦益之说，系于乾元元年（758），时间当在三月李俶自楚王徙封成王稍后。此时距两京收复只有半年左右，谓“收京后作”，时间较合。且诗中提到的“京师皆骑汗血马，回纥喂肉葡萄宫”的现象，与克复两京的时间有密切联系；“鹤驾”四句写到的“鸡鸣问寝”景象亦在至德二载十二月玄宗返京以后，均距乾元元年三月稍后作诗的时间较近。尤可注意者，为诗中重点称颂的宰相张镐，乾元元年三月已在任上，与“幕下复用张子房”之语正合。如作于乾元二年二月，则其时镐已罢相七个月，用五句诗来专门颂扬一个已不在位的宰相，几乎不可理解。再有一点，安庆绪自洛阳被唐军收复后即逃往邺城，到至德二载十二月，因史思明之降，而“沧、瀛、安、深、德、棣等州皆降。虽相州（邺城）未下，河北卒为唐有矣”（《通鉴》卷二百二十），与诗中“中兴诸将收山东”“只残邺城不日得”之语完全符合。正是在这样一个时间节点上，诗人才会强烈感到安史之乱的平定已是指日可待，从而创作出一阕胜利的畅想曲。如果将作诗的时间延至乾元二年仲春，则其时史思明复反，围邺诸军“既无统帅，进退无所禀……城久不下，上下解体”“诸军乏食，人思自溃”，形势已非昔比。

全诗四十八句，分四段，每段十二句，平仄韵交押。第一段十二句押平声韵，总叙破敌平叛的大好形势，抒发对胜利的畅想。前六句为一层，谓中兴诸将收复华山以东的广大地区，捷报频传，昼夜相继。黄河虽广，一苇可渡；官军破竹之势已成，胡命危浅，亡在旦夕之间。眼下只剩下邺城尚未攻取，其陷落亦指日可待。前五句一气直下，以夸张渲染的笔调传达出胜利在望的兴奋喜悦之情，第六句以“独任朔方无限功”重笔收束，点明这一切胜利均缘于皇帝对朔方节度使郭子仪的“独任”。《通鉴·至德二载》：“十一月，广平王俶、郭子仪来自东京，上劳子仪曰：‘吾之家国，由卿再造。’”从肃宗的评价中可以看出他在收复两京前对郭的倚重。正是由于对郭子仪的专任，这才有“捷书夜报清昼同”的大好形势和诸将共建的“无限功”。这也说明，此诗当作于乾元元年九月诏九节度之师讨安庆绪，且不设统帅之前。如作于乾元二年二月，则其时肃宗早已不“独任朔方”，歌颂赞扬之语也变成皮里阳秋的讽喻了。

“京师”以下六句为另一层，在“已喜皇威清海岱”，庆祝已经取得的辉煌胜利的前提下，对回纥势力的炽盛表示隐忧。借回纥之力击安史叛军，是唐肃宗的既定方针。《通鉴》载：“初，上欲速得京师，与回纥约曰：‘克城之日，土地士庶归唐，金帛子女归回纥。’”后虽因广平王的劝说，回纥未即在长安进行掠夺，但破东京后则“如约”大掠，直到广平王“入东京，回纥竟犹未厌，俶患之，父老请率罗锦万匹以赂回纥，回纥乃止”。可见肃宗这种急功近利的方针给百姓带来的祸害。“京师皆骑汗血马，回纥喂肉葡萄宫”二句，在貌似渲染京师回纥战马之多、军士之众的笔调中，隐隐透露出诗人对这种现象的忧虑。这也是杜甫的一贯态度。与此同时，诗人还寓劝于赞，指出在取得辉煌胜利的时刻，要“常思仙仗过崆峒”，不忘当年安史叛军攻陷潼关、逼近长安时流离播迁的情景，痛定思痛，居安思危。“三年笛里关山月，万国兵前草木风”二句，就是对三年来全国各地饱受战乱之苦的艺术概括。上句是说笛里吹奏出的尽是征戍离别之音。下句是说各地百姓受尽战争惊吓，“兵前草木风”五字，浓缩“草木皆兵”“风声鹤唳”的故实，造语新奇而警拔。两句对仗工整，词采清丽，意境宏阔，韵味深长，是杜诗中著名的对句。由于是在欢庆胜利的时刻回想过去，情调便不显得那样沉重忧伤，而是无形中透露出一种轻快明朗的气息。

第二段十二句改押仄声韵，对“中兴诸将”的才能、品格、气度进行赞颂，对他们“整顿乾坤”、收复两京后带来的新气象热情讴歌。诸将人数众多，这里只着重揭举四人：成王李俶（即后来的代宗）、郭子仪、李光弼、王思礼。以李俶为首，是因为在克复两京的过程中，他担任天下兵马元帅，“功大心转小”，则是赞其不居功自傲，而是更加小心谨慎。长安克复之日，回纥叶护要如约抢掠，广平王的劝阻是起了作用的，以至入城之日，“百姓军士胡虏，见俶拜（于叶护马前，请暂勿俘掠），皆泣曰：‘广平王真华夷之主’”。郭、李同为元勋，在克复两京时功勋卓著，诗人一赞其“谋深”、一赞其“清鉴”，一赞其才，一赞其识，各有侧重；于王思礼，则赞其气度之高远。以上四人，所赞均不重在功绩（因收两京、收山东已足以证明），而在其才能、品质、气度，这正是“中兴诸将”异于一般将帅之处。称李俶为“成王”，正说明诗作于乾元三月李俶自楚王徙封成王后不久，至五月，俶已立为皇太子，不得再以“成王”称之。“二三豪俊为时出，整顿乾坤济时了”二句，总束以上四句，用“整顿乾坤”概括他们的业绩，正是对他们“收拾山河”“再造唐室”功绩的热情讴歌。以上六句为一层，下一层六句转入对乾坤新气象的描绘渲染。“东走”二句谓士庶百姓出行道无豺虎，安居有巢可栖，互文见义，虽用典而流走畅达，内容与语言风格和谐统一。“青春”二句，谓京城收复，春天的明丽景象又来到了长安，朝臣们冠冕齐整，朝仪如旧；紫禁城上笼罩着春天的烟霭花树，相互辉映，分外壮丽。二句全用明丽锦绣之词，渲染出一派喜庆景象，正是中兴气象。“鹤驾”二句，谓自蜀迎归上皇，从此父子相聚，可以朝起问寝，尽天伦之乐、父子之礼了。玄、肃之间有矛盾，历时已久，马嵬事变实为仓促之际的一场政变。这里特意渲染家人父子之间其乐融融的景象，是以祝愿赞颂微寓婉规，希望玄、肃父子之间能出现这种融洽无间的关系和景象。

第三段十二句又转押平声韵。这一段两层，前一层四句，揭示两京收复、论功行赏时出现的封爵过滥的现象。《通鉴》载，至德二载十二月戊午，“上御丹凤楼，赦天下……立广平王俶为楚王，加郭子仪司徒、李光弼司空，自馀蜀郡、灵武扈从立功之臣，皆进阶赐爵加食邑有差……立皇子南阳王係为赵王、新城王僅为彭王、颍川王僩为兖王、东阳王侹为泾王、僙为襄王、倕为杞王、偲为召王、佋为兴王，侗为定王”。在这一大批封王赐爵的人当中，有的根本就没有任何功勋，却因“时来”之故“尽化为侯王”，杜甫对这种滥行封王赐爵的现象深表不满，语气中有讽刺、有斥责、有蔑视，实际上也婉转表达了对肃宗的批评。“关中”以下八句，转出另一层意，谓中兴之业，关键在任相得人。“关中”二句，谓肃宗先留房琯，再用张镐，二人均为济危扶颠之良相，房琯至德二载五月已罢相，张镐代相，作此诗时镐仍在任上（乾元元年五月罢）。虽并举房、张，而侧重在张。正因张镐在任期间，两京先后克复之故。因此下面不吝笔墨，用了四句诗对张镐的出身品格、仪表气度、逢时而起、扶颠筹策进行多角度的渲染描绘，最后以“青袍白马更何有，后汉今周喜再昌”二句总束以上六句，谓得此张良式的贤相运筹帷幄，方能建此中兴之伟业。对张镐的赞颂可谓无以复加，词亦淋漓尽致。这一段前后两层，看似有些脱节，实则均着眼于中兴之业的政治层面，也是使中兴之业得以继续推进的根本。前者望肃宗勿滥行封赏，后者望肃宗任用贤相，又都统一于用人这一为政的主要方面。唐太宗开创贞观之治，关键即在用人与纳谏，今日肃宗中兴正应着眼于此。但前四句讽刺斥责之意明显，“势莫当”“尽化”“岂知”“不得”等语，连贯而下，诗人对这种与中兴气象不和谐的现象的愤激不屑亦溢于言表；后者则于抑扬有致、潇洒轻快的笔调中抒发对肃宗任用贤相的赞扬和对贤相精神风貌的景仰，至“青袍”二句已将对中兴局面的赞颂推至高潮。前后两层，情感由愤转喜，语调由讽转赞，构成鲜明对照，显得跌宕多姿。

第四段十二句，又转用仄声韵。这一段的前六句，紧承“后汉今周喜再昌”，对伴随着中兴局面出现的各地争送奇祥异瑞、纷纷歌功颂德的现象作了或尖锐、或委婉的讽刺。如果说上一段的头一层是讽为君者不可因胜利而滥行封赐，那么这一段的头一层则是讽为臣者不可因胜利而阿谀逢迎、投君所好。这二者都是封建政治在形势稍好时极易出现的腐朽现象。对于各地纷呈祥瑞，诗人用“寸地尺天”“奇祥异瑞”“皆入贡”“争来送”“不知”“复道”等语进行尖锐的嘲讽，讽刺地方官为了逢迎邀宠而刻意弄虚作假，唯恐落后；对词人之歌功颂德则仅以“解撰”一语作含蓄的婉讽，且以“隐士休歌紫芝曲”之正面描叙作对照，使讽意不致过于刻露。诗人揭示上述种种与“中兴”伴生却又与之不和谐的现象进行或显或隐的讽刺，正说明在一片大好形势的喜庆气氛中应始终保持着清醒的头脑。诗人意中，实希望地方官们关心民瘼，注重生产。下一层的开头两句“田家望望惜雨干，布谷处处催春种”就透露了这一消息。前面均为大段叙述议论，此处“忽入时景”，仿佛突兀，实则与上词断神连。与其争送祥瑞、歌功颂德，不如踏踏实实做一点有利于百姓和生产的实事。“淇上”二句，遥承首段“只残邺城不日得”，紧接“催春种”，用充满祈望的语气，希望早日攻克邺城，使“淇上健儿”归家从事农耕，与家人团聚。“归莫懒”“愁多梦”，语带调侃，情则亲切，表达出人民对和平生活的渴望。末二句乃就势收束，希望壮士力挽天河，洗净甲兵，使百姓永不受战争之害。直至篇末方直接点明题旨。看似又显突兀，实则在此前的所有喜庆胜利，赞颂中兴新气象的叙述描绘和议论中，都贯串着早日结束战争，使人民安享和平生活的意蕴。故篇末点睛，正是水到渠成，结得既自然又有力。

在安史乱起以后的十五年中，杜甫遇到的最使他兴奋喜悦的国家大事，除了广德元年（763）的“闻官军收河南河北”，安史之乱最终平定外，就是这次“中兴诸将收山东”的局面。《闻官军收河南河北》被称为杜甫“生平第一快诗”，这首《洗兵马》也称得上是他的另一首“快诗”。为了充分表达对胜利局面、中兴事业、和平生活的欣喜、庆祝和祈望，渲染热烈欢快的喜庆气氛，他特意采用了词采鲜丽、对仗工整、形式齐整的转韵体。这实际上是杜甫在“初唐四杰”七言歌行的基础上改造的颂体诗。但它并不以铺排为特色，而是在淋漓尽致、抑扬顿挫的抒情性议论中贯串着劲健的气势，故华而不靡，丽而有骨。王安石取此为杜诗压卷之作，洵称有识。

新安吏①

客行新安道②，喧呼闻点兵③。借问新安吏：“县小更无丁④？”“府帖昨夜下⑤，次选中男行⑥。”“中男绝短小⑦，何以守王城⑧？”肥男有母送⑨，瘦男独伶俜⑩。白水暮东流，青山犹哭声⑪。莫自使眼枯⑫，收汝泪纵横⑬。眼枯即见骨⑭，天地终无情⑮！我军取相州⑯，日夕望其平⑰。岂意贼难料⑱，归军星散营⑲。就粮近故垒⑳，练卒依旧京㉑。掘壕不到水㉒，牧马役亦轻㉓。况乃王师顺㉔，抚养甚分明㉕。送行勿泣血，仆射如父兄㉖。

[校注]

①题下原注：“收京后作。虽收两京，贼犹充斥。”仇兆鳌《杜少陵集详注》引师氏曰：“从《新安吏》以下至《无家别》，盖纪当时邺师之败，朝廷调兵益急。虽秦之谪戍，无以加也。”仇兆鳌曰：“此下六诗，多言相州师溃事，乃乾元二年自东都回华州时，经历道途，有感而作。钱氏以为自华州之东都时，误矣。”据《通鉴·乾元二年》：

“郭子仪等九节度使围邺城，筑垒再重，穿堑三重，壅漳水灌之。城中井泉皆溢，构栈而居，自冬涉春，安庆绪坚守以待史思明，食尽，一鼠直钱四千，淘墙麸及马矢以食马。人皆以为克在朝夕，而诸军既无统帅，进退无所禀；城中人欲降者，碍水深，不得出。城久不下，上下解体。思明乃自魏州引兵趣邺……诸军乏食，人思自溃。思明乃引大军直抵城下，官军与之刻日决战。三月，壬申，官军步骑六十万陈于安阳河北，思明自将精兵五万敌之，诸军望之，以为游军，未介意。思明直前奋击，李光弼、王思礼、许叔冀、鲁炅先与之战，杀伤相半；鲁炅中流矢。郭子仪承其后，未及布陈，大风忽起，吹沙拔木，天地昼晦，咫尺不相辨。两军大惊，官军溃而南，贼溃而北，弃甲仗辎重委积于路。子仪以朔方军断河阳桥保东京。战马万匹，惟存三千，甲仗十万，遗弃殆尽。东京士民惊骇，散奔山谷，留守崔圆、河南尹苏震等官吏南奔襄、邓，诸节度各溃归本镇。士卒所过剽掠，吏不能止，旬日方定。惟李光弼、王思礼整敕部伍，全军以归。”此即“相州师溃”之详情。为补充溃散伤亡的兵源，统治者四处抓丁，连未成丁的中男、白发老妪、刚成婚的新郎、子孙阵亡尽的老翁、无家可归的阵败士兵均被征调入伍。诗人在三月初相州兵溃之后由洛阳返回华州的途中，见到上述种种惨绝人寰的情景，写下著名的组诗《新安吏》《潼关吏》《石壕吏》（即所谓“三吏”），《新婚别》《垂老别》《无家别》（即所谓“三别”）。其中“三吏”系有诗人在内的问答叙事体，“三别”则纯为主人公之自述，但都具有明显的叙事诗特征。除《潼关吏》一首系写与关吏的对话，发表自己对守关的见解以外，余五首均写被征百姓的悲惨遭遇。《新安吏》系写与新安吏的对答与强征中男入伍的送行场景。新安，县名，唐属河南府，在东都以西七十里，今河南新安县。②客，杜甫自指，犹《兵车行》之“道旁过者”。③点兵，按名册点名征兵。④两句系杜甫向新安吏发问。丁，指成年的壮丁。杜甫看到征集的队伍中有未成丁的中男，故问新安吏：难道是因为县小，再也抽不到壮丁了吗？新安县仅有两乡，故云“县小”。⑤府帖，唐实行府兵制，故称军帖（征兵文书）为府帖。⑥次选，依次征调。中男，未成丁的男子。《唐会要》载：“天宝三载十二月赦文……自今以后，百姓宜十八岁已上为中男，二十三岁已上为成丁（按《旧唐书·食货志》：唐高祖武德七年，原定十六为中，二十一为丁）。”中男按天宝三载（744）改制当指十八岁至二十三岁的男子。以上二句为新安吏的答话。⑦绝短小，甚矮小。⑧王城，指洛阳。洛阳为东周之王城。以上二句为杜甫对吏的答话的反问。其时最紧迫的任务是守卫东都洛阳，免得再次沦于叛军之手，动摇全国军民的信心。⑨肥男，长得肥壮一点的中男。可能家境稍好，故“有母送”。⑩伶俜，孤苦伶仃的样子，形容其无家人送行。⑪白水，新安南濒谷水。此白水当指谷水而言。犹哭声，好像仍然隐隐传出一片哭声。⑫眼枯，眼泪哭干。此下至篇末，是杜甫对送行的家人说的话，也可以理解为杜甫内心想说的话。⑬汝，指送行者。视篇末“送行勿泣血”句可知。⑭见骨，显出眼骨。⑮天地，泛指。不必指实。⑯相州，即邺城。⑰日夕，早晚。此句即注①引《通鉴》“人皆以为克在朝夕”之意。平，平定、克复。⑱贼难料，敌情难以预料。⑲归军，指九节度使的溃退之师。星散营，形容溃退之师如流星之四散而各归本镇，或退守河南扎营。⑳就粮，到有粮食的地方就食。故垒，旧有的营垒。㉑练卒，训练新兵。旧京，指东京洛阳。㉒壕，战壕。不到水，形容壕浅。㉓牧马，放牧战马。役，劳役。㉔王师顺，朝廷的军队为正义之师，顺乎天道民心。“顺”与“逆”相对而言。㉕抚养，将帅爱护士兵。甚分明，非常清楚、毋庸置疑。㉖仆射，指郭子仪。肃宗至德二载（757）五月，曾为左仆射。九月，从广平王率蕃汉之师十五万进收长安。作诗时子仪官中书令，此处仍以“仆射”旧官称之，以示亲切，且云“仆射如父兄”，是因为朔方军将士思子仪，如子弟见思父兄，说明子仪素有爱护士卒的美誉（详参萧涤非《杜甫诗选注》第114页引《通鉴》卷二百二十三）。《旧唐书·郭子仪》载子仪薨后，德宗降诏，亦赞其“训师如子，料敌若神”。

［笺评］

白居易曰：李（白）之作，才矣奇矣，人不逮矣，索其风雅比兴，十无一焉。杜诗最多，可传者千馀篇……然撮其《新安吏》《石壕吏》《潼关吏》《塞芦子》《留花门》之章，“朱门酒肉臭，路有冻死骨”之句，亦不过三四十首。(《与元九书》)

张戒曰：韩退之之文，得欧公而后发明；陆宣公之议论，陶渊明、柳子厚之诗，得东坡而后发明；子美之诗，得山谷而后发明。后世复有扬子云，必爱之矣，诚然诚然。往在桐庐见吕舍人居仁，余曰：“鲁直得子美之髓乎？”居仁曰：“然。”……余曰：“……《壮游》《北征》，居仁能之乎？如‘莫自使眼枯，收汝泪纵横。眼枯即见骨，天地终无情。’此等句鲁直能到乎？”(《岁寒堂诗话》)

王深父曰：此篇哀出兵之役夫。古者遣将有推毂分阃之命，今弃师于敌也，虐至于无告。如诗之所感，君臣岂不可刺哉！然子仪犹宽度得众，故卒美焉。(《唐诗品汇》卷七引)

范梈曰：天地无情而仆射如父兄，当时人心可知，朝廷之大体可悲矣。(同上引)

钟惺曰：(“中男”四句下批)“绝短小”“肥男”“瘦男”等字，愁苦人读之失笑。(“莫自”句)“莫自”二字怨甚。“甚分明”三字，驭众之言。(“抚养”句下)(末二句)读此语，仆射不得不做好人。(《唐诗归》)

谭元春曰：(末二句下)用意深厚，有美有规。(同上)

王嗣奭曰：“借问”二句，公问词；“府帖”二句，吏答词；“中男”二句，公叹词。就中男内，看他或瘦或肥，有母无母，及同行送行之人，一齐俱哭，而以“哭声”二字括之，何等笔力！下不言朝廷而言天地，讳之也。此不言军败而云“归军”，亦讳之也。子仪时已进中书令，而仍称旧官，盖功著于仆射，而御士素宽，此就其易晓者以安之也。（仇注引）又曰：此诗炉锤之妙，五首之最……“短小”是不成丁者，盖长大者早已点行而阵亡矣。又就“短小”中分出肥、瘦、有母、无母、有送、无送。此必真景，而描写到此，何等细心！此时瘦男哭，肥男亦哭，肥男之母哭，同行同送者哭，哭者众，宛若声从山水出，而山哭，水亦哭矣。至暮，则哭别者已分手去矣，白水亦东流，独青山在，而犹带哭声，盖气青色惨，若有馀哀也。止着一“哭”字，犹属青山，而包括许多哭声，何等笔力！何等蕴藉！……“泣血”与“哭”异，乃有涕无声者。临别则哭，既行则悲，用字斟酌如此。（《杜臆》）

张綖曰：凡公此等诗，不专是刺。盖兵者凶器，圣人不得已而用之。故可已而不已者，则刺之；不得已而用者，则慰之、哀之。若《兵车行》、前后《出塞》之类，皆刺也，此可已而不已者也；若《新安吏》之类，则慰也；《石壕吏》之类，则哀也，此不得已而用者也。然天子有道，守在四夷，则所以慰、哀之者，是亦刺也。（《杜工部诗通》卷七）

许学夷曰：《石壕》《新安》《新婚》《垂老》《无家》等，叙情若诉，苦心精思，尽作者所能，非卒然信笔所能办也。（《诗源辩体》卷十九）

陆时雍曰：善作苦语。（《唐诗镜》卷二十一）又曰：少陵五古，材力作用，本之汉魏居多，第出手稍钝，苦雕细琢，降为唐音。夫一往而至者，情也；苦摹而出者，意也。意死而情活，意迹而情神，意近而情远，意伪而情真。情、意之分，古今之所由判矣。少陵精矣刻矣，高矣卓矣，然而未齐于古人者，以意胜也。假令以《古诗十九首》与少陵作，便是首首皆意。假令以《新安》《石壕》诸什与古人作，便是首首皆情，此皆有神往神来、不知而自至之妙。（《诗镜总论》）

黄生曰：“肥男”二句，见先时长男赴役，其母尚在，今母已死。是“肥”“瘦”二字，见先时犹有粮粒，今已乏食饥羸，犹不免征戍之苦。无限情事，只用十字叙之，笔力如此！“白水”二句，言人心悲惨，故闻流水之声，有似青山之哭。末语如闻其声，明“中男”以下皆其父送之之语。本系强勉宽慰之辞，翻令千载而下，读者为之喉哽。(《杜诗说》卷一)

仇兆鳌曰：(“客行”八句)从点兵起，一时问答之词，“客行”，公自谓。(“肥男”八句)此于临行时，作悲悯之语。“白水流”比行者；“青山哭”，指居者。(“我军”十二句)此为送行者作宽慰之语。前军溃散，后军继行。恐人心惶惧。曰“就粮”，见有食也；曰“练卒”，非临阵也；曰“掘壕”“牧马”，见役无险也。且“师顺”则可制胜，“抚养”则能优恤，俱说得恺至动情。此章前二段，各八句，后段十二句收。(《杜少陵集详注》卷七)

施闰章曰：杜不拟古乐府，用新题纪时事，自是创识，就中《潼关吏》《新安》《石壕》《新婚》《垂老》《无家》等篇，妙在痛快，亦伤太尽。(《蠖斋诗话》)

浦起龙曰：按系乾元二年三月后事。六诗皆戍河阳。《新安吏》，借题邺城军溃也。统言点兵之事，是首章体。如《石壕》《新婚》《垂老》《无家》等篇，则各举一事为言矣。分三段。首叙其事，中叙其苦，末原其由。先以恻隐动其君上，后以恩谊劝其丁男。义行于仁之中，此岂寻常家数。起处不叙初选正丁，突提次点中男，见抽丁之极弊。“天地无情”，固是为朝廷讳，然相州之败，实亦天地尚未悔祸也。篇中“守王城”“依旧京”，皆点清戍守眉目处。(《读杜心解》卷一)

邵长蘅曰：《新安》至《无家》为六首，皆子美时事乐府也。曲折、凄怆，直堪泣鬼神。(《杜诗集说》卷五引)又曰：结意深厚。(《杜诗镜铨》卷五引)

沈德潜曰：诸咏身所见闻事，运以古乐府神理，惊心动魄，疑鬼疑神，千古而下，何人更能措手！(《重订唐诗别裁集》卷二)

杨伦曰：(“肥男”二句)无父在言外，尤惨。(“白水”六句)初极其悲悯。(“岂意”二句)军败事叙得浑。(“况乃”四句)次复为安慰。(《杜诗镜铨》卷五)

宋宗元曰："眼枯"二句，沉痛斯极！末二句，婉而多风。（《网师园唐诗笺》）

张云：昔人谓《古诗十九首》惊心动魄，惟子美深得此秘。"三吏""三别"，尤其至者。(《十八家诗钞》引)

王闿运曰：分"肥""瘦"，好整以暇。(《手批唐诗选》)

马茂元曰："犹哭声"，谓犹如闻到哭声。……盖新兵及送行者去后，杜甫为悲哀所吸引，陷于沉思之中，山空野旷，哭声犹如在耳。这哭声，是一种听的幻觉，来源于诗人的心境……下文"莫自使眼枯，收汝泪纵横……"宽慰新兵家属的话，也是写内心活动，是诗人在自言自语，而非实叙。这种空际着笔，纯以神行，不仅标明了艺术上高超的造诣，同时也深化了诗的主题思想。它表现了诗人同情人民、忧念国事的情怀，已经进入如痴如醉的迷惘状态了。又此诗关于新兵出发时的情况，正面描写，仅有"肥男有母送，瘦男独伶俜"二句，接着便说"白水暮东流，青山犹哭声"，从"哭声"二字中，行者和送者的惨苦情怀，"牵衣顿足拦道哭，哭声直上冲云霄"的悲哀场境，可以想见。最后用"送行勿泣血"申足上文，神完气固，运掉无痕，结构之妙，尤见匠心。"肥男"二句，谓被点出征的中男，有胖有瘦，有的有母送，有的孤零零的连送行的人也没有。上下句错举而文义互见，非以"有母送"专属"肥男"，而"独伶俜"单指"瘦男"也。造语简劲浑括。于此等处，可以悟出杜诗的句法。（《百家唐宋诗新话》第206页）

[鉴赏]

《新安吏》是"三吏"的头一篇，也是杜甫离开洛阳西行头一天遇见的场景。新安离洛阳七十里，正好是一天的路程。诗人到达新安县城时，已是日暮黄昏的时分，也是旅人投宿的时刻，但他在新安道上所见所闻的情景，却使他心灵上受到强烈的震撼。

正当诗人在接近新安县城的路上行进时，不远处传来一阵阵喧呼吆喝声，原来是县里征兵的差吏正在对入伍的新兵逐一点名。起手两句，以客观叙事点明题目。“点兵”二字，实际上涵盖了整个“三吏”“三别”，具有统摄两组诗的作用。“喧呼”二字，略透战争时期紧张匆遽的气氛，吏之大呼小叫、作威作福之状亦依稀可见。

接下来两句，是诗人问新安吏的话，问话只五字，却包含着许多情事，或者说揭过了许多情事。一是在新兵队伍中，几乎是清一色的半大男孩，这显然违反朝廷的兵役制度；二是见此情状，诗人暗自忖度：是不是因为新安县太小（只辖两个乡），征不到足够的壮丁，这才把半大孩子拉来充数，因心有此疑，故有“县小更无丁”的发问。在杜甫宁愿把事情往好处想，但吏的回答却令诗人感到震惊：“府帖昨夜下，次选中男行。”上头的军书文书昨夜刚刚下来，要立即依次征选中男入伍出发。这回答透露出，并非因为县小，而是这一带的成年壮丁早就抽光了，这才不得不次选中男入伍；说明并非下面擅作主张，而是上面的明文规定，“昨夜下”而今日即征集成行，更透露出军情之紧急。

“中男绝短小，何以守王城？”这两句又是诗人的反问。中男的个头如此矮小，怎么能靠他们去“守王城”？这问题吏不可能回答，也无须作答，故只有问而无答。它透露出杜甫对“中男”们的怜悯同情，更透露出对王城守卫的担忧。而怜悯与担忧之中，又表现出诗人面对这一矛盾时的无奈。

以上八句为一节，通过新安道上所闻所见及与吏的问答揭示朝廷急征中男入伍这一事件的反常和不合理。以下八句，便转入对送行场景的描绘渲染。

“肥男有母送，瘦男独伶俜。”或谓二句系上下句错举而文义互见，但“独伶俜”显然专属“瘦男”而不能兼指“肥男”。实则在诗人意中，无论“肥男”“瘦男”，均为未成丁的“中男”，都是不合理的兵役制度的承担者，都值得悲悯，这是一；“肥男有母送”看似比

“瘦男独伶俜”差可安慰，但“有母送”的另一面却是“无父送”，他们的父亲或许早就战死沙场了，这是二；相形之下，父母双亡，“独伶俜”的“瘦男”就更显得悲惨可怜，此其三。

写到这里，诗人却立即煞住，宕开写景：“白水暮东流，青山犹哭声。”仇兆鳌注：“白水流，比行者；青山哭，指居者。”这个解释为后来的许多注家所承，不过说法稍有变化。文研所《唐诗选》说：“这两句渲染行者东去后，送者悲泣的气氛。”所谓“行者东去”“送者悲泣”就是从仇注来的。萧涤非说：“两句妙在能融景入情，从而构成一种仿佛山川也为之感动的悲惨气氛。如果直言儿子已去，母亲还在哭，便单薄无力量。”仇注坐实“白水流，比行者；青山哭，指居者”无疑太死，把诗的情调、气氛、意境都破坏了，萧先生指出了融景入情的特点及构成的山川同悲的气氛，但似乎还未能将诗的意境充分表达出来。这两句从时间场景上说，确实是写新兵队伍开拔后的情景，但它绝非直接以“白水”“青山”设喻。这两句首先是赋，是描绘新兵走后的情景和诗人对这种情景的主观感受：白水在苍茫的暮色中无语东流，而青山好像仍然隐隐传出一片哭声。这是一种融写实与象征为一体的艺术境界，诗人只是如实地将他当时所历的情景和所引起的感受表达出来，并不一定考虑过运用什么艺术手法，但他所创造的这个境界本身又确实经得起咀嚼吮味，能引起读者很丰富的联想。

首先是那“白水暮东流”的景象所透露出的寂寥、沉默的气氛。这种气氛，既是对新兵队伍出发后情景的逼真描绘，又让我们自然联想起那些中男正在沉默无言、黯然神伤、痛苦无告中开赴前线。你说“白水”就是直接的比喻吧，不，诗人并没有刻意设喻，将“白水”比作“行者”；你说这里面一点暗示没有吧，也不，因为“白水暮东流”的整体形象在特定背景下确实可以唤起上述联想。这就叫作寄兴在有意无意之间。

其次“青山犹哭声”，这是一种幻觉式的主观感受，“犹”字传神空际，是意境表达的主要凭借。透过这个“犹”字，可以想象，在送行的时候，肯定是一幅哭声震天、惨绝人寰的图景。“肥男”和送行的母亲，生离死别，当然是哭成一片；“独伶俜”的“瘦男”连送别的亲人也没有，触景伤情，自然哭得更伤心。整个旷野和天宇，仿佛被哭声塞满了。新兵的队伍开走后，送行的人也陆陆续续往回走，剩下的就是在暮色苍茫中东流的白水和四围的青山，以及少数几个送行的亲人还在嘤嘤地饮泣。也许是刚才那一阵震天动地的哭声太强烈了，尽管队伍已经走了，送行者也大部分走了，但四围的青山好像还隐隐地传出一阵阵哭声。这当然是诗人在心灵受到极大震撼以后的幻觉式感受，但这种幻觉感受的产生自有其合理的依据，这就是所谓“听觉暂留”，即此前震天动地的哭声在听者耳膜中的余波和回响。而传说中古战场有时会传出兵戈杀伐之声的现象也为“青山犹哭声”的感受提供了理解的依据。这也就反过来证明，这“哭声”决不是指送行者的哭声，“青山”更不是居者的象喻。而“山川也为之感动”的说法也并不符合诗人的原意。因为诗人在这里强调的并不是青山也带上了人的感情，而是说青山仿佛隐隐传出哭声。这是一种似真似幻的意境。说它幻，是因为青山作为自然景物，当然不可能有哭声；说它真，是因为它传神地表现了诗人在心灵上受到强烈震撼后出现的一种迷幻状态，一种神思恍惚、疑真疑幻的状态。正是这种状态，深刻表现了诗人对百姓的苦难的同情。

“莫自使眼枯，收汝泪纵横。眼枯即见骨，天地终无情！”这是从幻觉式感受中回过神来的诗人对送行者说的话，意思是说，不要白白地哭干了眼泪，把纵横满面的泪水收起来吧。眼泪哭干了就显出骨头，但天地却总是那样冷酷无情！表面上是劝慰，实际上是激愤的控诉。“天地”一语，注家多以为讳词，实指朝廷。其实不然。人在极度愤激无告的情况下呼天抢地、控诉天地是常情，看似泛指，实则涵盖极广。“天地”可以包括“朝廷”，但“朝廷”却不能代替“天地”，说“天地终无情”，则举凡征兵的官吏、上自朝廷下至州县的各级官吏乃至整个社会制度，都可以涵盖在“无情”二字之中。这种宜作宽泛理解的词语，正无须拘泥指实。四句的重心虽落在末句上，但末句之所以有爆发力和震撼力，却是由前三句步步进逼、反激的结果。先用“莫自”和“收”，反复强调不要空自流泪，再用“眼枯即见骨”的惨烈反逼出天地之无情，且以“终”字着意渲染流泪、眼枯、见骨之无用，因此末句的迸发便因前面的一系列反向渲染积聚了极大的能量而释放出巨大的震撼力，可谓“惊心动魄，一字千金”。这种抒情手段，是杜甫最擅长的绝招，像“安危大臣在，不必泪长流”“不眠忧战伐，无力正乾坤”，都是显例。

诗写到这里，感情达到最高潮，似乎难以为继，但诗人却不得不继。这是因为，“中男”们所要面对是一场维护国家统一的伐叛战争。对人民遭受的苦难表示悲悯同情，对“天地”进行激愤的控诉，自是有良心有正义感的诗人应有的态度，但对正在进行的伐叛战争，却还必须支持。诗的末段十二句，就是在支持伐叛战争的前提下引发出来的对送行者的宽慰。十二句分三层意思。第一层四句讲相州之败，这是“中男”们被急征入伍的原因。本来这次相州之败，与最高统治者的错误决策（不设统帅，无统一指挥）有密切关系，但杜甫不可能直接揭示这一点，只能说形势本来很好，相州旦夕可平，哪知道贼情难料，因此导致九节度各归散本镇的结果。仿佛情况完全出于偶然，这显然是不得已的回护之词，于轻描淡写、含糊其词中正可看出诗人的良苦用心——使听者不致对战争的前途失去信心。第二层四句分别讲新兵此去，有粮食可以吃饱，不会挨饿；先进行操练，并不立即上前线打仗；平日的劳役也很轻，只是掘掘浅壕，放牧战马而已。总之无饥饿苛役之苦，赴死作战之危，家人尽可放心。第三层四句进一步指出带兵的统帅就是爱护士卒的老仆射郭子仪，他待士兵就如同父兄对自己的子弟，因此送行之际，不必伤心泣血。这里还有一句关键性的诗句——“况乃王师顺”，指出“中男”们所参加的是顺乎天理民心、伐叛讨逆的正义之师，担负的是守卫东京的光荣使命，这既是为了激励家人的正义感光荣感，也是为了加强对胜利的信心。

全篇三段二十八句，劝慰一段占了近一半的篇幅，可见诗人对此的重视。前两段的叙写，笔墨极省净而富蕴含，这一段却反复申说叮咛，不嫌絮叨，对照之下，更可见诗人的用心良苦。但平心而论，这首诗最深刻感人的地方是中段对送行情景的描写和对天地无情的激愤控诉，而劝慰一段，无论是就内容的真实性或艺术感染力而言，都显得有些虚假和苍白。王师确实是正义之师，但“抚养甚分明”又怎么能谈得到呢？“府帖昨夜下，次选中男行”，急切地征发“中男”入伍的“府帖”就是当时总揽军政大权的节度使发下来的。尽管客观形势有此需要，但如此毫无章法的征兵，又怎样能说“抚养甚分明”呢？杜甫沿路看到的乱抓丁现象，就是为郭子仪的部队输送兵员。发生在谷水河边的这幕惨剧，有力印证了“天地终无情”的血泪控诉，却不免使“仆射如父兄”的劝慰打了折扣。在这方面，《新安吏》有其特殊的缺陷。与《新婚别》《垂老别》对照，更可看出这一点。

石壕吏[①]

暮投石壕村[②]，有吏夜捉人。老翁逾墙走，老妇出门看[③]。吏呼一何怒[④]！妇啼一何苦！听妇前致词[⑤]：三男邺城戍[⑥]。一男附书至[⑦]，二男新战死[⑧]。存者且偷生，死者长已矣[⑨]！室中更无人，惟有乳下孙[⑩]。有孙母未去[⑪]，出入无完裙[⑫]。老妪力虽衰[⑬]，请从吏夜归。急应河阳役[⑭]，犹得备晨炊[⑮]。夜久语声绝，如闻泣幽咽[⑯]。天明登前途，独与老翁别[⑰]。

［校注］

①石壕，村名，在今河南陕县东南七十里。杜甫离新安后，先至陕县石壕，再至潼关。“三吏”将《潼关吏》置于《新安吏》之后，《石壕吏》之前，从事情发生的时间看，或误。②投，投宿。③门看，《全唐诗》校：“一作看门。”④一何，多么、怎么这样。⑤前致词，

在差吏跟前述说。⑥三男，三个儿子。邺城戍，在邺城（即相州）前线当兵打仗。⑦一男，（三个儿子中的）一个儿子。附书至，托人捎信回来。⑧二男，另外两个儿子。新战死，指在不久前的邺城大溃败中战死。⑨长已矣，永远完了。⑩乳下孙，正在喂奶的小孙儿。⑪未去，未离开家庭。⑫以上二句《全唐诗》校：“一作孙母未便出，见吏无完裙。”⑬老妪，老妇自称。⑭河阳，今河南孟州市。时郭子仪退守河阳。役，差役。⑮备晨炊，准备早饭。⑯泣，低声而哭，抽泣。幽咽，形容哭声低而时断时续。“泣幽咽”者当是儿媳，即乳下孙之母。⑰暗示老妇已被吏带走。

［笺评］

桂天祥曰：语似朴俚，实浑然不可及。风人之体于斯独至，读此诗泣鬼神矣。(《批点唐诗正声》)

陆时雍曰：其事何长，其言何简！“吏呼一何怒，妇啼一何苦”二语，便当数十言写矣。文章家所谓要会，以去形而得情，去情而得神故也。末四语酸楚殊甚。(《唐诗镜》卷二十一)

许学夷曰：子美《石壕吏》与《新安》《新婚》《垂老》《无家》等作不同。《石壕》效古乐府而用古韵，又上、去二声杂用，另为一格。但声调总与古乐府不类，自是子美之诗。(《诗源辩体》卷十九)又曰：杨用修云：“宋人以子美能以韵语纪时事，谓之‘诗史’，鄙哉！夫六经各有体，若《诗》者，其体、其旨，与《易》《书》《春秋》判然矣。《三百篇》皆意在言外，使人自悟。杜诗含蓄蕴藉者盖亦多矣，宋人不能学之；至于直陈时事，类于讦讪，乃其下乘末脚，而宋人拾以为己宝，又撰出‘诗史’二字以误后人。如诗可兼史，则《尚书》《春秋》可以并省矣。”愚按：用修之论虽善，而未尽当。夫诗与史，其体、其旨，固不待辩而明矣。即杜之《石壕吏》《新安吏》《新婚别》《垂老别》《无家别》《哀王孙》《哀江头》等，虽若有意纪时事，而抑扬讽刺，悉合诗体，安得以史目之？至于含蓄蕴藉虽子美所长，而感伤乱离，耳目所及，以述情切事为快，其亦变《雅》之类耳，不足为子美累也。（同上）

邢昉曰：述情陈事，琐屑近俚，翻极高古。此种皆法《孔雀东南飞》，绝得其奥妙。（《唐风定》）

王嗣奭曰：此首易解，而言外意人未尽解。此老妇盖女中丈夫，至今无人识得。“吏夜捉人”，老翁走，此妇出门，便见胆略，而胸中已有成算。老翁之逃，妇教之也，吏呼则真，而妇啼一半妆假，前致辞未必尽真也。三男亡其二男，存者偷生而不敢归，家下惟一乳孙，母恋子故未去，然无完裙，不堪偕汝去，宁使老妪随至河阳执炊，不敢辞也。吏虽怒，而到此亦心软矣。非不知有老翁在，而姑带老妇以覆上官，必且代妇致辞而纵之使归，所谓“备晨炊”，设词也，吏不知也。　此妇当仓卒之际，而智如镞矢，勇如贲、育，辩似仪、秦，既全其夫，又安其孤幼。（《杜臆》）

周珽曰：一篇苦情实状难读。末四语酸楚更甚。唐祚不几岌岌乎！（《删补唐诗选脉笺释会通评林·盛五古》）

吴山民曰：起二句劲。吏怒、妇啼，何等光景。“三男戍”，死其二，惨；“惟有乳下孙”，危；“出入无完裙”，可伤。“急应河阳役”二句，语非其心，强作硬口。“夜久语声”二句，泣鬼神语。结句尤难为情。（同上引）

徐增曰：一篇述老妪意，只要藏过老翁。用意精细，笔又质朴，又妙在一些不露子美身分。（《而庵说唐诗》）

施闰章曰：近阅旧刻本，作“老妇出门首”，则“走”音同韵；既立门首，则张皇顾望，情势跃然，不言“看”而意在其中矣。只六句连换三韵，与“青青河畔草”诗同体。（《蠖斋诗话》）

张谦宜曰：含蓄二字，诗文第一妙处。如少陵前、后《出塞》，“三吏”“三别”，不直刺主者，便是含蓄。机到神流，乃造斯境。（《絸斋诗谈》卷一）又曰：“三吏”“三别”，乃乐府变调，倾吐殆

尽，而不妨其厚，爱人之意深也，此用意妙诀。（同上卷四）

王尧衢曰：子美诗，如《无家别》《垂老别》《新婚别》与此，俱语语沉痛，如此诗叙事质朴，意极精细，独见手法之妙。（《古唐诗合解》）

黄生曰："惟有"句，明室中更无男人也。"有母"句，特带说耳。心虚口硬，形情口角，俱出纸上。曰"独与老翁别"，则老妪之去可知矣，此下更不添一语，便是古诗气韵、乐府节奏。（《杜诗说》卷一）

吴冯拭曰：此一百二十字，即一百二十点血泪。举一石壕，而唐家百二十州，何处非石壕！举一石壕之吏，而民间十万虎狼，又何一非此吏！即所见以例其馀，为当时痛哭而道也。（《青城说杜》）

仇兆鳌曰：首叙征役驱迫之苦。此诗各四句转韵，村、人与门叶古八真韵。二段，备叙老妇诉吏之词，公盖宿于其家也。"三男"以下，言行者之惨。"新战死"，指邺城之败。"室中"以下，言居者之苦。《新安吏》，驱民守东都；《石壕吏》，驱民守河阳也。末结老翁潜归之状。妇随吏诉官，故其媳泣声，吏驱妇夜去，故其夫晓回。前途别，乃公与之别，非妇与翁别也。此章，首尾各四句。中二段，各八句。古者有兄弟，始遣一人从军。今驱尽壮丁，及于老翁。诗云"三男戍""二男死""孙方乳""媳无裙""翁逾墙"，妇夜往，一家之中，父子兄弟，祖孙姑媳，惨酷至此。民不聊生极矣。当时唐祚亦岌岌乎哉！（《杜少陵集详注》卷七）

浦起龙曰：《石壕吏》，老妇之应役也。丁男俱尽，役及老妇，哀哉！首尾各四句叙事，中二段叙言。"老翁"首尾一见，中间在老妇口中，偏以个个诉出，显其独匿老翁，是此诗作意处。起有猛虎攫人之势。前云"逾墙走"，后云"与翁别"，明系此翁为此妇所匿。盖翁不匿，则老亦不免；妇出应，则身犹可脱也。偏云"力衰""备炊"，偏不告哀祈免，其胆智俱不可及。此意《杜臆》语焉而不详。至所事之惨苦，更不待言。"河阳役"与《新安吏》之"守王城"，同一役也。河阳在东都东甚迩。仇氏分作两处，误矣。"三吏"夹带问答叙事，"三别"则纯托送者、行者之词。（《读杜心解》卷一）

李因笃曰：急弦则响悲，促节则意苦，最近汉、魏。（《唐宋诗举要》卷一引）

杨伦曰：（“吏呼”二句）顿挫。（“室中”四句）独匿过老翁，家中人偏一一数出。“三吏”兼问答叙事，“三别”则纯托为行者、送者之词，并是古乐府化境。（《杜诗镜铨》卷五）

陈景寔曰：杜工部《石壕吏》诗：“暮投石壕村，有吏夜捉人。老翁逾墙走，老妇出门看。”写实诗也。《草堂诗笺》《唐宋诗醇》均作“出门看”，他本以韵不叶，改之。苏涧公本、《杜诗详注》俱作“出看门”，《唐诗合解》又作“出门迎”，海盐刘氏更作“出门首”，以叶“走”字韵，各有理由。然以当时情理推想，定是“出门看”无疑也。且刘向《列女颂》，“人”读如延切，吴迈远《长相思》诗，“看”读丘虔切。古韵亦叶。况此篇音节既美，声韵无阻，即读“人”字、“看”字本音，未尝不可。《三百篇》谁为之韵耶！适口而已矣。（《观尘因室诗话初集》）

吴闿生曰：此首尤呜咽凄凉，情致凄绝。（《唐宋诗举要》卷一）

王闿运曰：此用乐府体，亦开一法门。（《手批唐诗选》）

高步瀛曰：此诗子美用古韵也。《唐韵》村魂韵、人真韵、看寒韵古韵皆可相通。后人不明古韵，纷纷改之，非也。又曰：结与翁别为起二句之去路，此一定章法，非独结老翁前归而已。（《唐宋诗举要》卷一）

［鉴赏］

这首诗与《新安吏》《潼关吏》虽同为“夹带问答叙事”（浦起龙语），同有诗人自己在场，但《新安吏》《潼关吏》都写了诗人与新安吏、潼关吏的问答，《新安吏》还有过半篇幅是写诗人对送行者的同情劝慰，诗人本身的言行在诗中显得相当突出。而在《石壕吏》中，诗人的身影仅在首尾“暮投石壕村”“天明登前途，独与老翁别”

中一现，在作为诗的主体的绝大部分篇幅中（从“有吏夜捉人”至“如闻泣幽咽”），写的是吏捉人的事件和吏与老妇的问答，诗人自己只是作为事件的亲历者在旁听闻，并不直接出现在事件与场景之中，更不发表任何见解或评论。这就使《石壕吏》较之《新安吏》《潼关吏》，更像一首首尾完整，有情节，有场景，有人物，有开端，有高潮，有结局的叙事诗，一篇第一人称的诗体短篇小说。全诗写了一个事件的过程。从“暮投”到“夜捉”，再到“夜久”“天明”，这是故事发生的时间线索。开头四句写日暮投宿，点明差吏捉人的事件，是故事的开端。“吏呼”以下十六句写暴吏怒索威逼下的老妇的致词，依次写出老妇始则企图以一家人的惨重牺牲打动差吏；继则企图以一家人的贫困悲惨境遇哀告差吏，并为老翁打掩护；终则在暴吏威逼下挺身应役。这是故事的高潮，也是全诗的主体。“夜久”四句写诗人彻夜未眠与天明启程，这是故事的结局。

诗写得极其朴素，全篇硬是没有用一个形容词（连形容妇啼之苦、吏呼之怒，都有意不用，而是用“一何”这样的副词），没有任何背景的叙述、环境的描绘，也几乎没有气氛的渲染和对人物（包括诗人自己）的心理刻画，好像就是那样不动声色地叙述了一个故事。习惯了诗歌要有一点文采、一点色泽的读者可能觉得它过于质木无文。《新安吏》已经写得够朴素了，但毕竟还有“白水暮东流，青山犹哭声”这样出色的气氛渲染和环境描写，还有“眼枯即见骨，天地终无情”这种惊心动魄的强烈抒情。《石壕吏》比起它来，更进了一步，称得上是“皮毛落尽”了。但绝不意味着这首诗在艺术上是没有经过锤炼的，恰恰相反，它的锤炼功夫很深，已经锤炼到不仔细体味就不容易发现锤炼痕迹的地步，这是艺术上高度成熟、达到炉火纯青程度的一种标志，是艺术上的归真返璞的表现。

首先是选材的典型性。“三吏”“三别”除《潼关吏》外，每一首诗都写一桩悲惨事件，选材都相当典型，但最集中、最典型的无疑是《石壕吏》。讲到选材的典型性，首先要明确这首诗的题材究竟是什么。诗一开头就直书“有吏夜捉人”，而且后来真把老妇抓走了，似乎诗的题材就是写“有吏夜捉人”的事件和过程。但奇怪的是，诗里对如何“捉人”的事几乎没有任何正面描写，只是在最后“独与老翁别”中暗示了一下，却详细记述了“捉人”之前老妇的一段长达十三句（占全诗篇一半以上）的致词。是杜甫不懂作诗的起码常识，离题了吗？当然不是。这里就存在一个究竟什么才是《石壕吏》的题材的问题。其实，诗人是要通过“夜捉人”的事件来反映这一家人的悲惨境遇，这才是《石壕吏》的题材。仇兆鳌说：“‘三男戍’‘二男死’‘孙方乳’‘媳无裙’‘翁逾墙’，妇夜往，一家之中，父子兄弟，祖孙姑媳，惨酷至此。民不聊生极矣。”“民不聊生极矣”是杜甫目击“三吏”“三别”中所描绘的生活现象时最突出的感受，在某种意义上说，也是这两组诗的总主题（说“某种意义上”，是因为这两组诗还有劝勉、赞扬人民挺身赴国难的另一面）。对于这样一个主题来说，“有吏夜捉人”，而且捉的又是一个年老力衰的老妇的事件，当然已经相当典型了，但比起在“三男戍，二男死，孙方乳，媳无裙，翁逾墙”的情况下仍将老妇抓走的事件，后者自然更为突出，更为典型。可见，作者的本意，并不只是要写“夜捉人”这一事件，而是要通过“夜捉”这一事件，写出这一家七口惨绝人寰的悲剧，以充分表现“民不聊生极矣”的主题。简单地将这首诗的题材说成是“有吏夜捉人”，对诗的选材的典型性就不可能有正确的理解，而对选材的典型性缺乏正确理解，对诗的一系列艺术表现手段也不可能很好理解。

其次是情节的提炼与剪裁。陆时雍说：“其事何长，其言何简！‘吏呼一何怒，妇啼一何苦’二语，便当数十言写矣。”这段话指出了这首诗写得很简练，每为鉴赏者所称引。但单纯从字数上看问题，不免有些表面化和绝对化。作品叙述描绘的繁与简，离不开题材与主题。如果这首诗的题材是“有吏夜捉人”，主题亦仅为揭露吏的凶残横暴，“吏呼一何怒，妇啼一何苦”这十个字究竟是概括精练，还是空洞贫乏呢？我看是空洞贫乏。同样，如果是这样一个题材和主题，老妇致词一大段究竟是详细具体还是繁冗噜苏呢？恐怕难免不被讥为繁冗噜苏。反之，正因为题材是一家七口惨绝人寰的悲剧，主题是“民不聊生极矣”，作者才把“吏呼”和“妇啼”写得那么简括，惜墨如金，而对老妇的致词则写得那么详细具体（具体到媳妇的“出入无完裙”），因为这是构成题材、体现主题的要素和凭借。诗人根据题材和主题的需要，对许多次要的素材作了巧妙的剪裁，以突出一家七口惨绝人寰的悲剧这个重点。下面作一些具体分析。

开头两句写日暮到老翁家投宿，夜里碰上差吏来抓人。这是交代事件缘由的，写得极精练，简直像十个字的写作提纲。根据这个提纲，可以敷衍出一大篇文章来。比如说诗人是在什么情况下到石壕村的(总该交代一下兵荒马乱的时代背景吧)，又如何找到老翁家投宿，主人是如何接待的，夜里吏又是如何来敲门抓人的。可到了诗人这里，却一概剪去，只剩下光秃秃的“暮投石壕村，有吏夜捉人”十个字，对照一下题材情境类似的晚唐诗人唐彦谦的《宿田家》：

> 落日下遥峰，荒村倦行履。停车息茅店，安寝正鼾睡。忽闻扣门急，云是下乡隶。公文捧花柙，鹰隼驾声势。良民惧官府，听之肝胆碎。阿母出搪塞，老脚走颠踬。小心事延款，□馀粮复匮。东邻借种鸡，西舍觅芳醑。再饭不厌饱，一饮直呼醉。明朝怯见官，苦苦灯前跪。使我不成眠，为渠滴清泪。民膏日已瘠，民力日愈弊。空怀伊尹心，何补尧舜治？

平心而论，这首诗在晚唐算得上是比较优秀的作品。它主要揭露下乡吏对农民的威吓和敲诈勒索，对吏的丑恶嘴脸和农民的畏惧哀告和小心侍奉之状自然要作比较具体的描写，但开头四句那样噜苏絮叨实无必要，因为这与诗的主题也是无关的。杜甫“暮投”一句，足抵唐的四句。

下面老妇致词一段，分三层。这三层内容并不是老妇一口气讲下来的，也不是平心静气，像叙家常一样讲的，而是在吏的不断催逼怒喝声和老妇的啼哭哀求声中断断续续地进行的。当老妇讲到三个儿子都参加了攻打邺城的战役，其中两个已经牺牲了之后，吏肯定要紧接着喝问：你家里难道就没有别的男人了吗？就你一个老婆子吗？因为吏是来“捉人”的，不是来听老妇哭诉的，因此老妇为了掩护“逾墙走”的老翁，连忙声明“室中更无人，惟有乳下孙。有孙母未去，出入无完裙”。家里再无能服役的男人，只有还在喂奶的孙子和媳妇，媳妇连一件完好的裙子都没有，根本无法出来见官，更不用说前去服役了。在这种情况下，吏肯定会大发脾气，再三威逼，甚至提出要把媳妇带走，老妇哀求无效，这才挺身而出，表示自己可以去河阳前线服役，为大军烧饭。而老妇提出“请从吏夜归”的请求后，根据下面的“夜久语声绝”一句，肯定还有其他的对话和情节，如吏起先不依，嫌老妇不顶用，后来看看实在没有人，只好抓老妇去交差；而老妇临行前也可能跟媳妇作了些交代，等等。这一切，由于跟主题无关或关系不大，统统剪裁掉了。总之，老妇的层层诉说，用实写，明承“吏呼”“妇啼”；暴吏的步步威逼喝问，用虚写，暗承“吏呼”“妇啼”。从妇的层层诉说中，可以窥见吏的穷凶极恶的嘴脸，收到“无字处皆其意”的艺术效果。此外，老妇被带走和老翁回到家中，是作为暗场处理的，诗中用“夜久语声绝”和“独与老翁别”作了暗示。这些剪裁，都是为了突出致词中所反映的一家人的悲惨遭遇。经过这样大刀阔斧的剪裁之后，情节被提炼得非常精纯，它的典型性被凸显出来，诗的主题——“民不聊生极矣”便得到了集中而深刻的表现。从这里也可以悟出，这首诗所要控诉的绝不仅仅是石壕吏的凶暴和兵役制度的不合理，而是像《新安吏》里所控诉的那样，“眼枯即见骨，天地终无情”！一个社会，一个制度，一个统治集团，怎么能让这样惨绝人寰的现象发生。至少在客观上，它导致的结论是这样的。

三是寓情于事，寓主观感情于客观叙述之中。这是杜甫诗歌写实性的突出特点。表面上看，这首诗从头到尾都是客观的叙述描写，诗人自己一直没有正面出现在悲剧发生的场景中，更没有像《新安吏》那样发出激愤的控诉。但描述的客观性绝不等于没有倾向性。梁启超说杜甫“做这首《石壕吏》诗时，他已化身做那位儿女死绝、衣食不继的老太婆，所以他说的话，完全和他们自己说一样”，“这可以说是讽刺文学中的最高技术”，正因为诗人亲历了这幕惨剧发生的全过程，对诗中所描述的情事有极痛切的感受，才能如此真切地感同身受地将它展现出来，并在貌似不动声色的客观描述中渗透自己深厚的感情。不妨对诗中一些客观描述的句子作一些分析。

一开头就是“暮投石壕村”。说“暮宿石壕村”行不行，当然，“投”和“宿”都可以说明晚上在石壕村住下来这个客观事实，但所表现的气氛不同，所表现的诗人主观感受也不同。萧涤非说：“‘投’字兼写出大乱时一种苍黄急遽之状。贾岛诗：‘落日恐行人’在乱世更有此感觉。”这个感受很真切细腻。“投”和“宿”虽义近，但“宿”字比较中性，用来表现正常情况下心情比较安闲的投宿比较恰当，且能给人一种归宿感，但用在这里就写不出气氛和诗人的感情色彩，而“投”字则给人一种在兵荒马乱中匆匆投奔之感，可以体味出当时紧张的气氛和诗人的惶遽不安心理。

“有吏夜捉人”，不说“征兵”“点兵”，而说“捉人”，而且是“夜捉人”，这样的“吏”，就跟闯到人家家里绑架的强盗差不多。古代史书讲求“春秋笔法”“以一字寓褒贬”，这个“捉”字就是以一字寓褒贬。直书其事，不稍掩饰，本身就是尖锐的揭露批判。

“老翁逾墙走，老妇出门看。”那里一“捉人”，这里就“逾墙走”，紧接着老妇就出门看动静，说明在这一带，“夜捉人”的事件发生过多次，老百姓对付“夜捉”的经验已经很丰富，动作也很熟练。仿佛只是客观叙述，但其中却含有对这种把老百姓搞得鸡犬不宁的“捉人”行为的厌恶乃至痛恨。

“吏呼一何怒！妇啼一何苦！”不说吏如何可恨，老妇如何可怜，只以浑括的“一何”二字出之，它所具有的强烈感情色彩自然会引发读者对吏的凶恶狰狞面目和妇的悲哀无告神情的想象。

“夜久语声绝，如闻泣幽咽。”这个“如”字很值得细细体味。“幽咽”的是媳妇。丈夫“新战死”，只留下一个还在吃奶的小孩。家里的生活本来就十分艰困，连一件完好的裙子都没有。这天夜里，公公跳墙逃跑了，婆婆又被抓去应差，家里只剩下她和吃奶的小孩。一切不幸，仿佛都集中在她一个人身上，内心极度悲痛，该是号啕大哭的，但为了不惊醒孩子、惊动家里的客人，只能极力抑制悲痛，独自抽泣。而且连抽泣的声音大了也怕惊动客人，只能低声饮泣，抽泣一阵，又强忍一阵，这种情景，在杜甫笔下，就成了“如闻泣幽咽”。这五个字，把媳妇强忍悲痛但又抑制不住，断断续续低声抽泣的情景非常逼真传神地表现了出来，也把诗人自己怀着无限关切和同情，侧耳细听，又听不真切的情状非常真切细腻地表现了出来，和“夜久语声绝”联系起来，透露出整个一夜，杜甫都没有入睡。比较唐彦谦的“使我不成眠，为渠滴清泪”，后者的浅露便显而易见。

“天明登前途，独与老翁别。”昨天傍晚投宿时，是老翁老妇一起接待的，今晨登路，却只剩下老翁一人与之告别。在经历了昨夜那一幕惨剧，耳闻了老翁一家的悲惨境遇之后，再与老翁一人告别，心中翻腾的悲慨肯定是非常复杂的，但诗人却一句话也没有说，只是默默登上前途。除了从艺术上看，一切抽象的议论都是苍白无力的，更主要的恐怕还是悲愤之至，反而说不出话来。

以上分析的是作者的叙述语言中所寓含的感情，下面再看一看纪言部分所蕴含的感情。不妨举一个例子：“存者且偷生，死者长已矣！”这两句话对于情节叙述来说，无关紧要；但对老妇及诗人的感情表达来说，却具有艺术的震撼力。这样一个家庭，三个儿子都上了前线，其中两个为国家献出了生命，照理说应该得到政府的抚恤和照顾，结果反而横遭新的迫害。“死者长已矣”，为国牺牲的人就这样无声无息地死去了，永远完了，谁也不会记起他们，谁也不会来同情他们的家庭。“存者且偷生”，可冷酷的现实却是连幸存的老人也不让他们苟延残喘。这里面的潜台词其实就是“天地终无情”，是身受其害的老妇对当权者对这个社会和世道的愤激控诉，也曲折地表达了诗人的愤激与控诉。

有一种比较流行的看法，认为“三吏”“三别”这种带有纪实色彩的诗是诗中的报告文学。这可能会导致误解，以为这类迅速反映时事的诗艺术上锤炼不够，缺乏长久的艺术生命力。上面的分析说明它实际上在题材和主题上经过了典型化提炼与概括，并据此对生活素材进行了精心的提炼剪裁，文字表达上极其精练传神。可以说，在诗歌史上提供了用叙事诗的形式直接迅速地反映时事，而在艺术上又精雕细刻、精益求精的典范。

新婚别①

兔丝附蓬麻②，引蔓故不长③。嫁女与征夫，不如弃路旁。结发为妻子④，席不暖君床。暮婚晨告别，无乃太匆忙⑤。君行虽不远，守边赴河阳⑥。妾身未分明⑦，何以拜姑嫜⑧？父母养我时，日夜令我藏⑨。生女有所归⑩，鸡狗亦得将⑪。君今往死地，沉痛迫中肠⑫。誓欲随君去，形势反苍黄⑬。勿为新婚念，努力事戎行⑭。妇人在军中，兵气恐不扬⑮。自嗟贫家女，久致罗襦裳⑯。罗襦不复施⑰，对君洗红妆⑱。仰视百鸟飞，大小必双翔。人事多错迕⑲，与君永相望⑳。

[校注]

①《新婚别》《垂老别》《无家别》，合称“三别”，均为乾元二年（759）三月自东京归华州途中据所见乱征兵现象而作。三首均为代言体，用第一人称口吻。此首托为新婚妻子送别丈夫之辞，另二首则为被征的老翁与妻子作别、战败归来重被征召入伍的单身汉无家可别之辞。②兔丝，藤蔓植物，依附在其他植物枝干上生长。蓬，蓬草；麻，麻类植物。蓬草与麻均矮小。《古诗》：“与君为新婚，兔丝附女萝。”③引蔓，伸展茎蔓。故，《全唐诗》校：“一作固。”二句以兔丝依附蓬或麻而生故引蔓不长为喻，比女子嫁给征夫，很难白头到老。

④结发，指成婚。古礼，成婚之夕，男女左右共髻束发，故称。或谓古代男二十岁，女十五岁开始束发插簪，表示已成年，可以结婚。《文选·苏武诗四首》之三“结发为夫妻”李善注：“结发，始成人也。谓男年二十，女年十五，取笄、冠为义也。”⑤无乃，岂非。⑥萧涤非曰：“二句有言外之意，弦外之音。守边竟守到河阳，守到自己家里来了。与李白诗‘天津（洛阳桥名）成塞垣’同一用意。”⑦身，身份。《礼记·曾子问》：“三月而庙见，称来妇也。”孔疏：“此谓舅姑亡者，妇入三月之后而于庙中以礼见于舅姑。”此为古礼。唐代习俗，嫁后三日始庙见，并上坟，新妇的身份地位才正式确定。诗中新妇“暮婚”而“晨告别”，在家中的身份地位尚未定，故云“未分明”。⑧姑嫜，丈夫的母亲、父亲，即婆婆、公公。⑨藏，指藏于闺中。⑩归，古称女子出嫁。⑪将，相随。宋庄季裕《鸡肋编》卷下：“杜少陵《新婚别》云：‘鸡狗亦得将。’世谓谚云‘嫁得鸡逐鸡飞，嫁得狗逐狗走’之语也。”亦得将，亦当相随。萧涤非引王建《促刺词》“少年虽嫁不得归，头白犹著父母衣。田边旧宅非所有，我身不及逐鸡飞。”谓唐时已有嫁鸡随鸡之谚。⑫往死地，指上前线打仗，随时都有牺牲的可能。迫，煎迫。中肠，犹内心。⑬苍黄，喻变化不定、反复无常。此承上句谓本欲随君前去，但又担心将局面弄得更加复杂（指使士气不扬）。⑭戎行（háng），本指军队。此指军旅征战之事，即打仗。⑮兵气，士气。扬，高昂。《汉书·李陵传》：“我士气少衰，而鼓不起者，何也？军中岂有女子乎？陵搜得，皆剑斩之。”⑯久致，很久才置办。罗襦裳，丝绸的短衣。指新嫁衣。⑰施，用，指穿。⑱洗红妆，洗去脸上的脂粉。⑳错迕，不如意。⑳永相望，永远相望相守，表示忠贞不渝。

［笺评］

罗大经曰：《国风》：“岂无膏沐？谁适为容。”盖古之妇人，夫不在家，则不为容饰，此远嫌防微之意也。杜诗：“罗襦不复施，对君洗红妆。”尤可悲矣。《国风》之后唯杜陵不可及者，此类是也。(《鹤林玉露》。仇注引)

王回曰：先王之政，有新婚者，期不役政，出于刑名，则一切便事而已。此诗所怨，尽其常分，而能不忘礼义。余是录之。(《唐诗品汇》卷七引)

刘辰翁曰：曲折详至。缕缕凡七转，微显条达。(《唐诗品汇》卷七引)

范德机曰：颠沛流离之际，犹有若是妇人。为人臣而不知《春秋》之义者，何心哉！(同上引)

《雨航杂录》：杜子美《新婚别》云：“誓欲随君去，形势反苍黄。”《无家别》云“存者无消息，死者为尘泥。”又：“久行见空巷，日瘦气惨凄。”杳渺之极。

钟惺曰：“无乃”二字，新妇口吻，只得如此。(“形势反苍黄”)五字吞吐难言，羞、恨俱在其中。(“勿为”二句)绝是妇人对男子勉强离别口吻。(“对君”句)“对君”二字有意，妙，妙！总评：军中诗，男子要他忠厚，女子要他贞烈，看老杜胸中三代。(《唐诗归》)

王嗣奭曰：通篇作新人语。起用比意，逼真古乐府，是《三百篇》兴体。“君今生死地”，妙有馀思；或作“往死地”，语便直致。此代为妇人语，而揣摩以发其隐情。“暮婚晨告别”，是诗柄。篇中有极细心语，如“妾身未分明”二句、“妇人在军中”二句是也。有极大纲常语，如“勿为新婚念”二句、“罗襦不复施”二句是也。真《三百篇》嫡裔。(《杜臆》。《杜少陵集详注》卷七引)

卢元昌曰：呜呼！乱不废礼，礼必顺情，先王之制也。况民生有欲，莫大于婚。既弃其礼，又佛其情，至于暮婚晨别，是何等时事！《东山》“零雨”篇云：“其新孔嘉，其旧如之何！”先王曲体人情如此。咏公此诗，益念范氏人道使民之说。(《杜少陵集详注》卷七引)

周珽曰：起兴“兔丝”，愿情“鸡狗”，羡心“百鸟”，合情理、

事势、节义。以劝勉誓守，如怨如诉，如泣如慕，一腔幽衷，令人读不得。(《删补唐诗选脉笺释会通评林·盛五古》)

胡应麟曰：起四语，子美之极力于汉者也。然音节太亮，自是子美语。(同上引)

陆时雍曰：此作气韵不减汉、魏。“妾身未分明，何以拜姑嫜”，建安中亦无此深至语。(《唐诗镜》卷二十一)

吴山民曰：“自嗟”二字，含几许凄恻，又极温厚。(《删补唐诗选脉笺释会通评林·盛五古》引)

黄周星曰：少陵《新安》《石壕吏》与《新婚》《垂老》《无家别》五篇皆可泣鬼，而此篇尤为悲惨。(《唐诗快》)

吴农祥曰：新婚遽别，惨矣。乃妇人之戒其夫者，有“努力事戎行”之语，婉转勉励，有同仇之志焉，有谁因谁极之思焉。怨而不怒，此诗有之。(《杜诗集评》卷二引)

黄生曰：三题相似，此独用兴起，亦以新婚之妇难为辞故。古婚三月而后庙见，未庙见而死者，归葬于父母之家，示未成妇也。所以必三月者，古人重廉耻，夫妇之道，久而后成。后世以日易月，古道丧矣。暮婚晨别，是犹未及三日，其未成妇可知。“未分明”三字，立言甚妙。诸诗自制新题，便有千古自命之意，盖亦极厌六朝人拟作之不情耳。诗人好拟古，譬好妄语者，虽说实话，人亦不信。可以一笑。(《杜诗说》卷一)

仇兆鳌曰：(“结发”八句)此叙初婚惜别，语意含羞。(“父母”八句)此忆前后情事，词旨惨切。(“勿为”八句)上二段，夫妇分离，愁绪万端，此发乎人情者也；此一段，既勉其夫，且复自励，乃止乎礼义者也。(“仰视”四句)末用比意收，终望夫妇之相聚也。陈琳《饮马长城窟行》，设为问答，此“三吏”“三别”诸篇所自来也。而《新婚》一篇，叙室家离别之情及夫妇始终之分，全祖乐府遗意，而沉痛更为过之。此诗“君”字凡七见。“君妻”“君床”，聚之暂也；“君行”“君往”，别之速也；“随君”，情之切也；“对君”，意之伤

也；“与君永望”，志之贞且坚也。频频呼君，几乎一声一泪。（《杜少陵集详注》卷七）

查慎行曰：语浅情深，从古乐府得来。（《初白庵诗评》）

浦起龙曰：《新婚别》，送者之词也。比体起，比体结，语出新人口，情绪纷而语言涩。依仇本琐琐分段为合。“结发”八句……此点题处。“父母”八句……此柔肠九回时。“勿为”八句……至此激于义愤，淋漓出之，忘乎其为新人矣。（《读杜心解》卷一）

夏力恕曰：无穷义理，无限节操，却从新嫁娘口中说出，只此便是有唐乐府，临阵歌之，可以激励将士。（《杜诗增注》卷五）

沈德潜曰：起、结皆兴。“君今往死地”以下，层层转换，发乎情，止乎礼义，得《国风》之旨矣。与《东山》“零雨”之诗并读，时之盛衰可知矣。《文中子》欲删汉以后续经，此种诗何不可续。（《重订唐诗别裁集》卷二）又曰：少陵《新婚别》云：“嫁女与征夫，不如弃路旁。”近于怨矣，而“君今往死地”以下，层层转换，勉以努力戎行，发乎情止乎礼义也。（《说诗晬语》卷上）

李光地曰：小窗嚅喁，可泣鬼神。此《小戎》“板屋”之遗调。（《杜诗镜铨》卷五引）

杨伦曰：（“兔丝”二句）此言兔丝当附于松柏，今附蓬麻，故引蔓不长也。（“妇人”二句）少不得此英雄语。（《杜诗镜铨》卷五）

［鉴赏］

《新婚别》是“三别”的头一首，写一位新婚女子与丈夫告别时说的话。古代征兵制度，新结婚的男子，在一周年内不服役。但这首诗中的丈夫，却是头天晚上刚结婚，第二天清晨就上前线。这种情况的发生，自然跟相州兵溃，部队急需补充兵源的特殊背景有密切关系，但也说明当时这一带乱征兵的状况确实到了毫无章法、惨无人道的程度。

与《垂老别》《无家别》系以赴征的士兵为主角不同，《新婚别》的主角是出征士兵的新婚妻子。这种选择可能是出于艺术上的考虑，即使主人公的命运更令人同情，使主人公的自诉更令人动容。

开头四句是一组比喻，用兔丝攀附在蓬和麻这种矮小植物身上不能充分伸展枝蔓比喻女子嫁给当兵的，不可能长久相守，白头偕老。古诗有“与君为新婚，兔丝附女萝”之句，是用兔丝与女萝这两种蔓生植物互相缠绕依附，象喻夫妇之间的紧密相依关系。杜甫用其词而不袭其意，用“兔丝附蓬麻”来兴起并象喻女子所托非可以依附的对象来揭示其命运的悲惨，用古而别出新意。第三句明白点出所嫁者为“征夫”，第四句更作哀怨愤激之语，说嫁给时刻有生命危险的征夫，还不如一生下来就丢弃在路边。这种强烈的怨愤语透露出她所嫁的“征夫”不同于平常情况下的从军出征，而是特殊情况下“往死地”的出征。因此开头这四句在全篇虽只是一个起兴，但悲愤哀怨之气已流注于笔端。

接下来八句，正面点题，围绕“暮婚晨告别”这个主句反复深入地抒发怨情。用“席不暖君床”的细节来突出渲染“暮婚晨告别”的相聚之短、别离之速，极富生活气息；而“无乃太匆忙”的强烈嗟叹则倾泻了女主人公对“暮婚晨告别”的哀怨与无奈。“君行”二句，点出新婚丈夫所往之地——河阳，交代了这首诗所写的“暮婚晨告别”的悲剧发生的特殊战争背景。“虽不远”先退一步，离家不远，似稍可安慰；但“守边赴河阳”却逼进一步，家乡河阳一带已经成了边疆。这既是对战争形势危急的一种点醒，也意味着卫国与保家的关系从来没有像现在这样密切。这也正是女主人公勉励丈夫“勿为新婚念，努力事戎行”的重要原因，在似不经意的交代中已为女主人公感情的变化预设了伏笔。“妾身”二句，又回过头来写新娘子在家庭中的尴尬处境：虽已“结发为妻子”，却因“暮婚晨告别”而没有来得及拜庙上坟，还算不上夫家的正式家庭成员。这样不清不楚的身份，叫我如何去拜见公婆呢！在实际生活中，兵荒马乱的年代，又是贫苦人家，也许没有那么多礼数上的讲究，新娘子这样说，也许只是为了在新婚丈夫面前表达自己的难堪和怨意，但却生动逼真地传达出女主人公的口吻神情和忐忑不安的心理。

“父母养我时”以下八句，紧扣“新婚”，写女主人公誓欲相随而不能的痛苦。女主人公虽是贫家女，但从小也秉承礼教，养于闺中，长大嫁人，则生死相随，遵守嫁鸡随鸡，嫁狗随狗的礼俗。但如今丈夫却身往随时都会遭遇不测的“死地”，这怎能不沉痛万分，肝肠寸断呢？刚刚结婚，面对丈夫，“君今往死地”的话是轻易不会出口的，但这又是不得不面对的严酷现实，可以想象她在说出这句话时内心确实沉痛到了极点。因此接下去的“誓欲随君去”，无非是表示死也要死在一块儿的意愿，但立即又想到，这是根本不可能的，只会使局面反而弄得更糟。一扬一抑、一纵一收之间，突出了欲随而不能的实际境遇，剩下来的唯一选择便是勇敢地面对离别。“形势反苍黄”句启下。

“勿为新婚念”以下八句，是清醒地意识到离别必不可免、反叛战事理当支持的女主人公对新婚丈夫的勉励和自誓。叛军已经压到了家门口，河阳成了最前线，家乡如重新沦为敌占区，带来的将是更大的劫难。“勿为新婚念，努力事戎行”的深情嘱咐与勉励中正包含有家国一体的切身感受。这使得女主人公的言行真实可信。“妇人”二句是对“誓欲”二句的说明。据史籍记载，当时实有妇女结伴参军之事（见《旧唐书·肃宗纪·乾元元年》），但那是打仗，至于普通兵士家属随军，那是绝不允许的，因为那会影响士气。“自嗟”四句，向丈夫诉说自己本是贫家女子，好不容易才为嫁人而置办了一套比较像样的新嫁衣，为了表明自己的忠贞不贰，今天当着你的面就把它脱下，并且洗去新婚之夕的红妆。这番话说得既婉曲又坚决，既深明大义又饱含深情，是提升人物精神境界、塑造人物形象的点睛之笔。

末四句即景抒情，仍以比兴结。仰视天上，百鸟无不结伴双飞，可人世间的事却难得如意顺心。但不管怎样，我都会永远相守，与你彼此相望。“与君永相望”之中，既含有对前途未卜的忧虑和渺茫，更有坚贞相守的自誓。女主人公虽明知“君今往死地”，团聚的愿望非常渺茫，但仍不丧失生活的信心和对胜利的信念。

如果说“三吏”主要是以事件为中心，那么“三别”便明显是以人物为中心，以刻画人物心理、塑造人物形象为用力的重点。这首诗中的新婚女子，既对不合理的兵役制度所造成的“暮婚晨告别”的悲剧境遇充满了强烈的怨愤，对自己的悲剧命运表示了强烈的怨嗟，对新婚丈夫身赴死地的境遇表现了强烈的沉痛，但面对叛军迫近家园、家国一体的严酷现实，又发自内心地勉励丈夫从戎杀敌，保国卫家。显得既温柔缠绵，又刚强坚决；既深婉多情，又理智清醒；既沉痛无奈，又自强自信。显得既可亲、可信而又可敬。看得出来，诗人是要塑造出一位在国家、民族和家庭的灾难面前深明大义、勇敢面对严酷现实的妇女形象。前面的怨愤使后面的勉励显得更难能可贵，也更合情合理。

因为是新婚送别，诗采用了第一人称面对面诉说的方式。这种方式，极大地增强了现场感和亲切感；而频频呼“君”，又使全诗自始至终充满了新婚妻子对丈夫的一往深情。诗中“君”字凡七见，均出现在感情的发展加深和转折变化处，次第展现出女主人公由怨嗟、愤激到沉痛，到无奈，再转而为坚贞不渝、永远相望的变化过程。既是女主人公在临别之际心路历程的展示，又加强了诗的节奏感。

诗的语言朴素亲切，富于生活气息，符合贫家女和新婚妻子的身份。口吻于略带羞涩中透露出深挚缠绵，即使是怨愤语，也符合新婚女子的身份处境，而起、结均用比兴，更增强了诗的民间色彩和生活气息，也增添了婉曲缠绵的情致。

垂老别[①]

四郊未宁静[②]，垂老不得安。子孙阵亡尽，焉用身独完[③]！

投杖出门去[4]，同行为辛酸[5]。幸有牙齿存，所悲骨髓干。男儿既介胄[6]，长揖别上官[7]。老妻卧路啼，岁暮衣裳单。孰知是死别[8]，且复伤其寒。此去必不归，还闻劝加餐。土门壁甚坚[9]，杏园度亦难[10]。势异邺城下[11]，纵死时犹宽[12]。人生有离合，岂择衰盛端[13]！忆昔少壮日，迟回竟长叹[14]。万国尽征戍[15]，烽火被冈峦。积尸草木腥，流血川原丹[16]。何乡为乐土[17]？安敢尚盘桓[18]！弃绝蓬室居[19]，塌然摧肺肝[20]！

［校注］

①垂老，将近老年。此诗写一位子孙阵亡的老人投杖从戎，与老妻告别之词。②四郊，都城四周的地区，此指东都洛阳近郊地区。《礼记·曲礼上》："四郊多垒，此卿大夫之辱也。"首句用其意。③焉用，何用。完，完好。身独完，独自活着。④投杖，摔掉拐杖。⑤同行，指一起被征入伍的士兵。为辛酸，为之伤心。⑥介胄，甲衣和头盔，此用作动词，即穿上甲衣戴上头盔。《史记·绛侯周勃世家》："(文帝)至营，将军亚夫持兵揖曰：'介胄之士不拜。'请以军礼见。"故下句云："长揖别上官。"⑦长揖，拱手从上至极下为礼。上官，指州县长官。⑧孰知，犹熟知，深知。死别，永别。⑨土门，土门口，又名井陉口，在今河北井陉县，系著名的隘口。《元和郡县图志·河北道·恒州》：井陉县："井陉口，今名土门口，县西南十里，即太行八陉之第五陉也。四面高，中央下，似井，故名之。"或谓此句"土门"当在河阳附近，非井陉之土门。似是。壁，壁垒。⑩杏园，在今河南卫辉市。度，度越。《九域志》：卫州汲县有杏园镇。《旧唐书·郭子仪传》："乾元元年……十月，子仪自杏园渡河，围卫州。"即此杏园。系黄河渡口。⑪句意谓形势与不久前邺城军溃之时不同。⑫句意谓即使战死，也还有相当长一段时日，意盖指河阳的防守相当坚固，不会轻易被攻破而战死。⑬二句谓人生有离有合，有聚有散，哪能自

己选择是盛年还是衰岁时来离别呢。意即衰岁亦不免分离。盛，原作“老”，校：“一作盛。”兹据改。端，犹“头”，一头。⑭迟回，徘徊不前貌。⑮万国，泛称全国各地。⑯川原，河川与原野。⑰《诗·魏风·硕鼠》：“誓将去女，适彼乐土。乐土乐土，爰得我所。”乐土，和平安乐之地。⑱盘桓，逗留。⑲蓬室，犹茅屋。⑳塌然，颓丧伤心貌。摧，裂。

[笺评]

王回曰：军兴之际，至于老者亦介胄，则有甚于闾左之戍矣。(《唐诗品汇》卷七引)

钟惺曰：(“男儿”二句) 老人强作壮语，悲甚。(“此去”二句) 此二语好。合上二句看，反觉气缓了些，不若单承上二句警策。(“何乡”二句下批) 可住。(《唐诗归》)

陆时雍曰：《石壕吏》《垂老别》诸篇，穷工造境，逼于险而不括。(《诗镜总论》) 又曰：语多诀别，痛有馀情。“男儿既介胄，长揖别上官”，此语犹有少年意气。(《唐诗镜》卷二十一)

吴山民曰：首四句，痛极、怨极。(《删补唐诗选脉笺释会通评林·盛五古》引)

单复曰：写其老而即戎之心，慷慨不畏缩，而夫妇之情，叙亦浓至可伤。(同上引)

周凯曰：“孰知”四语，哀恋极情，痛心酸鼻。(同上引)

王嗣奭曰：“男儿既介胄，长揖别上官。”极苦痛中，又入壮语，才有生色。“老妻卧路啼”，如优人登场，当远行时，必有妻子牵衣哭别，才有情致。(《杜臆》)

卢元昌曰：《周礼》：乡大夫之职，辩其所任者，其老者皆舍。勾践灭吴，有父母耆老无兄弟者，皆遣归。魏公子无忌救赵，亦令独子无兄弟者皆归养。子孙亡尽，老者从戎，如《垂老别》者，亦可伤

矣。(《杜诗阐》。《杜少陵集详注》卷七引)

胡夏客曰:《新安》《石壕》《新婚》《垂老》诸诗,述军兴之调发,写民情之怨哀,详矣。然作者之意,又不止此。国家不幸多事,犹幸有缮兵中兴之主上能用其民,下能应其命,至杀身弃家不顾,以成一时恢复之功,故娓娓言之,义合风雅,不为诽谤耳。若势极危亡,一人束手,四海离心,则不可道已。(同上引)

吴农祥曰:《石壕》则老妇之别其夫,《垂老》则老人之别其妻,合读不堪。(《杜诗集评》卷二引)

施闰章曰:《垂老别》云:“老妻卧路啼,岁暮衣裳单。孰知是死别,且复伤其寒。”曲折已明。又云:“此去必不归,还闻劝加餐。”观王粲《七哀》:“路逢饥妇人,抱子弃草间。未知身死处,焉能两相完?驱马弃之去,不忍听此言。南登霸陵岸,回首望长安。”蕴藉差别。(《蠖斋诗话》)

邵长蘅曰:(“老妻”四句)互相怜痛,声情宛然。(《杜诗镜铨》卷五引)

蒋弱六曰:通首心事,千回百折,似竟去又似难去。至“土门”以下,一一想到,尤肖老人声响。(同上引)

朱鹤龄曰:“土门”四句,宽解其妻;“人生”以下,又自为宽解,而终之以决绝。(同上引)

黄生曰:“男儿”二句,同行者皆然,独于老翁见其矍铄之状,可悲亦可笑。“孰知”二句,夫伤妻也;“此去”二句,妻劝夫也。不得病其意复。(《杜诗说》卷一)

仇兆鳌曰:通篇皆作老人语。首(四句)为垂老从戎而叹也。(“投杖”六句)此叙出门时慷慨前往之状,乃答同行者。(“老妻”六句)此叙临别时夫妇缱绻之情,乃对其妻者。夫伤妻寒,妻劝夫餐,皆永诀之词。(“土门”八句)此慰妻而兼为自解之词。上四,言此行不至死亡;下四,言离合莫非定数。卢注:“邺城之役,贼为主,我为客。土门杏园之守,我为主,贼为客也。劳逸不同,故曰‘势异’。”远注：“离合之端，岂因衰老而免。特身非少壮，不觉迟回耳。”（“万国”八句）此伤乱而激为奋身之语。言与其遭乱而死，不如讨贼而亡。毅然有敌忾勤王之义。前云“迟回长叹”，尚以年迈自怜；此云“安敢盘桓”，不复以身家为念矣。此章，四句起。前二段，各六句；后二段，各八句。(《杜少陵集详注》卷七)

浦起龙曰：《垂老别》，行者之词也。《石壕》之妇，以智脱其夫；《垂老》之翁，以愤舍其家。其为苦则均。凡三段，首段叙出门，用直起法，开首即点。“子孙”二句，抵《石壕》中十六句。中段叙别妻，忽而永诀，忽而相慰，忽而自奋，千曲百折。末段又推开解譬，作死心塌地语，犹云无一寸干净地。愈益悲痛。考史：是时官军既溃而南，退保东京。史思明还屯邺，杀安庆绪，使其子朝义留守而去。至十月，思明且济河会汴，势日益逼。则邺城以北，官军安得越境而守之？朱注以“土门”为井陉关。井陉在邺北六七百里，渐近范阳贼巢矣。诗乃反云“势异邺城”“纵死犹宽”耶？何不考之甚也！至以李光弼救常山为证，犹钱笺之引颜鲁公志，皆系天宝末禄山初反时事，与此何涉！即以“杏园”为汲县镇，虽在邺南，亦恐未合。《唐书》云：“子仪自杏园渡河，围卫州。”“自”之云者，从此处渡过也，其地在河以南审矣……大抵即在河阳左近也。(《读杜心解》卷一)

杨伦曰：(“四郊”二句）直起。(“子孙”二句）沉痛。(“势异”二句）正深伤邺城之败也。(《杜诗镜铨》卷五)

《唐宋诗醇》：王粲《七哀诗》，实此诗之权舆。《古诗》“十五从军征”一首，则《无家别》所自出也。

宋宗元曰：“孰知”四句，愈推宕，愈沉迫。(《网师园唐诗笺》)

吴见思曰：（“孰知”四句）此行已成死别，复何顾哉！然一息尚存，不能恝然，故不暇想己之死，而又伤彼之寒也；乃老妻亦知我不返，而犹以加餐相慰，又不暇念己之寒，而悲我之死也。（《杜诗论文》）

［鉴赏］

《垂老别》写一位“子孙阵亡尽”的老翁应征入伍，与老妻诀别的情景，其遭遇与《石壕吏》中的老翁一家相似，可见当时这一带此类现象的普遍。所不同的是，《石壕吏》中的老翁在“有吏夜捉人”的情况下“逾墙”逃跑，最后不得不由老妇挺身而出，“急应河阳役”，才暂时保全了这个已经付出重大牺牲的家庭；而《垂老别》中的老翁却在“子孙阵亡尽”的情况下，慷慨赴征，为国效力，奏出了一曲悲壮激昂的离别之歌。

全诗三十二句，可以分为四段。第一段八句，写投杖应征；第二段八句，写夫妻诀别；第三段八句，写慰妻自叹；第四段八句，写自励别家。

起四句陡直起势，直截了当地点明“垂老”别离出征的主旨。“四郊”句暗用“四郊多垒，此卿大夫之辱也”之语，而归结到“垂老不得安”，便暗含对当权者未能迅速平定叛乱的不满，而自己不得不以垂老之年挺身而出的意蕴也自寓其中。“子孙”二句，用“子孙阵亡尽”的惨痛牺牲反激出“焉用身独完”，感情极沉痛、极悲愤，也极壮烈：子孙都为国家献出了生命，留下我这把老骨头活在世上又有什么意义！正是由于这种感情的驱使，才有“投杖出门去”的毅然决然的行动。“投杖”二字，活现出主人公不顾老弱之身，奋起应征的情景，但同行的应征者看到龙钟老人投杖出门，奋不顾身的情景却无不为之辛酸。垂老应征的悲苦，从旁观者的反应中写出，更显出其情之可悯。“幸有”二句，一扬一抑，“幸有牙齿存”是庆幸自己还不至于老得掉完牙齿的地步。“所悲”句是悲慨自己毕竟已是骨髓干枯的衰老之身。两句相互映照，不仅“悲”者可悲，连“幸”者也显得可悲了。“骨髓干”还暗含生活的艰困乃至遭受敲骨吸髓的诛求的意蕴，使“悲”意更显深沉。以上八句，写投杖出门应征，行动本身是壮烈的，却用“子孙阵亡尽”的惨痛牺牲，“同行为辛酸”的旁观反应，“牙齿存”与“骨髓干”的相互映衬，作层层衬托映照，使壮烈行动中蕴含的沉痛和悲愤得到充分的表现。

“男儿”八句，写夫妻诀别。先用“男儿既介胄，长揖别上官”二句交代自己应征入伍后已正式穿戴了铠甲头盔，别过了地方长官，接下来便是出发上路。自称“男儿”，表现出不服老的意志，而穿甲戴盔，长揖上官的举动更透出一种飒爽的英姿，与前段“投杖”的举动遥相呼应，透露出老翁虽以垂老之年应征，却具有奋发的精神状态和义无反顾的精神力量。接下来六句，便集中描写在出发的路旁与老妻的诀别。先写自己眼中的老妻，僵卧路旁，岁暮天寒，却只穿着单薄的衣衫，冻得瑟瑟发抖，坚持着前来与自己作别。接着便深入抒写自己的内心活动：明明知道自己这一去便和妻子永别，但看到眼前妻子衣衫单薄的情景，仍不免怜悯她的寒冷。按理说，既明知已成死别，那还有什么顾念的呢？但数十年相濡以沫的共同生活，却不能忍心看着老伴在寒风中瑟缩送行的情景。先用“死别”之无可顾惜来突出情之可以割舍一切，再用“且复伤其寒”来突出情之亦难割舍，一反一正，越衬出内心的伤痛难以抑制消除。这是从自己方面写。妻子方面呢？也同样如此：明明知道丈夫此去绝不可能再归来，但临别之际却还深情嘱咐丈夫要珍重身体，努力加餐。由于是从主人公的眼中来写对方的临别嘱咐，便不单写出了老妻的缱绻深情，而且透露出自己内心的感怆。“孰知”句与“此去”句意似复，但由于分别从自己与老妻两方面说，故似重而非重，“且复”“还闻”着意。这四句写夫妻诀别而双方俱不言死别，仍像平常一样“伤其寒”“劝加餐”，正深一层透露出双方都强抑死别的悲痛，怕对方因触及这个话题而加重精神负担。纯用细节描写，却能传神阿堵。

“土门”八句，是主人公对老妻的慰解与自慰自叹。前四句系对老妻所说：此去从军戍守，无论是壁垒坚固的土城，还是难以度越的杏园渡口，都是易守难攻之地，和邺城之围我军进攻、叛军防守的形势完全不同，纵然是死也还有相当的时日。前面已经一再明言“死别”“必不归”，这里自然不能故作乐观之词，说自己或可生还，而是用“纵死时犹宽”这种似乎旷达的话来慰解对方。但实际上这种貌似旷达的话却更透露出内心的悲慨：明知难免一死，只能以死期尚早宽慰。“人生”四句，转为对自己的慰解和自叹：人生总是有离有合，有盛有衰，而分离的时间究竟是在壮盛之年还是在衰老之岁，并不能由自己选择。言外是垂老别家抛妻，是万方多难的时代造成的，自己只能因时而行，投杖出征。这是以人生命运的偶然来宽解自己，但垂老而逢此多难之时，又不能不深感悲哀。故虽欲宽解自慰而实无法宽慰。由垂老而逢乱世，又引发对少壮年代的回忆，当时正值河清海晏的太平年月，对比现在的干戈离乱，不禁迟回长叹，这两句感情复杂，而出语浑含。像是对往昔太平年代和少壮岁月的不胜追恋，又像是对眼前离乱年代和垂老岁月的不胜悲慨。

“万国”以下八句，忽从迟回长叹中振起，放眼全国各地，到处充满了征戍的气氛（当时广大的南方尚未被叛军占领，但征调军队粮草，支援北方战事，同样充满征戍气氛），战争的烽火遍布山冈峰峦，堆积的尸体使草木都散发出腥气，流淌的鲜血染红了河川原野。在这种情况下，哪里还有安静太平的乐土呢？自己又怎能不奋起从军，奔赴战场，而迟回长叹，盘桓流连呢？这六句，悲壮淋漓，慷慨激昂，情感由悲转壮，音调由低转高，达到全诗的高潮。但诗人并没有使这种情调一直持续到篇末，而是在即将离开故土、离开蓬室和老妻时，不禁颓然而悲，感到肝肠断绝的悲痛。这个结尾，并没有影响主人公悲壮慷慨的情怀，而是使这种情怀的抒发更加真实可信。

诗人笔下的老翁，不过是一个普通的百姓，诗人也并没有把他作为英雄人物来描写。诗中描绘他的心理活动，曲折细腻，真实感人。从一开始的悲慨“四郊未宁静，垂老不得安”，到“子孙阵亡尽，焉用身独完”的沉痛悲愤，再到“投杖出门”的毅然从军，感情逐步上扬，而“幸有”二句，又流露出深沉的悲慨。这是一个曲折的“之”

字形感情回旋。第二段则先扬后抑。先是穿上戎装、长揖别官的行动中透露出不服老的气势和义无反顾的精神，继则因老妻卧路衣单而引发缱绻的深情和诀别的深悲。第三段作宽解语，情绪似稍舒展，但旷中含悲，悲慨更甚，本身就包含曲折反复。第四段前六句一路上扬，悲壮淋漓，但末二句仍以深沉悲慨作收。通过多次的曲折反复，将一位已经为平叛战争作出巨大牺牲的老翁，在面对自身的苦难和国家的灾难时迸发出的爱国感情和报国行动描绘得倍加深刻、真实。在人物描写特别是心理描写的成功方面，《垂老别》与《新婚别》都达到了很高的水平。

无家别[①]

寂寞天宝后[②]，园庐但蒿藜[③]。我里百馀家[④]，世乱各东西[⑤]。存者无消息，死者为尘泥[⑥]。贱子因阵败[⑦]，归来寻旧蹊[⑧]。久行见空巷[⑨]，日瘦气惨凄[⑩]。但对狐与狸，竖毛怒我啼[⑪]。四邻何所有？一二老寡妻。宿鸟恋本枝[⑫]，安辞且穷栖[⑬]。方春独荷锄[⑭]，日暮还灌畦[⑮]。县吏知我至，召令习鼓鼙[⑯]。虽从本州役，内顾无所携[⑰]。近行止一身，远去终转迷[⑱]。家乡既荡尽[⑲]，远近理亦齐[⑳]。永痛长病母，五年委沟谿[㉑]。生我不得力[㉒]，终身两酸嘶[㉓]。人生无家别，何以为蒸黎[㉔]！

[校注]

①此首系战败归来重被征召至本州服役的单身汉的自述。因无家可别，故题为“无家别”。②寂寞，寂寥荒凉。天宝后，指天宝十四载（755）十一月安史之乱爆发以后。③园庐，田园房屋。但，只。蒿藜，蒿草和藜草，泛指丛生的杂草。④里，乡里。我里，即主人公的家乡。⑤各东西，指逃奔漂泊各地。⑥为，《全唐诗》校：“一作

委。”⑦贱子，主人公自称。阵败，指日前九节度兵溃邺城下之事。⑧旧蹊，旧日的道路，指回家的道路。⑨久，原作“人”，校：“一作久”，兹据改。⑩日瘦，日惨淡无光貌。⑪怒我啼，冲着我发怒嗥叫。⑫宿鸟，归巢栖息的鸟。本枝，原本宿息的树。喻人恋本土。⑬安辞，哪能离去。穷栖，困苦地生活下去。⑭荷锄，扛起锄头。⑮灌畦，浇灌园中的菜地。⑯习鼓鼙，练习军旅打仗之事。军中战鼓，大者为鼓，小者为鼙。⑰内顾，谓举目环视家中。无所携，无所离，指家中无人可以离别。⑱终转迷，终究会更感到迷茫无着落。⑲荡尽，被战争破坏扫荡殆尽。⑳无论是在本州服役或赴远地征戍，情形都是一样的。㉑五年，指安史之乱爆发以来的五个年头。谿，山谷、沟壑。委沟谿，委弃在山沟谿谷之间，指母死尸骨无人收埋。㉒不得力，没有得到儿子的奉养。㉓酸嘶，辛酸痛苦。声破曰嘶，形容痛哭失声。母子均饮恨，故曰“两酸嘶”。㉔蒸，同“烝”，众。黎，黑。蒸黎，百姓。

［笺评］

王回曰：先王于惠困穷，苟推其所不忍，达之于其所忍，则天下无败乱之兆矣。噫！此诗何为而作乎！（《唐诗品汇》卷七引）

刘克庄曰：《新安吏》《潼关吏》《石壕吏》《新婚别》《垂老别》《无家别》诸篇，其述男女怨旷，室家离别，父子夫妇不相保之意，与《东山》《采薇》《出车》《杕杜》数诗相为表里。唐自中叶以徭役调发为常，至于亡国。肃、代而后，非复贞观、开元之唐矣。新、旧唐史不载者，略见杜诗。（《后村诗话》新集卷一）

刘辰翁曰：（“日瘦”句）经历多矣，无如此语之在目前者。（“近行”四句）写至此，亦复无馀恨，此其所以泣鬼神者。（《唐诗品汇》卷七引）

钟惺曰：（“日瘦”句）“日”何以“瘦”？摹写荒悲在目。此老胸中偏饶此等字面。（“家乡”二句）说得无家人入细。（末二句）即

《小雅》“靡有黎”意，翻得纤妙。(《唐诗归》)

陆时雍曰：“日瘦气惨凄”一语备景略尽。故言不必多，惟其至者。“家乡既荡尽，远近理亦齐”，老杜诗必穷工极苦，使无馀境乃已。李青莲只指点大意。(《唐诗镜》卷二十一)

王嗣奭曰：“空巷”而曰“久行见”，触处萧条。“日”安有肥瘦？创云“日瘦”，而惨凄宛然在目。狐啼而加一“竖毛怒我”，形状逼真，似虎头作画。此五首非亲见不能作，他人虽亲见亦不能作。公以事至东都，目击成诗，若有神使之，遂下千秋之泪。又曰：《新安》，悯中男也，其词如慈母保赤；《石壕》作老妇语，《垂老》《无家》其苦自知而不能自达，一一刻画宛然。同工异曲，随物赋形，真造化手也。(《杜臆》卷三)

卢元昌曰：先王以六族安万民，使民有有家之乐。今《新安》无丁，《石壕》遣妪，《新婚》有怨旷之夫妇，《垂老》痛阵亡之子孙，至战败逃归者，又复不免。“人生无家别，何以为蒸黎？”收足数章。(《杜诗阐》卷七)

陈继儒曰：老杜“三吏”“三别”等作，触时兴思，发得忠爱慨叹意出，真性情之诗，动千载人悲痛。浑厚苍峭，为世绝调，有不待言说者。(《删补唐诗选脉笺释会通评林·盛五古》)

王夫之曰：“三别”皆一直下，唯此尤为平净。《新婚别》尽有可删者，如“结发为君妻”二句，“君行虽不远”二句、“形势反苍黄”四句，皆可删者也。《垂老别》“忆昔少壮时”二句，亦以节去为佳。言有馀则气不足。(《唐诗评选》)

王士禛曰：唐人乐府，惟有太白《蜀道难》《乌夜啼》，子美《无家别》《垂老别》，以及元、白、张、王诸作，不袭前人乐府之貌而能得其神者，乃真乐府也。(《然灯记闻》)

黄生曰：“内顾”，言无妻也；“永痛”，言无母也。上无母，下无妻，两意合来，始逼出“无家”二字。详此人盖母死妻去者。母死明说，妻去暗说，看其用笔藏露之妙。母死妻去，意已伏“存者”二句内。自《新安吏》以下，述当时征戍之苦，天下丁壮老弱，几无一人得免。其源出于变《风》变《雅》，而植体于苏、李、曹、刘之间，故当于盛唐诸公共推之。(《杜诗说》卷一)

仇兆鳌曰：通章代为征人之语。首（八句）言乱后归乡，情、景并叙。(“久行”十二句）此段叙事，言归而无家也。上六，说故里荒凉之状；下六，说暂归旋役之苦。日瘦，谓日色无光，气象惨凄。(“虽从”·十二句）此段叙情，言无家又别也。上六，伤只身之莫依；下六，痛亲亡之不见。上章结出报国之忠，此章结出思亲之孝，俱有关于大伦。杜诗有数句叠用开阖者，如云从役本州，幸之也；内无所携，伤之也；只身近行，非比远去，又以本州为幸矣；家乡既尽，远近齐等，即在本州亦伤矣。语意辗转悲痛。无所携，无与离别者；终转迷，言往无定所；两酸辛，谓母子饮恨；为蒸黎，不得比于人数也。此章八句起。后两段，各十二句。又曰：唐人作诗，多言遣戍从军之苦，而宋元以下无闻焉，盖唐用府兵，兵即取之于民，故有别离家室，远罹锋镝。及亲朋送行，历历悲惨之情。宋明之师，或用召募，或用屯军，出师临战，皆其身所习熟，而分所当为者，故诗人亦不复为哀苦之吟矣。(《杜少陵集详注》卷七)

浦起龙曰：《无家别》亦行者之词也。通首只是一片。起八句，追叙无家之由。“久行”六句，合里无家之景。“宿鸟”以下，始入自己，反踢“别”字。言既归来，虽无家，且理生业耳。“县吏”四句，引题。“近行”八句，本身无家之情。其前四极曲，言远去固艰于近行，然总是无家，亦不论远近矣。翻进一层作意，旧未得解。末二，以点作结。“何以为蒸黎”，可作六篇总结。反其言以相质，直可云：“何以为民上?”“三别”体相类，其法又各别，一比起，一直起，一追叙起。一比体结，一别意结，一点题结。又《新婚》，妇语夫；《垂老》，夫语妇；《无家》，似自语，又似语客。(《读杜心解》卷一)

杨伦曰：(“久行”二句）写尽满目荒凉。(“虽从”二句）虽从役本州，内顾而无与离别，则已伤矣。(“近行”二句）乃今复迫之远去，将来未知埋骨何所。（“家乡”二句）然总是无家，亦不论远近矣。此处语意共有三层转折，强作旷达而愈益悲痛。　自六朝以来，乐府题率摹拟剽窃，陈陈相因，最为可厌。子美出而独就当时所感触，上悯国难，下痛民穷，随意立题，尽脱去前人窠臼。《苕华》《草黄》之哀，不是过也。乐天《古乐府》《秦中吟》等篇，亦自此出，而语稍平易，不及杜之沉警独绝矣。（《杜诗镜铨》卷五）

《唐宋诗醇》：安史之乱，唐之不亡，幸耳。相州一溃，河阳危迫，驱民从役，势不得已，然其困亦极矣。甫于行役所经，上悯国难，下痛民穷，加以所遇不偶，怀抱抑郁，程形赋音，几于一字一泪，觉千古不可磨灭。使孔子删诗，当在变《雅》之列，岂复区区字句之间，声调之末，与他人较工拙哉！（卷十）

宋宗元曰：“家乡”二句旷达语，由痛极作，笔有化工。（《网师园唐诗笺》）

钱咏曰：杜之前、后《出塞》、《无家别》、《垂老别》诸篇，亦曹孟德之《苦寒行》、王仲宣之《七哀》等作也。（《履园谭诗》）

沈德潜曰：少陵……又有透过一层法，如《无家别》篇中云：“县吏知我至，召令习鼓鞞。”无家客而遣之从征，极不堪事也。然明说不堪，其味便浅；此云：“家乡既荡尽，远近理亦齐。”转作旷达，弥见沉痛矣……皆此老独开生面处。（《说诗晬语》卷上）

［鉴赏］

在“三别”中，《无家别》具有鲜明的特色。《新婚别》中的新娘，《垂老别》中的老翁，尽管“暮婚晨告别”“子孙阵亡尽”，境遇非常悲惨，但毕竟还有告别和倾诉的对象，而《无家别》中的主人公，则是战败归来、又被征召的单身汉，孑然一身，无家可别。一切痛苦，都无处诉说，较之《新婚别》《垂老别》中的主人公，不但多了一份全家荡尽的痛苦，而且多了一种无可宣泄的痛苦，全诗的情调也因此少了《新婚别》中的勉励和期待，《垂老别》中的慷慨与悲壮，而表现为一种“何以为蒸黎”式的强烈悲愤。也正由于无家可别，故通篇均为主人公的自述自诉，或者说是主人公与自己的心灵对话。

全诗三十二句，以“归来寻旧蹊”与“召令习鼓鞞”为主句，可以分为前后两段。前段十六句，写主人公阵败归家所见所感，其特色在景物描写；后段十六句，写县令重征其入伍后的内心活动，其特色在心理描写。

前段十六句，各以“归来寻旧蹊”“久行见空巷”为主句，可以分成两个层次。头一个层次是对时代背景、故里情况的概括描写和主人公的自我交代。“寂寞天宝后，园庐但蒿藜。”开头两句更可视为对全段乃至全诗内容意蕴的提示。“寂寞”二字，不但透露出安史之乱爆发以来受战乱之祸最烈的京洛一带地区荒凉萧条、凄清冷寂的景象，而且透露出主人公目击这种景象时心头的苍凉冷寂之感。“园庐但蒿藜”即是对“寂寞”二字的进一步描写，展示出昔日车马络绎不绝、人烟密集相接的京洛大道近旁，如今已是田园荒芜，杂草丛生，一片荒凉，“但”字更透露出杳无人迹，不闻鸡犬之声的景象。

“我里百馀家，世乱各东西。存者无消息，死者为尘泥。”接下来四句，由泛写这一带的“园庐”进而具体写到“我里”的情况。由于多年战乱的影响，这个原有百余家的村庄，早已东逃西散，侥幸还活着的人杳无讯息，死去的人早就化为尘泥。这“死者”当中，就包括了主人公的亲属。

“贱子因阵败，归来寻旧蹊。”这两句交代了主人公的身份和行踪，点明他是新从相州前线兵溃后逃归故乡的士兵。“寻旧蹊”三字，颇堪玩味。诗中的主人公离乡出征的时间不会太久，最多不会超过天宝末安史之乱爆发时。几年的时间，按常情故里的情景应该变化不大，但此番归来，却几乎是面目全非，到了不得不探寻旧日家乡的道路的程度了。这三个字中所包含的那种陌生感、迷茫感，透露出展现在主人公面前的故里带给他的是一种恍如隔世之感。

第二层八句，紧承“寻旧蹊”，以“久行”二字领起，展开对故里情况的具体描绘。“久行”而唯“见空巷”，显示出这个百余家的村子，已经是室空人杳，一片荒寂。和前面的“寻”字联系起来体味，正传神地表现出主人公到处寻觅人踪而唯见空廓无人的里巷时那种空茫失落之感。而紧接着的一句“日瘦气惨凄”，则更极富创意地传达出这位阵败归来的士兵对周围景物、氛围的特殊感受。“日”而曰“瘦”，见日色之惨淡，这在平常情况下，未必会引起人的注意，但久行于空廓无人的村巷，主人公的心境本就感到凄清黯淡，适见惨淡的日光斜照空巷，遂倍感空巷之凄清、日色之黯淡、整个氛围的凄惨。这是客观环境、景物与主人公的心境相互作用的情况下形成的特殊主观感受。乱世荒凉凄黯之境，借此传神。

“但对狐与狸，竖毛怒我啼。”昔日聚居的房舍，已经成了狐狸的窟穴。年深日久，它们俨然成了这里的主人，看到有人行近，不仅不惊慌躲避，反而竖起毛来发怒嗥叫。这说明，房屋的原主人早就不在这里，狐狸占为窟穴的时日已久，故而有这种反客为主的激烈反应。再细访四邻，所见的也仅仅是“一二老寡妻”而已，说明不仅是青壮年，甚至连《垂老别》中那样的老翁也都上了前线，年轻的妇女和小孩也走的走，死的死，因而只剩下一两个老年孀妇在艰难地苦熬时日。

“宿鸟恋本枝，安辞且穷栖。”面对如此荒凉残破的“故里”，主人公虽然感到伤痛凄凉，但毕竟是从小生长的家乡，故而就像栖宿树上的鸟总是留恋原来的树枝一样，仍然留恋这残破的故乡，打算在这里住下去。“且穷栖”的“且”字，透露出一种聊且度日的无奈意绪。

整个这一段，写主人公阵败归来所见故里的荒凉残破景象，总的来说，都是为“无家别”提供一个典型的背景和环境。一个原有百余家的村庄，现在竟成了狐狸的窟穴，只剩下“一二老寡妻”苟延残喘，则可见所谓“无家”，实为当时这一带地区的普遍现象，并非主人公这个特例。这就更显示出主人公悲剧境遇的典型性与普遍性。

从“方春”以下十六句，才正面写到主人公的“无家”之“别”。

“方春”二句，紧承“且穷栖”，写他春日荷锄耕种，日暮浇灌菜园，打算过一段虽艰难却平静的日子。这原是虽“无家”而恋乡的主人公最微末的生活愿望，但残酷的现实却使他连这样的愿望也无法实现。“县吏知我至，召令习鼓鞞。”大概是由于这一带久无年青男子出现，故主人公的归来马上就引起县令的注意，召令他到县里参加军事操练，准备上面一有需要，便立即重上战场。这两句叙事，语调比较平淡，透露出经历战场生死考验的主人公对“习鼓鞞”之事并不感到惊慌失措。接下来六句，便层层转进地抒写接到这个命令后的内心活动。“虽从本州役，内顾无所携”，虽然在本州服役，离家乡比较近，但环顾家中，空无一人，连告别的对象也没有，则离家虽近，也实无意义。至此始正面点出“无家”可“别”的主意。“近行止一身，远去终转迷”，近行至本县本州，似是幸事，但全家只有一人，无人可别，又是憾事；设想他日一旦形势需要，远赴战场，更不知有何着落，因而倍感迷茫。则目前的“近行”固有无家可别的遗憾，将来的“远去”更有不知结果的茫然与悲凉。由“近行”之憾到“远去”之悲，意思又转进一层。“家乡既荡尽，远近理亦齐”，家乡既已被战事破坏扫荡殆尽，无论是自己的家或同村多数人的家均已不存，则无论怎样念家恋乡均无意义，近行也好，远去也好，情况都没有什么两样。这好像是作旷达语来安慰自己，实际上则更透露出“无家”可“别”的悲凉。以上六句三层，层层转进地揭示了主人公在接到征召命令后内心深沉的悲慨，根源都在“无家”可“别”这一点上。

接下来两句，又沿着“无家”可“别”的主旨集中抒写丧母的悲痛。主人公当是安史之乱刚爆发时被征入伍的，故至今已有五个年头。离家时家中原有长年多病的母亲，由于无人侍奉，在自己离家不久后已不幸去世，无人收葬，只能委弃沟壑。生不能养，死不能葬，这对母亲和自己，都是终生的痛苦和遗憾。看来，主人公出征前的家庭成员也就是母亲一人，丧母即“无家”，故最后两句即顺势点出全诗的主旨：“人生无家别，何以为蒸黎！”

“人生无家别”是全诗的主要内容，从这一点引出“何以为蒸黎”的结论，是思想感情上的一种飞跃。它的潜台词就是：人生在世，到了这种无家可别的惨境，还怎么能当一个老百姓呢？还怎么活下去呢？浦起龙说：“反其言以相质，直可云：‘何以为民上？’”将老百姓逼到这种惨境，统治者又怎么能心安理得地照旧统治呢？当事者和诗人在这样说的时候虽未必有更进一步的思考，但客观的效果则不能不引向对统治者合理性的怀疑。

“三吏”“三别”中除《潼关吏》主要是劝诫守关的将领不要轻易出战而应固守以外，其他五首都贯串着爱国与爱民的矛盾。当他亲眼看到人民的苦难、统治者不顾人民死活、肆意征兵时，他将深厚的同情倾注在人民身上，对官吏的残暴、天地的无情进行了愤激的控诉。但大敌当前，从整个国家、民族的利益出发，他又感到必须支持这场伐叛统一的战事，在壮丁缺乏的情况下，鼓励人民走上战场。如何正确对待和处理这一矛盾，就成为杜甫这两组诗无法回避的问题。从整体看，杜甫的态度是正确的，既充分表现了人民所遭受的巨大痛苦，又没有因为统治者肆意滥征的暴行而否定战争本身的正义性，而是通过直接的劝勉或间接的方式（用人物本身的言行）表示对伐叛战争的支持与肯定，使这组诗既是同情人民疾苦，揭露统治者残暴的诗篇，又是爱国主义的诗篇。其思想性之所以高，就是由于诗人在很大程度上按照人民的方式来处理这个矛盾。当时的百姓就是既痛愤于统治者的残酷不仁，又强忍悲痛，含泪走上战场的。

具体地说，五首诗按照不同的情况采取了不同的处理方式，大体上可分成三种类型。一类以《新安吏》为代表，诗人直接出面表示鲜明态度，既激愤控诉统治者的无情，又对人民进行劝勉安慰；一类以《石壕吏》《无家别》为代表，全篇只写人民惨痛遭遇，诗人并不直接出来劝勉或由人物本身的言行表现对战争的拥护支持；一类以《新婚别》《垂老别》为代表，一方面充分反映人民的悲惨遭遇，揭露兵役制度的残酷，另一方面又发掘人物本身的爱国主义精神，勉励自己或亲人走上战场，将矛盾统一于爱国。从创作的实践效果看，《新安吏》这种类型与方式得失参半，揭露极充分而深刻，对人民的深厚同情也得到淋漓尽致的表达，但诗人的劝勉中不免有所讳饰，艺术上也比较苍白。《无家别》《石壕吏》这种类型对统治者的揭露和对人民的同情都非常深刻强烈，至少超过了《新婚别》《垂老别》这种类型，但对伐叛战争的态度却不像另两类那样鲜明，透露出在惨绝人寰的悲剧面前，诗人的感情天平倒向了百姓苦难一边，似乎不忍心由自己出面或由人物自己出面，讲勉励或自励的话。《垂老别》《新婚别》这种类型，处理矛盾的方式比较好，既把人民的痛苦写够，也通过人物自身的言行将人民的爱国精神写足，从而使诗人思想感情中爱国与爱民的矛盾得到较好的统一。这样的诗，既有较强的揭露性，又具有一种刚烈悲壮的美感和鼓舞人心的力量，比较符合时代的需要。

佳　人①

绝代有佳人②，幽居在空谷③。自云良家子④，零落依草木⑤。关中昔丧乱⑥，兄弟遭杀戮。官高何足论⑦，不得收骨肉⑧。世情恶衰歇⑨，万事随转烛⑩。夫婿轻薄儿⑪，新人美如玉⑫。合昏尚知时⑬，鸳鸯不独宿⑭。但见新人笑，那闻旧人哭⑮。在山泉水清，出山泉水浊⑯。侍婢卖珠回，牵萝补茅屋⑰。摘花不插发⑱，采柏动盈掬⑲。天寒翠袖薄，日暮倚修竹⑳。

［校注］

①乾元二年（759）深秋作于秦州。诗中的“佳人”是一位美丽而高洁的被丈夫遗弃的女子。身上也有诗人自己的影子。②绝代，冠绝当代、举世无双。汉李延年歌曰：“北方有佳人，绝世而独立。一顾倾人城，再顾倾人国。宁不知倾城与倾国，佳人难再得！”③幽居，

深居。④良家子，出身世家的子女。《后汉书·陈蕃传》："初，桓帝欲立所幸田贵人为皇后，蕃以田氏卑微，窦族良家，争之甚固。"《晋书·后妃传上·武元杨皇后》："泰始中，帝博选良家以充后宫……名家盛族子女，多败衣瘁貌以避之。"下云"官高"，可见非一般所谓清白人家子女。⑤零落，飘零。依草木，指幽居于山野，与草木为伴。应上"幽居在空谷"句。⑥关中，指函谷关以西的关中中原一带地区。丧乱，指安史叛军攻陷长安。⑦官高，指佳人出身于仕宦人家，兄弟曾任高官。⑧收骨肉，指收兄弟之尸。⑨恶衰歇，厌恶衰败。句意慨叹世态炎凉。因自己娘家遭乱衰败，故夫家亦随之厌弃自己。⑩转烛，风中烛光摇曳不定，称"转烛"。喻世态之不常。⑪轻薄儿，轻佻浮薄子弟。⑫新人，指丈夫新娶的妻子。《诗·魏风·汾沮洳》："彼其之子，美如玉。"⑬合昏，即合欢花，又名夜合花、马缨花。其羽状复叶朝开夜合，故曰"知时"。⑭鸳鸯常成双成对，形影不离，共同游憩，故曰"不独宿"。⑮旧人，佳人自指。说明已被丈夫遗弃。⑯二句设喻，但对喻义的理解颇为纷歧。详参"笺评"所录诸家解说。疑以出山泉水浊反衬"在山泉水清"，而表示要坚守自己高洁幽独的品格。⑰萝，指藤萝、松萝或女萝一类藤蔓植物。⑱谓不事修饰。⑲谓自甘清苦。柏子味苦。掬，犹"把"。⑳修竹，修长的竹子，以映衬坚贞的品格。

[笺评]

刘辰翁曰：（"世情"四句）闲言馀语，无不可感。（"合昏"八句）似悲似诉，自言自誓，矜持慷慨，修洁端丽，画所不能如，论所不能及。（"摘花"四句）字字矜到而不艰棘，尽不容尽。（《唐诗品汇》卷八引）

唐汝询曰：此为弃妇之辞以写逐臣况也。首四句总叙其事。而"关中"以下乃佳人自述之辞。言我兄弟亦尝为高官而俱死于贼，夫婿见我门户衰歇，遂娶新人而弃逐我。吾想合昏尚知时局不失常度，鸳鸯不独处以全始终，今夫婿爱新而忘旧，则合昏、鸳鸯之不若也。此兴也。又言泉水在山则清，以比新人见宠而得意；出山而浊者，以比己见弃而失度也。于是卖珠自给，葺屋以居，妆饰无心，采柏供食，艰楚极矣。又以衣单而倚修竹，其飘零孰甚焉！此诗叙事真切，疑当时实有是人。然其自况之意，盖亦不浅。夫少陵冒险以奔行在，千里从君，可谓忠矣。然肃宗慢不加礼，一论房琯而遂废斥于华州，流离艰苦，采橡栗以食，此与“倚修竹”者何异耶？吁！读此而知唐室待臣之薄也！（《唐诗解》卷六）

钟惺曰：（“侍婢”二句）卖珠、补屋，故家暴贫真境，未经过者以为迂。（末二句）清境难堪，然自不恶。（《唐诗归》）

吴山民曰：语虽浅，当是《谷风》后第一首。“世情”二语，人情万端，可叹。“夫婿”以下六语，写情至此，直可痛哭。（《删补唐诗选脉笺释会通评林·盛五古》引）

周珽曰：以《骚》为经，以《选》为纬，高踞汉魏之顶。（同上）

郭濬曰：转折流美，又极凄怨。（同上引）

陆时雍曰：“在山”二句，语何自持；“天寒”二句，益更矜重，端人不作佻语。（同上引）

王嗣奭曰：大抵佳人事必有所感，而公遂借以写自己情事。（《杜臆》卷三）

黄周星曰：题只“佳人”二字耳，初未尝云“叹佳人”“惜佳人”也。然篇中可胜叹惜乎！此诗盖为佳人而发，但不知作者果为佳人否？则观者果当作佳人观否，请试参之。（首二句）只此二语，令人凄然欲泪。（“自云”句）“自云”二字亦伤心。（“零落”四句下）伤心。（“那闻”句下）可哭。（末二句下）悄然。（《唐诗快》）

徐增曰：（“在山”二句）此二句，见谁则知我？泉水，佳人自喻；山，喻夫婿之家。妇人在夫家，为夫所爱，即是在山之泉水；世便谓是清的；妇人为夫所弃，不在夫家，即是出山之泉水，世便谓是

浊的。(《而庵说唐诗》卷一)

黄生曰："在山"二句，似喻非喻，最是乐府妙境。末二语，嫣然有韵。本美其幽闲贞静之意，却无半点道学气。《卫风》咏硕人，所以刺庄公也，但陈庄姜容貌服饰之美，而庄公之恶自见。此诗之源盖出于此。偶然有此人，有此事，适切放臣之感，故作是诗。全是托事起兴，故题但云"佳人"而已。后人无其事而拟作与有其事而题必明道其事，皆不足与言古乐府者也。(《杜诗说》卷一)

仇兆鳌曰：司马相如《长门赋》："夫何一佳人兮，步逍遥以自娱。"此为陈皇后见废而作，诗题正取之。("绝代"八句)首言佳人遭乱，致零落失依。"自云"二字，并贯下段。"官高"应"良家子"。("世情"八句)次言兄弟既丧，因见弃于夫。上四，慨世伤心；下四，托物兴感。"新人"叠言，即《卫风》"宴尔新婚，如见兄弟"，"宴尔新婚，不我屑以"之意。("在山"八句)末言妇虽见弃，终能贞节自操。上四，应"幽居在空谷"；下四，应"零落依草木"。此段赋中有比。山泉，比守节不污；采柏，比贞心不改。补茅屋，室之陋也；不插发，容之悴也；翠袖倚竹，寂寞无聊也。此章三段，各八句。按天宝乱后，当是实有其人，故形容曲尽其情。旧谓托弃妇以比逐臣，伤新进猖狂、老成凋谢而作，恐悬空揣意，不能淋漓恺至如此。杨亿诗："独自倚栏干，衣襟生暮寒。"本杜"天寒翠袖"句，而低昂自见，彼何以不服杜耶！(《杜少陵集详注》卷七)

张谦宜曰："在山泉水清，出山泉水浊。"古腰锁法。云横山腰，似断不断，此所以妙。(《絸斋诗谈》卷四)

佚名曰：此先生自喻之诗。自古贤士之待职于朝，犹女子之待字于夫。其有遭谗间而被放者，犹之被嫉妒而被弃……老杜自省中出为华州，明非至尊之意，则其受奸人之排挤者，已非一日。一生倾阳之意，至此无复再进之理。故于华州犹惧其难安，是以弃官而去，其于仕进之途绝矣，复何望乎！乃托绝代之佳人以为喻。(《杜诗言志》)

吴瞻泰曰：观此诗气静神闲，怨而不怒，使千载下人读之起敬起爱，何其移人情若此也！自述一段，只“新人美如玉”一句怨及夫婿。后段全以比兴错综其间，而一种贞操之性，随寓而安景象，真画出一绝代佳人，跃出纸上。一起一结，翩翩欲飞。（《杜诗提要》卷二）

浦起龙曰：依仇本分三段。“幽居在空谷”一句领一篇，笔高品高。此段叙不得宗党之力。提出“良家子”三字，见其出身正大。中段叙见弃其夫之由。末段美其洁净自矢之操。“在山清”“出山浊”，可谓贞士之心，化人之舌矣。建安而下，齐梁而上，无此见道语。只以写景作结，脱尽色相。此感实有之事，以写寄慨之情。（《读杜心解》卷一）

沈德潜曰：“在山”二句，自写贞洁也。或以“在山”比新人，“出山”比旧人，终觉未安。结句不着议论，而清洁贞正意，隐然言外，是为诗品。(《重订唐诗别裁集》卷二)

夏力恕曰：“官高何足论”，既免另叙，又衬起身份，只此便可悟省笔法也。《佳人》名篇，亦左徒迟暮之意，盖因所见而写成，以自誉且自嘲耳。(《杜诗增注》卷五)

杨伦曰：此因所见有感，亦带自寓意。(“夫婿”二句) 言以兄弟既丧，遂为夫所弃。(“那闻”句下批)“自云”至此，皆述语。以上述佳人之遭遇，以下写佳人之志节。(“在山”二句) 接转又插一喻，语浅义深，逼真汉魏，仇注：“谓守正清而改节浊也。”他说皆未当。(“侍婢”六句) 乐府神理。(“采柏”句) 亦取其贞心不改。(《杜诗镜铨》卷五)

李因笃曰：(“摘花”二句) 落落穆穆，写出幽真本色。(《杜诗镜铨》卷五引)

宋宗元曰：“在山泉水清”至末，落落写来，不着议论，而神韵弥隽。(《网师园唐诗笺》)

李锳曰：(“在山”二句) 忽入比喻对偶句，气则停蓄，调则高起，最妙。(《诗法易简录》)

陈沆曰：仇注、卢解皆谓此必天宝之后，实有其人其事，非寓言寄托之语。试思两京鱼烂，四海鼎沸，而空谷茅屋之下，乃容有绝代之佳人、卖珠之侍婢，曾无骨肉，独倚暮寒，此承平所难言，岂情事之所有？若谓幽绝人境，迹类仙居，则又何自通之问讯，知其门阀，诉其夫婿，详其侍婢？此真愚子说梦，难与推求者也。夫放臣弃妇，自古同情。守志贞居，君子所托。"兄弟"谓同朝之人，"官高"谓勋戚之属，"如玉"喻新进之猖狂，"山泉"明出处之清浊。摘花不插，膏沐谁容？竹柏天真，衡门招隐。此非寄托，未之前闻。（《诗比兴笺》）

施鸿保曰：今按《容斋随笔》，言朱庆馀"洞房昨夜停红烛"一首，通篇不言其人之美，而端庄佳丽，见于言外，非第一人不足当之。此诗题目"佳人"，通篇亦不言其人之美，至结二句云："天寒翠袖薄，日暮倚修竹。"则端庄佳丽，亦非第一人不足当之，觉子建《洛神赋》，犹为词费也。（《读杜诗说》卷七）

张远曰：此诗只起、结四句叙事，中间俱承"自言"二字来，备极悲凄。至末二句，益难为情。（《杜诗会粹》）

马茂元曰：诗中"合昏尚知时"四句，以上二句兴起下二句。合昏知时，鸳鸯双栖，对新人来说，与新婚宴尔之乐正复相同，故"笑"；对旧人来说，则物犹如此，人何以堪！睹物伤情，故"哭"……古诗中写夫妻同居或离别，用合昏、鸳鸯之类的事物起兴，抒写欢娱或孤独之情，是屡见不鲜的。这里的"新人"和"旧人"，"哭"和"笑"相对照，从正反两个方面着笔，双承其义，则是杜诗语言艺术上的独创。（《百家唐宋诗新话》第212~213页）

萧涤非曰：黄生云："偶有此人，有此事，适切放臣之感，故作此诗。"此解最确。因有同感，所以在这位佳人身上看到诗人自身的影子和性格。我认为这首诗的写作过程和白居易的《琵琶行》差不多，只是杜甫没有明白说出"同是天涯沦落人，相逢何必曾相识"而已。（《杜甫诗选注》）

[鉴赏]

不妨暂时撇开这首诗所写的“佳人”在当时是否实有其人其事的争议，先直接进入诗的情节和境界。

诗分三段，每段八句，先叙其身世和家庭变故；次叙其为丈夫所遗弃的遭遇；末写其幽居生活与气韵风神。前两段除开头两句外，均为女主人公的自述，末段则为诗人的描述。

“绝代有佳人，幽居在空谷。”开头两句，不妨视为全诗的提纲。上句用汉李延年歌，由此自可想见其人的绝代容颜风姿，但联系全诗，诗人所着意赞美的主要是其人的气韵风神、节操品格。下句交代其居处，曰“幽”曰“空”，不但表现出其人所居的深幽空寂，也透露出其处境的孤独寂寞和幽独自守的情怀。诗人的情感，既有同情，也有赞美。十个字将主人公的处境遭遇、诗人的赞美同情均概括无遗。

“自云”以下六句，是佳人自述出身门第和家庭变故。说自己本来出身于世家高门，如今却飘零沦落，寄身于山野草木。原因是关中地区遇上了战乱，兄弟都遭到了叛军的杀戮。纵然是生前身居高官又有什么用，死后连尸骸都无力收殓。从高门显官的烜赫突然跌落到“零落依草木”的地步，这今昔沧桑的巨变，对女主人公造成的巨大心理冲击自不难想见。而造成这一切的原因则是战乱。对悲剧遭遇原因的揭示，使这首诗带上了鲜明的时代色彩。

但这还只是悲剧的开始，紧接着，女主人公又遭受了自身婚姻的悲剧。由于身居高位的兄弟突然遭戮，家道也随即中落。而当今的世态人情却是趋炎附势，厌恶衰歇，人情冷暖之间的变化，就像风中摇曳转动的烛光那样飘忽不定。自己的丈夫原本就是轻佻浮薄的子弟，这时马上抛弃了自己，而另娶新人。战乱和人情世态的双重原因导致了女主人公的双重悲剧——家庭的悲剧和自身婚姻的悲剧。对于一个从小生活在太平盛世和优裕环境中的女子来说，无疑是极沉重的打击。

“合昏”四句，便是女主人公在遭受打击后发出的悲愤呼声。上两句悲慨自己的命运不如草木禽鸟，“尚知”“不独”四字见意。下两句对轻薄无情的丈夫发出愤激的控诉，“但见”“那闻”四字见意。

写到这里，“佳人”的悲剧遭遇已经得到较充分的表现。如果就此顺势发一点议论收束，也不失为一首有特定时代色彩的弃妇诗。但诗人的用意和表现的着力点却主要不在女主人公的悲剧命运，而是处在这种境遇中的女主人公所表现出来的气韵风神、节操品格之美。第三段的开头，紧承上两段的叙事，忽插入两句比兴语——“在山泉水清，出山泉水浊。”“佳人”幽居于山谷之中，清澈的泉水是其幽居环境的组成部分，也是她清高莹洁精神气韵的一种象征。而“出山泉水浊”则是污浊世俗社会和炎凉世态的一种象喻。诗人以“浊”衬“清”，承上启下，以下六句，便转入对“佳人”清高莹洁精神气韵的描写，“侍婢卖珠回”，上承“良家”“官高”，暗示佳人生活的清苦；但“牵萝补茅屋”的描写所显示的却不仅仅是居处的简陋，而是展现出一种在清苦境遇中随遇而安的生活态度和随意修饰而美感自见的幽居生活之美。侍婢如此，主人更不问可知。“摘花不插发”是形容女主人公不重外在的容饰，不追求世俗的艳丽；“采柏动盈掬”是表现其清苦自甘的品格。而结尾两句“天寒翠袖薄，日暮倚修竹”则像一幅传神写意的画图，集中展示了“佳人”的风神意态、精神气韵之美。日暮天寒，佳人身穿单薄的衣衫，默默无言地独自倚傍着翠绿的修竹。翠袖与翠竹融为一体，使人感到那莹洁挺拔的翠竹就是佳人的化身。

如果说前两段所叙述的佳人悲剧遭遇，跟生活中的弃妇还比较相似，那么末段着意表现的佳人的风神意态、精神气韵之美，就离实际生活中的弃妇比较远，或者说跟绝大多数弃妇诗所表现的感情、心理、精神状态有着明显的区别。历来的弃妇诗，无论是《诗经》中的《谷风》《氓》，还是汉乐府古诗中的《白头吟》《上山采蘼芜》，或哀怨，或愤激，或决绝，或谴责，大抵不离哀与愤，而此诗则虽亦有对夫婿的怨愤语，重点却在表现弃妇精神上的挺然自立和清苦自甘的风标。从诗的末段的描写看，所赞美的并非封建礼教、道德所赞扬的所谓坚贞节操，而是一种不为困厄清苦的境遇所屈的高洁风标。这当中明显融入了诗人的感情，带有理想化的色彩。这也正是本篇寄托的痕迹比较显露的地方。

不妨作这样的推测，杜甫在秦州的深山幽谷之中，确实遇见过有着上述身世遭遇的女子，并且偶见其在茅屋外独倚修竹的身影。由于这位女子的身世境遇在某一点上与诗人自己的境遇正好契合——都是因战乱而流离转徙、因世情反复而见弃于时，因此遂以“佳人”为题，在叙写佳人身世境遇的同时寄托自己的困顿境遇，寄托自己的人生态度和高洁风标。这种寄托，由于只是在某一点上受到触发，因此绝不可能像陈沆所说的那样，作亦步亦趋的比附式寄托，而是一种若即若离式的寄托，一种画龙点睛式的寄托。而这首诗的末段，就是全篇寄托的点睛。从侍婢“牵萝补茅屋”的行动，到女主人公“摘花不插发，采柏动盈掬”的举动，再到“天寒翠袖薄，日暮倚修竹”，反复渲染的就是一种在困厄清苦的境遇中清高自守、淡泊自甘的人性之美。在这里，我们看到的更多的是诗人的思想感情、理想情操。由于不是从封建道德的角度出发赞赏弃妇的贞节，而是从人性的角度来渲染其美好的风神品格，因此正如黄生所评：“末二语，嫣然有韵。本美其幽闲贞静之意，却无半点道学气。”

梦李白二首①

死别已吞声②，生别常恻恻③。江南瘴疠地④，逐客无消息⑤。故人入我梦，明我长相忆⑥。恐非平生魂⑦，路远不可测⑧。魂来枫林青⑨，魂返关塞黑⑩。君今在罗网⑪，何以有羽翼⑫？落月满屋梁，犹疑照颜色⑬。水深波浪阔，无使蛟龙得⑭。

浮云终日行，游子久不至[15]。三夜频梦君，情亲见君意[16]。告归常局促[17]，苦道来不易[18]。江湖多风波，舟楫恐失坠[19]。出门搔白首，若负平生志[20]。冠盖满京华[21]，斯人独憔悴[22]。孰云网恢恢[23]，将老身反累[24]。千秋万岁名，寂寞身后事[25]！

[校注]

①乾元二年（759）秋作于秦州。杜集中有关李白的诗有十余首，主要集中在安史之乱前与李白同游期间及其后一段时间、秦州流寓期间。在秦州期间作的还有《天末怀李白》《寄李白二十韵》。至德二载（757）李白因参加永王李璘幕府获罪，被系于浔阳狱中。乾元元年长流夜郎，二年春中途遇赦放还。由于战乱隔绝，杜甫并不知道李白已经放还的消息。因想念李白，积思成梦，写了这两首诗。②已，止。此言死别止于吞声饮泣而已。③恻恻，悲凄貌。谓生离却长久地悲凄牵挂，痛苦甚于死别。④江南，李白系浔阳狱与流放夜郎，二地均在长江之南。瘴疠，瘴气。南方气候湿热，瘴气积聚，人每感染成疾，故云“瘴疠地”。⑤逐客，被贬谪放逐的人，此指李白。据“逐客”语，杜甫已知李白被流放夜郎的消息。至德二载（757）十二月，郑虔贬台州司户，杜甫有诗送之，同月，李白长流夜郎，时杜甫在长安，当知其事。此云“无消息”，是指被放逐以后杳无消息。⑥二句意谓，故人入我梦中，是因为知道我在经常思念他。明，明白，知晓。⑦平生魂，平日所见李白的魂。怀疑梦中所见或系李白死后的魂。古人以为生者的魂亦可游离身体之外，故有招生魂之俗。⑧远，《全唐诗》校：“一作迷。”路远，当指流放夜郎的道路遥远。不可测，指遭到不测。下句解释上句。正因路远易遭不测，故疑其非平生之魂。或解“路远”指魂之来与去之路，恐非。⑨《楚辞·招魂》有“湛湛江水兮上有枫，目极千里兮伤春心，魂兮归来哀江南”之句，此化用其

语。上云“江南瘴疠地”，故想象李白的魂从江南前来时枫林一片青黑。⑩关塞，指诗人所在的秦川，因其地处边塞，又有陇关等关隘，故云。魂之来去，均在暗夜，故云“枫林青”“关塞黑”。⑪在罗网，指身陷朝廷的法网之中，失去人身自由。定罪流放也可以说“在罗网”，不必定指身系狱中。⑫以，《全唐诗》校：“一作似。”魂来魂去，似不受拘束，故云“何以有羽翼”。⑬二句写梦醒时恍惚迷茫情景。颜色，指李白的容颜。⑭蛟龙，南方水深多蛟。吴均《续齐谐记》：汉建武中，长沙人欧回，见一人自称三闾大夫，曰：“吾尝见祭甚盛，然为蛟龙所苦。”此句暗用此事。二句对李白魂之归去表示关切担忧，希望他要不为蛟龙所获。“蛟龙”喻恶人。⑮《古诗十九首》之一：“浮云蔽白日，游子不顾反。”曹丕《杂诗二首》其二：“西北有浮云，亭亭如车盖。惜哉时不遇，适与飘风会。吹我东南行，行行至吴会。吴会非我乡，安得久留滞。弃置勿复陈，客子常畏人。”古诗常以浮云喻游子。此反其意。游子指李白。⑯二句谓三夜频频梦见你，足见你对我的情亲意挚。⑰告归，指李白之梦魂辞别归去。局促，指时间紧迫不能久留。⑱苦道，再三地说。⑲或谓此二句连上“来不易”均为李白之魂告辞时所说的话，但上首结尾“水深波浪阔，无使蛟龙得”与此二句意近，恐亦为诗人之担忧。⑳搔白首，形容李白告别时苦闷郁愤，频搔白发的神态。故下句说“若负平生志”。㉑冠盖，指达官贵人的冠帽和车盖，借指达官贵人。京华，京城。㉒斯人，指李白。《论语·雍也》：“斯人也，而有斯疾也。”杜甫《殿中杨监见示张旭草书图》：“斯人已云亡，草圣秘难得。”杜牧《沈下贤》：“斯人清唱何人和，草径苔芜不可寻。”“斯人”一语在运用时每含赞叹追思之意。憔悴，困顿不得志。㉓《老子》第七十三章：“天网恢恢，疏而不漏。”恢恢，广大貌。谓天道如大网，虽稀疏而无漏失，喻作恶者逃不过上天的惩罚，以示天道之公平合理。此用“孰云”的反问口气对“天网”之公平合理表示怀疑与否定。㉔李白时年五十九，故云“将老”。身反累，谓身陷法网。此句申足上句之意，对天网恢恢的怀疑否定即因李白之不幸遭遇而生。㉕二句谓李白之声名定当传之千秋万岁，但遗憾的是其死后却非常寂寞。或谓：李白一定有不朽的声名，不过这是寂寞之身亡没以后的事情。言外之意，如果能不负平生志，对于李白才是真正的安慰。“寂寞”，就李白晚年的遭遇说。

[笺评]

蔡絛曰：（白）风神超迈，英爽可知。后世词人，状者多矣，亦间于丹青见之。俱不若少陵“落月满屋梁，犹疑照颜色”。熟味之，百世之下，想见风采。此与李太白传神诗也。（《苕溪渔隐丛话》引）

刘辰翁曰：（第一首）起意，使其死矣，当不复哭矣；乃使人不能忘者，生别故也。“落月”二语，偶然实境，不可更遇。（《删补唐诗选脉笺释会通评林·盛五古》引）又曰：（第二首）起语，千言万恨；次二句，人情鬼语，偏极苦味。“告归”六句，梦中宾主语具是。“冠盖”二句，语出情痛自别。又曰：结极惨黯，情至语塞。（《杜诗镜铨》引）

胡应麟曰：“明月照高楼，想见馀光辉”，李陵逸诗也。子建“明月照高楼，流光正徘徊”，全用此句而不用其意，遂为建安绝唱。少陵“落月满屋梁，犹疑照颜色”，正用其意而少变其句，亦为唐古峥嵘。今学者第知曹、杜二句之妙，而不知其出于汉也。（《诗薮》）

郝敬曰：（“故人”一段）读此段，千载之下，恍若梦中，真传神之笔。（《杜少陵集详注》卷七引）

杨慎曰：“落月满屋梁，犹疑照颜色。”言梦中见之，而觉其犹在，即所谓“梦中魂魄犹言是，觉后精神尚未回”也。诗本浅，宋人看得太深，反晦矣。传神之说非是。（《升庵诗谈》卷十一）

唐汝询曰：（第一首）少陵此作，本摹“凛凛岁云暮”一篇，其曰“魂来枫林青，魂返关塞黑。君今在罗网，何以有羽翼”，即古诗“既来不须臾，又不处重闱。亮无晨风翼，焉得凌风飞”之意。观此，可以知作诗变化法，非若今人公道劫略也。（第二首）此以浮云起兴而发叹也。言浮云无日不行，游子乃不复顾返，乃魂梦相亲而已。然其告归每每局促，得非道路艰阻，梦来亦不易耶？吾又念其流窜风波，恐有舟楫覆坠之患，则所梦非生人矣。于是沉忧怀想，若负己志，正以人皆显荣，斯人独被放斥，天网非密，白惟一身而无所容，是将老而反为身所累也。纵令芳名万古不灭，亦身后事耳，苦其生前犯难，可胜痛哉！（《唐诗解》卷六）又曰：（“君今”）二语更见变化。（《唐诗归折衷》引唐曰）

吴逸一曰：子美有《天末怀李白》诗，其尾联云：“应共冤魂语，投诗赠汨罗。”今上篇云：“水深波浪阔，无使蛟龙得。”此又云：“江湖多风波，舟楫恐失坠。”疑是时必有妄传太白堕水死者，故子美云云。后世遂有“沉江骑鲸”之说，盖因子美诗附会也。太白卒于当涂令李阳冰家，葬于谢家青山，二史可考，安有沉江事乎？世俗所传，东野之谈耳。（《唐诗解》卷六引）

钟惺曰：无一字不真，无一字不幻。又曰：精感交通，交情中说出鬼神。杜甫《梦李白》诗安得不如此！（“故人”二句）到说自己身上，妙，妙。（“魂返”句下批）暗用《招魂》语事，妙。（以上第一首）（“三夜”二句下批）“明我长相忆”“情亲见君意”，是一片何等精神往来！（“告归”二句）述梦语，妙！（“冠盖”二句）悲怨在“满”字、“独”字。（《唐诗归》）

谭元春曰：（“魂返”句下批）幽冥可怯。（末二句下）只转二韵，极见相关之情。此音外之音。（同上）

王世贞曰：余读刘越石“岂意百炼刚，化为绕指柔”二语，未尝不欷歔罢酒，至少陵此诗结语（按：当指第二首结语），辄黯然低徊久之。（《唐诗广选》引）

蒋一梅曰：二诗情意亲切，千载而后，犹见李、杜石交之谊。（《删补唐诗选脉笺释会通评林·盛五古》引）

王嗣奭曰：（第一首）瘴地而无消息，所以忆之更深。不但言我之忆，而且故人入梦，为明我相忆……故下有“魂来”“魂返”之语。而又云“恐非平生魂”，亦幻亦真，亦信亦疑，恍惚沉吟，此“长恻恻”实景。（第二首）前篇止云“入我梦”，又云“恐非平生魂”，而此云“情亲见君意”，则魂真来矣，更进一步……而“江湖多风波”，所以答前章“无使蛟龙得”之语也。交情恳至，真有神魂往来。止云泣鬼神，犹浅。（《杜臆》卷三）

陆时雍曰：是魂是人，是梦是睹，都觉恍忽无定。亲情苦意，无不备极矣。（《唐诗镜》卷二十一）

黄周星曰：（第一首）（“魂来”句下批）本是幻境，却言之凿凿，奇绝。（第二首）（第一句）“行”字妙。（“三夜”四句）情至苦语，人不能道。（末二句）竟说到身后矣，今人岂敢开此口。（《唐诗快》）

徐增曰：（第一首）子美作是诗，肠回九曲，丝丝见血，朋友至情，千载而下，使人心动。（《而庵说唐诗》）

黄生曰：（第一首）此诗以错叙成章。“君今”二句，本在“恐非”二句之上；“落月”二句，本在“魂来”二句之上。乍疑乍信，反复尽情。至“枫青”“塞黑”“浪阔”“波深”，则又极其慰劳忧念之意。总之，交非泛交，故梦非泛梦，诗亦非泛作。若他人交情与诗情均不至，自难勉强效颦耳。（第二首）“告归”六句，并述李梦中之语。“冠盖”六句，则承“若负”句而言，代述其意，而为之深致不平也。造物于人以千秋，必吝人以九列，二者尝不可得兼，往往终身憔悴而后偿以不朽之名，而才人亦遂乐之。不恤见前，而独急其身后，究竟为造物所愚耳。读末二语，无限感慨。（《杜诗说》卷一）

方宜田曰：少陵《梦李白》诗，童而习之矣。及自作《梦友》诗，始益恍然于少陵语语是梦，非忆非怀。乃知读古人诗文以为能解，尚有欠体认者在。（《兰丛诗话》引）

张谦宜曰：《梦李白》，惜其魂之往来，更历艰险，交道文心，备极曲折，此之谓“沉着”。（《䌹斋诗谈》）

仇兆鳌曰：（第一首）首（四句）叙致梦之由。瘴地而无消息，恐死生难定，故心常恻恻。（“故人”四句）“君今”二句，旧在“关塞黑”之下，今从黄生本移在此处，于两段语气方顺。（“故人”六句）此述梦中相接之情。白系浔阳，故云“罗网”，“恐非平生”，疑其死于狱也。（“魂来”六句）末记觉后相思之意。“枫林”，白所在；“关塞”，公所居。“水深”“浪阔”，又恐死于溺也。此章次序，当依黄氏更定，分明一头两脚体，与下篇同格。此拈“逐客无消息”，故有“路远”之状，“水深”之虑。次章拈“情亲见君意”，故写“局促”之情，“憔悴”之态。皆章法照应也。按太白本传：白喜纵横击剑，为任侠，杜公向赠诗云：“飞扬跋扈为谁雄。”盖恐其负才任气，至于偾事也。后来永王璘起兵，迫致不能自脱，观其作《东巡歌》云：“永王正月东出师，天子遥分龙虎旗。”又云：“二帝巡游俱未回，五陵松柏使人哀。”又云：“南风一扫胡尘静，西入长安到日边。”尚以勤王望永王，意中实未尝忘朝廷也。及璘败，而白遂系狱，殆尽所遭时势之不幸耳。少陵惓惓系念，亦曲谅其苦心，而深为之悲痛耳。（第二首）（“浮云”四句）首以频梦叙起。“情”“意”皆属李，“情”就梦时言，“意”就平日言。（“告归”六句）此代述梦中心事，曲尽仓皇悲愤情状。“告归”四句，梦闻其言；“出门”二句，梦见其形。上章以“平生魂”起下，此章以“平生志”起下。（“冠盖”六句）此伤其遭遇坎轲，深致不平之意。身累名传，其屈伸亦足相慰。但恻恻交情，说到痛心酸鼻，不是信将来，还是悼目前也。此章四句起。下二段，各六句。　此因频梦而作，故诗语更进一层。前云是“明我忆”，是白知公；此言“见君意”，是公知白。前云“波浪”“蛟龙”，是公为白忧；此言“江湖”“舟楫”，是白又自为虑。前章说梦处，多涉疑词；此章说梦处，宛如目击。形愈疏而情愈笃。千古交情，惟此为至。然非公至情，不能有此至情；非公至文，亦不能写此至性。（《杜少陵集详注》卷七）

浦起龙曰：人之相知，贵相知心。公当日文章契交，太白一人而已。二诗传出形离精感心事，笔笔神来。首章处处翻写。起四，反势也。说梦先说离，此是定法。中八，正面也，却纯用疑阵，句句喜其见，句句疑其非。末四，觉后也。梦中人杳然矣，偏说其神犹在，偏与叮咛嘱咐，此皆意外出奇。从来说别离者，或以死别宽生别，或以死别况生别，此反云“死”则“已”矣，“生常恻恻”，亦是翻法。“入梦”，我忆彼也；此竟云彼“魂来”，亦是翻法。（第二首）次章，纯是迁谪之慨。为彼耶？为我耶？同声一哭。起法，簇前十二句为四句。中八，述其语，揣其情。述语而曰“局促”“风波”，暗从“无使蛟龙得”来。揣情而曰“负志”“憔悴”，则予怀耿耿，情见乎辞矣。末四，则所谓彼我同声者也。厄其身而永其名，已是慰劳苦语。今且云“名”亦“寂寞”，此老下笔后，直使来者没处转身。始于梦前之凄恻，卒于梦后之感慨，此以两篇为起讫也。“入梦”，明我忆；“频梦”，见君意。前写梦境迷离，后写梦语亲切。此以两篇为层次也。（《读杜心解》卷一）

《唐宋诗醇》：沉痛之音发于至情，情之至者文亦至，友谊如此，当与《出师》《陈情》二表并读，非仅《招魂》《大招》之遗韵也。“落月屋梁”，千秋绝调。（卷十）

蒋弱六曰：（“死别”三句）起便阴风忽来，惨澹难名。（《杜诗镜铨》卷五引）

杨伦曰：（第一首）（“故人”二句）仿佛欣慰。（“恐非”二句）旋又惶惑。（“魂来”二句）二句抵宋玉《招魂》一篇。（“君今”二句）二句又疑其非。（“落月”二句）二句又信其是。（“水深”二句）末二忧其远谪而遭患也。自浔阳至夜郎，当泛洞庭上峡江，故屡以风波为虑。（第二首）（“三夜”句）补前所未及。（“孰云”二句）言朝廷宜加宽典。（“千秋”二句）言所相许独此耳。（《杜诗镜铨》卷五）

宋宗元曰：“魂来”四句，全用《招魂》意点缀，愈惝恍，愈沉挚。（《网师园唐诗笺》）

马位曰：老杜《梦李白》云：“冠盖满京华，斯人独憔悴。”昌黎《答孟郊》诗：“人皆馀酒肉，子独不得饱。”同一慨然。而古人交情，

于此可见。(《秋窗随笔》)

施补华曰:“魂来枫林青”八句，本之《离骚》，而仍有厚气；不似长吉鬼诗，幽奇中有惨淡色也。(《岘佣说诗》)

吴汝纶曰:（第一首）（“死别”二句）一字九转，沉郁顿挫。(“魂来”二句）此等奇变语，世所惊叹，然在杜公犹非其至者。(“落月”句）撑起。(“犹疑”句）亲切悲痛。(“水深”句）再转。(“无使”句）剀切沉郁。（第二首）（“浮云”句）先垫一句以取逆势。(“冠盖”句）再垫再挺。(“斯人”句）咏叹淫泆。(“孰云”二句）此中删去几千百语，极沉郁悲痛之致。(“千秋”句）逆接。(“寂寞”句）致慨深远。(《唐宋诗举要》卷一引）

高步瀛曰:（第一首）“长相忆”下倒接“恐非平生魂”二句，疑真疑幻之情，千古如生。再以“魂来”“魂返”写其迷离之状，然后入“君今”二句，缠绵切至，恻恻动人。若依黄本仇本移“君今”二句于“长相忆”下，神气索然尽矣。(《唐宋诗举要》卷一)

汪薇辑《诗论》:真朋友必无假性情。通性情者诗也，诗至《梦李白二首》，真极矣。非子美不能作，非太白亦不能当也。以诗品论，得《骚》之髓，不撮汉魏之皮。或曰“唐无古诗而有其古诗”，然乎哉!

[鉴赏]

在杜甫诸多怀念李白的诗作中，《梦李白二首》无疑是最真挚感人的篇章。杜甫对李白的深刻理解、深厚情谊和深挚怀念，自然是这两首诗之所以感人的思想感情基础，另外还有两个重要的因素值得注意。一是当时杜甫并不知道李白的存亡。从“逐客”之语，可以肯定杜甫已得知李白长流夜郎的消息，但长流以来直至写这两首诗时有关李白的情况，由于战乱阻隔，杜甫却一无所知。从诗中“恐非平生魂”“寂寞身后事”之语可以揣知，在杜甫的潜意识中，已预感到李白或许不在人世，但又不能证实。这就使杜甫对李白的怀念带上了一种生死存亡未卜的意味，从而更增添了感情的悲怆。二是这种怀念是以梦的形式表现出来的，两首诗均为纪梦之作。这就使诗的境界增添了迷离惝恍、疑幻疑真的情致和色彩。这两重因素的叠合交织，使这两首诗在以写实为重要特色的杜诗中显得非常引人注目，但所表达的感情又极深挚沉至，带有杜甫的特殊印记。

第一首是初梦李白后所作。起四句是交代入梦之由的，却写得极沉痛曲折而耐人寻味。论者或谓诗人系以“死别”止于“吞声”来反托“生别”之“常恻恻”尤为可悲。但“生别”而如有对方确切的消息，甚至是平安的消息（比如得知李白已中途遇赦放还），则亦止于挂念怀想而已，不致“常恻恻”。因此这“生别常恻恻”必须和“江南瘴疠地，逐客无消息”联系起来，才能深切理解。李白长流的夜郎之地，是极偏僻遥远的瘴疠之乡，即使是常人前往游历，也冒着为疫气所染的危险，更何况是以“逐客”之身份，何时放还又遥遥无期的情况！在这种情况下，“逐客无消息”便显然带有生死存亡未卜的意味。这才是“生别常恻恻”的真正原因。虽是“生别”，却是“往死地”的生别，又是杳无消息的生别，这种连对方的生死存亡都茫然无知的生别，才使怀念者每时每刻都经历着痛苦的感情折磨。张籍的《哭没蕃友人》云：“欲祭疑君在，天涯哭此时。”杜甫当时的感情，与此或有些相似。正是由于“逐客无消息”所透露的生死存亡未卜的忧虑，才有下面“恐非平生魂”的疑惑。

“故人”四句，接写入梦。不说自己因为长久思念李白而积思成梦，而说“故人入我梦，明我长相忆”，仿佛是由于李白明了自己长相忆念的感情而特意主动入梦。从对面着笔，不仅表现了知己朋友之间心灵的相通感应，而且表现了自己在“逐客无消息”的情况下乍见故人的欣喜与感动。但面对故人憔悴的面容身影（这从第二首可以看出），诗人在转瞬之间忽生疑问：这恐怕不是平日所见李白的生魂吧。长流夜郎的路途如此遥远，生死存亡实在难以预料。日有所思，夜有所梦；正因为平日在潜意识中已有李白或许在流放途中遭遇不测的预感，故而梦中才有“恐非平生魂，路远不可测”的疑虑。感情由喜而疑而悲，变化倏忽，正是梦中情感流程的真实反映。

“魂来”四句，承上“入梦”，续写李白梦魂来去往返的情景和自己的疑惑。“枫林”系李白梦魂所在和出发之地，“关塞”系杜甫所在和李白梦魂折返之地。上句化用《楚辞·招魂》“湛湛江水兮上有枫，目极千里兮伤春心，魂兮归来哀江南”句意，紧贴“枫”“魂”“江南”等字，以示李白之梦魂从江南多枫之地前来，句末着一“青”字，仿佛魂来之时，枫林突显一片青苍之色，使本来静止的青枫林具有了动感，下句写法相同，仿佛魂返之际，苍茫的关塞突显一片苍黑之色，“黑”字同样具有动感。总的都是为了渲染李白梦魂来去之时那种倏忽变幻的景象和诗人的迷离惝恍之感。

魂之来去，如此倏忽，仿佛天马行空，不受任何羁束，这本是对梦魂的写真。但转瞬之间，诗人又不禁生疑：“君今在罗网，何以有羽翼?”你现在正被统治者的罗网所控制羁束，怎么能像长了翅膀似的来去自由呢?将李白的现实处境与梦境一加对照，不禁更强化了对李白现实处境的深悲。

最后四句，写李白梦魂离去之后的情景和诗人对归魂的深情遥嘱。梦醒之际，落月的光洒满了屋梁，朦胧之中仿佛还能见到故人的面容颜色。这是在梦初醒的迷离恍惚中一时的错觉与幻觉。似有似无，疑真疑幻，极饶神韵，极具意境之美。妙在“犹疑”二字，尽传迷离惝恍，是耶非耶的情致。

转瞬之间，幻觉消失，故人的梦魂已杳不可寻，遂转为对归魂的深情遥嘱：此去千里江南，水深浪阔，千万不要被蛟龙所获。这里的“蛟龙”，带有政治象征色彩，是对那些攻击陷害李白的“魑魅”之辈的称呼，表现了诗人对李白处境命运的忧虑。

第二首是“三夜频梦君”之后所作。起手二句以“浮云终日行”从反面兴起“游子久不至”，运用传统的起兴手法既新颖独特又自然贴切。浮云的意象，除了作为游子飘荡无依、飘浮不定的象征之外，还兼有象征谗佞奸邪之徒的意蕴。联系李白诗“总为浮云能蔽日”“紫阙落日浮云生”等句，也不排斥“浮云终日行”可能兼有象喻政治昏暗、奸邪充塞的意味，而这又正是造成“游子久不至”的主要原因。正因为“游子久不至”，而有“三夜频梦君”的现象，诗人把这归结为李白对自己的一片深厚情意。这和第一首将故人入梦归结为“明我长相忆”是同一思路，不说自己情亲意殷，而说对方情意亲切，正表现出对李白情谊的重视。前四句和上首一样，也是述入梦之由的，但上首以沉重的悲慨发端，显得意蕴深沉郁结，而此首则从“浮云”引出“游子”，由“终日行”引出“久不至”，又由“久不至”引出“频梦君”，而归为“见君意”，辗转相引，显得亲切而自然。这或许是“三夜频梦君”所致吧。

“告归”四句，由君之来直接跳到君之归。先转述梦中李白告归之态与告归之语。每次“告归”，总是显得那样匆忙局促，仿佛有无形的力量在催逼；而告归时又总是强调自己前来会面之不易，仿佛有强大的力量在压制。梦中浮现的李白的这种情态与语言，正透露出在杜甫心目中，李白的现实处境是没有任何自由的。或以为“江湖”二句也是李白梦中告归之语，但联系上首结语，似理解为诗人对告归的李白的忧虑更为切当。

“出门”四句，写李白的梦魂告别出门时的情态和诗人的感慨。昔日豪迈不羁、神采飞扬的李白如今在“告归”时已无复“仰天大笑出门去，我辈岂是蓬蒿人”的气概，而是频频搔首，白发萧疏，好像为自己辜负了平生志而苦闷悲慨。这里拈出“平生志”三字，正反映出杜甫对李白的深刻理解。李白的“平生志”，就是“申管晏之谈，谋帝王之术，奋其智能，愿为辅弼，使寰区大定，海县清一”。杜甫在壮岁与李白同游的过程中当不止一次地听到李白对自己宏图大志的申述。如今，却陷罗网，为逐客，平生志，尽成空。这正是李白一生最大的悲剧，最深的憾事。达官贵人的高冠华盖充斥着京城，而杰出才人却困顿憔悴，遭受放逐，这又正是时代的最大的悲剧，人间的最大不平。写到这里，诗人已由李白的梦中情态跳出，转为对现实社会的深沉感慨，并由此引出结尾四句更深沉的感慨。

“孰云网恢恢，将老身反累。”说什么天网恢恢，疏而不漏，如今的现实却是奸佞邪恶者网漏吞舟之鱼，而胸怀大志、才华盖世者却垂老而身陷缧绁、遭受流放，还有什么天道可言！这是对现实政治的愤激控诉。诗情至此，发展到最高潮。接下来两句，却转为深沉的感慨：“千秋万岁名，寂寞身后事！”诗人坚信，李白必将名垂千秋万代，但这样一位杰出的才人不但生前困顿憔悴，恐怕身后也不免寂寞凄凉。这是为李白的悲剧遭遇深表悲慨，也是为古往今来一切志士才人的共同悲剧抒发悲慨。由李白这一特殊的才人的悲剧遭遇联及广大才人的悲剧，并上升为更具普遍性的感慨，使诗的思想感情得到升华和深化，这正是《梦李白二首》的深刻之处。

两首纪梦诗，前首侧重于对梦境的描写，极具迷离恍惚、疑真疑幻的情致色彩、情韵意境；后者侧重于对李白梦中情态的描写和诗人悲慨的抒发。前者飘忽变幻，后者沉痛悲愤。但飘忽变幻之中亦有开头四句那样沉重的悲慨，沉痛悲愤之中亦有开头四句那样亲切自然的抒情，色调并不单一。而两首之间，既有明显的勾连照应（如前云“逐客无消息”，后云“游子久不至”；前云“故人入我梦”，后云“三夜频梦君”；前云“明我长相忆”，后云“情亲见君意”；前云“君今在罗网”，后云“将老身反累”；前云“水深波浪阔，无使蛟龙得”，后云“江湖多风波，舟楫恐失坠”），又有明显的递进发展，感情由悲转愤，由浅而深，从而形成一个有机的艺术整体。

前出塞九首（其六）[1]

挽弓当挽强，用箭当用长。射人先射马，擒贼先擒王[2]。杀人亦有限[3]，列国自有疆[4]。苟能制侵陵[5]，岂在多杀伤！

[校注]

①《乐府诗集》卷二十一横吹曲辞有《出塞》，解题引《晋书·乐志》曰：“《出塞》《入塞》曲，李延年造。”杜甫有《前出塞九首》《后出塞五首》，均为有计划创作的组织严密的乐府组诗。两组诗均以一个从军出征的士兵作为主角贯串各首。《全唐诗》题下原注：“草堂本，《前出塞》编入天宝未乱以前京师作。诸本均与《后出塞》同编。《前出塞》为征秦陇之兵赴交河而作，《后出塞》为征东都之兵赴蓟门而作也。”王嗣奭《杜臆》云：“《前出塞》云‘赴交河’，《后出塞》云‘赴蓟门’，明是两路出兵。考唐之交河，在伊州西七百里，当是天宝间哥舒翰征吐蕃时事，诗亦当作于此时。”朱鹤龄亦从其说。这里所选的是组诗的第六首。②张綖注：章意只在“擒王”一句，上三句皆引兴语。下四句，申明不必滥杀之故。（仇兆鳌注引）贼，《文苑英华》作“寇”。③有限，有限度。④列，《全唐诗》校：“一作立。”按：《文苑英华》作“列”。《广雅·释诂二》：“列，阵也。”又《释诂三》：“列，布也。”故“列”有阵列、布置之义，“列国”即建置国家。疆，疆界。⑤制侵陵，制止外敌的侵略。陵，《文苑英华》作“凌”，通。

[笺评]

刘辰翁曰：此其自负经济者，军中常有此人。（《唐诗品汇》卷七引）

张綖曰：上三句兴，下一句即起。末二句意言朝廷果有制敌之道，不在劳师以用武也。（杨伦《杜诗镜铨》卷二引）

钟惺曰：此四句与下四句非两层，擒斩中正寓不欲多杀之意，所谓“歼其渠魁，胁从罔治”也。（前四句下批）（《唐诗归》）

谭元春曰：仁义节制之师。（后四句下批）（同上）

陆时雍曰：语语筋力，前四语不知何自，或是成语，或是己出，用得合拍，总归佳境。(《唐诗镜》卷二十一)

《杜诗选注》：此篇言为战之法。射马擒王，盖不欲多杀也；能制侵陵，则不在多杀也。修德明礼，此王者制侵陵之道也。远交近攻，此霸者制侵陵之道也。(卷一)

王嗣奭曰：他人有前四句，必无后四句。兼此八句，方是仁者无敌之师。三代而下，谁复领此。“论兵迈古风”，此老盖自道也。(《杜臆》)

贺裳曰：此军中自励之言。上四句亦即《毛诗》“岂敢定居，岂不日戒”意，下四句更有“薄伐来威”之旨。(《载酒园诗话又编》)

黄生曰：前四语似谣似谚，最是乐府妙境。战阵多杀，始自秦人，盖以首级论功，先时无是也。至出塞之举，则始于汉武。当时卫、霍虽屡胜，然士马大半物故，一将功而枯万骨，亦何取哉！明皇不恤中国人民而远慕秦皇、汉武之事，杜公此诗，托讽实深。(《杜诗说》卷一)

仇兆鳌曰：六章，为当时黩武而叹也。上半叠用成语，擒王则众自降，即所谓“歼厥渠魁，胁从罔治”者。《书》“不愆于六伐七伐乃止齐焉”，所谓“杀人有限”也；马援立铜柱为界，所谓“列国有疆”也。(《杜少陵集详注》卷二)

吴瞻泰曰：此为九首扼要之旨，大经济语，借戍卒口中说出，托刺甚深。“立国自有疆”，讽谏微妙，使开边者猛然自省。(《杜诗提要》卷一)

浦起龙曰：六章，已在功名之会矣。尚是矢志语，未是对敌事。上四如此飞腾，下四忽然掠转。兔起鹘落，如是如是！要是上四作开势，下四归本旨也。如此方是下好义而上好仁。此为赴敌之始，故复提寓规之意。(《读杜心解》卷一)

杨伦曰：六章忽作闲评论一首，复提醒本意。(后四句) 大识议，非诗人语。(《杜诗镜铨》卷二)

沈德潜曰：前四语即寓不多杀伤意，所谓节制之师。诸本“杀人亦有限”，惟文待诏作“无限”，以开合语出之，较有味。文云：“古本皆然。”从之。（《重订唐诗别裁集》卷二）

［鉴赏］

《前出塞九首》是杜甫现存作品中创作时间最早的精心结撰的组诗。浦起龙《读杜心解》说：“汉、魏以来诗，一题数首，无甚铨次。少陵出而章法一线。如此九首，可作一大篇转韵诗读。”萧涤非先生指出其表现方面的特点是：“一、用点来反映面，只集中描写一个征夫的从军过程。二、全部用第一人称来写，让这个征夫直接向读者诉说。由于寓主位于客位，转能畅所欲言，并避免直接批评时政的罪状。三、结构非常紧凑，从第一首的出门，到第九首的论功，循序渐进，层次井然，九首只如一首。四、掌握人物特征，着重心理刻划，从而塑造了一个来自老百姓的淳厚、勇敢和谦逊的士兵形象。”（《杜甫诗选注》）他们的论述，对于了解这组诗的结构章法之严密与表现手法的特点很有帮助。在这九首诗中，其他各首在士兵的自我叙述和抒情中，都有情节或细节描写，独有所选的第六首，全篇均用议论，且集中地表现出抒情主人公以及诗人自己对战争的看法（亦即整组诗的主旨），在组诗中居于关键地位，本身又具有相对的独立性，历来广为流传。故特意拈出，以见组诗之一斑。

前四句连用四个结构相同的排句精练地概括出战争的取胜之道：挽弓当挽硬弓，射箭当用长箭，盖弓硬箭长方能使射出去的箭射程远、力度强，增强杀伤力，致敌于死命。但射箭当先射马，盖马蹶则敌仆，即可轻易使之束手就擒；擒贼当先擒王，盖敌酋就擒则敌军自溃，即可迅速取得战争的胜利。古代与北方外族作战，多用骑兵。骑兵行动迅疾，长兵器弓箭成为重要的武器，故骑、射相连不可分。这一整套作战经验应是华夏民族在与北方游牧民族长期战斗中总结出来的。四句从挽弓、用箭，到射马、擒王，环环相扣，一气直下，既通俗易懂，又精练概括，极似军中用来指导士兵作战的格言或歌诀，可称得上是军中“二十字诀”。而挽弓用箭、射人射马，最后又都归结为“擒王”，直制敌之要害。黄生赞此四句“似谣似谚，最是乐府妙境”，甚是。汉乐府古诗中就颇多“百川东到海，何时复西归。少壮不努力，老大徒伤悲”（《长歌行》）、“生年不满百，常怀千岁忧。昼短苦夜长，何不秉烛游”（《古诗十九首·生年不满百》）一类人生经验的格言式表述。但它们在议论中均渗透强烈的抒情，而杜甫此作则纯属议论。

后四句由“擒王”制胜进一步发表对战争的看法。战争自然免不了有杀伤，但杀人也应有个限度，这个限度就是有效地制止对方的“侵陵”。建置国家，本就有一定的疆域边界，不能因统治者的好大喜功和贪欲而任意扩张自己的领土。如果说“杀人亦有限”这一句是表明了对战争中消灭敌人有生力量一事的态度，反对借口保证战争的不再发生而滥杀敌兵乃至无辜的百姓，那么“列国自有疆”这一句便表明了对黩武战争的鲜明反对态度。而实际上，所谓黩武战争，其主要特征，一是以开边为目的，二是以多杀人为手段。因此这两句也可以说是从反面来表达反对进行黩武战争的主旨。七、八两句则承第五句，进一步对“有限”作出界定：只要能够制止对方的侵扰就可以了，岂能以“多杀伤”为战争的目的呢？这两句可以说高度概括了一切正义之战的本质，战争的目的只在于保卫国家的疆土和人民，制止敌人的侵略，而不是为了多杀伤对方的士兵乃至无辜的百姓。要之，战争是为了自卫，而非开疆拓土，滥行杀戮，中国古代的军事理论、军事思想中本就有“不战而屈人之兵”的思想，因此这“苟能制侵陵，岂在多杀伤”的诗句中实际上还可包含更深刻的战略思想。

在一组以一位出征士兵为中心的带有叙事性的诗中插入这样一首纯用议论的诗，既可视为代士兵立言，发表他对战争的看法，实际上也是诗人自己发表对战争的看法。这种看法，代表了绝大多数人特别是普通百姓的看法。人民热爱和平，反对战争，尤其厌恶统治者发动的以开边为目的，不惜牺牲本国人民的生命，肆行杀戮对方的士兵与百姓的黩武战争；对于外族发动的掠夺性、侵略性战争，则坚决主张自卫，但目的是为了制止侵略而非以杀戮之多为目的。在唐朝国力昌盛时期发表的这种看法，充分说明华夏民族是一个爱好和平的民族，可以说是华夏民族在它的昌盛时期发表的和平宣言。

这首诗纯用议论写法，在以抒情为基本特征的中国古代诗歌中显得相当特别。但由于诗人在议论中渗透了自己的强烈感情，又运用了通俗明快和精练概括的语言，读来只感到它在一气直下之中富于深刻的蕴含，经得起咀味并启人思考。杜甫的这首诗，不但直接将批判的矛头指向当时统治者所奉行的黩武开边政策，对当时某些边塞诗中过分渲染武力尤其是战争中的杀戮之众也不无针对性。

后出塞五首（其二）①

朝进东门营②，暮上河阳桥③。落日照大旗，马鸣风萧萧④。平沙列万幕⑤，部伍各见招⑥。中天悬明月，令严夜寂寥。悲笳数声动⑦，壮士惨不骄⑧。借问大将谁⑨，恐是霍嫖姚⑩。

[校注]

①乐府汉横吹曲有《出塞》《入塞》。杜甫有乐府组诗《前出塞九首》《后出塞五首》。仇兆鳌《杜少陵集详注》卷四于此组诗题下引鲍钦止曰："天宝十四载，三月壬午，安禄山及奚、契丹，战于潢水，败之，故有《后出塞五首》，为出兵赴渔阳也。"仇氏按云："末章是说禄山举兵犯顺后事，当是天宝十四载冬作。"今之学者多从仇说。按：《后出塞五首》和《前出塞九首》同为以一个士兵为主角的带有自叙传性质的组诗。《后出塞五首》中的主角，从少壮离家从军，到

初次行军宿营，再到讽君主好大边将邀勋，以及边将位崇气骄，最后因安禄山即将发动叛乱而间道逃归故里，前后时间长达二十年，等于一篇幽蓟从军记。这里所选的是组诗的第二首。②东门，洛阳城东面门有上东门，唐代在此有镇。军营设在上东门，故称东门营。③河阳桥，晋杜预于古孟津（唐属孟州河阳县，在今河南孟州西）所建的跨黄河浮桥。安禄山反于范阳，封常清议断河阳桥。可证赴幽州须经此桥。④《诗经·小雅·车攻》："萧萧马鸣，悠悠旆旌。"三、四二句从此化出。⑤平沙，指平旷的沙地。列万幕，整齐地排列着千万顶军营的帐幕。⑥部伍，军队的编制单位，部曲行伍。《史记·李将军列传》："及出击胡，而广行无部伍行陈，就善水草屯，舍止，人人自便。"司马贞索隐："《百官志》云'将军领军皆有部曲。大将军营五部，部校尉一人，部下有曲，曲有军候一人'也。"句意谓部队的各战斗单位分别整队集合。⑦悲笳，悲壮的胡笳声。军中用作静营的号角。⑧惨，心情凄惨悲伤。⑨《全唐诗》句下有注云："天宝二年，禄山入朝，进骠骑大将军。"此"大将"当指招募丁壮入伍并统军的将领，未必指安禄山。⑩霍嫖姚，汉代名将霍去病。《史记·卫将军骠骑列传》中记载，霍去病善骑射，再从大将军，受诏与壮士，为嫖姚校尉。此以"霍嫖姚"借指招募统军大将。张綖曰：将从霍嫖姚，盖武皇开边，而去病勤远，故托言之。(仇注引)

[笺评]

许顗曰：诗有力量，犹如弓之斗力，其未挽时，不知其难也。及其挽之，力不及处，分寸不可强。若《出塞》曲云："落日照大旗，马鸣风萧萧。""鸣笳三四发，壮士惨不骄"……此等力量，不容他人到。(《彦周诗话》)

刘辰翁曰：欲复一语如此，殆千古不可得。其时，其境，其意，即曹子建思愧自负横槊间意，赞说不能尽也。("落日"二句下批）又

曰：此诗之妙，可以招魂复起。（《唐诗品汇》引）

唐汝询曰：此言军容整，号令严肃。然大将果何人哉？得非汉之嫖姚耶？则亦内宠鄙臣耳。此盖为禄山发也。（《唐诗解》卷五）

陆时雍曰：写景一一入神，色象绝不足道。（《删补唐诗选脉笺释会通评林·盛五古》引）

周启琦曰：言风发而思泉流，望其气不可复羁。（同上）

陈继儒曰：劈空出想，乃是风骨雄奇。（同上）

王嗣奭曰：言号令之严，亦军中常事，而写得森肃。前篇（指第一首）唾手封侯，何等气魄！而至此"惨不骄"，节奏固应如是，而情景亦自如是也。诗云："萧萧马鸣"，"萧萧"原非马鸣声……但得一"风"字，更觉爽豁耳。（《杜臆》）

黄周星曰：少陵前、后《出塞》共十四首，童时即诵此一首，颇喜其风调悲壮；及今反复点勘，仍不出此一首。李、钟两家并选之，岂为无见！（《唐诗快》）

钟惺曰："萧萧马鸣"，经语也，加一"风"字，便有飒然边塞之气矣。又曰：《出塞》前、后，于鳞独取此首，孟浪之极。应为"落日照大旗"等句，与之相近耳。盖亦悦其声响，而风骨或未之知耳。（《唐诗归》）

贺裳曰："朝进东门营，暮上河阳桥。落日照大旗，马鸣风萧萧。"军前风景如画。"平沙列万幕，部伍各见招"二语尤妙。凡勇士所之，无不欲收为己用者，此语直传其神。"中天悬明月，令严夜寂寥"，"寂寥"妙甚，深见军中纪律之肃。"悲笳数声动，壮士惨不骄。借问大将谁，恐是霍嫖姚。"古来名将甚多，而独举霍氏。史称去病，士卒乏食，而后军馀粱肉。殊带怵惕意，却妙在一"恐"字，语意甚圆。（《载酒园诗话又编》）

吴敬夫曰："萧萧"自是说风。合十字看，想见边塞晚景惨凄，与经语形容马鸣自别。又曰：于诸作中，气最高，调最响，固应入于鳞彀中。（《唐诗归折衷》引）

唐曰：于鳞孟浪则有之。若论风骨，十三首中，原无此雄浑。（《唐诗归折衷》引）

仇兆鳌曰：二章记在途之事。上六，薄暮景事；下六，夜中情景。上言军容之整肃，下言军令之森严。（《杜少陵集详注》卷四）

浦起龙曰：二章，写军容也。又点清征兵之地。前后各章，俱极有兴，不可无此约束。“进营”，始就伍也。“上桥”，初登程也。“落日”将暮，则须列幕安营。初从军者纪律未娴，故部伍须“招”。此时尚觉嚣扰，入夜则寂无声矣。“悲笳”，静营之号也。“大将”指召募统军之将，故以“嫖姚”比之。盖去病尝从大将军卫青出塞者。注家即指禄山，非，时尚未到也。须看层次精密，又须看夹景夹叙，有声有彩。（《读杜心解》卷一）

杨伦曰：二章言入军。五首只如一首，章法相衔而下。前诗（指第一首）何等高兴，至是束于军令，乃“惨不骄”矣。（《杜诗镜铨》卷三）

吴昌祺曰：诗如宝马出匣，寒光逼人。（《删订唐诗解》）

王国维曰：境界有大小，不以是而分优劣。“细雨鱼儿出，微风燕子斜”，何遽不若“落日照大旗，马鸣风萧萧”；“宝帘闲挂小银钩”，何遽不若“雾失楼台，月迷津渡”也！（《人间词话》）

［鉴赏］

《后出塞五首》的第一首，写主人公应召入伍赴蓟门与乡亲告别时的豪情，第二首接着写初入军营行军宿营的情景，以意境的阔大悲壮著称。

开头两句叙事，简洁明快，分别点出新兵入营与开拔。“朝进”而“暮上”，说明时间之短促与军情之紧急。“东门营”在洛阳上东门外，补充交代了主人公当是在洛阳附近应召入伍的。“河阳桥”在洛阳东北约八十里，从东门军营出发，正好是一天的路程。乍入营旋即开拔，踏上赴蓟门的征途，主人公的心情是激动喜悦而怀着对行伍生活的新鲜感的。从诗的明快流畅、摇曳有致的格调中似乎可以窥见主人公轻快的步伐和跃动的心律。

“落日照大旗，马鸣风萧萧。”这是呈现在主人公面前的一幅极具氛围感的行军图景。暮色苍茫中，一轮殷红的落日映照着正在行进中的主将的大旗，红旗猎猎，风声萧萧，远处传来战马的长啸。这幅图景，有声有色，动静相间，情景两浃，境界壮阔悠远，声韵浏亮朗爽，韵味隽永悠长。既描绘出壮盛的军容和雄浑的气象，又隐隐传出主人公目接此境时那种新鲜感、庄严感和苍茫感。《诗经·小雅·车攻》中“萧萧马鸣，悠悠旆旌”的诗句，境界于阔远中透出闲静的意致，经诗人化用改造，顿觉极雄浑悲壮之致，关键就在增添了落日的余晖映照和“风萧萧”与“马鸣”的配搭。

接下来两句，写列幕宿营：“平沙列万幕，部伍各见招。”在一望无际的平展的沙地上，有序地排列着千万张宿营的帷幕，各个基层战斗单位的军官在分别集合自己的战士。前一句是静景，于阔远之境中显出列幕之齐整有序和军容之壮盛；后一句是动景，于活动的画面中透出军纪之整肃。

“中天悬明月，令严夜寂寥。”时间已由暮而入夜。中天之上，一轮明月高悬，四周一片寂静。在寂寥的深夜，时或传来几声威严的口令声，更衬出了整个氛围的寂寥。夜间宿营，有哨兵值勤，遇有人行，则喝问口令。在寂静的夜间，听来特别警动人心，故云“令严”。或解“令严夜寂寥”句为军令森严，故夜间军营寂静无声，亦通。但似以解令为“口令”，更饶以声显寂之神韵。

“悲笳数声动，壮士惨不骄。”笳指胡笳，其声悲壮。《文选·李陵〈答苏武书〉》云：“凉秋九月，塞外草衰，夜不能寐，侧耳远听，胡笳互动，牧马悲鸣，吟啸成群，边声四起。”所描绘的是深秋塞外夜间边声四起的情景，杜诗“悲笳数声动”当是化用了其意境而单举“悲笳”之声以点染夜间静营的号角响过数声以后军营上弥漫着一种悲壮、严肃、静寂的氛围。这种特有的氛围，使初入军营的壮士原来那种满怀雄心壮志、热烈激动的精神状态猛然间变得有些惨然而悲，不再那样浪漫张扬了。这“胡笳数声动”所酿造的军营氛围，像是使初入伍的壮士经受了一次军队生活的心灵洗礼。

“借问大将谁，恐是霍嫖姚。”末二句是夜不能寐的主人公的自问自答：如此壮盛的军容军威和整肃的军纪，这位统军的大将恐怕是汉代骠骑将军霍去病一类的人物吧。以汉代年轻有为的大将霍去病喻指主将，口吻是敬畏赞美而非讽刺。文中主人公“跃马二十年”，其初入伍时当在开元二十三四年（735、736）前后，其时安禄山还只是幽州节度使张守珪部下的一员将领，根本未跻身“大将”之列。何况，此首所写系行军宿营情景，“大将”非指边将，而是招募统军之将。不能因为后面写到安禄山反叛而将此首的“大将”也误解为安禄山。

组诗中的主人公，在“跃马二十年”的长时间中，思想感情和对边地情况的认识有一个逐渐变化的过程。刚开始应募入伍时充满了立功封侯的浪漫幻想。及至军营，则在行军宿营中强烈感受到悲壮整肃的气氛，心情有所变化。到蓟门后，逐渐看清皇帝开边、边将邀勋的真相，以及边将由骄横跋扈演为叛乱的过程。组诗的第二首正是主人公亲历行军宿营生活后心理状态变化的展现。十二句诗，时间从朝至暮，自暮至夜，地点由东门营而河阳桥，由河阳桥而平沙旷野，景物由落日、大旗、马鸣、风萧萧而中天明月、悲笳声动，主人公的心情也由一开始的激动喜悦而逐步感受到日暮行军特有的雄浑悲壮、阔远苍茫气氛和夜间宿营特有的整肃寂寥氛围，接受了一次初入戎旅的心灵洗礼。序次井然，而境界之雄浑阔远、悲壮混茫尤为出色。

成都府①

翳翳桑榆日②，照我征衣裳③。我行山川异④，忽在天一方⑤。但逢新人民，未卜见故乡⑥。大江东流去⑦，游子日

月长[8]。曾城填华屋[9]，季冬树木苍[10]。喧然名都会[11]，吹箫间笙簧[12]。信美无与适[13]，侧身望川梁[14]。鸟雀夜各归，中原杳茫茫[15]。初月出不高，众星尚争光[16]。自古有羁旅，我何苦哀伤！

［校注］

①成都府，今四川成都市。《新唐书·地理志·剑南道》："成都府蜀郡，赤。至德二载曰南京，为府。上元元年罢京。"乾元二年（759）十月，杜甫由秦州出发，前往同谷（今甘肃成县），在同谷度过了一段极为艰难贫困的生活。十二月，由同谷出发入蜀，年底抵达成都。此诗系初抵成都时所作。②翳翳，晦暗朦胧貌。桑榆日，即傍晚的落日。《初学记》卷一引《淮南子》："日西垂景在树端，谓之桑榆。"③征衣裳，客子所穿的衣裳。阮籍《咏怀》："灼灼西隤日，馀光照我衣。"二句化用阮诗。④山川异，指由秦州辗转至同谷、至成都，所历山川各异。⑤成都在全国的西南，故云"天一方"。⑥未卜，未料、难以预料。⑦大江，指岷江。古代以岷江为长江正源。⑧日月，《全唐诗》原作"去日"，校："一作日月。"兹据改。此句意谓自己这位游子将长期过着漂泊异乡的生活。⑨曾，通"层"。曾城，犹重城。成都有大城、少城。填，充满、密布。华屋，华美的房屋。⑩成都气候温暖，故虽暮冬而树木苍郁青翠。⑪喧然，喧阗热闹的样子。唐代除东、西二京外，扬州、益州均为全国著名的都市，有"扬一益二"之称。⑫间，夹杂。⑬信美，确实美好。无与适，无所适从、无所归依。此句化用王粲《登楼赋》"虽信美而非吾土兮，曾何足以少留"句意。⑭侧身，侧转身体。川梁，岷江和江上的桥梁。此句盖谓侧身东望川梁而思故乡，有川广不可渡越意，从上句来。张衡《四愁诗》："我之所思在太山，欲往从之梁父艰，侧身东望涕沾翰。"⑮上句兴起下句。因见傍晚鸟雀各自归巢而思归故乡，而故乡杳远渺茫，遥不可

见。⑯黄生曰：“‘初月’二句，寓中兴草创，群盗尚炽。”此本杜田注而稍有变化，恐过凿。

［笺评］

刘辰翁曰：（首二句）有何深意，到处自然。（“信美”四句）愤怒悲感，天性切至，读之黯然。（“初月”二句）语次写景，注者屑屑附会，可厌。（《唐诗品汇》卷七引）

桂天祥曰：萧散沉降备至。“层城”以下句雄丽。“鸟雀夜各归，中原杳茫茫”，羁旅之思可悲。“初月”二句比喻。末复自解，可谓神于变化者矣。（《批点唐诗正声》）

唐汝询曰：此子美初至成都未得所依而有是作。日在桑榆照我征衣者，以比国步陵夷，而我适当此时也。是以飘泊一方未能遽返，徒羡大江之东逝耳。然蜀都岂僻陋而不可居哉？华屋填城，乔木苍翠，箫管之音不绝，可谓盛矣。顾虽美而无可往，遂至孤立怅望，鸟雀不如，途穷若此。皆因朝廷荒乱，使贤者无依，故又以所见之景为此。“初月出不高”者，肃宗初立无远志也；“众星尚争光”者，四方之僭逆未除也。因言古人遭世难而奔走风尘者众矣，我何敢独抱哀伤乎！此与《寒峡》结语同义。（《唐诗解》卷六）

吴山民曰：丹青其言，然巧笔不能写。“但逢”“未卜”二语，甚动情。“鸟雀”句有美意。结自宽。（《删补唐诗选脉笺释会通评林·盛五古》引）

陆时雍曰：“鸟雀夜各归”四句，气韵高雅，意象更入微茫。（《唐诗镜》）

王夫之曰：俗目或喜其“近情”，毕竟杜陵落处，全不关“近情”与否。如此诗篇，只有一“雅”。（《唐诗评选》）

杨德周曰：此诗寄意含情，悲壮激烈。公复有俯仰六合之想。（《杜少陵集详注》卷九引）

朱鹤龄曰：此诗语意，多本阮公《咏怀》。“翳翳桑榆日，照我征衣裳”，即阮之“灼灼西颓日，馀光照我裳”也；“侧身望川梁”，即阮之“登高望九州”也；“鸟雀夜各归，中原杳茫茫”，即阮之“飞鸟相随翔，旷野莽茫茫”也；“自古有羁旅，我何苦哀伤”，以自广也。“初月出不高，众星尚争光”，则本子建《赠徐干诗》“圆景光未满，众星粲以繁”。公云“熟精《文选》理”，于此益信。杜田注：“桑榆”，明皇在西内；“初月”，喻肃宗；“众星”，喻史思明之徒。此最为曲说。王伯厚《困学纪闻》亦引之，吾所不解。（《杜工部诗集辑注》）又曰：盛称都会，愈见故乡可怀。即所谓“成都万事好，岂若归吾庐”也。（《杜诗镜铨》引）

黄生曰：王粲《登楼赋》：“境虽美而非吾土。”“侧身望”三字，出张衡《四愁诗》。古诗：“欲济川无梁。”《四愁》本寓思王室之意。“信美”二句，言入蜀非己所乐，第归朝无路，不得已而为此计耳。“初月”二句，寓中兴草创，群盗尚炽，末二句姑为自解之辞。（《杜诗说》卷一）

仇兆鳌曰：（“翳翳”八句）初见成都人物，而叹游子不归也。此以江水东流，兴己之棲泊。（“曾城”八句）又闻成都歌吹，而叹中原遥隔也。此以鸟雀归巢，兴己之无家。张远注：“公初至成都，而辄动乡关之思”，所谓“成都万事好，不如归吾庐”也。（“初月”四句）此心伤羁旅，而聊为自宽之词。薄暮方至，故云“桑榆”；既而黄昏，故云“鸟归”；久之星出月升，盖在下弦之候矣。此章前二段，各八句，末段四句收。（《杜少陵集详注》卷九）

浦起龙曰：前后各八，中四句。前后皆言游子羁旅之情，是税驾语，亦是二十四首总结语。只中四，还成都正面。“信美”而“望川梁”者，见“鸟雀各归”，而伤故乡之不可归也。所以然者，由寇扰中原，如星争月彩，人思避乱，是以不免“羁旅”也。比意侧重“众星”。朱氏以《困学》借喻为曲说，不知不借喻，则结联如何缀属？（《读杜心解》卷一）

杨伦曰：（“翳翳”四句）似《十九首》。（“初月”二句）比出门时，磊落星月，又一意境。（“自古”二句）言世乱未平，亦且暂谋安息耳。是二十四首总结语。（《杜诗镜铨》卷七）

《唐宋诗醇》：语意多本古人，虽气度少舒而忧思未尝忘也。“初月”四语，上承“中原”一句，王应麟以肃宗初立，盗贼未息，最为得解。盖至此身事少定，不觉念及朝廷，甫岂须臾忘君者哉！

[鉴赏]

乾元二年（759）十月到十二月，杜甫在从秦州至同谷、从同谷至成都的艰难旅程中，写了两组各十二首的纪行山水组诗。这二十四首诗，以写实手法，再现了秦陇、陇蜀道上奇险雄峻的山川景物和它们不同的个性特征，为山水诗的创作开拓了崭新的境界。本篇是二十四首的最后一首，前人或谓是二十四首诗的总结。不过它的风格却显然不同于其他各篇之雄肆奇崛、削刻生新，而是在朴素平易的叙述描写中蕴含着浓郁的抒情色彩，近乎汉魏古诗的风貌。

开头四句写初抵成都的情景：傍晚西斜的夕阳余光，映照着我这个跋山涉水从秦至蜀的征人的衣裳。一路之上，经历了风貌殊异的万水千山，如今又忽然来到远在西南一隅的蜀地殊方。这四句调子比较轻快舒畅，透露出诗人在历经三个月的艰困生活和道途艰险之后终于抵达此行终点时心情的放松和愉悦。“翳翳”二字，形容夕阳余光的朦胧黯淡，但它映照在游子征衣上的时候，却使人感到一种亲切的抚慰。“山川异”是对以往行程经历的概括，其中亦包含饱览不同山川胜景的新奇感，而“忽在天一方”的“忽”字则透出了历经秦蜀间崇山峻岭、忽见平野千里、富庶繁华的天府之国时的欣喜。

“但逢”四句，续写入城路上所见所感。一路上，只遇到声音装扮不同的异乡百姓，却不知道何时才能见到自己的故乡。滔滔不绝的岷江水，东流而去，我这漂泊天涯的游子客居异乡的日月还正悠长。

这四句分别以眼前所见的“新人民”和“大江东流”兴起“故乡”之思和“游子”之情，在景物描写的同时织入了对故乡的思念和游子漂泊生涯的感慨。但感情并不悲伤激烈，而是在舒缓平和的调子中寓有对异乡风物的新鲜感和对游子悠长岁月的某种期待和希望，透露出历经奔波跋涉的“一岁四行役”之后的诗人渴望有一个平静安适的栖息之地的内心要求。联想和兴起的自然，使这四句诗同样具有隽永的情味。

“曾城”四句，写成都的繁华热闹。成都是唐代除西京长安、东都洛阳之外全国最著名的繁华都会之一，它与濒海的扬州并称，有“扬一益二”之称。《新唐书·地理志》载，成都府有户十六万九百五十，口九十二万八千一百九十九，杜甫诗中亦称成都“城中十万户”，诗人来到这里时，尚称“南京”，可以想见其繁华。四句以“喧然名都会”为主句，一句写城池之重叠、房舍之华美，以一“填”字写出其户口之众多和房舍的鳞次栉比，以见其繁华富庶；一句写其气候之温暖宜人，虽处隆冬，而树木苍郁青翠；一句写其生活之安乐和市面的热闹，箫管笙簧之声喧然相杂。这一切，对于一个经历了三年战乱生活的诗人来说，无疑是一个远离干戈烽火的和平安乐富庶繁华的天府之国。面对这样一个“喧然名都会”，诗人的最初感受是欣喜、新鲜、喜悦、赞叹，隐然含有不意忽见如此繁华安定之都的惊喜之情。

但这种感情转瞬之间就起了变化，诗人马上意识到，这是一个虽然美好却无所与适的地方，在那层城华屋之中，箫管笙簧之旁，哪里能找到自己的归宿？侧身东望，但见川广桥横，而自己却无法渡越；但见暮色苍茫中鸟雀各自归栖夜宿，而自己中原的故乡却杳远渺茫，遥在天外。一种茫然无所归宿的异乡漂泊感，一种欲归而不得的忧思和茫然萦绕在字里行间。诗情至此一变，乍到和平富庶之乡的欣喜化为无着落的羁旅忧思，但感情并不沉重。

最后四句，时间由暮而入夜。初月东升，遥挂天边，繁星闪烁，正像与初月争光。异乡的第一个夜晚就这样降临了。这夜晚，既熟悉又陌生，既美丽又神秘，面对异乡和平安静的夜空，诗人的心情又逐渐平静下来，他自我宽慰道：自古以来就有无数羁旅漂泊之人，我又何必为此苦苦哀伤呢！

整首诗交织着对“天一方”的和平富庶、繁荣热闹的成都府的景物人事、山川风物的新鲜感、喜悦感和身在异乡的漂泊感、陌生感，交织着对新山川、新人民的欣喜和对中原故乡的怀念忧思。但总的情调并不沉重悲伤，而是在朴素的叙述描写中渗透悠长而浓郁的诗情。这种浓郁的诗情，正透露了诗人对生活的热爱和执著。以这样的诗篇结束艰难的秦陇、陇蜀之旅，正说明诗人对新的和平安适生活的深情期盼。

茅屋为秋风所破歌①

八月秋高风怒号，卷我屋上三重茅。茅飞度江洒江郊，高者挂罥长林梢②，下者飘转沉塘坳③。南村群童欺我老无力，忍能对面为盗贼④。公然抱茅入竹去⑤，唇焦口燥呼不得⑥，归来倚杖自叹息。俄顷风定云墨色⑦，秋天漠漠向昏黑⑧。布衾多年冷似铁⑨，骄儿恶卧踏里裂⑩。床头屋漏无干处⑪，雨脚如麻未断绝⑫。自经丧乱少睡眠⑬，长夜沾湿何由彻⑭！安得广厦千万间，大庇天下寒士俱欢颜⑮，风雨不动安如山！呜呼，何时眼前突兀见此屋⑯，吾庐独破受冻死亦足！

[校注]

①上元二年（761）八月作于成都浣花草堂。②挂罥（juàn），缠绕、悬挂。长林梢，高树之颠。③塘坳，低洼积水处。坳，地面低洼处。④能，这样。忍能，忍心这样。对面，面对面，与下“公然”义近。⑤公然，明目张胆地。竹，指竹林。⑥呼不得，形容因竭力呼唤顽童弄得唇焦口燥再也喊不出声的情状。或解为“喝不住”，似非原意。⑦俄顷，顷刻间。⑧秋天，秋天的天空。漠漠，阴沉昏暗貌。向，趋向。⑨布衾，布被。⑩骄，一作“娇”。恶卧，睡相不好。踏里裂，

将被里蹬裂。⑪床头，《全唐诗》原作“床床”，校：“一作床头”，兹据改。⑫雨脚，形容雨下得很密，如直泻而下，连成一线。⑬丧乱，指安史之乱。⑭彻，彻晓。何由彻，怎样才能挨到天亮。⑮寒士，贫寒的士人。⑯突兀，高耸的样子。见，同“现”。

[笺评]

王安石曰：吾观少陵诗，为与元气侔。力能排天斡九地，壮颜毅色不可求……惜哉命之穷，颠倒不见收。青衫老更斥，饿走半九州。瘦妻僵前子仆后，攘攘盗贼森戈矛。吟哦当此时，不废朝廷忧。尝愿天子圣，大臣各伊周。宁令吾庐独破受冻死，不忍四海赤子寒飕飕。伤屯悼屈止一身，嗟时之人我所羞……（《杜甫画像》）

黄彻曰：老杜《茅屋为秋风所破歌》云：“自经丧乱少睡眠……吾庐独破受冻死亦足！”乐天《新制布裘》云：“安得万里裘……天下无寒人。”……皆伊尹身任，一夫不获辜也。或谓子美诗意，宁苦身以利人；乐天诗意，推身利以利人。二者较之，少陵为难，然老杜饥寒而悯人饥寒者也……则老杜之仁心差贤矣。（《碧溪诗话》）

李沂曰：“安得广厦千万间”，发此大愿力，便是措大想头，申凫盟此语最妙。他人定谓是老杜比稷、契处矣。（《唐诗援》）

许学夷曰：《茅屋为秋风所破歌》，亦为宋人滥觞，皆变体也。（《诗源辩体》卷十九）

钟惺曰：（“南村”二句）好笑！好哭！“入竹”，妙，妙。（《唐诗归》）

谭元春曰：（“娇儿”二句）尽小儿睡性。（同上）

王嗣奭曰：“广厦万间”“大庇寒士”，创见故奇，袭之便觉可厌……“呜呼”一转，固是曲终馀意，亦是通篇大结。（《杜臆》）

吴农祥曰：因一身而思天下，此宰相之语，仁者之怀也。中间夹说无衣受冻，故结兼言之。针线之密，不可及也。（《杜诗集评》卷五

引）

黄生曰：中段叙屋漏事入骨，若前比兴，后述怀，在公直家常语耳。（《杜诗说》卷十一）

仇兆鳌曰：（“八月”五句）此记风狂而屋破也。（“南村”五句）此叹恶少陵侮之状。（“俄顷”八句）此伤夜雨侵迫之苦。在第三句换韵。（“安得”五句）末从安居推及人情，大有民胞物与之意。此亦两韵转换。此章，前后三段，各五句。中段八句。（《杜少陵集详注》卷十）

浦起龙曰：依仇本截。起五句完题，笔亦如飘风之来，疾卷了当。“南村”五句，述初破不可耐之状，笔力恣横。单句缩住黯然。“俄顷”八句，述破后拉杂事，停“风”接“雨”，忽变一境；满眼“黑”“湿”，笔笔写生。“自经丧乱”，又带入平时苦趣，令此夜彻晓，加倍烦难。末五句，翻出奇情，作矫尾厉角之势。宋儒曰：包与为怀。吾则曰：狂豪本色。结仍一笔兜转，又复飘忽如风，《楠树》篇峻整，《茅屋》篇奇恣。彼从拔后追美其功而惜之，此从破后究极其苦而矫之，不可轩轾。（《读杜心解》卷二）

蒋弱六曰：此处（指“自经”句以下）若再加叹息，不成文矣。妙竟推开自家，向大处作结，于极潦倒中却有兴会。（《杜诗镜铨》卷八引）

邵长蘅曰：此老襟抱自阔，与“蝼蚁辈”迥异。（同上引）又曰：诗亦以朴胜，遂开宋派。

杨伦曰：（“南村”二句）叙事笔力恣横。（“归来”句）单句束住黯然。（“自经”句）直感到此，亦即起下。彻，晓也。夜雨之苦，乃因屋破而究极言之。（“风雨”句）还说穷话，妙。（《杜诗镜铨》）

《唐宋诗醇》：极无聊事，以直写见笔力。入后大波轩然而起，叠笔作收，如龙掉尾，非仅见此老胸怀。若无此意，则诗亦可不作。

朱鹤龄曰：白乐天云：“安得布裘长万丈，与君都盖洛阳城。”同此意。（《唐宋诗醇》引）

何焯曰：元气淋漓，自抒胸臆，非出外袭也。“自叹息”三字，直贯注结处。（“风雨”句）“风”字带收前半。（《义门读书记》）

宋宗元曰：“安得”三句，因屋破而思广厦之庇，转说到“独破”不妨，想见“胞与”意量。末二句，有意必尽，惟老杜用笔喜如此。（《网师园唐诗笺》）

施补华曰：后段胸襟极阔，然前半太觉村朴，如“南村群童欺我老无力，忍能对面为盗贼”四语，及“骄儿恶卧踏里裂”之语，殊不可学。（《岘佣说诗》）

张曰：沉雄壮阔，奇繁变化，此老独擅。（《十八家诗钞》引）

［鉴赏］

上元二年（761）八月，一场突然袭来的狂风，将杜甫草堂前一株二百年的老楠树连根拔起，卷走了辛苦经营而成的茅屋上的三重茅草。紧接着暴雨倾盆而至，床头屋漏，无一干处。在漫漫长夜何时彻晓的痛苦等待中，杜甫思前想后，从个人遭受的痛苦联想到累年战乱所造成的国家忧患和广大人民的困苦，写下这首感人至深的诗篇。

“八月秋高风怒号，卷我屋上三重茅。”八月仲秋，正是秋高气爽的季节，却骤然狂风怒号，卷走了屋上的三重茅草。第一句“八月秋高”与“风怒号”之间，实际上有个转折，说明天气的反常和情况的突然。第二句的“三重茅”，是说屋顶上的三重茅草都被掀起卷走，可见风力之凶猛，这样，才有下面的“床头屋漏无干处”。

“茅飞度江洒江郊，高者挂罥长林梢，下者飘转沉塘坳。”茅草被狂风吹飞过江，洒落在江边一带。飞得高的挂在高高的树梢上，飞得低的飘飞翻转，沉落在池塘洼地里。以上五句写茅屋为秋风所破，着力写茅草：先写风，次写茅卷，再写茅飞，茅挂树梢、沉塘坳，次第井然。表面上只是写风卷茅飞，实际上随着茅卷、茅飞、茅挂、茅沉，处处跟着一双充满焦急、痛惜而又无可奈何的神情的眼睛。因此这些描写中渗透了诗人的感情，而要理解诗人眼睁睁地看着狂风破屋卷茅时焦急、痛惜的感情，又必须了解这些年来诗人经历的颠沛流离的生活和经营草堂所付出的努力，如果说草堂是他多年颠沛流离之后获得的暂时安定生活的象征，那么狂风卷茅就意味着安定生活的破坏甚至结束。诗人在《楠树为风雨所拔叹》的结尾说：“我有新诗何处吟，从此草堂无颜色。”楠树被拔，使草堂顿失颜色；茅屋被破，则无安身立命之处了。

“南村”四句，写飞洒江郊的茅草被南村的一群顽童抱走。称“群童”为“盗贼”，是生气中夹带着几分哭笑不得神情口吻的话，就跟老人嗔笑顽皮的孩子为“小强盗”差不多。这帮顽皮孩子，看杜甫年纪大，又是有点迂腐的读书人，加上隔着一条浣花溪，知道奈何他们不得，便故意大摇大摆地抱着茅草钻进竹林，消失得无影无踪，任凭杜甫喊得唇焦口燥也不加理睬。杜甫笔下的这群顽童，既调皮又带几分天真稚气。这个场景，在焦急生气中还带点无奈的幽默，给全诗的悲剧气氛注入了一点别样的喜剧色彩。杜甫是擅长此道的。

“归来倚杖自叹息。”这是一个单句，是全篇的过脉。浦起龙说：“单句缩住黯然。”回到家中，又气又累，只好倚杖叹息，叹息什么呢？没有说。叹息中有沉思，有丰富的蕴含，末段的祈望和抒怀都于此伏脉。

“俄顷风定云墨色，秋天漠漠向昏黑。”风停云黑，天色阴暗，是暴雨来临的前兆。“向”字富于动感，本来明朗的天空忽然变得灰蒙蒙一片，像是接近黄昏暗夜的样子。这两句由“风”过渡到“雨”，由茅卷过渡到“屋漏”，写景中渗透着一种紧张不安、沉重压抑的气氛，这正是当时诗人心绪的反映。

“布衾多年冷似铁，骄儿恶卧踏里裂。床头屋漏无干处，雨脚如麻未断绝。”这四句要连起来读，写的是夜间大雨屋漏的苦况。大雨密集直泻，茅卷屋破，到处漏雨，床上也没有一块干的地方。布被子用了多年，内胎早已板结，冷得像块铁板，再加上被漏雨沾湿，更又冷又湿。孩子们睡相本就不老实，加上被子又湿又冷又硬，更难受得辗转反侧，脾气上来，竟将被里蹬开了一个大口子。说布衾多年冷似铁，而不说“硬似铁”，正说明这陈年旧被早就过了使用的期限，布已经敝败不堪，故虽“冷似铁”，却是一踹就破。可见草堂闲居的杜甫，生活其实相当穷困。这床多年的布被恐怕已经随着颠沛流离的主人走过许多地方了。这四句写夜雨屋漏之苦，却用骄儿恶卧蹬破被子的细节来表现，既令人心酸，又透出一种无奈的幽默，一种含泪的自嘲。这种描写，跟传统的典雅风格相去十万八千里，故不免某些评家的村俗之讥。但却愈俗愈真。

“自经丧乱少睡眠，长夜沾湿何由彻。”由眼前的这个狂风卷茅、夜雨屋漏的夜晚，联想起这些年来无数个不眠之夜。上句由眼前宕开，诗境亦随之拓开，将五六年来国家的丧乱和自身的“少睡眠”联系起来，将国家的命运与个人的不幸联系起来，这就为下一段诗境的升华准备了条件。秋天夜渐长，但这里的“长夜”，主要是一种主观感受，由于床头屋漏，无法入睡，只有坐等天明，故特别感到长夜之难挨。这“长夜沾湿何由彻”由于紧接“自经丧乱少睡眠”，也就自然带有一些象征意味，给人一种“长夜漫漫何时旦”的感觉。

“安得广厦千万间，大庇天下寒士俱欢颜，风雨不动安如山。呜呼！何时眼前突兀见此屋，吾庐独破受冻死亦足！”前三句是由自己的困窘处境产生的祈望和畅想。推己及人，故因己之切盼安居的广厦而希望有千万间广厦，庇护天下寒士使之俱展欢颜。这里的“寒士”，自指和自己处境类似的穷寒士人，不必从字面上另作他解，但从情理上说，则比自己及一般的寒士更困苦，甚至连破茅屋也没有的穷人自然更需要安居之所。从杜甫一贯的思想，特别是联系《自京赴奉先县咏怀五百字》中“生常免租税，名不隶征伐。抚迹犹酸辛，平人固骚屑。默思失业徒，因念远戍卒”所表现的思想感情逻辑来说，在这屋破雨漏的不眠之夜，他想到的绝不只是个人床头屋漏、衣被沾湿的痛苦，他还会联想到更多连破茅屋也没有的百姓。前面写到茅草被顽童抱走后“归来倚杖自叹息”的沉思中，恐怕也含有对“群童”“不为困穷宁有此”的体谅。因此，从精神实质上看，他的这种祈望和畅想自然也涵盖了普天下住无安居的穷苦百姓的愿望。诗人在这里特意破偶为奇，于“大庇天下寒士俱欢颜”之后缀上一句“风雨不动安如山”，不但强化了这种祈望的迫切和力度，使之更为酣畅淋漓，而且自然绾合了前面的狂风卷茅、骤雨屋漏的描写。写到这里，诗人的思想感情已由哀一己之困窘升华到悯天下寒士的境界，似乎已到高潮，诗人却又紧接着以更强烈的感叹“呜呼”发端，由推己及人进一步升华出舍己为人的精神境界，而在抒发这种感情时又仍紧扣“庐破受冻”之事，并不旁骛离题。诗就在感情发展到最高潮、境界升华到最高处时猛然刹住，结得极饱满而自然。

一个生活困窘的读书人，在风雨卷茅破屋、床头屋漏之夕感慨处境之艰难，是常有的事。论困窘艰难的程度，孟郊或许更甚于杜甫；但除了《寒地百姓吟》之外，孟诗基本上只专注于自身的穷困寒苦，诗境不免寒俭。但杜甫却由床头屋漏、长夜难眠想到国家多年的丧乱，想到天下寒士的困苦处境，由眼前的破屋想到大庇天下寒士的千万间广厦，更进一步想到用自己的受冻换取天下寒士的温暖。一次秋风破屋的事件引出了忧国忧民的大文章。但我们读的时候，丝毫不感到杜甫是小题大做，不会怀疑这种感情的虚假，相反地，却倍感其感情的真挚与强烈。这固然与杜甫长期受儒家思想中积极的因素的熏陶、影响分不开，但更根本的是由于他在长期穷困潦倒、颠沛流离的生活经历基础上思想感情逐渐靠近人民的结果。拿这首诗来说，如果不是由于茅卷屋漏、彻夜难眠的生活经历，末段的祈望、畅想乃至“吾庐独破受冻死亦足”的表白便显得缺乏基础，而使人感到空洞、苍白甚至虚假。因此，从根本上说，是生活本身成就了杜甫的这首充满人道主义光辉的诗篇。

这首诗的高潮虽集中体现在末段五句的抒情，但高潮的出现却离不开前三段（大风卷茅、群童抱茅、夜雨屋漏）的一系列叙述描写。

先是突如其来的狂风怒号、卷茅破屋，连用“怒号”“卷”“飞”“渡”“洒”“挂罥”“飘转”“沉”等动感强烈的动词，再加上句末一连五个带有拗怒音调的韵脚，不但使人宛见狂风卷茅、四散飘洒的情景，而且宛闻狂风呼啸怒号的声音，诗人目接耳闻之际那种惶恐、焦急之状亦如在目前。接着写群童抱茅之事。这一段乍看似与末段的抒情关系不大，但细参自有内在关联，群童抱茅而去，除了欺负诗人“老无力”外，还有穷困的因素在起作用。诗人在气愤焦急无奈之余，自然会想到这群孩子“不为困穷宁有此”，甚至会想到这点茅草根本无助于他们的困穷，只有“广厦千万间”才能真正解决问题。总之，由眼前的群童抱茅这件事，使他对社会的普遍贫困有更直接的感受，并由此联想开去。紧接着一个单句“归来倚杖自叹息”，这叹息中包含了丰富的内容，说明诗人的思想感情波澜已经被激发起来了，只是还没有达到高潮，故轻点即收。再接着又写风起云黑、天色昏暗，诗人的感情也转为沉闷、压抑，然后是雨脚如麻、床头屋漏。不但漏，而且“无干处”；不但雨密，而且“未断绝”，再加上小儿恶卧，把“冷似铁”的旧被也蹬裂了。这样层层加码、逼进，使人感到这样的生活实在无法忍受。长夜无眠，天明难挨，思前想后，国家的灾难、人民的困苦和自身的困窘融为一体。这才会更深切地体验到和自己一样穷困、今夜同遭屋漏之苦的“天下寒士”是多么需要“风雨不动安如山”的“广厦千万间”，才会涌现出末段的强烈抒情。

丹青引赠曹将军霸①

将军魏武之子孙②，于今为庶为清门③。英雄割据虽已矣④，文采风流犹尚存⑤。学书初学卫夫人⑥，但恨无过王右军⑦。丹青不知老将至⑧，富贵于我如浮云⑨。开元之中常引见⑩，承恩数上南熏殿⑪。凌烟功臣少颜色⑫，将军下笔开生面⑬。良相头上进贤冠⑭，猛将腰间大羽箭⑮。褒公鄂公毛发

动[16]，英姿飒爽来酣战[17]。先帝天马玉花骢[18]，画工如山貌不同[19]。是日牵来赤墀下[20]，迥立阊阖生长风[21]。诏谓将军拂绢素[22]，意匠惨淡经营中[23]。斯须九重真龙出[24]，一洗万古凡马空[25]。玉花却在御榻上[26]，榻上庭前屹相向[27]。至尊含笑催赐金[28]，圉人太仆皆惆怅[29]。弟子韩幹早入室[30]，亦能画马穷殊相[31]。幹惟画肉不画骨[32]，忍使骅骝气凋丧[33]。将军画善盖有神[34]，必逢佳士亦写真[35]。即今漂泊干戈际[36]，屡貌寻常行路人[37]。途穷反遭俗眼白[38]，世上未有如公贫[39]。但看古来盛名下，终日坎壈缠其身[40]！

［校注］

①丹青，丹砂和青雘，可作绘画用的红绿颜料。此指绘画。引，乐曲体裁之一，亦指诗体名称。《历代名画记》："曹霸，魏曹髦（曹操曾孙）之后。髦画称于后代，霸在开元中已得名，天宝末每诏写御马及功臣，官至左武卫将军。"蔡梦弼《草堂诗笺》："霸玄宗末年得罪，削籍为庶人。"《宣和画谱》著录其《逸骥》《玉花骢》等画迹十余种。此诗约作于代宗广德二年（764）。②魏武，指三国魏武帝曹操。参注①引《历代名画记》。③庶，庶人，普通百姓。清门，犹寒门，寒素之家。《左传·昭公三十二年》："三后之姓，于今为庶。"④英雄割据，指魏武帝创建的三分割据的霸业。已矣，成为过去。⑤文采风流，横溢的才华和潇洒的风度。指曹操在文艺方面的才华风采。刘勰《文心雕龙·时序》："魏武以相王之尊，雅爱诗章。"绘画亦艺事之一，故云"文采风流犹尚存"。盖谓操之文采风流后继有人。犹，《全唐诗》校："一作今。"⑥书，书法。卫夫人，卫铄（272—349），晋代女书法家，字茂漪，汝阴太守李矩妻，世称卫夫人。师蔡邕、钟繇，参以卫氏家学之精髓，融会贯通之。张怀瓘《书断》称其隶书尤善，如"碎玉壶之冰，烂瑶台之月，婉然芳树，穆若清风"，

王羲之早年曾从其学书法。⑦无过，未能超越。王右军，王羲之，东晋大书法家，官至右军将军、会稽内史，世称“王右军”。草书、楷书、行书兼擅，在书法史上有继往开来之巨大贡献，被后世推为“书圣”。张怀瓘《书断》：“篆、籀、八分、隶书、章草、飞白、行书、草书，通谓之八体，惟王右军兼工。”⑧《论语·述而》：“发愤忘食，乐以忘忧，不知老之将至。”句意谓曹霸专精绘画，热爱艺术，不知老之将至。⑨《论语·述而》：“不义而富且贵，于我如浮云。”句意谓霸淡泊功名富贵。⑩引见，指皇帝接见臣下或宾客时由有关大臣引导入见。《汉书·两龚传》：“征为谏大夫，引见。”《后汉书·儒林传上·戴凭》：“自系廷尉，有诏敕出，后复引见。”⑪南熏殿，在唐南内兴庆宫中。⑫凌烟功臣，《大唐新语》卷十一：“贞观十七年(643)，太宗图画太原倡义及秦府功臣赵公长孙无忌、河间王孝恭、蔡公杜如晦、郑公魏征、梁公房玄龄、申公高士廉、鄂公尉迟敬德、郧公张亮、陈公侯君集、卢公程知节、永兴公虞世南、渝公刘政会、莒公唐俭、英公李勣、胡公秦叔宝等二十四人于凌烟阁。太宗亲为之赞，褚遂良题阁，阎立本画。”少颜色，指因年代已久，故画上的颜色褪色。⑬开生面，指重新画像，使之面目如生。《左传·僖公三十年》：“狄杜人归其（先轸）元，面如生。”⑭良相，二十四位功臣中如长孙无忌、房玄龄、杜如晦、魏征等均一代名相。进贤冠，古时朝见皇帝的一种礼帽。原为儒者所戴，唐时文官皆戴用。《后汉书·舆服志下》：“进贤冠，古缁布冠也，文儒者之服也。前高七寸，后高三寸，长八寸。公侯三梁，中二千石以下至博士两梁，自博士以下至小史私学弟子，皆一梁。”《新唐书·车服志》：“进贤冠者，文官朝参，三老五更之服也。”⑮猛将，二十四功臣中，如尉迟敬德、程知节、李勣、秦叔宝等皆为著名武将。大羽箭，《酉阳杂俎》称唐太宗好用四羽大杆长箭，当是一种长箭。⑯褒公，褒国公段志宏（二十四功臣中第十人）。鄂公，鄂国公尉迟敬德（第七人）。二人均为猛将。两《唐书》有传。毛发动，须眉头发开张貌。⑰飒爽，豪迈英俊貌。酣战，痛快淋漓地厮杀。⑱先帝，指唐玄宗。玄宗于代宗宝应元年（762）四月逝世。玉花骢，唐玄宗所乘骏马。《历代名画记》卷九："时主好艺，韩君间生。遂命悉图其骏，则有玉花骢、照夜白等。"玉花骢，以其面白，又称玉面花骢。⑲画工如山，形容画工人数之众多。貌不同，画得不像真马。貌，作动词用。⑳赤墀，宫殿的赤色台阶。亦称"丹墀"。㉑迥立，昂首挺立。阊阖，天子宫门。生长风，形容骏马飞动骏迈的神采气势，如有长风生于脚下。㉒拂绢素，在白色绢上画马。"拂"字形容其下笔之熟练轻巧。㉓意匠，构思。惨淡经营，形容作画时先用浅淡颜色勾勒轮廓，苦心构思，经营位置。六朝齐谢赫《古画品录》以经营位置为绘画六法之一。㉔斯须，不一会儿。九重，指皇宫。天子之门九重，故称。真龙，马高八尺为龙，真龙指曹霸画的马犹如真马那样生动传神。㉕一洗，犹一扫。句意谓曹霸所画之马神骏无比，使万古之凡马均为之一扫而空。㉖玉花，指玉花骢。所画之马置于皇帝的坐榻之旁，栩栩如生；而御榻边本不应有真马，故云"玉花却在御榻上"。㉗榻上的画马与庭前的真马屹然兀立，两相对向，真假莫辨，故云。㉘至尊，指玄宗。㉙圉人，养马的人。太仆，太仆寺（掌管皇帝车马的机构）的官员。惆怅，感慨惊叹之状。㉚韩幹（？—780），唐代著名画家，工人物、鞍马。《历代名画记》卷九："韩幹，大梁人（《唐朝名画录》谓其京兆人）。喜写貌人物，尤工鞍马。初师曹霸，后自独擅……遂为古今独步。"早入室，早已成为曹霸的入室弟子，得其嫡传。《论语·先进》："由也升堂矣，未入于室也。"邢昺疏："言子路之学识深浅，譬如自外之内，得其门者。入室为深，颜渊是也，升堂次之，子路是也。"㉛穷殊相，穷尽马的各种不同的形象。㉜画肉，幹所画之马，体形肥硕，故云。画骨，画出马之骨骼神骏。韩幹作画重写生，主张以自然实物为师，尝为玄宗宫中骏马一一图之，故所作皆穷形极相。㉝骅骝，泛称骏马。气凋丧，神采气骨丧失。㉞画善盖有神，绘画之善，盖在于能传物的精神气韵。㉟必，《全唐诗》校："一作偶。"写真，画肖像画。㊱漂泊干戈际，因避战乱而四处漂泊之时。㊲貌，画。寻常行路人，普通的百姓。㊳魏阮籍因心情苦闷，“率意独驾，不由径路，车迹所穷，辄恸哭而返”（《世说新语·栖逸》刘孝标注引《魏氏春秋》）。“能为青白眼，见礼俗之士，以白眼对之”（《晋书·阮籍传》）。“途穷”“眼白”用此。句意则谓曹霸因晚年处境困窘而遭到世俗之士的蔑视。㊴《全唐诗》校：“一作他富至今我徒贫。”㊵坎壈，困顿不得志。

[笺评]

许顗曰：老杜作《曹将军丹青引》云：“一洗万古凡马空。”东坡《观吴道子壁画》诗云：“笔所未到气已吞。”吾不得见其画矣。此二句，二公之诗各可以当之。东坡作《妙善师写御容》诗，美则美矣，然不若《丹青引》之“将军笔下开生面”，又云“褒公鄂公毛发动，英姿飒爽来酣战”。后说画玉花骢马，而曰：“至尊含笑催赐金，圉人太仆皆惆怅。”此诗微而显，《春秋》法也。（《彦周诗话》）

杨万里曰：七言长韵古诗，如杜少陵《丹青引曹将军画马》《奉先县刘少府山水障歌》等篇，皆雄伟宏放，不可捕捉。学诗于李、杜、苏、黄诗中，求此等类，诵读沉酣，深得其意味，则落笔自绝矣。（《诚斋诗话》）

黄彻曰：老杜“途穷反遭俗眼白”，本用阮籍事，意谓我辈本宜以白眼视俗人；至小人得志，嫉视君子，是反遭其眼白，故倒用之。（《䂬溪诗话》）

葛立方曰：杜子美《曹将军丹青引》云：“将军魏武之子孙，于今为庶为清门。”元微之《去杭州》诗亦云：“房杜王魏之子孙，虽及百代为清门。”则知老杜于当时已为诗人所钦服如此。残膏剩馥，沾丐后代，宜哉！（《韵语阳秋》）

刘辰翁曰：（“将军”二句）起语激昂慷慨，少有及此。（“英雄”二句）接得又畅。（“学书”四句）突兀四语，能事志意，毕竟往复浩荡，只在里许。自是笔意至此，非思致所及。（“迥立”句）“迥立”，意从容。（“斡惟”二句）名言。又曰：首尾悲壮动荡，皆名言。（《唐诗品汇》卷二十八引）

吴师道曰：又凡作诗，难用经句。老杜则不然。“丹青不知老将至，富贵于我如浮云。”若自己出。（《吴礼部诗话》）

钟惺曰：（“丹青”句）此语非负真癖人不知。（“诏谓”二句）“意匠惨澹经营中”，此入想光景，无处告诉，只“颠狂此技成光景”。上句俦众中有之，下句幽独中有之，苦心作诗文人知此二语之妙。（“至尊”句）五字说出帝王鉴赏风趣在目。（“斡惟”句）骂尽凡手。（“忍使”句下）韩斡名手，老杜说得如此，是何等胆识！然今人犹知有韩斡马而不闻曹霸，安知负千古盛名，非以画肉之故乎？（“必逢”句）写即有品。（“即今”二句）可怜。（《唐诗归》）

谭元春曰：（“斡惟”二句）骨气挺然语，古今豪杰停读。（同上）

顾璘曰：直语，亦是有生动处。（《删补唐诗选脉笺释会通评林·盛七古》引）

陆时雍曰：“斯须九重”二语是杰句，“斡唯画肉”二语，此便是画家妙语，不类泛常题诗。（同上引）

周珽曰：选语妙合处如龙行空中，鳞爪皆化为烟云。（同上）

王嗣奭曰：余谓此诗借曹霸以自状，与渊明之记桃源相似。读公《莫相疑行》而知余言之不妄。（《杜臆》卷六）又曰：（“学书”四句）其舍书而工画，同能不如独胜也。（“迥立”三句）迥立生风，已夺天马之神，而惨淡经营，又撰出良工心苦。（“玉花”八句）于“立”曰“迥”，于“相向”曰“屹”，便见马骨之奇。又得韩斡一转，然后意足而气完。斡能“入室”“穷殊相”，亦非凡手，特借宾形主，故语带抑扬耳。（“但看”二句）盛名之下，坎壈缠身，此亦借曹以自鸣其不平，读公《莫相疑行》可见。（《杜少陵集详注》卷十三引）

邢昉曰：沉雄顿挫，妙境别开，气骨过王、李，风韵亦逊之，谓

诗歌之变体，自非虚语。(《唐风定》)

申凫盟曰：首尾振荡，句句作意。(《唐诗援》引)

南村曰：叙事历落，如生龙活虎，真诗中马迁。而“画肉”“画骨”一语，尤感慨深长。(《唐风怀》引)

黄周星曰：(起二句) 此又是一起法，笔力俱足千钧。(“褒公”二句) 闪烁怕人，“子璋髑髅”之句可以辟疾，何不用此句乎！(“意匠”句) 使观者亦复惨淡。(“斯须”二句) 忽然眼张心动。(“忍使”句) 骅骝丧气乎？英雄丧气乎？(“途穷”句) 俗眼青尚不可，何况于白！然不白不成其俗。(《唐诗快》)

金圣叹曰：波澜叠出，分外争奇，却一气混成，真乃匠心独运之笔。(《杜诗解》)

徐增曰：此歌起处，写将军之当时，极其宠炊；结处写将军之今日，极其慷慨。中间叙其丹青之恩遇，以画马为主；马之前后，又将功臣、佳士来衬。起头之上，更有起头，结尾之下，又有结尾。气厚力大，沉酣夭矫。看其局势，如百万雄兵团团围住，独马单枪杀进去又杀出来，非凡小可。子美，歌行中大将，此首尤为旗鼓，可见行兵、行文、作诗、作画，无异法也。(《而庵说唐诗》)

叶燮曰：杜甫七古长篇，变化神妙，极惨淡经营之奇。就《赠曹将军霸丹青引》一篇论之。起手“将军魏武之子孙”四句，如天半奇峰，拔地陡起。他人于此下便欲接“丹青”等语，用转韵矣。忽接“学者”二句，又接“老至”“浮云”二句，却不转韵，诵之殊觉缓而无谓；然一起奇峰高插，使又连一峰，将来如何撒手？故即跌下坡陀，沙砾石确，使人褰裳委步，无可盘桓，故作画蛇添足，拖沓迤逦，是遥望中峰地步。接“开元引见”二句，方转入曹将军正面。他人于此下，又便下御马玉花骢矣，接“凌烟”“下笔”二句。盖将军丹青是主，先以学书作宾；转韵画马是主，又先以画功臣作宾，章法经营，极奇而整。此下似宜急转韵入画马，又不转韵，接“良相”“猛士”四句，宾中之宾，益觉无谓。不知其层次养局，故纡折其途，以渐升极高极峻处，令人目前忽划然天开也。至此方入画马正面。一韵八句，连峰互映，万笏凌霄，是中峰绝顶处。转韵接“玉花”“御榻”四句，峰势稍平，蜿蟺游衍出之。忽接“弟子韩幹”四句，他人于此必转韵。更将韩幹作排场，仍不转韵，以韩幹作找足语。盖此处不当更以宾作排场，重复掩主，便失体段。然后永叹将军善画，包罗收拾，以感慨系之篇终焉。章法如此，极森严，极整暇。余论作诗者不必言法，而言此篇之法如是，何也？不知杜此等篇，得之于心，应之于手，有化工而无人力，如夫子从心不逾之矩，可得以教人否乎？使学者首首即此篇以操觚，则窒板拘牵，不成章矣。决非章句之儒，人功所能授受也。又曰：若五七言古风长篇，句句俱佳，并无优劣，其诗亦不必传。即如杜集中……《丹青引》真绝作矣，其中“学书须学卫夫人，但恨无过王右军”，岂非累句乎！譬之于水，一泓澄然，无纤翳微尘，莹净彻底，清则清矣，此不过涧沚潭沼之积耳，非易竭，即易腐败，不可久也。若大海之水，长风鼓浪，扬泥沙而舞怪物，灵蠢毕汇，终古如斯。此海之大也，百川欲不朝宗，得乎？（《原诗·外篇下》）

张谦宜曰：《丹青引》与《画马图》一样做法。细按之彼如神龙在天，此如狮子跳掷，有平涉、飞腾之分：此在手法上论。所以古人文章贵在超忽变化也。“褒公鄂公毛发动，英姿飒爽来酣战”，人是活的，马是活的可想。映衬双透，只用“玉花宛在御榻上”二句已足，此是何等手法！（《絸斋诗谈》卷四）

申涵光曰：“将军魏武之子孙”，起得苍莽大家。“玉花却在御榻上”，此与“堂上不合生枫树”同一落想。“榻上庭前屹相向”，出语更奇，与上“牵来赤墀”句相应，此章首尾振荡，句句作意，是古今题画第一手。（《杜少陵集详注》卷十三引）

黄生曰：就家室起，起法从容；不即入画，先赞其书，更从容。不云继迹右军，而云“但恨无过”，赞语妙绝。“丹青”二句，全用经语，惟有画，诗故妙。于功臣但写褒、鄂，举二公以见其馀，想其画像尤生动耳。“毛发动”三字写猛将已如生矣，谓从酣战而来，尤非庸笔所及。“意匠”句，所谓小心布置；“斯须”句，所谓大胆落笔。书、画总是一理。将军兼善写真，故并圉人太仆而图之。人马在前，两两相向，毫发无憾。非“惆怅”二字，不能尽马官踌躇审顾之状。然画人意只从前后写真处映出，故妙。若明叙人马并画即成俗笔矣。“弟子”四句，乃抑彼扬此法。插此四句，更觉气局排荡。末引古人以解之，亦有同病相怜之意，诸题画诗，皆七言古神境，此首尤宛转跌荡。(《杜诗说》卷三)

李因笃曰：仿之太史公，此篇如《信陵君传》，自堪压卷。其叠呼“先帝”，忠爱缠绵，与《画马引》同。(《杜诗集评》卷六引)

仇兆鳌曰：(“将军”八句) 首叙曹霸家世，及书画能事。“英雄割据”，谓魏武霸业；“文采风流”，似孟德父子。“丹青”二句，言其用力精而志不分。(“开元”八句) 此记其善于写真。“少颜色”，旧迹将灭；“开生面”，新像重摹也。(“先帝”八句) 此记其画马神骏。“生长风”，御马飞动；“真龙出”，画马工肖也。(“玉花”八句) 此申言画马贵重，名手无能及者，榻上画马，庭前御马，彼此交映，故云“屹相向”。(“将军”八句) 此又以言随地写真，慨将军之不遇，不写佳士而写常人，已落魄矣，况遭俗眼之白，穷益甚矣，故结语含无限感伤。此章五段，分五韵，各八句。(《杜少陵集详注》卷十三)

吴瞻泰曰：发端十四字，已将官职、家世、门第、削籍一笔写尽，而将军一生盛衰俱见……将人世荣枯之遇，与时俗炎凉之态，两边对照，如灯取影，笔笔活现。(《杜诗提要》卷六)

浦起龙曰：读此诗，莫忘却“赠曹将军霸”五字，犹《入奏行》之“赠窦侍御”，《桃竹杖引》之“赠章留后”也。通篇感慨淋漓，都从此五字出。自来注家只解作题画，不知诗意却是感遇也，但其盛其衰，总从画上见，故曰《丹青引》。起四句，两层抑扬，总为下文四段作地。“于今为庶”，照到末段“漂泊”“途穷”。“文采尚存”，照起中三段奉诏作画。而“学书”二句乃陪笔，“丹青”二句乃点笔也。中三段，是追昔之盛；末一段，是叹今之衰。析言之，则“开元”八句，叙奉诏重画功臣，四总提，四分写，抽写也。“先帝”八句，叙奉诏画“玉花骢”，二衬笔，二生马，二画态，二画妙也。“玉花”八句，再就画马申赞。“榻上”是貌得者，“庭前”是牵来者，写生出色，又以韩幹作衬，非贬韩，乃尊题法也。而三段中人略马详，章法相同。以上总言其盛，应篇首“文采风流”句。末段，“画善”句，总笔束前；“佳士”句，补笔引下。须知将军画不止前二项，故以写佳士补之。其前只铺排奉诏所作者，正与此处“屡貌寻常”相照耀，见今昔异时，喧寂顿判，此则赠曹感遇本旨也。结联又推开作解譬语，而寄慨转深。此段极言其衰，与篇首“于今为庶”应，其命意作法盖如此。至于摹写丹青之绝特，前人论之详矣。此白傅《琵琶行》等诗所自出。(《读杜心解》卷二)

杨伦曰：此诗每八句一转韵，亦属创见之格。(“丹青”二句）用经入化，(“褒公”二句）写得奕奕有神。(“斯须”二句）神来之笔。(“即今”二句）与凌烟功臣对。(“但看”二句）隐为自家呜咽。(《杜诗镜铨》卷十一)

邵长蘅曰：(“弟子”四句）纵笔所如，无非神境。(《杜诗镜铨》卷十一引)

张惕庵（甄陶）曰：此太史公列传也。多少事实，多少议论，多少顿挫，俱在尺幅中。章法跌宕纵横，如神龙在霄，变化不可方物。(同上引)

邵沧来曰：写画人却状其画功臣，写画马却状其画玉花骢，难貌者已有神，而常人凡马更不待言。乃前画功臣御马，能令至尊含笑；后画行路常人，反遭俗子白眼，有无限感慨！然曹唯浮云富贵，则虽贫贱终身，亦足以自慰耳。(同上引)

沈德潜曰：(“英雄”句）不以正统与之，诗中史笔。(“凌烟”二句）以画人引起。(“斯须”二句）神来纸上，如堆阜突出。(“幹惟”二句）反衬霸之尽善，非必贬幹也。(“途穷”句）霸为左卫将军，后削籍。(“但看”二句）推开作结。画人画马，宾主相形，纵横

跌宕，此得之心，应之于手，有化工而无人力，观止矣。（《重订唐诗别裁集》卷七）

《唐宋诗醇》：起笔老横。“开元之中”以下，叙昔日之遇，正为末段反照，丹青之妙，见赠言之义明矣。通篇浏漓顿挫，节奏之妙，于斯为极。

方东树曰：起势飘忽，似从天外来。第三句宕势，此是加倍写法。四句合，乃不直率。“学书”一衬，就势一放，不至短促……“开元”句笔势纵横。“凌烟”句，又衬。“良相”二句，所谓放之中能字字留住，不尔便直率。“丹青”句点题，“富贵”句顿住，伏收意。“褒公”二句，与下“斯须”句、“至尊”句，皆是起棱，皆是汗浆。于他人极忙之处，却偏能闲雅从容，真大手笔也。古今惟此老一人而已。所谓放之中，要句字留住，不尔便伤直率。“先帝”句又衬，又出波澜。叙事未了，忽入议论，牵扯之妙，太史公文法。“迥立”句夹写夹议。“诏谓”以下，磊落跌宕，有文外远致。“玉花”句转峡停蓄，“圉人”句顿住。“弟子”句又一波澜，奇妙。“幹唯”句夹议。“将军”以下咏叹收，如水入峡，回风助澜。此诗处处皆有开合，通身用衬，一大法门。（《昭昧詹言》）又曰：此与《曹将军画马图》有起有讫，波澜明画，轨度可寻。而其妙处在神来气来，纸上起棱。凡诗文之妙者无不起棱，有浆汁，有兴象。不然，非神品也。（同上）

施补华曰：《丹青引》画人是宾，画马是主。却从善书引起善画，从画人引起画马；又用韩幹之画肉，垫将军之画骨。末后搭到画人，章法错综绝妙，学者亟宜究心。唯收处悲飒，不可学。（《岘佣说诗》）

高步瀛曰：（“丹青”二句）前人有谓作诗戒用经语，恐其陈腐也。此二句令人忘其为用经者，全在笔妙。（“是日”两句）二句写真马何等气魄！（“斯须”二句）二写写画马，何等抱负！（“玉花”二句）二句真马画马合写，何等精灵！（《唐宋诗举要》卷二）

吴汝纶曰：（“良相”四句）此皆义所应耳，非故作闲态。（按：

此针对方东树“极忙中偏能闲雅从容”之评而发）（《唐宋诗举要》卷二引）

［鉴赏］

在杜甫后期的七言歌行中，《丹青引赠曹将军霸》是具有标志性成就的作品。历代注家评家对此诗虽赞誉交并，好评如潮，但对此诗的深层意蕴却少有抉发，“百年歌自苦，未见有知音”，诗人的这种感慨，殆非虚发。

诗共四十句，分五段，每段八句，平仄韵交押。首段叙其家世门第、学书工画，在全篇中是一个总叙或提纲。这种起法，在带有叙事色彩的作品中，似乎是常调。但读来却让人感到其中别有寓慨。“将军魏武之子孙”，陡然而起，远处取势，仿佛着意上扬；“于今为庶为清门”，陡然而落，收到当前，却似重重一抑。扬抑之间，昔盛今衰之慨自见。“英雄割据虽已矣”，承次句，谓祖上英雄割据的霸业今已风流云散，仿佛又一抑，而“虽”字着意，却逼出下句“文采风流犹尚存”，又一扬。这层抑扬，透出了这一段的主意，表面上是说魏武之“文采风流”如今正体现在其子孙曹霸的文艺成就上，而与前几句对照起来体味，便隐然含有功名富贵有时而尽，文采风流自传于后的意味。以此句为枢纽，又自然引出了下面四句：“学书初学卫夫人，但恨无过王右军。丹青不知老将至，富贵于我如浮云。”未写学画，先写学书，自是其学艺过程的真实反映，也透露出其最后专工绘画，乃是在实践的过程中选择了最能发挥自己才能和优势的专业。且书画艺术样式虽异，艺术规律却相通，古来善画者大都工书，由书入画，亦是常事。“但恨”句既是其书法成就的客观反映，更透露出其艺术追求的高标准。有此高标准的追求，在绘画上才能达到高境界。“丹青”二句，正体现出一位纯粹的艺术家热爱艺术，专精独诣，孜孜不倦，不知老之将至，摒弃一切外在功名富贵的私欲，沉潜于艺术创造之中的高尚品格和忘我境界。古往今来，这正是一切大艺术家成功的关键。这两句，可视为对曹霸人品、艺品的总赞，评家莫不赞赏它用经语不着痕迹，宛如己出，自是实情，但更值得注意的是，它体现了一种人生价值观，即将对艺术创造的追求置于世俗的对功名富贵的追求之上，对照李白的诗句“屈平词赋悬日月，楚王台榭空山丘”，其义自见。

“开元”以下八句为一段，叙其承恩奉诏重画功臣图像。这不是一般的画人，而是盛世的盛大艺事。凌烟图像，本就是盛世之盛典，当年阎立本为功臣图像，被视为一种殊荣。如今在“开元”盛世，重新为功臣图像，更是一种难得的机遇。“常引见”与“数上”相应，说明曹霸当时在绘画界的地位。“少颜色”与“开生面”相应，显示曹霸此次为功臣重新画像，并非对阎立本旧画的机械摹写，而是别开生面的艺术创造。旧画因年代久远，颜色模糊，已经失去人物的神采，曹霸的重画，使人物精神风貌栩栩如生，其中自然融合了画家对人物的理解。“良相”二句，先概写一笔，以“头上进贤冠”与“腰间大羽箭”标明其“良相”“猛将”身份。“褒公”二句，于“猛将”中专挑两位个性鲜明的人物画像作特写。“毛发动”三字，简洁而传神。如果说李颀《古意》“须如蝟毛磔”虽形象却仍是静态描写，那么“毛发动”便是将原本是静态的画像写“活”了，令人感到那画上的人物头发开张、须眉皆动，仿佛立时要从画上跑出来，而补上一句“英姿飒爽来酣战”，更织入了想象的成分，似乎他们正在气概豪迈地与敌人进行激烈的战斗。杜甫当年在长安时当欣赏过曹霸重绘的功臣图像，事隔多年，当年观画时留下的印象还如此鲜明，可见画的艺术魅力。这一段写曹霸为功臣重新绘像，用最概括的语言来形容，就是生动传神，亦即诗人所说的“开生面”。

“先帝”以下八句，写曹霸奉诏为御马画像。以“先帝”提起，便含有对盛世的追怀之意。先说“玉花骢”早经众多画工图形写像，却都“貌不同”——未能尽传其精神。以为下文曹霸画马作衬垫。

“是日”二句，先写御马玉花骢的出现。“迥立”，即高高地屹立，突现出马的高大伟岸、昂然挺立的风姿。“生长风”三字，正像上文“毛发动”一样，以想象之笔，渲染出马的俊迈奔腾的气势，仿佛它在赤墀之下、阊阖之中那么一站，立时宛见四蹄之间长风飙起，是则马虽“迥立”，而势欲腾空。如此写马，真把马写活了。而如此神骏的御马，也必须有真正的高手方能绘形传神。这是进一步以真马的神骏来突出画马之不易与传神的可贵，再垫一笔。

“诏谓”二句，方正式写到奉诏画马。皇帝下诏命其在御前对马作画，自是隆重的盛事，“拂绢素”三字，却说得轻巧，仿佛可以在绢上一拂而就，重与轻之间的对照显示出皇帝对曹霸艺术才能的信任和倚重。面对如此重大的盛事和信任，画家却不敢掉以轻心，而是精心构思，经营位置，做到成竹在胸，意在笔先，这正是一个真正的艺术家对待艺术严肃认真的态度。等到一切均已烂熟于心之时，方挥毫泼墨，一挥而就：“斯须九重真龙出，一洗万古凡马空。”“斯须”极言时间之短，与前之“惨淡经营”正形成鲜明对照。构思时至精至密，下笔时方能纵笔挥洒，落纸云烟，须臾之间，真龙突现于九重宫阙之上，使古往今来的一切凡马均一洗而空！“凡马”或谓指历代画工所画的凡俗之马，恐非。杜甫这里是以画中的真神骏与世上的真凡马作对照，强调这虽是画中之马，却比古往今来所有凡俗的真马都强百倍，在这样的“真龙”面前，一切凡俗的真马都黯然失色。原因就在于它传出了骏马的神采。“一洗”句句法极奇警遒劲，句末的“空”字尤其劲健。它将对曹霸画马艺术成就的赞颂推向所向无敌的极致。

纵笔至此，对曹霸画马的赞颂似乎已无从措手，诗人却从画成之后真马与画马的对照，至尊与圉人太仆的反应，以及与韩幹画马的对比中层层推衍，摇漾出另一段文章，使奇峰之外复有奇峰，形成层峦叠嶂的奇观。先写御榻旁的画马与庭前的真马的对照。玉花马本不可能出现在御榻之旁，着一“却”字，点出此景象的奇特乃至反常，亦透出当日在场者那种惊诧不已的神态，而榻上的画马与庭前的真马挺然屹立，彼此相向，竟是真假难辨，更渲染出观赏者眼花缭乱的情景，而曹霸画马之笔夺造化亦自见于言外。“至尊”二句，再写皇帝含笑催促赏赐，圉人太仆感慨称叹的情景，固是从不同的观赏者角度写画马之精彩，但二者对照，却寓含着一层言外之意。圉人和太仆官吏是负责养真玉花骢的，曹霸则是画玉花骢的，但皇帝却只顾催促给曹霸杰出的画技以奖赏，却对养真马的圉人太仆不置一词，对比之下，养真马者不免感到自愧不如了。“惆怅”一词，含蓄丰富，除称赏外，欣羡自愧之意亦存焉。这种艺术效应，正说明艺术虽源于生活，却高于生活。到这里，可以发现诗人对曹霸画马的赞颂分明的三个递进的层次：画中真龙胜过世上凡马，这是第一层；画中玉花与庭前玉花真假莫辨，这是第二层；画马的效应与价值超过了真马，这是第三层。真正的艺术品，不仅师法造化、逼真造化，而且要妙夺造化。这正是这段精彩的描写所寓含的道理。诗人虽未必自觉意识到这一点，但其中自可引出这个结论。写到这里，似乎又山穷水尽，无以为继，诗人就势引出同是画马的名手韩幹作比衬，说明曹霸之画马所以有如此惊人的艺术效果，关键在于韩幹只画肉而不画骨，致使他笔下的骅骝失去了神骏之气，而曹霸之画马，则重在画骨，亦即重在传神。在杜甫看来，真正的神骏大都神清骨峻，而非痴肥之辈，所谓“胡马大宛名，锋棱瘦骨成”即是此意。韩幹所画皆“厩中万马”，而皇家马厩之马，多丰满肥硕，幹之画马，又强调写生，故杜甫有“画肉不画骨”之讥。韩幹在绘画史的地位，自有公论，杜甫之意，盖在强调画马必须画其骨骏，传其神采，以突出曹霸的艺术成就，不必拘泥于他对韩幹的看法与评价。

由画人到画马，二、三、四三段已将曹霸潜心于丹青所达到的成就作了充分的描写，末段开头一句“将军画善盖有神”总束以上三段，而以“有神”二字对其艺术成就作了高度概括，以下便转为对其当前困穷境遇的感慨。安史之乱以后，曹霸也像杜甫一样，漂泊流落到成都。在写这首诗的同时，杜甫还写过一首《韦讽录事宅观曹将军画马图歌》，对曹霸的《九马图》备极赞赏。故这一段写其当前境遇，仍紧扣其画家的身份。先说“将军画善盖有神，必逢佳士亦写真”，遥承上画功臣像一段，谓曹霸过去一定要遇到“佳士”才为之图像写真；下二句一转，跌落当前：“即今漂泊干戈际，屡貌寻常行路人。”在干戈离乱之世，曹霸既失去了将军的显赫身份，沦为庶民，又失去了生活来源，只能“屡貌寻常行路人”，以卖画维持生计了。“途穷”二句，便集中描叙其当下的困顿失意，遭受白眼的境遇，其中也隐隐渗透诗人对自己类似境遇的悲慨，同病相怜之意自寓其中。“但看古来盛名下，终日坎壈缠其身！”结尾二句，推开一层，仿佛是对曹霸的劝慰，又仿佛是自慰，而悲慨更深。古往今来，负有盛名的杰出才人有哪一个不是终日坎壈，一世坎坷，困顿终身的呢?“千秋万岁名，寂寞身后事”，杰出才人不但身后寂寞，生前亦如此贫困潦倒，令人悲慨无穷。

末段是全诗的结穴，也是全诗主旨和内在意蕴的集中体现。杜甫写这首诗，并不单纯是要表彰曹霸的艺术成就，为一代才人立传，而是在赞扬“将军画善盖有神”的同时，写出一代才人的悲剧命运。杜甫的经历命运，与曹霸有相似之处，其《莫相疑行》说：“忆献三赋蓬莱宫，自怪一日声辉赫。集贤学士如堵墙，观我落笔中书堂。往时文彩动人主，此日饥寒趋路旁。晚将末契托年少，当面输心背面笑。”昔之烜赫，今之饥寒，正与曹霸相似，故在抒写曹霸昔盛今衰的命运的同时，正深寓着诗人自己的命运感慨。评家之中，真正看到这一点的是浦起龙，他说：“自来注家只解作题画，不知诗意却是感遇也。”但只看到这一点还未真正领会其内在意蕴与主旨。盖曹霸的昔盛今衰的命运，与时代的治乱盛衰密切相关。诗中描绘渲染曹霸昔日之盛，着意点明“开元之中”的盛世，标明“先帝”“至尊”对艺事、才人的重视，明显是把重绘凌烟功臣、殿前为玉花骢图像作为盛世的艺术盛典来描绘的，其中渗透了对盛世的无限缅怀追恋。在诗人看来，一个繁荣昌盛的时代，才能有文艺事业的繁荣，才能有重视文艺事业的君主，才能有才人的殊遇；而一个干戈离乱的衰世，则只有导致才人的困穷漂泊和艺术的衰落。因此在悲慨曹霸昔盛今衰命运的同时，正深寓有时代的今昔盛衰的感慨。杜甫后期许多写自己、写别人的悲剧命运的诗，无不贯串了这一深层意蕴。无论是《观公孙大娘弟子舞剑器行》《江南逢李龟年》还是本篇，都在这一点上有着共同的主旨。

观公孙大娘弟子舞剑器行并序①

大历二年十月十九日，夔府别驾元持宅②，见临颍李十二娘舞剑器③，壮其蔚跂④。问其所师，曰："余公孙大娘弟子也。"开元五载⑤，余尚童稚⑥，记于郾城观公孙氏舞剑器浑脱⑦，浏漓顿挫⑧，独出冠时⑨，自高头宜春、梨园二伎坊内人⑩。洎外供奉⑪，晓是舞者⑫，圣文神武皇帝初⑬，公孙一人而已。玉貌锦衣⑭，况余白首⑮；今兹弟子，亦匪盛颜⑯。既辨其由来⑰，知波澜莫二⑱。抚事慷慨⑲，聊为《剑器行》⑳。昔者吴人张旭㉑，善草书、书帖㉒，数常于邺县见公孙大娘舞《西河剑器》㉓，自此草书长进，豪荡感激㉔，即公孙可知矣㉕。

昔有佳人公孙氏㉖，一舞剑器动四方㉗。观者如山色沮丧㉘，天地为之久低昂㉙。㸌如羿射九日落㉚，矫如群帝骖龙翔㉛。来如雷霆收震怒㉜，罢如江海凝清光㉝。绛唇珠袖两寂寞㉞，晚有弟子传芬芳㉟。临颍美人在白帝㊱，妙舞此曲神扬扬。与余问答既有以㊲，感时抚事增惋伤㊳。先帝侍女八千人㊴，公孙剑器初第一㊵。五十年间似反掌㊶，风尘澒洞昏王室㊷。梨园子弟散如烟㊸，女乐馀姿映寒日㊹。金粟堆前木已拱㊺，瞿塘石城草萧瑟㊻。玳筵急管曲复终㊼，乐极哀来月东出。老夫不知其所往㊽，足茧荒山转愁疾㊾。

[校注]

①公孙大娘，开元年间著名舞蹈家。剑器，舞蹈名。唐代健舞类

舞蹈之一。《明皇杂录》："开元中，有公孙大娘善剑舞。"《乐府杂录》："健舞曲有《稜大》《阿莲》《柘枝》《剑器》《胡旋》《胡腾》。"据载，公孙大娘所擅剑器舞有《西河剑器》《剑器浑脱》《裴将军满堂势》《邻里曲》等。《文献通考·乐考·乐舞》引张尔公《正字通》云："《剑器》，古武舞之曲名，其舞用女妓雄妆空手而舞。"但从杜甫此诗所描叙的情景及姚合《剑器词》三首、敦煌写卷《剑器诗》三首等作所记叙的情况看，舞者当执剑而舞。唐郑嵎《津阳门》诗："公孙剑伎皆神奇。"自注："有公孙大娘舞剑，当时号为神妙。"尤可证。据序，诗即作于大历二年（767）十月十九日观舞后。②别驾，州郡刺史的佐吏。《新唐书·地理志》："夔州云安郡，下都督府。"《百官志四下》："下都督府……别驾一人，从四品下。"持，《全唐诗》校："一作特。"③临颍，唐河南道许州有临颍县，今属安徽。李十二娘，公孙大娘弟子。④蔚跂，雄浑多姿。"蔚"有"盛大"义，"跂"有"飞腾"义。"蔚跂"连文，或形容剑器舞之壮盛飞腾的气势。⑤五，原作"三"，《全唐诗》校："一作五。"按：开元三年（715），杜甫方四岁，似不大可能记得当时情事。五年为六岁，已开始记事，与"余尚童稚"之语亦较合。兹据改。⑥童稚，幼年。⑦郾城，唐河南道许州县名，今属河南。浑脱，舞名。《旧唐书·郭山恽传》："将作大匠宗晋卿舞浑脱。"《通鉴》卷二百九记其事，胡三省注："长孙无忌以乌羊毛为浑脱毡帽，人多效之，谓之赵公浑脱，因演以为舞。"剑器浑脱，是剑器与浑脱舞（浑脱舞是一种不断抛接乌羊毛所制毡帽的舞蹈）的融合。⑧浏漓顿挫，流利飘逸而抑扬顿挫，富于节奏感。⑨独出冠时，独树一帜，冠绝当时。⑩高头，上头，前头，在皇帝跟前，接受皇帝正面观赏。《教坊记》："右教坊在光宅坊，左教坊在延政坊，右多善歌，左多工舞。妓女入宜春院，谓之内人，亦曰前头人，常在上前头也。"宜春院，唐代长安宫内官妓居住的院名，开元二年置，在京城东面东宫内。梨园，唐玄宗时教练宫廷歌舞艺人之处。《雍录》卷九："梨园在光化门北，光化门者，禁苑南面西头第一门，在芳林、景曜门之西也。开元二年正月，置教坊于蓬莱宫，上自教法曲，谓之梨园弟子。至天宝中，即东宫置宜春北苑，命宫女数百人为梨园弟子，即是梨园者按乐之地，宜春院皆不在梨园之内也。”伎坊，唐皇宫内教练歌舞艺人的机构，即教坊。内人，宫人。⑪洎（jì），及。外供奉，设在宫外的左右教坊的歌舞艺人。仇注本“外供奉”下有“舞女”二字。⑫晓，通晓。⑬圣文神武皇帝，玄宗尊号，开元二十七年所加。初，初年。⑭玉貌锦衣，谓开元五年自己见到公孙大娘舞剑器浑脱时，她还是有着青春容颜、衣饰华丽的妙龄女子。⑮况余白首，何况我如今已是白发老人。此连上句，寓含今昔沧桑之慨。⑯兹弟子，此弟子，指李十二娘。匪，非；盛颜，青春容颜。⑰辨其由来，弄清了李十二娘的师授渊源。⑱波澜莫二，形况李十二娘的舞蹈，风貌与公孙大娘没有什么两样，即赞其得公孙大娘之真传。⑲抚事，追怀往事。慷慨，感慨激动。⑳聊，姑且。《剑器行》，即指《观公孙大娘弟子舞剑器行》这首诗。㉑张旭，盛唐著名书法家，号“草圣”。生平详张旭小传。㉒草书、书帖，《全唐诗》原作“草书帖”，据仇注本增补。书帖，书写简帖。㉓数，屡次。邺县，唐河北道相州邺县，今河北省临漳县西南。《西河剑器》，剑器舞的一种，西河（黄河以西地区），当指用其地乐曲伴奏。㉔豪荡感激，形容其草书风格奔放激越，不受拘束。按：李肇《唐国史补》卷上：“旭尝言，吾始见公主担夫争路，而得笔法之意；后见公孙氏舞剑器，而得其神。”沈亚之《叙草书送山人王传乂》序亦云：“昔张旭善草书，出见公孙大娘舞剑器浑脱，鼓吹既作，言能使孤蓬自振，惊沙坐飞。而旭归为之书，则非常矣。”又张彦远《历代名画记》卷九：“开元中，将军裴旻善舞剑，道玄观旻舞剑，见出没神怪，既毕，挥毫益进。时又有公孙大娘，亦善舞剑器。张旭见之，因为草书，杜甫歌行述其事。”而《乐府杂录》则云：“开元中有公孙大娘善舞剑器，僧怀素见之，草书遂长，盖准其顿挫之势也。”此当是传闻异辞。㉕即，则。㉖佳人公孙氏，指年轻貌美的公孙氏女子，亦即序中所云“玉貌锦衣”。㉗动四方，名动四方，名扬天下。㉘如山，形容观者之众，重叠如山。色沮丧，因舞姿之气势壮盛，惊心动魄而色为之变，神为之夺。㉙低昂，上下晃动震荡。㉚㸌，光芒闪烁貌。《淮南子·本经训》："尧之时，十日并出，焦禾稼，杀草木……尧乃使羿……上射十日。"高诱注："十日并出，羿射去九。"此句形容剑光闪烁，如后羿射九日落时的情景。㉛矫，夭矫。群帝，诸天神。骖龙翔，驾着龙车飞翔。夏侯玄赋："又如东方群帝兮，骖龙驾而翱翔。"㉜雷霆收震怒，萧涤非曰："剑器舞有声乐（主要是鼓）伴奏，大概舞者趁鼓声将落时登场，故其来也如雷霆之收震怒，写出舞容之严肃。"㉝江海凝清光，形容剑舞罢时剑光如江海清光之凝结。舞剑时如翻江倒海，故舞罢如江海之凝。㉞绛唇，犹朱唇，此借指公孙大娘其人。珠袖，缀珠的衣袖，此借指公孙大娘之舞姿。句意谓如今公孙大娘的容颜舞姿均已寂然不见。㉟晚，《全唐诗》原作"况"，校："一作晚。"兹据改。晚，晚年。传芬芳，传承公孙大娘的技艺。㊱临颍美人，指李十二娘。白帝，指夔州。㊲既有以，既有由来，指序中所述师承之事。㊳感时抚事，有感于时代之盛衰，追缅往日所历的旧事。㊴先帝，指唐玄宗。㊵初，本。㊶五十年间，自开元五年（717）至大历二年（767），首尾五十一年。反掌，犹转瞬。喻时间之短暂。《旧唐书·僖宗纪》："亦有方从叛乱，能自回翔，移吉凶于反掌之间，变福祸于立谈之际。"㊷风尘，喻战乱。澒洞（hòng dòng），弥漫。风尘澒洞，指安史之乱及其后的内乱外患，绵延不绝。㊸安史乱起，京师乐工伶人，多四散流落，如李龟年之流落江南。"梨园子弟"见注⑩。㊹女乐馀姿，指李十二娘的容颜姿貌不再年轻。映寒日，时已十月入冬，故云。㊺金粟堆，即金粟山，在蒲城县东北，玄宗陵墓所在。《旧唐书·玄宗纪》："上元二年四月甲寅，崩于神龙殿，时年七十八，初，上皇亲拜五陵，至桥陵，见金粟山冈有龙盘凤翥之势，复近先茔，谓侍臣曰：'吾千秋后宜葬此地，得奉先陵，不忘孝敬矣。'至是追奉先旨，以创寝园，以广德元年三月辛酉，葬于泰陵。"按：自广德元年（763）三月至大历二年

(767) 十月，已历时四年半，故陵墓上的树木已可两手合围。㊻瞿塘石城，指夔州白帝城，城在白帝山上。草萧瑟，切初冬之候。㊼玳筵，指夔州别驾元持宅所设的盛筵。急管，宴会上节拍急促的管乐。㊽老夫，诗人自指。㊾足茧，脚底长了厚厚的老茧，形容行动迟缓。转愁疾，更加忧愁。疾，甚。

[笺评]

刘克庄曰：《舞剑器行》，世所脍炙绝妙好词也。内云："先帝侍女八千人……乐极哀来月东出。"余谓此篇与《琵琶行》一如"壮士轩昂赴敌场"，一如"儿女恩怨相尔汝"。杜有建安、黄初气骨，白未脱长庆体耳。(《后村诗话》新集卷一)

刘辰翁曰：浓至惨酷，如野笛中断，闻者自不堪也。（《唐诗品汇》卷二十八引）又曰：（"㸌如"四句评）名状得意。"收"字谓其犹隐隐然有声也。但舞一剑，若谓其如雷如霆则非也。(《删补唐诗选脉笺释会通评林·盛七古》引)

唐汝询曰：此因观剑舞而追伤天宝之乱也。言公孙氏之舞剑器，奇伟如此，今其人寂然无闻，而有弟子传其馀芳，以舞于白帝之间者，乃神妙不群，使我异而问之。遂与剧谈往事，而兴感慨也。昔先帝侍女八千，而以公孙剑器为首冠，盖日耽声色矣，未几而胡尘犯阙，诸乐星散，天子升遐，而陵间之木已拱。民人流窜，而城市之草深。当此酒阑曲罢之时，正我乐往哀来之际，而又以对此明月，经此荒山，身无所归，足立疲敝，而觉老病弥添耳。(《唐诗解》卷十五)

钟惺曰：题是公孙大娘弟子，而序与诗，情事俱属公孙氏，便自穆然深思。（"罢如"句）此一句独妙。(《唐诗归》卷二十)

周启琦曰："罢如江海凝清光"，妙。连上三句，觉有精采。(《删补唐诗选脉笺释会通评林·盛七古》引)

王嗣奭曰："来如雷霆收震怒"，凡雷霆震怒，轰然之后，累累远驰，赫有馀怒，故“收”字之妙。若轰然一声，阒然而止，虽震怒不为奇也。诗云“感时抚事增惋伤”，则“五十年间似反掌”数句，乃其赋诗本旨；“足茧荒山”从此而来，尤使人穆然深思也。（《杜臆》卷八）又曰：此诗见剑器而伤往事，所谓“抚事慷慨”也。故咏李氏，却思公孙；咏公孙，却思先帝。全是为开元、天宝五十年治乱兴衰而发。不然，一舞女耳，何足摇其笔端哉！（《杜少陵集辑注》卷二十引）

桂天祥曰：沉着痛黯，读者无不感慨。（《批点唐诗正声》）

卢世㴶曰：《观公孙大娘舞剑器》序与诗，俱登神品。盖因临颍美人而溯及其师，又追想圣文神武皇帝，抚时感事，凄惋伤心。念从风尘澒洞以来，女乐梨园，俱付之寒烟老木，况自身业已白首，而美人亦非盛颜，则五十年间，真如反掌，以此思悲，悲可知矣。一篇中具全副造化，波澜莫有阔于此者。（《杜诗胥钞馀论·论七言古诗》）

李因笃曰：绝妙好词。序以错落妙，诗以整妙。错落中有悠扬之致，整中有跌宕之风。又：纵横排宕，如韩信背水破赵，纯以奇胜。又：不难其壮，难其工；不难其工，难其老。（《杜诗集评》卷六引）

黄周星曰：乐极哀来，何以即接“日东出”。倒句自奇。一起有排山倒海之势，后却平平。（《唐诗快》）

田雯曰：余尝谓白香山《琵琶行》一篇，从杜子美《观公孙大娘弟子舞剑器行》诗得来。“临颍美人在白帝，妙舞此曲神扬扬。与余问答既有以，感时抚事增惋伤”，杜以四语，白成数行，所谓演法也。凫胫何短，鹤胫何长，续之不能，截之不可，各有天然之致，不惟诗也，文亦然。（《古欢堂集杂著》卷三）

张谦宜曰：《观公孙大娘弟子舞剑器行》，只“传芬芳”“神扬扬”六句，已将前叙舞态勾起，不用再说，此烦简相生之妙。（《絸斋诗谈》卷四）

黄生曰：《教坊记》：曲名有《醉浑脱》《西河剑器》。又《明皇杂录》及《历代名画记》皆称公孙大娘善舞《西河剑器》《浑脱》，观《浑脱》之名，似以空手作舞剑势耳，俗以序中“浑脱”属下为六字句，又讹言张旭观舞剑而草书进，皆坐不读书之故。观舞细事耳，《序》首特纪岁月，盖与“开元三年”句打照，并与诗中“五十年间”针线。无数今昔之悲、盛衰之感，均于纪年见之。“浏漓顿挫”四字，极尽舞法。或问何以知之，曰：余不学舞，而尝学书，于临池稍有所窥，张公因舞而悟书，予盖因书而悟舞也。特书尊号于声色之事，非微文刺讥，盖欲与上文文势相配耳。石崇《思归引序》波澜不异。“天地”句形容舞旋之妙，观者目眩如此。“爟如”二句，按《教坊记》有软舞，有健舞，此健舞也。故《序》云“壮其蔚跂”，此云云四语取喻俱非凡境，后一语尤妙，不尔，则是一雄装健儿矣。白乐天《琵琶行》亦为妓女而作，铺叙至六百字。由命意苦不远，只在词调上播弄耳。此诗与李问答，只一句略过，胸中本有无限寄托，何暇叙此闲言语哉！后段深寓身世盛衰之感，特借女乐以发之，其所寄慨，初不在绛唇朱袖间也。末二句承“乐极哀来”再申一笔。人有此境，只杜公写得出耳。又曰：（“爟如”二句）二句状舞时，（“来如”句）将舞。（“罢如”句）舞罢。（《杜诗说》卷三）

仇兆鳌曰：（“昔有”八句）从公孙善舞写起。“沮丧”，谓神奇可骇；“低昂”谓高卑易位；“爟然”下垂，如九日并落；“矫”然上腾，如驾龙翻空。其来忽然，如雷霆过而响尚留；其罢陡然，如江海澄而波乍息，皆细摹舞态也。（“绛唇”六句）此见李舞而感怀。“寂寞”，伤公孙已逝；“芬芳”，喜李氏犹存。（“先帝”六句）此先朝盛衰之感。“风尘”指禄山陷京，“馀姿”，即临颍舞态。（“金粟”六句）此当席聚散之态。“金粟”，承“先帝”；“瞿唐”，承“白帝”；“乐极”，承“妙舞”；“哀来”，承“抚事”。“足茧”行迟，反愁太疾，临去而不忍其去也。此章八句起，后三段，各六句。（《杜少陵集详注》卷二十）

吴瞻泰曰：叙事以详略为参差，亦以详略为宾主，主宜详而宾宜略，一定之法也。然又有宾详而主反略者。如此诗公孙大娘，宾也；

弟子，主也。乃叙公孙舞则八句，而天地日龙雷霆江海，凡舞之高低起止，无所不具，是何其详！叙弟子则四句，而言舞则“神扬扬”三字，抑何其略！究其诗意，非为弟子也，为公孙大娘也，则公孙大娘固为主，而弟子又为宾，仍是主详宾略云耳。学诗者得详略之宜，尽参差之变，思过半矣。(《杜诗提要》卷六)

浦起龙曰：序从弟子逆推之公孙，诗从公孙顺拖出弟子。首八句，先写公孙剑器之妙；忽然而伏，忽然而起，状其舞态也；忽然而来，忽然而罢，总始末而形容也。有末句，益显上三句之腾踔，有上三句，尤难末句之安闲。序所谓“蔚跂”者正如此。“绛唇”六句，落到李娘，为篇中叙事处，舞之妙，已就公孙详写，此只以“神扬扬”三字括之，可识虚实互用之法。“感时抚事”句，逗出作诗本旨。“先帝”六句，往事之慨，此本旨也。言公孙而统及女乐，言女乐却是感深先帝。故下段竟以“金粟堆”作转接。此下正写惋伤之情，一句着先帝，一句收归本身。“玳筵”，“哀”“乐”，并带别驾宅。结二语，所谓对此茫茫，百端交集。行失其所在，止失其所居，作者读者，俱欲嗷然一哭。(《读杜心解》卷二）又曰：舞剑器者，李十二娘也；观舞而感者，乃在其师公孙大娘也。感公孙者，感明皇也。是知剑器特寄托之端，李娘亦兴起之藉。此段情景，正如湘中采访使筵上，听李龟年唱“红豆生南国”，合坐凄然，同一伤惋，观命题之法，知其意之所存矣。序中“公孙大娘弟子”句及“圣文神武皇帝”句，为作诗眼目。“玉貌”忆公孙；“白首”，悲今我。特属闲情衬贴，而所谓“抚事增慨”者，则在前所云云也。末引张颠以显其舞之神妙，又公诗所称“馀波绮丽为”者。

何焯曰：序亦曲折三致。(《义门读书记》)

乔亿曰：此篇及《观曹霸九马图》之作，并追感玄宗，一则激壮淋漓，一则缠绵凄怆，词气不同，而各致其极。(《杜诗义法》卷下)

沈德潜曰：咏李氏思及公孙，因公孙念及先帝。身世之戚，兴亡之感，交集腕下，若就题还题，有何兴会！（《杜诗偶评》卷二）又

曰：（“先帝”一段）注重此段。（《重订唐诗别裁集》卷七）

《唐宋诗醇》：前如山之嶙峋，后如海之波澜，前半极其浓至，后半感叹，“音响一何悲，弦急知柱促”也。

蒋弱六曰：序中浏漓顿挫，豪荡感激，便是此诗妙境。（《杜诗镜铨》卷十八引）

邵长蘅曰：（“五十年间”句）忽然收转，真是笔有神助。（同上引）

杨伦曰：（“㸌如”四句）形容尽致。（“与余”句）省得妙。（“先帝”四句）大拓开步。（同上）

方东树曰：“感时”句是一篇前后脉络章法也。却入于出题中藏之。“金粟堆”又以先帝意中起棱，但觉身世之戚，兴亡之感，交赴腕下。此诗亦“豪宕感激，浏漓顿挫，独出冠时”，自大历至今，先生一人而已。（《昭昧詹言·杜公》）

汪灏曰：题是“观李十二娘舞剑器”，诗直从公孙说起，方写出五十年一段大关系。举一剑器，可该万事。（《树人堂读杜诗》卷二十）

施补华曰：读《公孙大娘弟子舞剑器行》，叙天宝事只数语而无限凄凉，可悟《长恨歌》之繁冗。（《岘佣说诗》）

张廉卿曰：“瞿唐”句一语收入，笔力超绝，而著语不即不离，尤极浑妙。它手为之，便不免钝滞矣。（《十八家诗钞》引）

吴汝纶曰：“感时”句顿挫，以起下文。（《唐宋诗举要》卷二引）

莫砺锋曰：此诗确实具有与公孙大娘“流漓顿挫”的舞蹈及张旭“豪宕感激”的书法相似的风格，形成这种风格的主要因素是大起大落的跌宕和变化急促的节律。杜甫本因李十二娘的舞蹈而有感作诗，但此诗却以五十年前观看李十二娘（当为“公孙大娘”）舞蹈的动人情景为开始，而且极力渲染其场面之壮观，气氛之热烈，舞技之精妙，从而使读者随着诗人的思绪回到了创造于太平盛世的那个艺术境界之中。然而，正像公孙的舞蹈戛然而止一样，诗的语气也一落千丈，佳人已逝，舞者亦不可复睹，“绛唇珠袖两寂寞”一句，语似平淡，但其中包含着多么深沉的感伤！然而杜甫到底与众不同，他并没有就此陷入颓丧之境，而是立即以李十二娘“妙舞此曲神扬扬”之事把语气再度振起，至“先帝侍女八千人”二句，笔势也一转折，思绪又回到五十年前，就像一位善射的将军数度盘马弯弓之后箭才离弦而去，又像江河之水经过几道堤坎的拦阻把水位提得很高后才开闸倾泻而下，杜甫经过几度蓄势，才让自己感情的洪流随着诗歌的语气奔泻出来。“五十年间似反掌”明写时间流驰之快，“瞿唐石城草萧瑟”明写空间转换之大，在这大幅度时空变换之背景下，唐帝国由盛转衰的时代巨变及其在诗人感情上引起的汹涌波澜都被纳入玄宗墓木已拱、女乐飘落如烟的意象，这是何等笔力！由于“瞿唐”句已暗中结合了诗人自身的遭遇，所以末四句就自然地过渡到夔府观舞的本事上来，不但缴足题面，而且在叙述中重申乐极哀来之意，使全诗呈现余波未息之状，读者的心情也因之久久不能平静……此诗不题作《观李十二娘舞剑器行》而题作《观公孙大娘弟子舞剑器行》，在序中与诗中又处处以公孙为主，以李为辅，这种腾挪错综的结构是为其主题（即通过舞蹈艺术的盛衰以抒国家兴亡之感）服务的，因为只有这样的结构才能表现出诗人对时代和人生的巨大感慨。(《杜甫评传》第224~225页)

［鉴赏］

这是杜甫晚年七古的巅峰之作，感慨的深沉，笔力的豪健，风格的顿宕起伏、抑扬变化，都达到了出神入化的程度。

盛唐是一个文化艺术的空前繁荣期。这一时期的文化艺术，无论诗歌、绘画、音乐、舞蹈、书法、建筑、雕塑，都体现出强烈的时代精神，体现出封建社会臻于顶峰时期特有的时代气息，从而成为那个充满健康活力时代的一种象征。杜甫是在盛唐时代文化艺术土壤上孕育成长起来的，他对盛唐时代的记忆因此总是与那个时代的文化艺术紧密相连。听一首盛唐时代流行的歌曲，看一段盛唐时代风行的舞蹈，见到一位盛唐时期著名的艺人，都会情不自禁地联想到那个繁荣昌盛的时代。这种情感，在他晚年漂泊西南天地间的时期，当中兴希望濒于破灭，盛唐已经成为一个遥远的难以重现的旧梦的时候，便变得越来越经常而强烈，成为他晚年感情世界的一个重要特征。这首《观公孙大娘弟子舞剑器行并序》便是因观舞而触发对盛唐时期的深情追忆，抚今追昔，抒发深沉的时代盛衰之慨的杰出诗篇。

诗前一篇长达一百八十字的序，记述了创作这首《观公孙大娘弟子舞剑器行》的缘由，大历二年（767）十月十九日，杜甫在夔州别驾元持家见到临颍李十二娘舞剑器，深为其壮盛飞动的气势所吸引，问她的师承，说："我就是公孙大娘的弟子。"这使诗人马上回忆起开元五年（717）自己还是幼童时期在郾城观看公孙大娘舞剑器浑脱的情景，那可真是流利飘逸而抑扬顿挫，出神入化，冠绝当代。当时无论是皇帝跟前的内教坊歌舞伎人还是宫外左右教坊的艺人，通晓擅长此舞的，也就是公孙一人而已。当年玉貌锦衣、色艺双绝的公孙如今早已不在人世，连自己这个当年童稚的观众也已是皤然白首的老人；如今连她的弟子也不再是青春盛年的容颜了。既然弄清了李十二娘的师承，才明白她的舞姿确实是得公孙真传。追怀往事，不禁深有感慨，于是写下这篇《剑器行》。先前吴人张旭善草书、书帖，听说是由于在邺县多次见到公孙大娘舞西河剑器，触类旁通，从此草书大有长进，风格奔放激越，不受拘束，即此一端，公孙大娘舞技之出神入化也就可想而知了。历来认为杜甫长于诗而拙于文，但他的这篇序却写得既感慨淋漓又含蓄蕴藉，且极饶诗的情韵，完全可以独立出来成为一篇极有情致的抒情散文。从序中可以看出，李十二娘舞剑器，只是触发诗人对往日公孙大娘舞剑器的记忆的一个契机和凭借，而对公孙大娘舞剑器的追怀，又和对开元时代和玄宗早年盛时的记忆联结在一起。但对盛世的追缅本身不是目的，追昔之盛乃是和慨今之衰（包括时代之衰和个人之衰）紧密联结的。"抚事慷慨"，这"事"既包括昔之盛，也包括今之衰。因此这篇序，不但交代了这首诗创作的缘起，点明了其“抚事慷慨”的主旨，而且揭示了其艺术构思，是理解诗的钥匙。

诗共二十六句，分四节，前两节押平声韵，后两节押入声韵。第一节八句撇开题内“弟子舞剑器”而直接从公孙入手，这是因为诗人虽由李十二娘舞剑器而追忆昔之公孙大娘舞剑器，但作为盛世艺术的代表、时代精神的体现却是公孙大娘而非李十二娘，故一上来便以充满感情的赞叹追怀口吻叙说公孙大娘舞剑器之名动四方。这个“昔”，便是诗人一再追怀的“开元全盛日”，也就是序中所说的“圣文神武皇帝初”。从“一舞剑器动四方”的形容中，不但可见其时公孙大娘之名扬天下，而且可以窥见其时人们对艺术的普遍喜好。接下来四句，先总写一笔观者对公孙舞剑器的强烈反应。人山人海的观众，因公孙气势壮盛的舞姿，感到惊心动魄，色变神骇，“色沮丧”三字，出色地渲染其舞姿对观者的震撼力和慑服力，而“天地为之久低昂”更从观者的幻觉中生动地表现出舞时天旋地转的情景和观者目眩神迷的情态，给人以笔未到而气已吞的感觉。以下四句乃分写舞姿的闪烁、夭矫、初动、既罢。“㸌如”句，是形容剑光闪烁，自上而下，犹如羿射九日，倏然而落；“矫如”句，是形容舞姿夭矫，犹如天神们驾龙车飞翔；“来如”句，是形容刚起舞时，是踩着雷霆般隆隆作响的鼓点登场的，鼓声乍停，舞者现身；“罢如”句，是形容剑舞罢歇时，原来如同翻江倒海的舞姿突然停住，如同江海清光之凝结。作诗不可能像赋那样尽情铺排渲染，只能选取最能表现其特征的几个点来突出描写，前两句从横的方面写其闪烁、夭矫，意在突出舞姿之迅疾而富于变化，后两句从纵的方面写其开始与结束，意在突出其舞姿的壮盛气势和戛然而止时的静态，目的都是为了以点带面，以起结见全过程。笔墨简省而其舞技之出神入化已灼然可见。特别是“罢如江海凝清光”一句，恰如京剧武打结束时的亮相，极具雕塑美，而此前的翻江倒海的动态之美已暗含其中，是非常聪明而经济的写法。

“绛唇珠袖两寂寞”一句，突然从五十年前的剑器舞现场拉回到今夜夔州李十二娘当筵起舞的现场。往昔佳人公孙氏的美好容颜和动人舞姿都已成为过去，所幸晚年有弟子传承她的舞技。如今在古老的白帝城又看到临颍美人李十二娘的剑器舞，她妙舞一曲，神态昂扬，仿佛可见当年公孙的舞姿。她和“我”问答之间，已然了解了她的师承，“我”却因此追忆往事，感慨时世，增添了无限伤感。这一段六句，主要是叙述“公孙大娘弟子舞剑器”的情形，对李十二娘的舞姿不再作具体描写，仅以“妙舞此曲神扬扬”一语带过，因为上段对剑器舞已有笔酣墨饱的描写，读者从公孙的舞姿中自可想见。诗人把重点放在叙述中寓感慨上。开头的“绛唇珠袖两寂寞”一句，便寓含着对一代舞蹈大师兼绝代佳人逝去的无限追缅，情致苍凉而缠绵，仿佛在宣告一个舞蹈时代的结束。这句重重一抑，下句“晚有弟子传芬芳”又稍稍上扬，仿佛给人以些许安慰和庆幸。但观舞对答之余，又反增“感时抚事”之悲，感情又再次一抑。在抑扬反复之间，诗人的感情随之变化，而诗的顿挫曲折之致也得到生动展现。“感时抚事”一句，是全诗的主句，以此为枢纽，连接起前二段与后二段，以下便转入“感时抚事增惋伤”的具体描写。

“先帝”六句，围绕公孙及其弟子，抒写时代盛衰之慨。前两句写昔，追忆当时玄宗有侍女（包括宫女、宫妓）八千人，其中公孙的剑器舞号称第一。这两句上承首段。中两句写时代巨变，五十年来，世事沧桑变化，安史之乱和接踵而至的内忧外患，使全国在风尘弥漫中蒙受长期灾难，李唐王室也因此而长期笼罩着昏暗的阴影。后两句写当今，由于长期战乱，众多的梨园弟子都四散流落，如同云烟，歌妓舞女的残余人员如今正在寒日的照映下凄凉起舞。昔与今之间横亘着那场改变了唐王朝面貌的大变乱。所谓“感时抚事”，正指由极盛到衰的巨变。表面上看，诗人似乎是悲慨梨园弟子、歌妓舞女的聚散盛衰，实际上诗人正是由梨园弟子、歌妓舞女的聚散盛衰而追本溯源，悲慨时代的由盛而衰。写到这里，全诗的旨意已经显露，以下一段便收归现境，回到自身。

“金粟堆前木已拱”，上承“先帝”句，以泰陵墓木已拱标示盛唐时代的消逝，下句“瞿塘石城草萧瑟”立即转到诗人所在的夔州，以“草萧瑟”点冬日凄寒景象，也暗寓自身衰世暮年的衰飒凄凉之感。“玳筵”二句，写曲终舞罢，皓月东升，“乐极哀来”四字，明写舞罢筵散而哀感油然而生，而联系上文“五十年间似反掌，风尘澒洞昏王室”之语，则更大范围的时代巨变引发的“乐极哀来”之慨也隐见言外。结尾二句写曲终筵散的诗人，在荒山寒月的映照下，茫然而行，不知所往，心中的愁绪越来越深重，正显示出由观舞而引起的时代盛衰的悲慨已经使衰老的诗人心情十分沉重，不胜负荷了。“疾”是急剧猛烈之意，“转愁疾”是愁绪更加急剧猛烈的意思，或解为“足茧行迟，反愁太疾，惜去而不忍其去”，恐非。

杜甫亲历了中国封建社会由繁荣昌盛的顶峰急剧跌落下来，陷于长期战乱的由盛转衰的时代。时代今昔盛衰的体验感受特别强烈而深刻。而盛唐乐舞，作为那个繁荣昌盛时代精神文化的标志与象征，在他心中留下了永难磨灭的深刻记忆。在衰颓时世，衰暮之年，漂泊留滞异乡的境遇中重睹盛唐时风靡四方的剑器舞，引起的时代盛衰之慨无疑是极深沉而强烈的。这首诗所抒发的今昔盛衰之慨，客观上反映了一个大的时代社会转折在诗人心灵中留下的深重烙印。从这方面看，自有它深刻的历史内涵和认识意义。